A arte de escrever ensaio

Biblioteca Pólen

Para quem não quer confundir rigor com rigidez, é fértil considerar que a filosofia não é somente uma exclusividade desse competente e titulado técnico chamado filósofo. Nem sempre ela se apresentou em público revestida de trajes acadêmicos, cultivada em viveiros protetores contra o perigo da reflexão: a própria crítica da razão, de Kant, com todo o seu aparato tecnológico, visava, declaradamente, libertar os objetos da metafísica do "monopólio das Escolas".

O filosofar, desde a Antiguidade, tem acontecido na forma de fragmentos, poemas, diálogos, cartas, ensaios, confissões, meditações, paródias, peripatéticos passeios, acompanhados de infindável comentário, sempre recomeçado, e até os modelos mais clássicos de sistema (Espinosa com sua ética, Hegel com sua lógica, Fichte com sua doutrina-da-ciência) são atingidos nesse próprio estatuto sistemático pelo paradoxo constitutivo que os faz viver. Essa vitalidade da filosofia, em suas múltiplas formas, é denominador comum dos livros desta coleção, que não se pretende disciplinarmente filosófica, mas, justamente, portadora desses grãos de antidogmatismo que impedem o pensamento de enclausurar-se: um convite à liberdade e à alegria da reflexão.

Rubens Rodrigues Torres Filho

David Hume

A ARTE DE
ESCREVER ENSAIO

E OUTROS ENSAIOS

(morais, políticos e literários)

Seleção
Pedro Paulo Pimenta

Tradução
Márcio Suzuki e Pedro Paulo Pimenta

ILUMI//URAS

Biblioteca Pólen
dirigida por Rubens Rodrigues Torres Filho e Márcio Suzuki

Copyright © 2009 desta edição e tradução
Editora Iluminuras Ltda.

Capa
Fê
Estúdio A Garatuja Amarela

Revisão
Virgínia Arêas Peixoto e Daniel Santos

DADOS INTERNACIONAIS DE CATALOGAÇÃO NA PUBLICAÇÃO (CIP)
(Câmara Brasileira do Livro, SP, Brasil)

Hume, David, 1711-1776.
    A arte de escrever ensaio e outros ensaios (morais, políticos e literários) / David Hume ; seleção Pedro Paulo Pimenta ; tradução Márcio Suzuki e Pedro Paulo Pimenta. — São Paulo : Iluminuras, 2008.

    ISBN 978-85-7321-282-2

    1. Filosofia inglesa 2. Hume, David, 1711-1776 - Crítica e interpretação I. Pimenta, Pedro Paulo. II. Título.

08-00946   CDD-192

    Índices para catálogo sistemático

    1. Hume, David : Filosofia inglesa   192

2021
EDITORA ILUMINURAS LTDA.
Rua Inácio Pereira da Rocha, 389 - 05432-011 - São Paulo - SP - Brasil
Tel./Fax: 55 11 3031-6161
iluminuras@iluminuras.com.br
www.iluminuras.com.br

ÍNDICE

Nota preliminar 9

A ARTE DE ESCREVER ENSAIO

Da delicadeza de gosto e de paixão 15
Da liberdade de imprensa 19
Que a política pode ser reduzida a uma ciência 25
Da origem do governo 39
Dos partidos em geral 43
Da superstição e do entusiasmo 51
Da dignidade ou baixeza da natureza humana 57
Da liberdade civil 63
Da eloquência 73
Do surgimento e progresso das artes e ciências 85
O epicurista 109
O estoico 117
O platônico 125
O cético 129
De poligamia e divórcios 149
Da simplicidade e do refinamento na arte de escrever 159
Da tragédia 165
Do padrão do gosto 175
Do comércio 197
Do refinamento nas artes 211
Da arte de escrever ensaio 223
Dos preconceitos morais 229
Da condição mediana de vida 235
Da impudência e da modéstia 241
De amor e casamento 245

Do estudo da história 251

Da avareza 257

Um Perfil de sir Robert Walpole 261

Do Suicídio 263

Da imortalidade da alma 273

Glossário 281

POSFÁCIO

O ensaio e a arte de conversar 289

    Márcio Suzuki

NOTA PRELIMINAR

Os *Ensaios morais, políticos e literários* foram publicados pela primeira vez em 1741 e, diferentemente do que ocorrera com o *Tratado sobre a natureza humana*, tiveram excelente aceitação por parte do público, conhecendo diversas reedições até a morte do autor em 25 de agosto de 1776. Ao longo desses trinta e cinco anos, Hume não parou de redigir novos ensaios, submetendo também os antigos a constantes revisões. Segundo relata seu amigo Adam Smith, duas semanas antes de sua morte ele ainda trabalhava na edição de suas obras que viria a ser publicada postumamente em 1777.

A presente tradução segue o texto dos *Ensaios morais, políticos e literários* editados por Eugene F. Miller (Indianápolis: Liberty Fund, 1987). Para facilitar o cotejo com o original, a paginação à margem do texto remete a esta edição. Sempre que possível, utilizou-se também a edição despretensiosa, mas ainda assim útil, de Stephen Copley e Andrew Edgar (Oxford: Oxford University Press, 1993). Como os *Ensaios* tiveram pelo menos dezessete versões revistas por Hume, foram traduzidas, pela primeira vez em português, diversas variantes valiosas a compreensão do seu pensamento, assinalando-se a versão em que apareceram.

A fim de que o leitor localize com mais facilidade essas variantes e as passagens suprimidas nas edições publicadas sob a supervisão de Hume, utilizou-se o mesmo código adotado pelos editores T.H. Green e T.H. Grose, a saber:

A - *Ensaios morais e políticos*. Edimburgo: 1741.
B - *Ensaios morais e políticos*. Segunda edição corrigida. Edimburgo: 1742.
C - *Ensaios morais e políticos*. Volume II. Edimburgo: 1742.

D - *Ensaios morais e políticos*. Terceira edição corrigida com acréscimos. Londres e Edimburgo: 1748.

E - *Ensaios filosóficos sobre o entendimento humano*. Londres: 1748.

F - *Ensaios filosóficos sobre o entendimento humano*. Segunda edição com acréscimos e correções. Londres: 1751.

G - *Uma investigação sobre os princípios da moral*. Londres: 1751.

H - *Discursos políticos*. Edimburgo: 1752.

I - *Discursos políticos*. Segunda edição. Edimburgo: 1752.

K - *Ensaios e tratados sobre diversos assuntos*. Londres e Edimburgo: 1753-1754. Em quatro volumes.

L - *Quatro dissertações*. Londres: 1757.

M - *Ensaios e tratados sobre diversos assuntos*. Londres e Edimburgo: 1758. Em um volume.

N - *Ensaios e tratados sobre diversos assuntos*. Londres e Edimburgo: 1760. Em quatro volumes.

O - *Ensaios e tratados sobre diversos assuntos*. Londres e Edimburgo: 1764. Em dois volumes.

P - *Ensaios e tratados sobre diversos assuntos*. Londres e Edimburgo: 1768. Em dois volumes.

Q - *Ensaios e tratados sobre diversos assuntos*. Londres e Edimburgo: 1770. Em quatro volumes.

R - *Ensaios e tratados sobre diversos assuntos*. Londres e Edimburgo: 1777. Em dois volumes.

Além da presente edição, já existem três outras traduções integrais ou parciais dos *Ensaios* em português:

Ensaios morais, políticos e literários. Tradução de João Paulo Gomes Monteiro e Armando Mora de Oliveira. São Paulo: Abril, 1973. Coleção Os Pensadores.

Ensaios morais, políticos e literários. Tradução de João Paulo Gomes Monteiro, Sara Albieri e Pedro Galvão. Lisboa: Imprensa Nacional/Casa da Moeda, 2002.

Ensaios morais, políticos e literários. Tradução de Luciano Trigo. Rio de Janeiro: Topbooks, 2004.

Sem a menor pretensão de "desbancar" essas traduções, a presente versão é mais um exercício, uma tentativa de trazer aproximadamente para o português o estilo simples e difícil, quase intransponível, de David Hume. Ela teve seu início num estudo acadêmico destinado à compreensão de alguns conceitos centrais da "estética" humiana. A seleção que o leitor encontrará neste volume obedece, portanto, a um enfoque bem preciso: trata-se de enfatizar a importância da forma ensaio, do gosto, da literatura e das artes na constituição de uma ciência da natureza humana. O glossário ao final do volume, longe de ser exaustivo, contempla, por isso, apenas os conceitos mais diretamente ligados a esses temas. O posfácio é uma discussão sobre a forma *ensaio* e o papel do *estilo* na filosofia humiana.

A ARTE DE ESCREVER ENSAIO
E OUTROS ENSAIOS

DA DELICADEZA DE GOSTO E DE PAIXÃO[1]

[3] Algumas pessoas estão sujeitas a uma certa *delicadeza* de *paixão* que as torna extremamente sensíveis a todos os incidentes da vida e lhes dá viva alegria a cada acontecimento propício, assim como profundo pesar quando se veem diante de [4] infortúnio e adversidade. Favores e bons ofícios facilmente cativam a sua amizade; a menor injúria desperta o seu ressentimento. Toda honraria ou sinal de distinção as eleva acima de qualquer medida, mas são sensivelmente tocadas pelo desprezo. Pessoas de tal caráter têm, sem dúvida, contentamentos mais vivos e, também, tristezas mais pungentes do que homens de temperamento frio e sereno; creio, contudo, que, depois de bem pesadas as coisas, não há quem não prefira esse último caráter, se lhe fosse dado ser inteiramente senhor da própria disposição. A boa ou má fortuna é algo que escapa ao nosso controle, e quando uma pessoa desse temperamento sensível se vê diante de algum infortúnio, ela é inteiramente possuída pela tristeza ou ressentimento, que a fazem perder todo o paladar para as ocorrências comuns da vida, a fruição correta das quais forma a parte principal de nossa felicidade. Grandes prazeres são muito menos frequentes do que grandes dores, de modo que um temperamento sensível terá pela frente menos provas da primeira espécie do que da segunda. Sem mencionar que homens de paixões tão vivas são propensos a transportes que excedem qualquer limite de prudência

---

[1] Ensaio publicado pela primeira vez na edição A, na abertura do volume. A escolha não é arbitrária: o rico léxico que Hume institui neste texto define o campo semântico dos ensaios seguintes, morais, políticos e literários. A posição do problema da *delicadeza* retoma o ponto de partida do *Tratado da Natureza Humana* para entender como o homem, a partir de sua natureza, institui sentido, cria signos e relações culturais. Ver também "Do padrão do gosto" e "Da Arte de Escrever Ensaio" (e as notas a estes ensaios). (N.T.)

e discrição, e a dar maus passos, frequentemente irreversíveis, na conduta de suas vidas.

Observa-se em alguns homens uma *delicadeza* de *gosto* que é bastante semelhante a essa *delicadeza* de *paixão*, e que produz, em relação a todas as variedades de beleza e deformidade, a mesma sensibilidade que esta última em relação a prosperidade e adversidade, gentilezas e ofensas. Se mostras um poema ou um quadro a um homem dotado desse talento, a delicadeza de seu sentimento faz que seja sensivelmente tocado por cada uma de suas partes, e o requintado paladar e satisfação com que percebe as magistrais pinceladas não são menores que seu desgosto e insatisfação diante das negligências e dos absurdos. Uma conversa polida e judiciosa lhe proporciona o mais elevado [5] entretenimento; rudeza e impertinência são um castigo igualmente grande para ele. A delicadeza de gosto tem, em suma, o mesmo efeito que a delicadeza de paixão: ela amplia tanto a esfera de nossa felicidade como a de nossa miséria, tornando-nos sensíveis tanto a dores quanto a prazeres que escapam ao resto dos homens.

Creio, porém, e todos hão de concordar comigo, que, apesar dessa semelhança, a delicadeza de gosto deve ser tão desejada e cultivada quanto a delicadeza de paixão lastimada e, se possível, remediada. Os bons ou maus incidentes da vida escapam ao nosso controle, mas está em nosso poder decidir que livros leremos, em que diversões tomaremos parte e quais serão nossas companhias. Filósofos tentaram tornar a felicidade inteiramente independente de tudo o que é externo. Esse grau de perfeição é impossível de *ser alcançado*, mas todo homem sábio buscará sua felicidade principalmente naqueles objetos que dependem dele mesmo, e não há melhor meio de *alcançá-lo* que pela delicadeza de sentimento. Quando um homem é dotado desse talento, é mais feliz com o que agrada seu gosto do que com o que gratifica seus apetites, e seu contentamento com um poema ou com um raciocínio é maior do que aquele que o luxo mais dispendioso pode lhe proporcionar.[2]

---

[2] As edições A a Q acrescentam: "É difícil determinar até onde a delicadeza de gosto e a delicadeza de paixão estão conectadas no arranjo original da mente. Parece-me haver ali uma conexão bem considerável entre elas. Pois podemos observar que as mulheres, que têm paixões mais delicadas que os homens, também têm um gosto mais delicado para os ornamentos da vida, para as roupas, para os utensílios domésticos e para as conveniências usuais da conduta. Qualquer excelência nestes atinge seu gosto bem

Qualquer que possa ser a conexão originalmente existente entre [6] essas duas espécies de delicadeza, estou persuadido de que nada é tão apropriado para nos curar da delicadeza de paixão quanto o cultivo daquele gosto mais elevado e fino que nos habilita a julgar o caráter dos homens, as composições do gênio e as produções das artes mais nobres. Ter mais ou menos paladar para as belezas óbvias que impressionam os sentidos depende inteiramente de um temperamento mais ou menos sensível; mas, no que respeita às ciências e às artes liberais, ter gosto fino é, em certa medida, o mesmo que ter senso forte, ou ao menos depende tanto deste, que são inseparáveis. Para que se julgue corretamente uma composição de gênio, há tantas perspectivas a considerar, tantas circunstâncias a comparar e se requer tanto conhecimento da natureza humana, que um homem privado do juízo mais sadio jamais poderá se tornar um crítico tolerável de tais realizações. E esta é mais uma razão para que se cultive o paladar nas artes liberais. Nosso juízo será fortalecido por esse exercício; formaremos noções mais justas da vida; muitas coisas que agradam ou afligem a outros nos parecerão demasiado frívolas para despertar nossa atenção; e gradualmente perderemos aquela tão incômoda sensibilidade e delicadeza de paixão.

Mas talvez eu tenha ido longe demais ao afirmar que um gosto cultivado pelas artes polidas extingue as paixões e nos torna indiferentes aos objetos tão tolamente perseguidos pelo resto dos homens. Refletindo bem, constato que, ao contrário, ele aprimora nossa sensibilidade para todas as paixões ternas e agradáveis, ao mesmo tempo em que torna a mente inapta para as emoções mais tumultuosas e rudes.

> *Ingenuas didicisse fideliter artes,*
> *Emollit mores, nec sinit esse feros.*[3]

Penso que isso pode ser atribuído a duas razões muito naturais. Em *primeiro* lugar, nada aprimora tanto o [7] temperamento quanto

---

antes que o nosso; e se cais no gosto delas, logo conquistas o seu afeto". A edição Q omite a última frase. (NT)

[3] Ovídio, *Cartas do Ponto*, 2.9.47-8: "O estudo dedicado das artes liberais abranda os costumes e não permite que sejam rudes". (nt)

o estudo das belezas, sejam elas da poesia, da eloquência, da música ou da pintura. Elas proporcionam uma certa elegância de sentimento, estranha ao resto dos homens. As emoções que excitam são suaves e ternas. Elas afastam a mente da balbúrdia dos negócios e do interesse; acalentam a reflexão; predispõem à tranquilidade; e produzem uma melancolia agradável que, de todas as disposições da mente, é a mais adequada para o amor e para a amizade.

Em *segundo* lugar, a delicadeza de gosto é favorável ao amor e à amizade porque restringe nossa escolha a poucas pessoas, tornando-nos indiferentes à companhia e à conversa da maior parte dos homens. Por mais que sejam dotados de senso forte, raramente encontrarás genuínos homens de sociedade com sutileza bastante para distinguir os caracteres ou assinalar as insensíveis diferenças e gradações que tornam um homem preferível a outro. Qualquer um com um mínimo de senso é suficiente para o entretenimento deles: falam-lhe dos próprios prazeres e ocupações com a mesma franqueza que fariam com um outro; e, encontrando muitos outros que poderiam ocupar o lugar deste, jamais sentem sua falta quando está ausente. Para fazer uso do paralelo de um célebre autor francês[4], o juízo pode ser comparado a um relógio de parede ou de bolso em que o mecanismo mais ordinário é suficiente para mostrar as horas, mas apenas outro mais elaborado pode indicar os minutos e os segundos e distinguir as menores diferenças de tempo. Alguém que assimilou bem o conhecimento, tanto dos livros quanto dos homens, tem pouco contentamento, exceto quando está em companhia de uns poucos amigos seletos. Ele sente muito profundamente quão distante o resto dos homens está das noções que recebeu. E estando seus afetos [8] assim confinados a um círculo estreito, não é de espantar que os leve mais longe do que se fossem mais gerais e indistintos. Com ele, a jovialidade e a galhofa de um companheiro de bebida se aprimoram numa sólida amizade, e os ardores de um apetite juvenil se transformam numa paixão elegante.

---

[4] Monsieur Fontenelle, *Conversações sobre a pluralidade dos mundos*, sexta jornada. (NA)

DA LIBERDADE DE IMPRENSA[5]

Não há nada mais surpreendente para o estrangeiro que a extrema liberdade[6] que desfrutamos neste país de comunicar o que bem nos aprouver ao público e de censurar abertamente toda e qualquer medida adotada pelo rei ou por seus ministros. Se a administração se decide pela guerra, afirma-se que se equivoca, de propósito ou por ignorância, em relação aos interesses da nação, e que, no atual estado de coisas, a paz seria infinitamente preferível. Se a paixão dos ministros propende para a paz, nossos cronistas políticos não aventam outra coisa que guerra e devastação, e retratam a conduta pacífica do governo como irrisória e pusilânime. Visto que não se transige assim com a liberdade em nenhum outro governo, republicano ou monárquico — na Holanda e em Veneza mais que na França e [10] na Espanha —, a questão que naturalmente se apresenta é: *o que acontece para que só a* Grã-Bretanha *goze desse peculiar privilégio?*[7]

A razão por que as leis nos concedem tal liberdade parece derivar da forma mista de nosso governo, que não é nem inteiramente monárquico, nem inteiramente republicano. Em política, se não me engano, será considerada verdadeira a observação de que os dois extremos de governo, liberdade e escravidão, estão geralmente muito próximos um do outro, e se te afastas dos extremos e misturas um pouco de monarquia a liberdade, o governo se torna sempre mais livre;

---

[5] Ensaio pulicado pela primeira vez na edição A.

[6] A "liberdade de imprensa", enquanto espécie de "liberdade civil", é uma *liberty* que se encontra naqueles governos em que a autoridade absoluta de um dos membros é contrabalançada por outro membro igualmente poderoso. A liberdade individual (*freedom*) depende, em geral, das liberdades públicas. (NT)

[7] "E será que o exercício ilimitado dessa liberdade é vantajoso ou prejudicial para o público?" (Edições A a P) (NT)

e se, por outro lado, misturas um pouco de liberdade a monarquia, o jugo se torna mais atroz e intolerável. Num governo absoluto como o da França, em que lei, costume e religião concorrem para que o povo esteja plenamente satisfeito com sua condição, o monarca não tem por que alimentar *desconfiança* em relação a seus súditos e, por isso, pode lhes conceder grande *liberdade*, tanto de expressão quanto de ação. Num governo inteiramente republicano, como o da Holanda, em que magistrado algum é tão eminente para despertar a *desconfiança* do Estado, não há perigo de investir os magistrados de amplos poderes discricionários; e embora muitas vantagens resultem desses poderes, eles, porque preservam a paz e a ordem, põem considerável restrição à ação dos homens, infundindo em cada cidadão privado um grande respeito pelo governo. E assim parece evidente que [11] os dois extremos, monarquia absoluta e república, estão mais próximos um do outro em alguns pontos decisivos. Na *primeira*, o magistrado não desconfia do povo; na *segunda*, o povo não desconfia do magistrado. Em ambos os casos, a ausência de desconfiança gera confiança e crédito recíprocos e produz uma espécie de liberdade nas monarquias, e de poder arbitrário nas repúblicas.

Para justificar a outra parte da observação precedente, de que as formas intermediárias são as que estão mais distantes uma da outra e de que os mistos de monarquia e de liberdade tornam o jugo, ou mais brando, ou mais atroz, lembro uma observação de Tácito, segundo a qual os romanos, no tempo dos imperadores, não toleravam nem a escravidão, nem a liberdade totais, *nec totam servitutem, nec totam libertatem pati possunt*.[8] Um celebrado poeta traduziu essa observação aplicando-a aos ingleses, numa viva descrição da política e do governo da rainha Elisabeth:

> Et fit aimer son joug à l'Anglois indompté,
> Qui ne peut ni servir, ni vivre en liberté.
> *Henriade*, livro I.[9]

---

[8] Tácito, *História*, 1.16.28: "homens que não suportam a escravidão, nem a liberdade completas". (NT)

[9] Os versos são de Voltaire "E fez seu jugo amado do indômito inglês,/que nem pode servir, nem livre viver". (NT)

De acordo com essas indicações, devemos considerar o governo dos imperadores romanos um misto de despotismo e de liberdade, no qual o despotismo prevalece, e o governo inglês, um misto do mesmo gênero, no qual a liberdade [12] predomina. As consequências são conformes à observação precedente, e tais que seriam de esperar de formas mistas de governo, que geram vigilância e desconfiança recíprocas. Muitos dos imperadores romanos foram os tiranos mais terríveis que já desgraçaram um dia a natureza humana; e é evidente que sua crueldade era excitada principalmente por *desconfiança*, e por notarem a impaciência com que todos os grandes homens de Roma suportavam o domínio de uma família que até bem pouco não era em nada superior à deles. Como, por outro lado, o que prevalece na Inglaterra é a parte republicana do governo, embora com grande mistura de monarquia, ela é obrigada, para a própria preservação, a manter uma vigilante *desconfiança* dos magistrados, a suprimir todo poder discricionário e a proteger a vida e a fortuna de cada um por meio de leis gerais e inflexíveis. Nenhuma ação pode ser considerada criminosa, a menos que manifestamente assim o determine a lei. Nenhum crime pode ser imputado a alguém se nenhuma prova legal for apresentada aos juízes, e mesmo estes devem ser concidadãos daquele, sendo obrigados, em seu próprio interesse, a ficar de olhos abertos para as usurpações e violência dos ministros. Eis as causas por que há o mesmo tanto de liberdade e talvez até de licenciosidade na Grã-Bretanha quanto houve outrora de escravidão e tirania em Roma.

Esses princípios dão conta da grande liberdade de imprensa existente neste reino, que vai além daquilo que se aceita em qualquer outro governo. Teme-se que o poder arbitrário vá se introduzindo sorrateiramente entre nós, caso não tomemos cuidado em impedir o seu avanço e não haja um método de fazer soar o alarme de um extremo ao outro do reino. O espírito do povo precisa ser frequentemente instigado para frear a ambição da corte: o temor de que esse espírito seja instigado tem de ser empregado para prevenir essa ambição. Nada é tão eficaz para esse propósito quanto a liberdade de imprensa, que emprega todas as letras, engenho e gênio em prol da liberdade, e anima a todos para a sua defesa. Por isso, enquanto a parte republicana de nosso governo puder se defender da monárquica, será natural [13] que tenha o cuidado de manter a imprensa livre, o que é fundamental para sua própria preservação.

É preciso reconhecer, no entanto, que a ilimitada liberdade de imprensa, para a qual é difícil, senão impossível, propor um remédio adequado, é um mal que atinge as formas mistas de governo.[10]

[10] A edição I omite essa última sentença. Até a edição H, constavam os parágrafos finais seguintes: "Como, portanto, a liberdade de imprensa é essencial para dar suporte a nosso governo misto, temos condições agora de decidir a segunda questão, *se uma tal liberdade é vantajosa ou prejudicial*, pois não há num Estado nada mais importante que a preservação do antigo governo, especialmente se se trata de um governo livre. Eu gostaria de ir mais longe e afirmar que essa liberdade implica tão poucas inconveniências, que se pode aclamá-la como direito comum do gênero humano, e que este deveria ser aceito em quase todos os governos, com exceção do eclesiástico, para o qual se mostraria fatal. Não precisamos recear que essa liberdade venha a acarretar alguma daquelas nefastas consequências que se seguiram das arengas dos demagogos de Atenas e dos tribunos de Roma. Um homem lê um livro ou um panfleto, sozinho e com frieza. Não há ninguém presente de quem possa ser contagiado com uma paixão. Não é impelido pela força e energia da ação. E, mesmo que seja tomado de um humor sedicioso qualquer, nenhuma resolução violenta se apresenta a ele pela qual possa dar imediatamente vazão a sua paixão. Portanto, por mais que dela abusem, a liberdade de imprensa dificilmente poderá excitar tumultos ou rebeliões populares. Quanto ao murmúrio e descontentamento que possa ocasionar, é melhor serem ventilados em palavras do que chegarem ao conhecimento do magistrado antes que seja tarde para providenciar um remédio contra eles. Os homens, é verdade, têm sempre mais propensão a acreditar no que se diz de desfavorável que a favor dos seus governantes; mas essa inclinação é inseparável deles, tenham ou não liberdade. Um boato pode ser tão rápido e tão pernicioso quanto um panfleto, e será ainda mais pernicioso se os homens não estiverem acostumados a pensar livremente, ou a distinguir o verdadeiro do falso.

Também se verificou, com o aumento da experiência do gênero humano, que o *povo* não é o monstro temível que se pinta, e que é melhor guiá-lo como criaturas racionais, que dirigi-lo ou conduzi-lo como animais. Antes de as Províncias Unidas [Países Baixos] darem o exemplo, considerava-se a tolerância incompatível com o bom governo, e pensava-se impossível que numerosas seitas religiosas pudessem conviver em harmonia e paz, tendo todas elas igual afeição por seu país e umas pelas outras. A Inglaterra deu exemplo semelhante de liberdade civil, e embora pareça ocasionar alguma pequena agitação atualmente, essa liberdade não produziu ainda nenhum efeito pernicioso, e é de esperar que os homens, cada dia mais acostumados à livre discussão dos assuntos públicos, aprimorem seu juízo sobre eles e não mais se deixem seduzir tão facilmente por qualquer rumor fútil, nem pelo clamor popular.

É uma reflexão reconfortante para os amantes da liberdade que esse peculiar privilégio dos britânicos seja de uma espécie tal que não possa ser arrancado de nós com facilidade, e tenha de durar enquanto nosso governo continuar a ser, em alguma medida, livre e independente. É raro que a liberdade, de qualquer espécie que seja, desapareça de uma só vez. Para homens acostumados à liberdade, a escravidão tem um aspecto tão assustador, que ela deve ir se insinuando aos poucos entre eles, e tem de se disfarçar de mil maneiras, para que possa se tornar aceitável.

Mas se um dia a liberdade de imprensa vier a desaparecer, ela desaparecerá de uma só vez. As leis gerais contra sedição e difamação não podem ser mais fortes do que são hoje em dia. Nenhuma restrição ulterior pode ser imposta, sem que se ouça o estampido do *imprimatur* sobre a imprensa ou que se dê à corte poderes discricionários tão amplos que ela possa punir tudo que lhe desagrade. Essas concessões constituiriam, porém, tão afrontosa violação da liberdade, que seriam provavelmente apenas os derradeiros esforços de um governo despótico. Podemos concluir que a liberdade da Grã-Bretanha estaria para sempre perdida, se tentativas como estas fossem bem-sucedidas." (NT)

QUE A POLÍTICA PODE SER REDUZIDA A UMA CIÊNCIA[11]

Uma pergunta que muitos se fazem é se existe diferença essencial entre uma forma de governo e outra, e se cada forma não se torna boa ou má somente por ser bem ou mal administrada.[12] Uma vez admitido que todos os governos são iguais, e que a única diferença consiste no caráter ou na conduta dos governantes, a maioria das disputas políticas teria fim, e todo *zelo* por uma [15] constituição de preferência a outra não passaria de intolerância e loucura. Embora amigo da moderação, não posso deixar de condenar esse sentimento, e me seria triste pensar que os interesses humanos não admitam maior estabilidade que aquela que recebem dos humores e caracteres contingentes de homens particulares.

Os que defendem que todos os bons governos consistem numa boa administração podem, é verdade, citar na história muitos exemplos de um mesmo governo que, em mãos diferentes, oscilou repentinamente entre os extremos opostos do bom e do ruim. Compara o governo francês sob Henrique III e sob Henrique IV.[13] Opressão, leviandade e impostura por parte dos governantes; facção, sedição, traição, rebelião e deslealdade por parte dos súditos: assim se compõe o caráter daquela primeira época miserável. Uma vez, porém, firmemente instalado no trono o sucessor, príncipe patriótico e heroico, o governo, o povo, tudo pareceu completamente mudado; e mudado apenas pela diferença de temperamento e conduta desses

---

[11] Ensaio publicado pela primeira vez na edição A.

[12] "For forms of government let fools contest, / Whate'er is best administer'd is best" ["Pelas formas de governo, os tolos que entrem em disputa / A melhor de todas é a mais bem administrada."]. Alexander Pope, *Ensaio sobre o homem*, livro 3. (NA)

[13] Henrique III, rei da França (1574-89), cuja administração foi marcada por guerras e conflitos internos e pela opressão aos huguenotes; Henrique IV, rei da França (1589-1610), promulgou o édito de Nantes (1598), que põe fim à perseguição aos protestantes na França e se alia à Inglaterra e à Holanda contra a expansão da coroa espanhola. (NT)

dois soberanos.[14] Exemplos do gênero poderiam ser multiplicados, quase indefinidamente, tanto na história antiga quanto na história moderna, e tanto na estrangeira quanto na doméstica.

Aqui, contudo, pode ser apropriado fazer uma distinção. Todos os governos absolutos[15] dependem necessariamente, em larga medida, da administração, e tal é uma das grandes inconveniências dessa forma de governo. Um governo republicano e livre, no entanto, seria um patente absurdo se as restrições e controles particulares previstos na Constituição não tivessem realmente [16] influência alguma e não despertassem o interesse, inclusive dos homens maus, em agir pelo bem público. Tal é a intenção dessas formas de governo, e tal o seu real efeito, se constituídas com sabedoria; assim como são, por outro lado, fonte dos piores crimes e desordens, se faltou habilidade ou honestidade em seu arranjo ou instituição originais.

Tão grande é a força de leis e de formas particulares de governo, e tão pequena sua dependência do humores e temperamentos dos homens, que às vezes delas se podem deduzir consequências quase tão gerais e certas quanto quaisquer umas daquelas que nos são proporcionadas pelas ciências matemáticas.

A constituição da república romana dava todo o poder legislativo ao povo, sem conceder direito de veto, quer à nobreza, quer aos cônsules. O povo detinha esse poder irrestrito como corpo coletivo, e não como corpo representativo. As consequências foram as seguintes. Quando, pela prosperidade e conquistas, o povo se tornou muito numeroso e se espalhou por regiões muito distantes da capital, as tribos da cidade[16], embora as mais desprezíveis, ficaram com quase todos os votos e se tornaram, por isso, as mais aduladas por todo aquele que buscava popularidade, sendo sustentadas em seu ócio pela distribuição geral de trigo e pelas propinas que recebiam em particular de quase todos os candidatos. Assim, a cada dia se tornavam

---

[14] As edições de A a P acrescentam: "Igual diferença, de um gênero contrário, pode ser encontrada na comparação entre os reinos de Elisabeth e de Jaime, ao menos quanto à política externa". (NT)

[15] "E tal era, em grande medida, o governo da Inglaterra, até meados do século passado, apesar dos numerosos panegíricos sobre a antiga liberdade inglesa". (Edições A a Q. Nas edições A e B, a frase acabava em "século passado".) (NT)

[16] Tribos, isto é, divisões da população da cidade de Roma. (NT)

mais licenciosas, e o Campo de Marte[17] foi palco permanente de tumulto e sedição. Escravos armados foram introduzidos nessa corja de cidadãos, mergulhando todo o governo na anarquia, e a maior felicidade que os romanos podiam almejar era o poder despótico dos Césares. Tais são os efeitos de uma democracia sem corpo representativo.

A nobreza pode deter todo ou parte do poder legislativo de um Estado de duas maneiras diferentes. Ou cada nobre detém o poder como parte do corpo todo, ou o [17] corpo todo goza do poder como composto de partes, cada uma das quais tendo poder e autoridade distintos. A aristocracia veneziana é um exemplo do primeiro tipo de governo; a polonesa, do segundo. No governo de Veneza, o corpo todo da nobreza detém todo o poder, e nenhum nobre tem outra autoridade além da que recebe do todo. No governo da Polônia, cada nobre, por meio de seus feudos, tem autoridade hereditária sobre seus vassalos, e a autoridade do corpo todo depende da autoridade que receba do concurso de suas partes. As diferentes operações e tendências dessas duas espécies de governo podem se tornar patentes inclusive *a priori*. Uma nobreza como a veneziana é preferível a uma nobreza como a polonesa, não importa o quanto variem os humores e a educação dos homens. Uma nobreza que detém o poder em comum preserva a paz e a ordem, tanto entre si quanto entre os súditos, pois nenhum de seus membros tem autoridade bastante para controlar as leis, por um momento que seja. Os nobres preservarão sua autoridade sobre o povo sem tirania opressiva, sem violação da propriedade privada, porque um governo tirânico desta última espécie não promove o interesse do corpo inteiro, por mais que promova o de alguns indivíduos. Haverá distinção de posição entre nobreza e povo, mas esta será a única distinção no Estado. A nobreza inteira formará um só corpo, e o povo inteiro formará outro, sem nenhuma daquelas rixas e animosidades que espalham ruína e desolação por toda parte. É fácil ver, em cada um desses aspectos, as desvantagens de uma nobreza como a da Polônia.

É possível, assim, constituir um governo livre no qual uma única pessoa, não importa se a chamem de doge, príncipe ou rei, detenha [18] larga parcela de poder e constitua a devida balança ou

---

[17] Próximo ao Rio Tibre, era utilizado para comícios, eleições e negócios. (NT)

contraponto às outras partes da legislatura.[18] Esse principal posto de magistratura pode ser *eletivo* ou *hereditário* e, ainda que, para uma visão superficial, a primeira instituição pareça mais vantajosa, uma inspeção mais acurada descobrirá nela inconveniências maiores que na última, e tais que se fundam em causas e princípios eternos e imutáveis. A sucessão do trono num governo como este é assunto de interesse muito grande e geral para não dividir o povo em facções; daí a apreensão pelo pior dos males, a guerra civil quase certa, toda vez que o trono fica vago. O príncipe eleito deve ser *estrangeiro* ou *nativo*. O primeiro desconhece o povo que deve governar; suspeita de seus novos súditos, que suspeitam dele; deposita toda a sua confiança em estranhos, que não cuidam de mais nada senão de enriquecer da maneira mais rápida, enquanto podem ter apoio no favor e na autoridade de seu senhor. O príncipe nativo carrega para o trono todas as animosidades e amizades pessoais, e não pode ser visto em sua elevada posição sem excitar o sentimento de inveja daqueles que antes o consideravam como um igual. Sem mencionar que a coroa é prêmio muito alto para ser concedido somente ao mérito, e sempre induzirá os aspirantes ao cargo a empregar força, dinheiro ou intriga na busca dos votos dos eleitores, de maneira que uma tal eleição não dará mais chances para o mérito superior do príncipe que se o Estado tivesse confiado unicamente ao nascimento a determinação de quem será o soberano.

Pode-se, portanto, afirmar ser axioma universal em política *que um príncipe hereditário, uma nobreza sem vassalos e um povo que decide por meio de seus representantes formam, respectivamente, a melhor monarquia, a melhor aristocracia e a melhor democracia*. Mas para provar mais plenamente que a política admite verdades gerais que não variam conforme o humor e a educação dos súditos ou do

---

[18] A imagem da "balança" serve para evocar a necessidade de um equilíbrio, provisório mas eficaz, entre forças em antagonismo no corpo político. No decorrer dos *Ensaios,* Hume fala em "balança de poder" (*balance of power*) entre forças de um mesmo corpo político, "balança de propriedade" (*balance of property*), essencial para esse equilíbrio interno de forças, e em "balança de comércio" (*balance of commerce*), em que se equilibram estados nacionais antagonistas. No caso particular do governo inglês, a forma mista de governo, predominantemente republicana, se equilibra numa precária balança de poder que depende de um delicado sistema de "restrições e controles" (*checks and controls*). (NT)

soberano, não será inapropriado observar alguns outros princípios dessa ciência que parecem merecer tal caracterização.

É fácil observar que, conquanto sejam em geral os mais auspiciosos para os que gozam de sua liberdade, os governos livres são os mais ruinosos e opressivos para [19] suas províncias, observação que, acredito eu, pode ser fixada como uma máxima daquele gênero de que estamos falando aqui. O monarca que expande seus domínios pela conquista logo aprende a considerar antigos e novos súditos em pé de igualdade, porque, com exceção dos poucos amigos e favoritos que conhece pessoalmente, todos os seus súditos são, na realidade, o mesmo para ele. Em suas leis *gerais*, ele não faz, portanto, distinção alguma entre eles e, ao mesmo tempo, toma cuidado para evitar atos *particulares* de opressão, tanto contra uns, quanto contra outros. Um Estado livre, porém, faz necessariamente grande distinção entre eles, e tem sempre de proceder assim até que os homens aprendam a amar seus vizinhos tanto quanto a si mesmos. Num governo como este, os governadores também são legisladores, e farão certamente de tudo para arranjar as coisas, mediante restrições ao comércio e impostos, de maneira a obter algumas vantagens, tanto privadas quanto públicas, de suas conquistas. Numa república, governadores de província também têm mais chances de escapar com seus butins mediante suborno ou intrigas, e seus concidadãos, que veem o próprio Estado enriquecer com os espólios das províncias conquistadas, são mais e mais inclinados a tolerar esses abusos. Sem mencionar a precaução necessária, num Estado livre, de mudar com frequência os governadores das províncias, o que obriga esses tiranos temporários a ser mais expeditos e rapaces em acumular suficiente riqueza antes de dar lugar a seus sucessores. Que tiranos cruéis não foram os romanos durante o período republicano! É verdade que possuíam leis para prevenir a opressão dos magistrados provinciais, mas Cícero nos informa que a melhor maneira de atender aos interesses das províncias seria revogar essas mesmas leis. Pois neste caso, diz ele, nossos magistrados, gozando de total impunidade, não saqueariam as províncias mais que o necessário para satisfazer a própria rapacidade, ao passo que, no presente, têm de satisfazer também a de seus juízes e a de todos os homens importantes em Roma, de cuja proteção dependem.[19] Quem pode ler as crueldades e opressões de Verres sem horror e espanto? [20] E quem não é tocado de indignação ao ouvir que, depois de Cícero ter despejado sobre esse criminoso devasso todos os trovões de sua eloquência e obtido que fosse condenado com a pena máxima permitida pelas leis, o cruel tirano viveu tranquilamente, com opulência e conforto, até a velhice, e que trinta anos depois, por causa da exorbitante riqueza, foi condenado por Marco Antônio ao desterro, onde tombou junto com o próprio Cícero e com todos os mais virtuosos homens de Roma?[20] Depois da dissolução da república[21], o jugo romano sobre as províncias se tornou mais brando, como nos informa Tácito[22], e pode-se observar que muitos dos piores imperadores, como Domiciano, por exemplo, tiveram o cuidado de evitar qualquer opressão contra as províncias.[23] Estima-se que a Gália, no tempo de Tibério, era mais rica que a própria Itália,[24]e não considero que durante todo o período da monarquia romana o império tenha se tornado menos rico ou populoso em qualquer uma das províncias, embora seu valor e sua disciplina militar se encontrassem cada vez mais em declínio. [21] A opressão e tirania dos cartagineses contra os Estados por eles subjugados na África foi tamanha, como aprendemos em Políbio[25], que, não contentes com exigir metade de todo o produto da terra, o que por si só já era rendimento altíssimo, ainda os oneraram com muitos outros impostos.[26] Se passarmos dos tempos antigos aos modernos,

---

[19] Cícero, *Discurso contra Gaius Verres*, Primeira parte, I, 14, 41. Gaius Verres, de quem se falará a seguir, foi governador da Sicília entre 73 e 70 a.C. (NT)

[20] Com centenas de outros homens importantes de Roma, Verres e Cícero foram assas-sinados em 43 a.C. por ordem dos triúnviros Otaviano, Lépido e Antônio. (NT)

[21] O termo *commonwealth* é a tradução inglesa do latim *res publica*, cuja versão anglicizada, *republic*, Hume também emprega. As duas palavras são praticamente sinônimos. Indicar-se-á sempre em nota as ocorrências do primeiro termo. (NT)

[22] Tácito, *Anais*, I, 2. (NA)

[23] Suetônio, *Vidas dos Césares*, "Domiciano". (NA)

[24] *Egregium resumendae libertati tempus, si ipsi florentes, quam inops* Italia, *quam imbelis urbana plebs, nihil validum in exercitibus, nisi quod externum cogitarent.* Tácito, *Anais*, III. (NA) ["Tinham a oportunidade única de reconquistar sua independência: bastava comparar seus próprios recursos com a pobreza da Itália, a população esgotada e a fraqueza dos exércitos desta — exceto pelos estrangeiros"]. (NT)

[25] Políbio, *Histórias*, I, 72. (NA)

[26] Oração acrescentada na edição de K. (NT)

veremos que essa observação continua válida. O tratamento que as províncias recebem de monarquias absolutas é sempre melhor que o de Estados livres. Basta compararmos os *pays conquis*[27] da França com a Irlanda para ficarmos convencidos dessa verdade, embora este último reino, sendo em boa medida povoado por ingleses, possua tantos direitos e privilégios que é natural que reclame tratamento melhor que o de uma província conquistada. A Córsega é outro exemplo óbvio a esse mesmo propósito.[28]

Há em Maquiavel uma observação acerca das conquistas de Alexandre, o Grande, que, penso eu, pode ser considerada uma daquelas verdades políticas eternas, que não podem ser alteradas nem pelo tempo, nem por acidentes. Parece estranho, diz aquele político, que conquistas tão repentinas como as de Alexandre tenham se conservado tão pacificamente nas mãos de seus sucessores, e que os persas, durante as confusões e guerras civis entre os gregos, jamais tenham feito o menor esforço para recuperar seu antigo governo independente.[29] Para obter uma resposta satisfatória sobre a causa desse evento notável, basta [22] considerarmos que um monarca pode governar seus súditos de duas maneiras diferentes. Ou segue as máximas de príncipes orientais, ampliando sua autoridade de modo a não permitir nenhuma distinção de posição entre seus súditos que não proceda imediatamente dele, a não permitir vantagens de nascimento, nem honras ou posses hereditárias, numa palavra, nenhum crédito ao povo, a não ser conferido por ele. Ou então o monarca exerce seu poder de maneira mais branda, como alguns príncipes europeus, e aceita outras fontes de honra, além de seu sorriso e favor: nascimento, títulos, posses, valor, integridade, conhecimento, feitos importantes e bem-sucedidos. Na primeira espécie de governo é impossível suspender o jugo depois de uma conquista, pois ninguém do povo possui crédito e autoridade pessoal suficientes para dar início a tal empresa. Na segunda espécie de governo, o menor infortúnio ou a menor discórdia entre os vitoriosos encoraja os derrotados a pegarem

---

[27] "Países conquistados": em francês no original. (NT)

[28] A ilha da Córsega foi governada pela república de Gênova de meados do século XV ao século XVII, até passar ao domínio francês em 1768. (NT)

[29] Maquiavel, *O príncipe*, IV. (NT)

em armas, pois têm líderes prontos a incitá-los e conduzi-los em cada iniciativa.[30] [23]

O raciocínio de Maquiavel parece sólido e conclusivo, mas eu desejaria que ele não tivesse misturado falsidade à verdade, ao afirmar que monarquias governadas segundo a política oriental, embora mais fáceis de ser mantidas depois de subjugadas são, no entanto, as mais difíceis de subjugar, pois nelas não se encontra nenhum súdito poderoso cujo descontentamento ou facciosidade possa facilitar os

[30] Assumi como certo, conforme a suposição de Maquiavel, que não havia nobreza entre os antigos persas, embora existam razões para suspeitar que o secretário florentino, que parece ter conhecido melhor os autores romanos que os gregos, tenha se enganado nesse particular. Os persas mais antigos, cujas maneiras são descritas por Xenofonte, eram um povo livre e possuíam nobreza. Seus *homótimoi* [os pares do reino] foram preservados mesmo depois da expansão de suas conquistas e da consequente mudança de governo (*Ciropédia*, livro II, 1). Arriano os menciona na época de Dario, *Expedição de Alexandre*, II, 11. Historiadores também se referem com frequência aos comandantes como homens de família. Tigranes, que foi general dos medos sob Xerxes, era da linhagem dos aquemênidas. Heródoto, *História*, VII, 62. Artaqueu, que dirigiu os trabalhos de abertura do canal através do monte Atos, era da mesma família (idem, 117). Megabizo foi um dos sete eminentes persas que conspiraram contra os *magis*. Seu filho, Zópiro, ocupou o comando supremo sob Dario e conquistou a Babilônia para ele. Seu neto, Megabizo, comandou o exército derrotado em Maratona. Seu bisneto, Zópiro, também era eminente, e foi banido da Pérsia. Heródoto, ibidem, III, 160; Tucídides, *História da guerra do Peloponeso*, I, 109. [23] Rosaces, que comandou um exército no Egito sob Artaxerxes, também descendia de um dos sete conspiradores; Diodoro Sícolo, *Biblioteca de História*, XVI, 47. Agesilau, ansioso por promover o casamento entre o rei Cótis, seu aliado, e a filha de Espitridates, um persa de linhagem, mas que fora adotada por ele, primeiro pergunta a Cótis qual a família de Espitridates: uma das mais consideráveis da Pérsia, diz Cótis. Xenofonte, *História da Grécia*, IV, 1. Arieu, quando a soberania lhe foi oferecida por Clearco e pelos dez mil gregos, recusou-a, e disse que tantos persas eminentes jamais suportariam serem governados por ele. Xenofonte, *Ciropédia*, II. Algumas das famílias descendentes dos sete persas acima mencionados continuaram a existir sob todos os sucessores de Alexandre, e Políbio diz que Mitríades, que viveu na época de Antíoco, descenderia de um deles. (*Histórias*, V, 43.) Artabazo, diz Arriano, estava incluído *en toîs prótois Persôn* ["entre os mais eminentes persas"]. (*Expedição de Alexandre*, III, 23.) Alexandre, quando casou num só dia oitenta de seus capitães com mulheres persas, tinha por intenção introduzir macedônios nas mais eminentes famílias persas (idem, VII, 4); Diodoro Sícolo diz que elas eram as mais nobres da pérsia (*Biblioteca de história*, XVII, 107). O governo da Pérsia era despótico e, em muitos aspectos, conduzido à maneira oriental, mas não a ponto de extirpar toda nobreza e confundir todas as classes e ordens. Condescendia que houvesse homens importantes por si mesmos e por família, independentemente de seus ofícios e cargos. A razão por que os macedônios os dominaram tão facilmente se deve a causas que podem ser encontradas nos historiadores. Mas é preciso reconhecer que o raciocínio de Maquiavel é em si mesmo justo, por duvidosa que seja sua aplicação ao caso presente. (NA) [Nota acrescentada a partir da edição K. (NT)]

trabalhos de um inimigo. Pois um governo tirânico não só enerva a coragem dos homens e os torna indiferentes à sorte de seu soberano, mas, além disso, também sabemos, por experiência, que a autoridade temporária delegada aos generais e [24] magistrados nesses governos, sendo sempre nas respectivas esferas tão absoluta quanto a do príncipe, é capaz de produzir, em conjunto com bárbaros acostumados a uma cega submissão, as revoluções mais perigosas e fatais. De maneira que um governo moderado é, sob todos os aspectos, preferível: é o que oferece mais segurança para o soberano, assim como para o súdito.

Os legisladores, portanto, não podem confiar o futuro governo de um Estado inteiramente à sorte, mas devem prover um sistema de leis que regule a administração dos assuntos públicos até a mais remota posteridade. Efeitos sempre corresponderão a causas; e regulamentações sábias, qualquer que seja a república[31], são o mais valioso legado que se pode deixar a épocas futuras. Descobriu-se que, na menor corte ou ofício, as formas e métodos estipulados para a condução do trabalho são uma restrição considerável à natural depravação do gênero humano. Por que seria diferente nos negócios públicos? Podemos atribuir a estabilidade e a sabedoria que o governo de Veneza obteve por tantas gerações a outra coisa que à forma de governo? E não é fácil indicar os defeitos na constituição original que produziram os tumultuosos governos de Atenas e Roma, e que terminaram com a ruína daquelas duas famosas repúblicas? Ora, essa questão depende tão pouco dos humores e da educação de homens particulares, que parte de uma mesma república pode ser dirigida com sabedoria e outra com fraqueza pelos mesmos homens, meramente em virtude das diferenças entre as formas e instituições pelas quais aquelas partes são reguladas. Historiadores nos ensinam que foi isso, de fato, o que ocorreu em Gênova. Pois enquanto o Estado estava sempre às voltas com sedição, tumulto e desordem, o banco de São Jorge, que se tornara parte considerável do povo, foi dirigido por várias gerações com a máxima integridade e sabedoria[32] [25]

[31] *Commonwealth.* (NT)

[32] *Essempio veramente raro, & da filosofi intante loro imaginate & vedute republiche mai non trovato, vedere dentro ad un medesimo cerchio, fra medesimi citadini, la liberta, & la tirannide, la vita civile & la corotta, la giustitia & la licenza; perche quello ordine solo mantiere quella citta piena di costumi antichi & venerabili. E s'egli auvenisse (che col tempo in ogni modo auverà) que San* [25] *Giorgio tutta quel*

As épocas de maior espírito público nem sempre são as mais eminentes pela virtude privada. Boas leis podem gerar ordem e moderação no governo, onde maneiras e costumes tenham instilado pouca humanidade e justiça no temperamento dos homens. Considerado numa perspectiva política, o período mais ilustre da história romana é o que se encontra entre o início da primeira e o fim da última Guerra Púnica, quando o devido balanço entre a nobreza e o povo era fixado pelas contendas dos tribunos, e ainda não fora perdido com a ampliação das conquistas. E, no entanto, a horrenda prática do envenenamento era tão comum nessa época que, durante parte de uma estação, um *pretor* puniu de morte por esse crime a mais de três mil pessoas apenas numa parte da Itália, e viu multiplicarem-se as notificações de casos dessa natureza.[33] Há um exemplo similar, [26] ou talvez pior, nos primeiros tempos da república.[34] Eis a que depravação chegou, em sua vida privada, esse povo tão admirado por nós em suas histórias. Não tenho dúvida de que foram realmente mais virtuosos durante o período dos dois *triunviratos*, quando fizeram o próprio país em pedaços e espalharam carnificina e desolação pela face da terra, meramente para a escolha de tiranos.[35]

Tem-se, pois, aqui motivo suficiente para manter, com o máximo *zelo*, em todo Estado livre as formas e instituições que asseguram a liberdade, promovem o bem público, restringem e punem a avareza ou ambição dos homens privados. Nada honra mais a natureza humana do que ver que é suscetível de tão nobre paixão, assim como não há

---

la città occupasse, sarrebbe quella una Republica piu dalla Vanatiana memorabile. Maquiavel, *História de Florença,* VIII, cap. 29 (NA) ["Exemplo verdadeiramente raro, que os filósofos jamais encontraram nas repúblicas que imaginam e sonham, é ver, num mesmo círculo, entre os mesmos cidadãos, a liberdade e a tirania, a vida civil e a corrupta, a justiça e a licenciosidade — pois somente aquela ordem mantém nessa cidade os seus antigos e veneráveis costumes. E caso aconteça (como será inevitável, com o tempo) que São Jorge venha a ocupar toda essa república, ela se tornará mais memorável que Veneza". Maquiavel se refere ao Banco de São Jorge, que, apoiado na hipoteca dos bens públicos, financiou o governo de Gênova após a derrota dessa cidade na guerra contra Veneza.] (NT)

[33] Tito Lívio, *História de Roma,* 40, 43. (NA)

[34] Idem, 8, 18. (NA) [No original, *commonwealth.* (NT)]

[35] *L'aigle contre l'aigle, romains contre romains,/Combatans seulement pour le choiz des tyrans.* Corneille (NA) [*Cinna,* ato 1, cena 3. "Águia contra águia, romanos contra romanos,/Combatendo somente para a escolha dos tiranos." Parágrafo acrescentado na edição D. (NT)]

maior indicação de baixeza no coração de um homem do que vê-lo destituído dela. Um homem que só ama a si mesmo e não leva em conta a amizade e o apreço, merece a mais severa censura; [27] o homem que só é suscetível à amizade e não tem espírito público ou consideração pela comunidade é deficiente na parte mais importante da virtude.

Esta é, todavia, matéria sobre a qual não precisamos insistir muito no presente. Há, em ambos os lados, muitos zelotes que inflamam as paixões de seus partidários e que, usando o bem público como pretexto, perseguem os interesses e fins próprios de sua facção. De minha parte, sempre me aplicarei em promover mais a moderação que o zelo, embora o caminho mais seguro para produzir moderação em cada partido seja talvez aumentar nosso zelo pela coisa pública. No tocante, pois, aos partidos nos quais atualmente se divide o nosso país, tentemos, caso isso seja possível, extrair da doutrina precedente uma lição de moderação, sem permitir, contudo, que essa moderação venha a inibir a indústria e a paixão com que cada indivíduo deve perseguir o bem de seu país.

Os que atacam ou defendem um ministro num governo como o nosso, no qual se concede máxima liberdade, levam sempre as questões ao extremo e exageram o mérito ou demérito dele nos assuntos públicos. Seus inimigos com certeza o acusam de enormidades, tanto no plano interno quanto no plano [28] externo, e não há baixeza ou crime do qual, avaliam eles, não seria capaz. Guerras desnecessárias, tratados escandalosos, desperdício do tesouro público, impostos opressivos, toda espécie de inépcia administrativa lhe é imputada. Para agravar a acusação, dizem que sua conduta perniciosa legará à posteridade uma influência nefasta, por minar a melhor constituição do mundo e desordenar o sábio sistema de leis, instituições e costumes que por tantos séculos governou tão auspiciosamente nossos ancestrais. Não contente em ser ele mesmo mau ministro, também teria ele abolido todas as garantias existentes contra maus ministros no futuro.[36]

Do outro lado, os partidários do ministro fazem seu panegírico subir à mesma altura das acusações contra ele, e celebram sua

---

[36] O ensaio tem em mente as discussões sobre a figura de Sir Robert Walpole, responsável pelo tesouro de 1721 a 1742. Ver neste volume o ensaio "Perfil de Sir Robert Walpole", na seção *Ensaios suprimidos* desta coletânea. (NT)

conduta sábia, constante e moderada em todos os setores da administração. A honra e o interesse da nação defendidos fora do país, o crédito público controlado, a perseguição contida, a facção subjugada: o mérito de todas essas bênçãos é atribuído exclusivamente ao ministro. Ao mesmo tempo, ele coroa todos os seus outros méritos com escrupuloso desvelo pela melhor constituição do mundo, que ele teria preservado integralmente e transmitido inteira, para ser a felicidade e a segurança da mais longínqua posteridade.

Não admira que, ao cair no conhecimento dos partidários de cada grupo, a acusação e o panegírico causem nos dois lados um alvoroço extraordinário e encham a nação de violenta animosidade. Mas gostaria muito de persuadir os zelotes desses partidos de que há uma patente contradição tanto na acusação quanto no panegírico, e de que teria sido impossível para estes subirem tão alto, se não fosse essa contradição. Se a nossa constituição é realmente *esse nobre edifício, o orgulho da* Grã-Bretanha, *a inveja de nossos vizinhos, erguida pelo labor de muitos séculos, aprimorada ao custo de muitos milhões e cimentada por tão grande profusão de sangue*[37], se nossa constituição, digo, merece em alguma medida [29] esses elogios, ela jamais poderia permitir que um ministro fraco e ruim nos governasse triunfalmente por um período de vinte anos, tendo a oposição dos maiores gênios da nação, que usufruíram da máxima liberdade da palavra e da escrita, no parlamento e nos seus frequentes apelos ao povo. Pelo contrário, se o ministro é mesmo tão fraco e ruim quanto veementemente insistem, a constituição deve ser falha em seus princípios originais, e não pode haver consistência na acusação de que ele teria minado a melhor forma de governo do mundo. A constituição só é boa se providencia remédio contra a má administração. E, se a constituição britânica, vigorosa como nunca e após ser aprimorada por dois acontecimentos notáveis como a *Revolução* e a *Coroação*, que sacrificaram nossa antiga família real[38], se nossa constituição,

---

[37] *Dissertação sobre partidos*, Carta 10. (NA) [O artigo de Bolingbroke é um violento ataque a Walpole e foi publicado em 1733 no *The Craftsman*. Nele se defende que a divisão entre *tories* e *whigs* não mais existe, existindo apenas a divisão entre o partido constitucional ou da pátria e o anticonstitucional ou da corte, como se verá a seguir. (NT)]

[38] Referência à Revolução de 1688, dita "Gloriosa", que depôs Jaime II, da linhagem Stuart, e elevou ao trono sua filha Maria, junto com o marido, Guilherme III, da casa

digo, com tão grandes vantagens [30] não oferece de fato nenhum remédio como este, devemos antes ser gratos a qualquer ministro que venha a miná-la e nos dar oportunidade de erguer outra melhor em seu lugar.

Eu faria uso dos mesmos tópicos para moderar o zelo dos que defendem o ministro. *Nossa constituição é tão excelente assim?* Então a mudança no ministério não pode ser um evento tão terrível, pois é essencial a uma constituição como esta que seja preservada de toda violação, qualquer que seja o ministério, e que previna todos os excessos na administração. *Nossa constituição é muito ruim?* Então uma extraordinária desconfiança das mudanças e apreensão por elas são algo fora de propósito e, neste caso, o receio não deve ser maior do que a precaução que um marido casado com uma mulher de má reputação deve ter para evitar a infidelidade dela. É inevitável que, num governo como este, os negócios públicos acabem em confusão, não importa por que mãos sejam conduzidos; e aqui se requer menos o zelo dos *patriotas* que a paciência e resignação do *filósofos*. A virtude e a boa intenção de Catão e de Bruto são altamente louváveis: mas a que propósito serviu seu zelo?[39] Ele serviu apenas para apressar o período fatal do governo romano e tornar ainda mais violentas e dolorosas as suas convulsões e as agonias de sua morte.

Não quero dizer com isso que os assuntos públicos não mereçam cuidado ou atenção. Fossem os homens moderados e coerentes, suas alegações poderiam ser admitidas ou, ao menos, examinadas. O *partido da pátria*[40] poderia continuar a afirmar que nossa constituição, apesar de excelente, comporta algum grau de má administração, e que, portanto, se o ministro é ruim, cabe fazer-lhe oposição com um grau *conveniente* de zelo. Por outro lado, [31] supondo que o ministro seja

de Orange. Com a morte da esposa, Guilherme ficou no trono até 1702. Seguiu-se o reinado de Ana, segunda filha de Jaime II, até 1714. Um ato do parlamento de 1701 fixava que este seria o último reinado Stuart, após o qual a coroa passaria para a casa de Hanover. (NT)

[39] Catão e seu genro Bruto apoiaram Pompeu contra Julio César. Catão se suicida após a derrota de Pompeu, e Bruto, perdoado, participa da conspiração que levou ao assassinato de César. (NT)

[40] *Country-party*: partido "da pátria" ou "constitucional", que defende as prerrogativas do parlamento contra as supostas usurpações da coroa, defendida pelo "partido da corte" (*court-party*). As designações são estipuladas por Brolingbroke na *Dissertação sobre os partidos*, citada há pouco por Hume. (NT)

bom, pode-se conceder ao *partido da corte* que defenda, e até com *algum* zelo, a sua administração. Eu apenas persuadiria os homens de que não devem combater como se estivessem lutando *pro aris & focis*[41], nem fazer com que uma boa constituição seja transformada numa constituição ruim pela violência de suas facções.

Não considerei aqui nenhum aspecto pessoal na presente controvérsia. Nas melhores constituições civis, em que cada homem é contido pelas leis mais rígidas, é fácil descobrir as boas ou más intenções de um ministro e julgar se o seu caráter pessoal merece amor ou ódio. Mas tais questões têm pouca importância para o bem público e atraem, para aqueles que a elas dedicam sua pena, a justa suspeita de malevolência ou de bajulação.[42]

---

[41] "Pelos altares e pelos lares". Expressão usada por Cícero no *De natura deorum* (III, 40, 49), referindo-se à luta em defesa da pátria. Apud Paulo Rónai, *Não perca o seu latim*, Rio de Janeiro: Nova Fronteira, 1980, p. 143. (NT)

[42] Até a edição P seguia em apêndice o texto do ensaio sobre o "Perfil de Sir Robert Walpole". (NT)

DA ORIGEM DO GOVERNO[43]

[37] O homem, tendo nascido numa família, é compelido a permanecer em sociedade por necessidade, por inclinação natural e por hábito. A mesma criatura, em seu progresso ulterior, é levada a estabelecer uma sociedade política para a administração da justiça; sem ela não pode haver paz, segurança ou relacionamento entre os homens. Devemos, por isso, considerar que o vasto aparato do nosso governo não tem outro objetivo ou propósito último senão a distribuição de justiça ou, em outras palavras, a sustentação dos doze juízes. Reis e parlamentos, armadas e exércitos, oficiais da corte e do fisco, embaixadores, ministros e conselheiros privados, todos eles são subordinados em seus fins a essa parte da administração. Mesmo os clérigos, cujo dever é inculcar moralidade, podem [38] ser justamente considerados, no que respeita a este mundo, como não tendo outro objetivo útil em sua instituição.

Todos os homens têm consciência de que é necessário justiça para manter a paz e a ordem, e de que é necessário paz e ordem para a preservação da sociedade. Mas, apesar de tão forte e óbvia necessidade, a fragilidade e perversão de nossa natureza é tal, que é impossível fazer os homens se manterem fielmente e sem desvios na trilha da justiça. Podem ocorrer algumas circunstâncias extraordinárias em que um homem considere seus interesses mais favorecidos por fraude e rapinagem do que prejudicados pela fissura que sua injustiça ocasiona na união social. Muito mais frequente, no entanto, é ele se deixar desviar de seus interesses grandes e importantes, mas distantes, pelo brilho de tentações muitas vezes frívolas, mas presentes. Essa grande fraqueza é incurável na natureza humana.

---

[43] Publicado pela primeira vez na edição A. (NT)

Os homens precisam, por isso, buscar paliativos para aquilo que não podem sanar. Precisam incumbir algumas pessoas, intituladas magistrados, do ofício peculiar de proferir sentenças equânimes, de punir transgressores, de corrigir a fraude e a violência e de obrigar os homens, por mais relutantes que sejam, a levar em consideração os seus próprios interesses reais e permanentes. Numa palavra, *obediência* é um novo dever que tem de ser inventado para dar suporte ao dever de *justiça*, os laços de equidade precisam ser corroborados pelos de obrigação.

E, no entanto, considerando a questão numa luz abstrata, pode-se pensar que nada se ganha com essa aliança, e que o dever factício de obediência tem, por sua própria natureza, tão pouca ascendência sobre a mente humana quanto o dever de justiça primitivo e natural. Interesses particulares e tentações imediatas podem suplantar tanto um quanto outro. Eles estão igualmente expostos às mesmas inconveniências. E o homem com inclinação a ser mau vizinho é necessariamente levado, pelos mesmos motivos, bem ou mal compreendidos, a ser mau cidadão ou súdito. Sem mencionar que o próprio magistrado pode ser negligente ou parcial ou injusto em sua administração.

A experiência prova, no entanto, que há grande diferença entre esses dois casos. Constatamos que a ordem na sociedade é muito [39] mais bem mantida por intermédio do governo, e que nosso dever para com o magistrado está mais estritamente garantido pelos princípios da natureza humana do que o dever para com nossos concidadãos. O amor pela dominação é tão forte no peito humano, que muitos não apenas se submetem a todos os perigos, fadigas e preocupações do governo, mas também flertam com eles, e os homens, uma vez alçados a essa posição, apesar de frequentemente extraviados por paixões privadas, encontram em geral visível interesse na administração imparcial da justiça. Pessoas que primeiro obtêm essa distinção pelo consentimento, tácito ou expresso, do povo, precisam ser dotadas de qualidades pessoais superiores de valor, força, integridade e prudência, as quais inspiram respeito e confiança. Depois de estabelecido o governo, a importância dada ao nascimento, à condição e à posição exerce poderosa influência sobre os homens e reforça os decretos do magistrado. O príncipe ou líder protesta contra qualquer desordem que perturbe a sociedade. Ele convoca todos os seus partidários e homens de probidade para ajudá-lo a corrigi-la e reerguê-la, e é prontamente seguido na execução de sua tarefa por todos os homens imparciais. Ele logo adquire o poder de recompensar esses serviços e, no progresso da sociedade, institui ministros a ele subordinados e, com frequência, uma força militar, os quais encontram imediato e visível interesse em dar suporte à autoridade dele. O hábito não tarda a consolidar o que outros princípios da natureza humana fundaram imperfeitamente, e os homens, uma vez acostumados à obediência, nunca pensam em se desviar da trilha constantemente percorrida por eles e por seus antepassados, e à qual estão presos por tantos motivos urgentes e visíveis.

Por mais certo e inevitável que possa parecer esse progresso dos assuntos humanos, e por mais que o suporte que a obrigação dá à justiça se funde em princípios óbvios da natureza humana, não é de esperar que os homens sejam capazes de descobri-los de antemão ou prever sua operação. O começo do governo é mais casual e imperfeito. É provável que a primeira vez que um homem ganhou ascendência sobre multidões tenha sido num estado de guerra, onde a superioridade da coragem e do gênio se revela do modo mais visível, a unanimidade e o [40] acordo são mais requeridos e os efeitos perniciosos da desordem se tornam mais sensíveis. A longa permanência nesse estado, ocorrência comum entre tribos selvagens, acostumava o povo à submissão. E se o chefe possuía tanta equidade quanto prudência e valor, ele se tornava o árbitro de todas as diferenças mesmo nos tempos de paz e, com um misto de força e consentimento, podia estabelecer pouco a pouco a sua autoridade. O sensível benefício de sua influência a tornava querida pelo povo ou, ao menos, pelos pacíficos e amistosos, e se seu filho gozava das mesmas qualidades, o governo avançava mais rapidamente para a maturidade e perfeição. Mas permanecia num estado de fraqueza, enquanto os subsequentes progressos rumo ao aprimoramento não provessem o magistrado de rendimento que lhe permitisse distribuir recompensas àqueles muitos agentes de sua administração e aplicar punições aos refratários e desobedientes. Antes desse período, sua influência só pode ter se exercido de maneira particular, fundada nas circunstâncias peculiares de cada caso. Depois dele, a submissão deixou de ser matéria de escolha para o grosso da comunidade, tendo sido rigorosamente imposta pela autoridade do magistrado supremo.

Declarada ou secreta, há em todos os governos uma perpétua luta intestina entre *autoridade* e *liberdade*; e nenhuma delas pode vencer absolutamente a disputa. Um grande sacrifício de liberdade tem necessariamente de ser feito em qualquer governo, embora também a autoridade, que restringe a liberdade, jamais possa, e talvez jamais deva, se tornar total e incontrolável, qualquer que seja a constituição. O sultão é senhor da vida e da fortuna de cada indivíduo, mas não é permitido que imponha aos súditos novos impostos; um monarca francês pode estabelecer os impostos que bem lhe aprouver, mas acharia perigoso atentar contra a vida ou a fortuna dos indivíduos.[44] Na maioria dos países, a religião também é geralmente um princípio bastante adverso, e outros princípios ou preconceitos frequentemente resistem a toda autoridade do magistrado civil, cujo poder, fundado em opinião, jamais pode subverter outras opiniões, igualmente arraigadas, quanto ao direito de dominar. O governo que, na acepção comum, recebe o nome de [41] livre, é aquele que admite divisão de poder entre diversos membros, cuja autoridade somada não é menor, mas comumente maior, que a autoridade de qualquer monarca, e que, no curso comum da administração, precisam agir de acordo com leis gerais e iguais, previamente conhecidas de todos os membros do governo e de todos os súditos. Neste sentido, é forçoso admitir que a liberdade é a perfeição da sociedade civil. Não obstante, deve-se reconhecer que a autoridade é essencial para a sua existência. E, nas disputas que tão frequentemente ocorrem entre elas, esta última pode, por isso, ganhar a preferência. A menos, talvez, que alguém venha dizer (e com certa razão) que uma circunstância essencial para a existência da sociedade civil tem sempre de bastar por si mesma, e não precisa ser tão ciosamente defendida quanto outra que apenas contribua para a sua perfeição, circunstância que a indolência dos homens tende tanto a negligenciar ou sua ignorância, a omitir.

[44] Ver o ensaio "Da liberdade civil", incluído nesta coletânea. (NT)

DOS PARTIDOS EM GERAL[45]

De todos os homens que se distinguem pelos feitos memoráveis, a primazia parece caber aos *legisladores* e fundadores de Estados, que deixam um sistema de leis e instituições para assegurar a paz, a felicidade e a liberdade das gerações futuras. A influência de invenções úteis nas artes e ciências pode ser talvez mais duradoura que a de sábias leis, cujos efeitos são limitados ao tempo e ao lugar; mas o benefício advindo das primeiras não é tão sensível quanto o resultante destas últimas. Ciências especulativas aprimoram, de fato, a mente, mas esse privilégio só é dado a umas poucas pessoas que dispõem do ócio de se dedicar a elas. Quanto às artes práticas, que aumentam as comodidades e os contentamentos da vida, sabe-se muito bem que [55] a felicidade dos homens consiste menos na abundância deles que na paz e na segurança com que os possuem, e essas bênçãos só podem provir do bom governo. Sem mencionar que a virtude geral e os bons costumes num Estado, tão necessários à felicidade, jamais podem surgir dos preceitos mais refinados da filosofia ou mesmo das injunções mais severas da religião, mas procedem inteiramente da educação virtuosa da juventude, efeito de leis e instituições sábias. Arrisco-me, por isso, a discordar de lorde Bacon neste particular e a considerar que a antiguidade foi um pouco injusta na distribuição de honras, quando promoveu a deuses todos os inventores de artes úteis, como Ceres, Baco e Esculápio, e conferiu aos legisladores, como Rômulo e Teseu, apenas o título de semideuses e heróis.[46]

Se os legisladores e fundadores de Estados merecem a honra e o respeito dos homens, os fundadores de seitas e facções merecem seu desprezo e ódio, porque a influência da facção é diretamente

---

[45] Publicado pela primeira vez na edição A.
[46] Francis Bacon, *O avanço no saber*, livro I. (NT)

contrária à das leis. Facções subvertem o governo, tornam as leis impotentes e geram as mais ferozes animosidades entre homens de uma mesma nação, que deveriam se ajudar e proteger uns aos outros. O que torna ainda os fundadores de partidos mais odiosos é a dificuldade de extirpar essas ervas daninhas quando deitaram raízes em algum Estado. Elas se propagam naturalmente por séculos, e dificilmente morrem, a não ser com a total dissolução do governo em que foram semeadas. São, além disso, plantas que crescem mais abundantes nos solos mais férteis, e embora governos absolutos não sejam de todo imunes a elas, é preciso reconhecer que surgem com mais facilidade e se propagam com mais rapidez em governos livres, [56] onde sempre infectam a própria legislatura, que somente seria capaz de as erradicar mediante a firme aplicação de recompensas e punições.

Facções podem ser divididas em *pessoais* e *reais*, ou seja, em facções fundadas na amizade ou animosidade pessoal entre os que compõem os partidos rivais, e em facções que se fundam em alguma real diferença de sentimento ou de interesse. A razão dessa distinção é óbvia, embora eu tenha de reconhecer que raramente se encontram partidos, quer de um gênero, quer do outro, puros e sem mistura. Não é muito frequente ver um governo dividido em facções onde não haja diferença de visão, real ou aparente, insignificante ou relevante, entre os membros que o constituem. E naquelas facções que se fundam em diferença mais real e mais relevante, observa-se sempre boa dose de animosidade ou de afeição pessoal. Mas, apesar dessa mistura, um partido pode ser denominado pessoal ou real conforme o princípio que é predominante e que venha a ter maior influência.

Facções pessoais surgem mais facilmente nas pequenas repúblicas. Ali, cada querela doméstica se torna questão de Estado. Amor, vaidade, emulação, qualquer paixão, ambição ou ressentimento gera divisão pública. Os Neri e os Bianchi em Florença, os Fregosi e os Adorni em Gênova, os Colonesi e os Orsini na Roma moderna, são partidos desse gênero.[47]

---

[47] *Neri* e *Bianchi*, facções dentro do partido guelfo em Florença no século XIV; *Fregosi* e *Adorni*, famílias rivais em Gênova no século XIV; *Colonesi* e *Orsini*, famílias fundadoras dos partidos guelfo e gibelino na Roma do século XIII. (NT)

Os homens têm tal propensão a se dividir em facções pessoais, que a mínima aparência de diferença real entre eles [57] é suficiente para produzi-las. Pode-se imaginar algo mais trivial que a diferença entre as cores das librés em corridas de cavalo? Foi essa diferença, no entanto, que gerou as duas mais inveteradas facções do Império Bizantino, os Prasini e os Veneti, que não deram trégua a suas animosidades enquanto não arruinaram aquele desditoso governo.[48]

Encontramos na história de Roma uma notável dissensão entre duas tribos, Pólia e Papíria, que durou aproximadamente trezentos anos e que se revelava nos seus sufrágios a cada eleição de magistrados.[49] [58] Tão mais notável foi essa facciosidade, quanto pôde se manter por tão longo período de tempo sem ter todavia se espalhado ou envolvido outras tribos na querela. Se o gênero humano não tivesse tão vigorosa propensão para essas divisões, a indiferença do resto da comunidade teria suprimido essa tola animosidade, deixando de alimentá-la com novos benefícios e injúrias, com aquela simpatia e antipatia geral que nunca deixa de ocorrer quando o Estado inteiro é repartido em duas facções iguais.[50]

---

[48] No circo de Roma e no hipódromo de Constantinopla, os condutores de bigas (em número de quatro) recebiam o nome de "factio" ("facção") e se distinguiam pelas cores. Os Prasini (verdes) e os Veneti (azuis) eram os mais conhecidos. (NT)

[49] Como esse fato não foi muito observado por estudiosos da antiguidade e da política, apresento-o nas palavras do historiador romano: *Populus Tusculanus cum conjungibus ac liberis romam venit: ea multitudo, veste mutata, & specie reorum tribus circuit, genibus se omnium advolvens. Plus itaque misericordia ad poenae veniam impetrandam, quam causa ad crimen purgandum valuit. Tribus omnis proeter Polliam, antiquarum legem. Polliae sententia fuit, puberes verberatos necari, liberos conjugesque sub corona lege belli venire: Memoriamque ejus irae Tusculanis in poenae tam atrocis auctores mansisse ad patris aetatem constat; nec quemquam fere ex Pollia tribu candidatum Papiram ferre solitam.* Tito Lívio, *História de Roma*, livro VIII, cap. 37. Os Castelani e os Nicolloti são duas facções desordeiras de Veneza que frequentemente se combatem e presentemente puseram suas querelas de lado. (NA) ["Os tusculanos vieram para Roma com esposas e filhos, e a multidão, vestida em trajes de réus, percorreu as tribos suplicando perdão aos cidadãos. E foi assim que a comiseração se mostrou mais efetiva em obter a remissão dos seus castigos, que seus argumentos em obter a retirada das acusações. Todas as tribos rejeitaram as propostas de acusação, exceto pelos polianos, que votaram pela execução dos homens adultos e pela venda de suas mulheres e filhos segundo as leis da guerra. Parece que o ressentimento criado nos tusculanos por essa proposta tão cruel permaneceu até o tempo de nossos pais, e um candidato da tribo dos polianos dificilmente conseguia o voto dos papirianos". Os tusculanos, ao ganharem cidadania romana, passaram a integrar a tribo dos papirianos.] (NT)

[50] Parágrafo acrescentado na edição B. (NT)

Nada mais comum do que ver partidos que tiveram origem numa diferença real continuarem a existir mesmo depois que a diferença desapareceu. Depois que se alistam em lados opostos, os homens são contagiados de afeto pelas pessoas a que estão unidos, e de animosidade contra seus antagonistas. E eles frequentemente transmitem essas paixões à posteridade. A diferença real entre guelfos e gibelinos desaparecera na Itália muito antes que essas facções se extinguissem. Os guelfos aderiram ao papa, os gibelinos, ao imperador; não obstante, a família Sforza, aliada do imperador apesar de pertencer aos guelfos, foi expulsa de Milão pelo rei da França com o auxílio de Jacomo Trivulzio e dos gibelinos, e estes últimos, recebendo o apoio do papa, formaram com ele aliança contra o imperador.[51] [59]

As guerras civis entre *negros* e *brancos* que eclodiram alguns anos atrás no Marrocos, apenas por conta de suas compleições, se fundam numa diferença engraçada.[52] Rimo-nos delas; mas creio que, examinando mais corretamente as coisas, somos nós que proporcionamos muito mais ocasiões de riso para os mouros. Pois o que são todas as guerras religiosas que predominam nesta parte polida e instruída do mundo? Elas são certamente mais absurdas que as guerras civis dos mouros. A diferença de compleição é uma diferença sensível e real; já a controvérsia sobre um artigo de fé, inteiramente absurdo e ininteligível, não é uma diferença de sentimento, mas de umas poucas frases e expressões que um partido aceita sem entendê-las, e que o outro, da mesma maneira, recusa.[53]

Facções *reais* podem ser divididas em facções oriundas de *interesse*, de *princípio* e de *afeto*. De todas, as primeiras são as mais razoáveis e as mais desculpáveis. Quando duas ordens de homens,

---

[51] Luís XII, rei da França (1498-1515). (NA) [As cidades italianas se dividiram, a partir do século XIII, em partidários do sacro-império romano (gibelinos) e partidários do papa (guelfos). Os eventos a que Hume se refere se desenrolaram entre 1499 e 1508, com a intervenção decisiva do rei da França. (NT)]

[52] Hume se refere provavelmente à guerra civil desencadeada no Marrocos após a morte do mulá Ismael, em 1727. (NT)

[53] As edições de A a P acrescentam: "Ademais, não me parece que os *brancos* no Marrocos tenham imposto aos *negros* qualquer necessidade de alterarem sua compleição, nem que os tenham ameaçado com inquisições e leis penais em caso de obstinação. Os *negros* tampouco foram mais insensatos nesse particular. Quando pode formar uma opinião real, tem o homem mais governo sobre ela do que sobre sua compleição? Pode alguém ser induzido, pela força ou pelo medo, a algo mais que maquiagem e disfarce, num caso como no outro?" (NT)

tais como nobres e povo, gozam de uma autoridade distinta num governo não muito precisamente equilibrado e modelado, é natural que persigam interesses distintos, e não seria razoável esperar conduta diferente, se levamos em conta o grau de egoísmo implantado na natureza humana. Impedir esses partidos requer grande destreza do legislador; e muitos filósofos são da opinião de que esse segredo, tal como o *grande elixir* ou o *moto perpétuo*, pode divertir os homens em teoria, mas jamais ser posto em prática. Em governos despóticos, com efeito, frequentemente as facções não aparecem, [60] mas elas não são menos reais; ou melhor, são, justamente por isso, ainda mais reais e perniciosas. Todas as diferentes ordens de homens, nobres e povo, soldados e mercadores, têm interesses distintos: o mais poderoso, no entanto, oprime o mais fraco impunemente, e sem resistência, o que gera uma aparente tranquilidade nesses governos.[54]

Houve na Inglaterra uma tentativa de dividir a nação em duas partes, a dos *proprietários de terras* e *a dos comerciantes*; mas sem sucesso. Os interesses desses dois corpos não são realmente distintos, e jamais o poderão ser até que nosso débito público cresça a ponto de se tornar inteiramente opressivo e intolerável.

Partidos de *princípio*, especialmente de princípios especulativos abstratos, são conhecidos somente nos tempos modernos, e talvez sejam o mais extraordinário e inexplicável *fenômeno* que já surgiu nos assuntos humanos. Quando princípios diferentes geram uma contrariedade de conduta, como é o caso em princípios políticos diferentes, a questão pode ser mais facilmente explicada. Um homem que estima que um único homem ou uma única família detém o verdadeiro direito ao governo simplesmente não pode concordar com um concidadão que pensa que outro homem ou outra família goza desse direito. Cada um deles naturalmente deseja que esse direito se efetive de acordo com as respectivas noções que tem dele. Onde, no entanto, diferenças de princípio não são acompanhadas de nenhuma contrariedade de ação, mas cada qual pode seguir seu caminho sem interferir no do vizinho, como acontece em todas as controvérsias religiosas, que loucura, que fúria não podem ser provocadas por divisões tão infelizes e tão fatais!

[54] As edição de B a D traziam em nota: "Ver *Considerações sobre a grandeza e a decadência dos romanos* [de Montesquieu]". (NT)

Dois homens que viajam por uma estrada, um para leste, o outro para oeste, podem passar facilmente um pelo outro, desde que ela seja larga o bastante. Dois homens, porém, que raciocinam a partir de princípios religiosos opostos não podem passar um pelo outro sem colisão, por mais que um deles pense que o caminho neste caso é largo o bastante e que cada um pode seguir o próprio curso sem interrupção. Tal é, contudo, a natureza da mente humana, que ela sempre apreende toda outra mente que dela se aproxime; e, assim como é imensamente revigorada por uma unanimidade de sentimentos, [61] assim também fica chocada e perturbada com toda e qualquer contrariedade. Daí a acerbidade que a maior parte das pessoas mostra numa disputa, e sua oposição impaciente mesmo às opiniões mais especulativas e indiferentes.

Por frívolo que possa aparentar, esse princípio parece ter sido a origem de todas as guerras e divisões religiosas. Como, no entanto, esse princípio é universal na natureza humana, seus efeitos não teriam se confinado a uma única época e a uma única seita religiosa sem o concurso de causas mais acidentais, que o intensificam a ponto de produzir as maiores misérias e devastações. A maioria das religiões do mundo antigo surgiu em épocas de governo desconhecidas, quando os homens ainda eram bárbaros e ignorantes, e o príncipe, tanto quanto o camponês, se predispunha a aceitar, com fé inquestionável, qualquer fábula ou ficção piedosa que lhe fosse oferecida. O magistrado abraçou a religião do povo e, dedicando-se de coração à proteção de tudo o que fosse sagrado, adquiriu naturalmente uma autoridade nessas matérias e uniu o poder eclesiástico ao poder civil. Quando surgiu a religião *cristã*, princípios a ela diretamente opostos estavam firmemente estabelecidos na parte polida do mundo, a qual desprezava a primeira nação a introduzir essa novidade; não admira que, em tais circunstâncias, ela tenha sido tão pouco favorecida pelo magistrado civil e que na nova seita se tenha concedido toda a autoridade ao clero. Este fez tão mal uso do poder, mesmo nos primórdios, que as primeiras perseguições talvez possam, *em parte*,[55] ser [62] atribuídas

---

[55] Eu digo *em parte*, pois é um erro vulgar imaginar que os antigos fossem tão amigos da tolerância quanto os ingleses e holandeses de hoje. As leis romanas contra superstições estrangeiras remontam à época das doze tábuas, e os judeus, bem como os cristãos, foram por vezes punidos com elas, embora em geral não fossem rigorosamente executadas. Imediatamente após a conquista da Gália, todos os que não fossem nativos foram

à violência por ele instilada em seus seguidores. Como os mesmos princípios de governo clerical continuaram a prevalecer depois que o *cristianismo* se tornou a religião estabelecida, o clero engendrou um espírito de perseguição que desde então tem sido o veneno da sociedade humana e a fonte das mais inveteradas facções em qualquer governo. No que concerne ao povo, essas divisões podem, portanto, ser justamente consideradas facções de *princípio*; no que concerne, porém, aos sacerdotes, que são os principais instigadores, elas são na realidade facções de *interesse*.

Há outra causa (além da autoridade dos sacerdotes e da separação dos poderes eclesiástico e civil) que contribuiu para fazer da *cristandade* o palco de guerras e divisões religiosas. Religiões que surgem em épocas totalmente ignorantes e bárbaras consistem principalmente de histórias e ficções tradicionais, que podem ser diferentes em cada seita, sem serem contrárias umas às outras e, mesmo quando sejam contrárias, cada um adere à tradição de sua própria seita sem muito raciocínio ou disputa. No tempo, porém, em que surgiu o cristianismo, a filosofia já havia se difundido amplamente pelo mundo, e os mestres da nova seita foram obrigados a formar um sistema de opiniões especulativas, a dividir com alguma acurácia os seus artigos de fé e a explicar, comentar, refutar e defender com toda a sutileza de argumento e de ciência. Assim, foi natural que as disputas se acirrassem quando a religião cristã se [63] esfacelou em novas divisões e heresias, acirramento que ajudou a política sacerdotal a gerar mútuo ódio e antipatia entre seus seguidores iludidos. As seitas de filosofia no mundo antigo eram mais zelosas que os partidos religiosos; nos tempos modernos, porém, os partidos religiosos são

proibidos de se iniciar na religião dos druidas, o que é uma espécie de perseguição. Cerca de um século depois da conquista, o imperador Cláudio praticamente aboliu essa superstição por meio de leis penais, o que teria sido uma perseguição muito séria, se a imitação [62] dos costumes romanos pelos gauleses já não os tivesse desabituado de seus antigos preconceitos. Suetônio, *Vidas dos Césares*, "Cláudio". Plínio atribui a Tibério a abolição da superstição dos druidas, provavelmente porque o imperador deu alguns passos na direção de sua restrição (*História natural*, XXX, 1). Este é um exemplo da habitual cautela e moderação dos romanos, muito diferente do método violento e sanguinário de tratamento dado aos *cristãos*. Assim, podemos suspeitar que as furiosas perseguições dos *cristãos* se deveram, em alguma medida, ao imprudente zelo e à intolerância dos primeiros propagadores dessa seita. A história eclesiástica nos oferece muitas razões que confirmam essa suspeita. (NA) [A nota não consta da edição A. (NT)]

mais furiosos e raivosos que as mais cruéis facções já surgidas do interesse e da ambição.

Mencionei partidos oriundos do *afeto* como uma espécie de partidos *reais*, além daqueles oriundos do *interesse* e do *princípio*. Por partidos oriundos do afeto entendo aqueles que se fundam no diferente comprometimento dos homens com famílias e pessoas particulares, por quem desejam ser governados. Essas facções com frequência são extremamente violentas, e tenho de admitir que parece injustificável que os homens possam se ligar tão fortemente a pessoas que mal conhecem, a quem talvez jamais viram e das quais nunca receberam, nem talvez devam esperar algum favor. É isso, no entanto, o que frequentemente verificamos ocorrer mesmo com homens que, noutras ocasiões, não mostram grande generosidade de espírito, nem se deixam facilmente transportar, pela amizade, além dos próprios interesses. Tendemos a pensar que estamos numa relação muito próxima e íntima com nosso soberano. O esplendor da majestade e do poder confere importância às fortunas, mesmo de um único indivíduo. E se a boa natureza de um homem não lhe proporciona esse interesse imaginário, sua má natureza o fará, por desprezo e oposição a pessoas cujos sentimentos são diferentes dos seus.

DA SUPERSTIÇÃO E DO ENTUSIASMO[56]

A corrupção do que há de melhor produz o que há de pior tornou-se uma máxima e pode ser em geral comprovada, entre outros exemplos, pelos efeitos perniciosos da *superstição* e do *entusiasmo*, as corrupções da verdadeira religião.

Embora sejam ambas perniciosas, essas duas espécies de falsa religião têm, no entanto, natureza muito diferente, e até contrária. A mente do homem está sujeita a certos terrores e apreensões incompreensíveis, que podem proceder de situação infeliz nos negócios públicos ou privados, de saúde debilitada, de disposição lúgubre e melancólica ou ainda da concorrência de todas essas circunstâncias. Nesse estado da mente, receiam-se infinitos males desconhecidos, de agentes desconhecidos. Na ausência de reais objetos de terror a alma, agindo em seu [74] próprio prejuízo e fomentando sua inclinação predominante, descobre objetos imaginários, de um poder e malevolência sem limites. E assim como esses inimigos são inteiramente invisíveis e desconhecidos, assim também são incompreensíveis os métodos para apaziguá-los, consistindo em cerimônias, rituais, penitências, sacrifícios, oferendas ou em qualquer outra prática, absurda ou frívola, que a insensatez ou o embuste recomende a uma credulidade cega e aterrorizada. Fraqueza, medo e melancolia são, portanto, junto com ignorância, as verdadeiras fontes da *superstição*.

A mente do homem também está, todavia, sujeita a uma elevação e presunção incompreensíveis, que surgem de prosperidade, saúde exuberante, espíritos fortes[57], de uma disposição robusta e confiante.

---

[56] Ensaio publicado pela primeira vez na edição A. (NT)

[57] "Strong spirits" remete aos "espíritos animais", não a faculdades ou entidades espirituais. (NT)

Nesse estado da mente, a imaginação é inflada por concepções grandiosas, mas confusas, às quais não pode corresponder beleza ou contentamento sublunar algum. Tudo o que é mortal e perecível se esvai, como indigno de atenção. A fantasia pode correr solta nas regiões invisíveis ou no mundo dos espíritos, onde a alma está livre para se entregar a qualquer imaginação que convenha melhor ao seu presente gosto e disposição. Daí os surpreendentes raptos, arroubos e voos da fantasia; com o aumento da confiança e da presunção, os raptos, por serem inteiramente inexplicáveis e por se situarem aparentemente além do alcance de nossas faculdades ordinárias, serão atribuídos à imediata inspiração do *ser divino*, que é o objeto de devoção. Em pouco tempo, a pessoa inspirada vê a si mesma como um favorito eleito pela *divindade*. Em meio a esse frenesi, que é o cúmulo do entusiasmo, qualquer extravagância recebe a sua consagração. A razão humana e mesmo a moralidade são rejeitadas como guias enganosos, e o louco fanático se entrega, cegamente e sem reservas, às supostas emanações do Espírito e às inspirações superiores. Esperança, orgulho, presunção e uma imaginação ardente são, portanto, junto com ignorância, as verdadeiras fontes do *entusiasmo*.

Essas duas espécies de falsa religião podem dar azo a muita especulação. Restringir-me-ei, porém, aqui a umas [75] poucas reflexões sobre sua diferente influência sobre o governo e sobre a sociedade.[58]

Minha primeira reflexão é: *a superstição favorece o poder sacerdotal, e o entusiasmo lhe é tão ou mais contrário que sã razão e filosofia*. Como a superstição está fundada em medo, tristeza e abatimento dos espíritos, ela representa o homem para ele mesmo em cores tão desprezíveis que ele parece, a seus próprios olhos, indigno de se aproximar da presença divina, e é natural que recorra a outra pessoa cuja santidade de vida, ou talvez impudência e astúcia, fez supostamente dela alguém mais favorecido pela *divindade*. Os supersticiosos confiam a ele a sua devoção, deixam suas preces, súplicas e sacrifícios aos cuidados dele, e esperam que, por intermédio dele, seus pedidos se tornem aceitáveis para a incensada *deidade*. Eis

---

[58] Nas edições A e B, o texto dos quatro seguintes parágrafos aparecia, na mesma ordem, com um arranjo diferente de algumas seções. (NT)

a origem dos *sacerdotes*,[59] que podem ser justamente considerados invenção de uma superstição medrosa e abjeta, a qual, sempre desconfiada de si mesma, não ousa dar a própria devoção em oferenda, mas, em sua ignorância, pensa em pedir proteção à *divindade* pela mediação dos supostos amigos e servidores dela. Como a superstição é ingrediente importante em quase todas as religiões, mesmo as mais fanáticas, e como somente a filosofia é capaz de vencer inteiramente esses terrores incompreensíveis, daí resulta que em quase todas as seitas religiosas se encontrarão sacerdotes, e quanto maior a mistura de superstição, maior a autoridade do sacerdócio.[60]

Por outro lado, pode-se observar que todos os entusiastas estão livres do jugo dos eclesiásticos e expressam com grande independência a sua devoção, desdenhando formalidades, cerimônias e tradições. Os *quacres* são os mais egrégios entusiastas de que se tem notícia, embora também os mais [76] inocentes; eles talvez sejam a única seita que nunca admitiu sacerdotes. Os *independentes* são, dentre os sectários ingleses, os que estão mais próximos dos *quacres* em fanatismo e na ausência de submissão aos sacerdotes. Os *presbiterianos* vêm a seguir, a igual distância em ambos aspectos.[61] Em suma, essa observação se funda na experiência, e também se mostrará fundada na razão, se considerarmos que, tendo origem num orgulho e confiança presunçosos, o entusiasmo se pensa suficientemente qualificado para *se aproximar* da *divindade* sem nenhuma intermediação humana.

[59] Da edição D a N constava a seguinte nota: "Por *sacerdotes* entendo apenas os que aspiram ao poder e à dominação, e a uma santidade superior de caráter, distinta da virtude e dos bons costumes. São muito diferentes dos *clérigos*, destacados, *pelas leis*, para cuidar dos assuntos sagrados e para conduzir, com grande decência e ordem, nossas devoções públicas. Nenhuma classe de homens merece mais respeito que esta última." (NT)

[60] Nas edições de D a P, o texto prossegue: "Como são as superstições menos filosóficas e mais absurdas que o mundo já conheceu, o judaísmo e o papismo modernos (especialmente este último) são as mais escravizadas por seus sacerdotes. Assim como é justo dizer que a igreja da Inglaterra retém alguma mistura de superstição papista, ela também compartilha, em sua constituição original, de uma propensão ao poder e ao domínio sacerdotais, particularmente no respeito que exige pelo sacerdote. E, embora de acordo com os sentimentos dessa igreja, as preces do sacerdote devam ser acompanhadas pelas dos leigos, ele é, entretanto, o porta-voz da congregação, sua pessoa é sagrada e, sem sua presença, poucos pensariam que a devoção pública, o sacramento e outros ritos seriam dignos da divindade." (NT)

[61] Quacres, seita fundada na Inglaterra do século XVII por George Fox; Independentes (ou congregacionistas), seita inglesa surgida no século XVI, muito influente no século seguinte; Presbiterianos, discípulos ingleses de Calvino, rejeitaram o episcopado. (NT)

Seus raptos de devoção são tão fervorosos que chega a imaginar que *se aproxima realmente* dela pela via da contemplação e da conversa interior. Por isso, não leva em conta todas aquelas cerimônias e ritos externos, nos quais a intercessão dos sacerdotes parece tão necessária aos olhos dos devotos supersticiosos. O fanático se consagra a si mesmo, e atribui a si próprio um caráter sagrado muito superior àquele que as formalidades e cerimônias podem conferir a qualquer outra pessoa.

Minha *segunda* reflexão com respeito a essas espécies de falsa religião é *que embora as religiões que partilham do entusiasmo sejam, em sua primeira irrupção, mais furiosas e violentas que aquelas que partilham da superstição, em pouco tempo elas se tornam mais brandas e moderadas.* A violência dessa espécie de religião, excitada pela novidade e animada pela oposição, aparece em [77] inúmeros exemplos: os *anabatistas* na Alemanha, os *camisards* na França, os *igualitários* e outros fanáticos na Inglaterra, os *convergentes* na Escócia.[62] É natural que o entusiasmo, sendo fundado em espíritos fortes e numa suposta robustez de caráter, leve às resoluções mais extremadas, especialmente quando atinge uma altura capaz de inspirar no fanático iludido a opinião de que tem iluminações divinas e um desprezo pelas regras comuns da razão, da moralidade e da prudência.

É assim que o entusiasmo produz as desordens mais cruéis na sociedade humana; sua fúria, contudo, é como a do trovão e da tempestade, que se exaurem rapidamente e deixam o ar mais calmo e sereno. Quando o primeiro fogo do entusiasmo se extingue, os homens, em todas as seitas fanáticas, naturalmente mergulham no maior descaso e frieza em relação aos assuntos sagrados, pois não há nenhum grupo, com autoridade suficiente, que tenha interesse em sustentar o [78] espírito religioso, nenhum rito, cerimônia ou dever sacro que faça parte do curso comum da vida e impeça os

---

[62] *Anabatistas*, seita do século XVI, rompe com Lutero por afirmar que somente os adultos arrependidos estão aptos ao batismo. Na revolta camponesa de 1528, liderados por Thomas Münzer, os anabatistas alemães lutam contra o governo civil e tentam instituir à violência uma comunidade cristã igualitária. *Camisards*, calvinistas franceses que se levantam contra a supressão do Édito de Nantes por Luís XIV; *igualitários* (*levellers*), mais um partido político de preceitos radicalmente republicanos que uma seita religiosa; convergentes (*covenanters*), presbiterianos escoceses que se levantam contra Jaime II em 1662. (NT)

princípios sagrados de cair no esquecimento. A superstição, ao contrário, se insinua gradual e insensivelmente; torna os homens dóceis e submissos; é aceitável para o magistrado e parece inofensiva para o povo; até que, por fim, tendo estabelecido firmemente sua autoridade, o sacerdote se torna tirano e perturbador da sociedade humana, com suas intermináveis contendas, perseguições e guerras religiosas. Com que suavidade a igreja romana não avançou para a conquista do poder? Mas em que terríveis convulsões não lançou a Europa para mantê-lo? Em contrapartida, nossos sectários, outrora intolerantes perigosos, tornaram-se agora pessoas que pensam de maneira bastante livre: os *quacres* parecem estar muito próximos do único corpo regular de *deístas*[63] que há no universo — os *literati* ou discípulos de Confúcio na China.[64]

Minha *terceira* observação sobre esse tópico é *que se a superstição é inimiga da liberdade civil, o entusiasmo é seu aliado*. Enquanto a superstição geme sob o domínio dos sacerdotes, o entusiasmo é destruidor de todo poder eclesiástico, o que basta para justificar a presente observação. Sem mencionar que o entusiasmo, enfermidade dos temperamentos arrojados e ambiciosos, é naturalmente acompanhado de um espírito de liberdade, assim como, ao contrário, a superstição torna os homens dóceis e abjetos, predispondo-os à escravidão. A história inglesa nos ensina que, durante as guerras civis, os *independentes* e os *deístas*, embora os mais opostos em seus princípios religiosos, se uniam em seus [79] princípios políticos e nutriam uma mesma paixão pela república.[65] Desde o surgimento dos partidos *whig* e *tory*, todos os líderes dos *whigs* foram *deístas* ou professos *latitudinários* em seus princípios, ou seja, amigos da tolerância e indiferentes a qualquer seita *cristã* particular, enquanto os sectários, todos com fortes tintas de entusiasmo, sempre concorreram, sem exceção, com esse partido para a defesa da liberdade civil. Há

---

[63] A aproximação de quacres e deístas é uma astúcia argumentativa de Hume: como se lê na frase anterior, os sectários entusiastas acabam se tornando "very free reasoners", expressão que remete inevitavelmente aos "free-thinkers", aos "livre-pensadores". Ou seja, os quacres, como os seguidores letrados de Confúcio, acabam se transformando, coletivamente, naquilo que é pregado por deístas como John Toland, Anthony Collins e Matthew Tindal, filósofos que propõem a suficiência da razão em matéria de religião. (NT)

[64] Os *literati* chineses não têm nem sacerdotes nem um estabelecimento eclesiástico. (NA)

[65] *Commonwealth.* (NT)

muito tempo que a semelhança entre suas superstições uniu os *tories* do alto clero aos *católicos romanos* na defesa da prerrogativa e do poder real; mas o convívio com o espírito tolerante dos *whigs* parece ter promovido a reconciliação entre os *católicos* e esse partido.

Molinistas e *jansenistas* mantêm na França milhares de controvérsias ininteligíveis e indignas da reflexão de um homem sensato. O que distingue principalmente essas duas seitas, e somente merece atenção, é o diferente espírito de sua religião. Os *molinistas*, conduzidos pelos *jesuítas*, são grandes amigos da superstição, observam rigorosamente a celebração de formalidades e cerimônias e se submetem à autoridade dos sacerdotes e da tradição. Os *jansenistas* são entusiastas, zelosos promotores da devoção passional e da vida interior e se deixam influenciar pouco pela autoridade: em suma, são católicos pela metade. As consequências se conformam exatamente ao raciocínio precedente. Os *jesuítas* são os tiranos do povo, e os escravos da corte: os *jansenistas* mantêm vivas as poucas fagulhas de amor à liberdade encontradas na França.

DA DIGNIDADE OU BAIXEZA DA NATUREZA HUMANA[66]

[80] Há certas seitas que se formam secretamente no mundo letrado como as facções no mundo político e, ainda que por vezes não cheguem a uma franca ruptura, dão uma propensão diferente à maneira de pensar dos que adotam um ou outro partido. As mais notáveis desse gênero são as seitas fundadas em sentimentos distintos a respeito da *dignidade da natureza humana*, ponto que parece ter dividido os filósofos, os poetas e também os teólogos, desde os primórdios do mundo até hoje. Alguns elevam nossa espécie aos céus e representam o homem como uma espécie de semideus humano, de origem celeste, que guarda sinais evidentes de sua linhagem e descendência. Outros insistem nos pontos fracos da natureza humana e não conseguem perceber nada além de vaidade, [81] na qual o homem ultrapassa os outros animais, aos quais tanto afeta desprezar. Se um autor possui o talento da retórica e da declamação, comumente adere ao primeiro partido; se sua propensão o inclina à ironia e ao ridículo, ele naturalmente se lança ao outro extremo.

Longe de mim pensar que todos aqueles que têm depreciado nossa espécie sejam inimigos da virtude, e que tenham posto a nu as fraquezas de seus semelhantes movidos por alguma má intenção. Estou ciente, ao contrário, de que um delicado senso de moral, especialmente se acompanhado de um temperamento esplenético[67], é capaz de tornar um homem desgostoso do mundo e de fazê-lo considerar o curso ordinário dos assuntos humanos com excessiva indignação. Não posso, porém, evitar a opinião de que os sentimentos

---

[66] Publicado pela primeira vez na edição A, com o título de "Da dignidade da natureza humana". O título definitivo aparece a partir da edição Q. (NT)

[67] Da edição A a P se lê: "especialmente se acompanhado de um quê do Misantropo". (NT)

daqueles que se inclinam a conceber os homens sob uma luz favorável são mais vantajosos para a virtude que os princípios contrários, que nos dão uma opinião vil de nossa natureza. Um homem imbuído da elevada noção de sua posição e de seu caráter na criação naturalmente se esforça para agir à altura deles, e desdenha fazer uma ação abjeta ou viciosa que possa colocá-lo abaixo da figura que se faz de si mesmo na própria imaginação. É assim que vemos todos os nossos moralistas polidos e elegantes insistir neste tópico, esforçando-se por representar o vício não só como indigno do homem, mas também como odioso em si mesmo.[68]

Podemos constatar serem poucas as disputas que não se fundam em alguma ambiguidade de expressão, e estou persuadido de que a presente, sobre dignidade ou baixeza da natureza humana, não está mais livre disso que qualquer outra. Pode, pois, valer a pena considerar o que é real e o que é unicamente verbal nessa controvérsia.

Nenhum homem razoável negará que há uma diferença natural entre mérito e demérito, virtude e vício, sabedoria e tolice, embora seja evidente que, ao afixarmos o termo que denota nossa aprovação ou condenação, é comum sermos mais influenciados pela comparação do que por algum padrão fixo e inalterável na natureza das coisas. Do mesmo modo, quantidade, extensão e volume são reconhecidos, por todos, como sendo coisas reais, mas quando chamamos um animal de *grande* ou *pequeno*, [82] sempre formamos uma tácita comparação entre esse animal e outros da mesma espécie; e é essa comparação que regula nosso juízo acerca de sua grandeza. Um cão e um cavalo podem ter exatamente o mesmo tamanho, mas um é admirado por sua grandeza, e o outro, por sua pequenez. Por isso, quando presencio uma disputa qualquer, sempre considero comigo mesmo se o objeto da controvérsia é ou não uma questão de comparação e, em caso afirmativo, se os que disputam comparam os mesmos objetos ou falam de coisas muito diferentes.[69]

---

[68] Nas edições de A a P se acrescenta: "As mulheres são geralmente mais aduladas na juventude que os homens; entre outras razões, isso pode advir de que seu principal ponto de honra é considerado muito mais valioso do que o nosso, e precisa ser defendido por todo orgulho decente que nelas se possa instilar". (NT)

[69] Nas edições de A a P se acrescenta: "Como o último é comumente o caso, há muito aprendi a desprezar tais disputas como abusos manifestos do ócio, o presente mais valoroso que se poderia dar aos mortais". (NT)

Ao formarmos nossas noções acerca da natureza humana somos propensos a fazer uma comparação entre homens e animais, únicas criaturas dotadas de pensamento a entrar no campo de nossos sentidos. Tal comparação é certamente favorável ao gênero humano. Por um lado, vemos uma criatura cujos pensamentos não estão restritos a limites estreitos de lugar ou de tempo; cujas indagações alcançam as mais distantes regiões deste globo e, além dele, os planetas e corpos celestes; que olha para trás a fim de considerar a origem primeira ou ao menos a história da raça humana; que volta os olhos para diante, a fim de ver a influência de suas ações sobre a posteridade e saber que juízos se formarão a respeito de seu caráter daqui a mil anos; uma criatura que segue longa e intricada sucessão de causas e efeitos, extrai princípios gerais de aparências particulares, aprimora suas descobertas, corrige seus desacertos e tira proveito de seus erros. Por outro lado, estamos diante de uma criatura que é o reverso mesmo disso: limitada, em suas observações e raciocínios, a uns poucos objetos sensíveis que a cercam; sem curiosidade, sem previdência, cegamente conduzida pelo instinto, e que atinge, em curto espaço de tempo, sua máxima perfeição, além da qual jamais será capaz de dar um único passo. Que enorme diferença não há entre essas criaturas! E quão elevada não é a noção que recebemos das primeiras em comparação com estas últimas!

São dois os meios comumente empregados para destruir essa conclusão: o *primeiro* é fazendo uma representação injusta da situação e insistindo unicamente nas fraquezas da natureza humana; [83] o *segundo* é estabelecendo uma nova e misteriosa comparação entre o homem e seres da mais perfeita sabedoria. Entre outras excelências tem o homem a capacidade de formar uma ideia de perfeições muito superiores às que experimenta em si mesmo, e de não ser limitado em sua concepção da sabedoria e da virtude. Ele pode facilmente engrandecer suas noções e conceber um grau de conhecimento que, por comparação, fará o seu parecer bem desprezível e causará de alguma maneira a atenuação e a desaparição da diferença entre a sua sagacidade e a dos animais. Ora, como todo mundo concorda que o entendimento humano está infinitamente aquém da sabedoria perfeita, é conveniente que saibamos quando aquela comparação ocorre, a fim de não entrarmos numa disputa em que não haja real diferença entre nossos sentimentos. O homem está muito mais aquém da perfeita sabedoria, e de suas próprias ideias sobre ela, que os animais do homem, embora esta última diferença seja tão considerável, que nada pode fazê-la parecer irrelevante, a não ser a comparação com a primeira.

Também é usual *compararmos* um homem a outro e, por encontrarmos pouquíssimos a quem possamos chamar de *sábios* ou *virtuosos*, somos propensos a abraçar uma noção desprezível de nossa espécie em geral. Para nos conscientizar da falácia desse modo de raciocinar, podemos observar que os honrosos títulos de sábio e virtuoso não estão anexados a nenhum grau particular das qualidades *sabedoria* e *virtude*, mas surgem inteiramente da comparação que fazemos entre um homem e outro. Ao encontrar um homem que atingiu um nível de sabedoria bastante incomum, declaramo-lo um homem sábio, de modo que dizer que há poucos homens sábios no mundo é realmente nada dizer, já que é por mera escassez que merecem esse título. Fossem os mais inferiores de nossa espécie tão sábios quanto Cícero ou lorde Bacon, ainda assim teríamos motivos para dizer que há [84] poucos homens sábios. Pois neste caso engrandeceríamos nossas noções de sabedoria e não renderíamos essa singular homenagem a ninguém que não se distinguisse singularmente por seus talentos. Da mesma maneira, ouvi pessoas irrefletidas observar que são poucas as mulheres dotadas de beleza, em comparação com aquelas que não a têm, mas não consideram que atribuímos o epíteto *belo* apenas àquelas que possuem um grau de beleza comum a elas e a outras poucas. O mesmo grau de beleza que em alguém de nosso sexo é tratado como beleza real, é chamado de deformidade numa mulher.

Assim como é usual, ao formar uma noção de nossa espécie, *compará-la* a outras superiores ou inferiores, ou comparar indivíduos da mesma espécie entre si, assim também frequentemente comparamos os diferentes motivos ou princípios motores da natureza humana, a fim de regular nosso juízo a seu respeito. E este é, efetivamente, o único gênero de comparação digno de nossa atenção, ou que decide alguma coisa na presente questão. Fossem nossos princípios egoístas e viciosos muito preponderantes sobre os princípios sociais e virtuosos, como asseveram alguns filósofos, deveríamos sem dúvida abraçar uma noção desprezível da natureza humana.

Há muito de disputa verbal em toda essa controvérsia. Não sei o que pensar de um homem que nega haver sinceridade em todo o espírito público ou afeição por um país ou comunidade. Talvez nunca tenha sentido essa paixão de maneira tão clara e distinta para afastar todas as suas dúvidas sobre a força e realidade dela. Mas se depois começa a rejeitar que haja amizade privada sem mistura de interesse e amor-próprio, então tenho convicção de que abusa dos termos e confunde as ideias das coisas, pois é impossível que alguém seja tão egoísta, ou tão tolo, para não diferenciar um homem do outro e não preferir qualidades que conquistam sua aprovação e estima. Também seria ele, pergunto, tão [85] insensível à ira como pretende ser à amizade? E injúria e erro não o afetam mais do que gentileza e benefícios? Impossível: ele não conhece a si mesmo, esqueceu os movimentos de seu coração ou então fala uma língua diferente da do resto de seus compatriotas e não chama as coisas pelos próprios nomes. O que dizes do afeto natural? Seria ela também (acrescento) uma espécie de amor-próprio? Sim, tudo é amor-próprio. Amas *tuas* crianças apenas porque são tuas, amas *teu* amigo pela mesma razão, e *teu* país te cativa somente enquanto tem uma conexão *contigo mesmo*; fosse removida a ideia de eu, nada te afetaria: serias inteiramente inativo e insensível; ou, se um dia imprimisses qualquer movimento a teu próprio eu, seria apenas por vaidade e por um desejo de fama e reputação para esse mesmo eu. Estou disposto, replico, a admitir tua interpretação das ações humanas, desde que aceites os fatos. Aquela espécie de amor-próprio que se abre em generosidade com os outros, deves admitir, tem grande influência sobre as ações humanas, influência que é ainda maior em muitas ocasiões do que quando permanece em seu aspecto e forma originais. Pois quantos não há que gastam mais com sustento e educação da família, filhos e amigos do que com os próprios prazeres? Isso, como justamente observas, pode com efeito provir de seu amor-próprio, visto que a prosperidade da família e dos amigos é um dos seus prazeres, ou o maior deles, bem como sua maior honra. Se também fores um desses homens egoístas, poderás ter certeza da boa opinião e da boa vontade de todos; ou, para não chocar teus ouvidos com expressões como esta, o amor-próprio de cada um, inclusive o meu, inclinar-nos-á então a servir-te e a falar bem de ti.[70]

Na minha opinião, duas coisas desencaminharam os filósofos que tanto insistiram no egoísmo humano. Em *primeiro* lugar, constataram que cada ato de virtude ou de amizade era acompanhado de um secreto prazer; e daí concluíram que amizade e virtude não podiam ser desinteressadas. A falácia, porém, é óbvia. O sentimento ou paixão virtuosa produz o prazer, não surge dele. Sinto um prazer em fazer bem ao meu amigo [86] porque gosto dele, mas não gosto dele por causa desse prazer.

Em *segundo* lugar, desde sempre se constatou que os virtuosos estão longe de ser indiferentes ao elogio e, por isso, às vezes são representados como um conjunto de homens vangloriosos, que não têm nada em vista além do aplauso alheio. Isso, no entanto, também é uma falácia. É bem injusto se, ao encontrar alguma tinta de vaidade numa ação louvável, todo mundo a deprecie ou atribua inteiramente a esse motivo. Com a vaidade não ocorre o mesmo que com outras paixões. Onde avareza ou vingança concorrem para uma ação aparentemente virtuosa, é difícil determinar o quanto para ela concorrem, e é natural supor serem seu único princípio motor. A vaidade, porém, é tão próxima aliada da virtude, e o amor à fama advinda de ações louváveis está tão próximo do amor pelas ações louváveis por si mesmas, que essas paixões são mais capazes de mistura do que qualquer outro gênero de afeto, e é quase impossível ter as últimas sem algum grau das primeiras. Em consonância com isso, observamos que essa paixão de glória é sempre distorcida e modificada conforme o gosto ou disposição particular da mente em que ocorre. Nero tinha a mesma vaidade em conduzir uma biga que Trajano em governar o império com justiça e habilidade. Amar a glória dos feitos virtuosos é prova segura do amor à virtude.

---

[70] No lugar deste, as edições de A a P trazem o seguinte parágrafo: "Poderei, talvez, tratar deste assunto mais detidamente em algum futuro ensaio. Por ora, lembro ter sido inquestionavelmente provado por muitos grandes moralistas de nossa época que as paixões sociáveis são de longe as mais poderosas de todas, e que as outras paixões recebem delas sua principal força e influência. Um tratamento exaustivo da questão, com a maior força de argumento e eloquência, pode ser encontrado em lorde Shaftesbury, *Investigação sobre a Virtude*". (NT)

DA LIBERDADE CIVIL[71]

Aqueles que, sem rancor nem preconceito partidário, empregam sua pena em assuntos políticos, cultivam uma ciência que é, de todas, a que mais contribui para a utilidade pública, e também para a satisfação privada dos que se dedicam a estudá-la. Tenho, no entanto, a suspeita de que o mundo talvez ainda seja muito jovem para fixar várias verdades gerais em política, que permaneçam verdadeiras até a mais remota posteridade. Não temos ainda sequer três mil anos de experiência, de modo que a arte do raciocínio não apenas permanece tão imperfeita nessa ciência quanto em todas as outras, como nos falta matéria suficiente sobre a qual possamos raciocinar.[72] Não se sabe plenamente a que grau de refinamento a natureza humana pode chegar, quer na virtude, quer no vício, nem o que se pode esperar para o gênero humano [88] de alguma grande revolução na educação, nos costumes e nos princípios. Maquiavel foi sem dúvida um grande gênio, mas, como confinou seu estudo aos governos furiosos e tirânicos dos tempos antigos e aos pequenos e conturbados principados da Itália, seus raciocínios, especialmente sobre o governo monárquico, se mostraram extremamente falhos: quase não há no *Príncipe* máxima que não tenha sido inteiramente refutada pela experiência subsequente. *Um príncipe fraco*, diz ele, *é incapaz de ouvir bom conselho. Pois, se consultar vários ministros, não saberá escolher entre seus diferentes conselhos. Se se entregar a um só, mesmo que esse ministro tiver capacidade, não permanecerá muito tempo ministro. Ele certamente*

---

[71] Das edições de A a K, o título era: "De liberdade e de despotismo". (NT)

[72] "Dois mil anos, com interrupções tão longas e sob tão fortes desencorajamentos, são um período pequeno para permitir um aperfeiçoamento tolerável das ciências; e talvez estejamos ainda numa época muito inicial do mundo para descobrir qualquer princípio que suporte o exame da posteridade mais tardia." Hume, *Tratado da natureza humana*, I, IV, 6, trad. cit., p. 305. (NT)

derrubará seu senhor, colocando-se a si mesmo e a sua família no trono.[73] Menciono apenas esse exemplo entre os muitos erros desse escritor político, que resultam em grande medida de sua vida ter transcorrido numa época em que o mundo ainda era muito jovem para que ele fosse um bom juiz da verdade política. Quase todos os príncipes da Europa são atualmente governados por seus ministros, e o têm sido há cerca de dois séculos, sem que, entretanto, nenhum evento como este tenha acontecido, ou possa acontecer. Sejano pode ter planejado destronar os Césares, mas Fleury, por mais vicioso que fosse, em sã consciência jamais teria alimentado a menor esperança de derrubar os Bourbons.[74]

Até o século passado, o comércio nunca foi considerado questão de Estado; e são raros os escritores políticos antigos que fazem menção a ele.[75] Mesmo os italianos guardaram [89] profundo silêncio a respeito. Mas hoje a questão reclama a maior atenção de ministros de Estado e de homens de razão especulativa. A enorme opulência, grandeza e feitos militares das duas potências marítimas parecem ter ensinado aos homens a importância de um comércio abrangente.

Minha intenção neste ensaio era traçar uma comparação exaustiva entre liberdade civil e governo absoluto, para mostrar as grandes vantagens daquela em relação a este. Comecei, todavia, a alimentar a suspeita de que não haveria, em nossa época, homem suficientemente qualificado para tal tarefa, e que tudo o que se propusesse sobre esse tópico seria com toda a probabilidade refutado por experiência ulterior e rejeitado pela posteridade. As imensas revoluções ocorridas nos assuntos humanos, e os muitos eventos contrários às expectativas dos antigos, bastam para levantar a suspeita de que novas mudanças estejam por vir.

Foi observado pelos antigos que todas as artes e ciências surgiram em nações livres, e que persas e egípcios, apesar do seu conforto,

---

[73] Maquiavel, *O príncipe*, cap. 23. (NT)

[74] Chefe da guarda pretoriana sob Tibério, Sejano governou Roma após a retirada do imperador a Capri, mas foi preso e morto por ele no ano 30 d.C. O cardeal Fleury foi tutor e ministro de Luís XV. (NT)

[75] Xenofonte menciona o comércio, mas exprime dúvidas se seria útil para um Estado. *Ei dè kaì emporía opheleî ti pólin etc.* [*Hiero*, 9, 9. "Se o comércio é útil à pólis?"]. Platão o exclui totalmente de sua república imaginária [*Leis*, IV, 704d-705b]. (NA) [Nota acrescentada na 4. ed. (NT)]

opulência e luxo, pouco avançaram no paladar dos prazeres mais finos, aqueles que os gregos levaram à perfeição em meio a sucessivas guerras, na pobreza e na maior simplicidade de vida e costumes. Também observaram que no momento em que os gregos perderam a liberdade, e apesar do significativo aumento de sua riqueza propiciado pelas conquistas de Alexandre, as artes declinaram entre eles, e nunca mais se reergueram naqueles ares. As letras foram transplantadas para Roma, na época a única nação livre no universo. Encontrando solo favorável, fizeram prodigiosos avanços por mais de um século, até que a decadência da liberdade produzisse também a decadência das letras e espalhasse a barbárie total pelo mundo. Partindo desses dois experimentos, cada um dos quais duplo em seu gênero, que mostram o declínio das letras em governos absolutos [90] e a ascensão delas em governos populares, Longino pensou que eles bastavam para justificar sua afirmação de que as artes e ciências só podem florescer num governo livre.[76] E foi seguido, nessa opinião, por muitos autores eminentes de nosso país, que, ou confinaram sua visão apenas a fatos antigos, ou alimentaram uma parcialidade muito grande em favor da forma de governo estabelecida entre nós.[77]

Mas o que diriam esses autores sobre a Roma e Florença modernas? O que diriam sobre a primeira, que levou à perfeição todas as mais belas-artes, a escultura, a pintura e a música, assim como a poesia, mesmo gemendo sob a tirania, e sob uma tirania de sacerdotes, enquanto a segunda fez seu maior progresso nas artes e ciências depois que começou a perder sua liberdade devido à usurpação da família Medici? Ariosto, Tasso, Galileu, não menos que Rafael e Michelângelo, não nasceram em repúblicas. E, se a escola lombarda foi tão famosa quanto a romana, os venezianos foram os que tiveram a menor parcela nas honrarias, e parecem inferiores aos outros italianos no gênio para as artes e ciências. Rubens estabeleceu sua escola em Antuérpia, não em Amsterdã; Dresden, não Hamburgo, é o centro da polidez na Alemanha.

O exemplo mais eminente do florescimento das [91] letras em governos absolutos é a França, que quase nunca gozou de liberdade duradoura e, no entanto, levou as artes e ciências tão próximas da perfeição quanto

[76] Longino, *Do sublime*, 44. (NT)
[77] O sr. Addison [*The tatler*, n. 161] e lorde Shaftesbury [*Solilóquio*, parte II, seção 2]. (NA)

qualquer outra nação. Os ingleses talvez sejam melhores filósofos; os italianos, melhores pintores e músicos; os romanos foram melhores oradores. Mas, com exceção dos gregos, os franceses são os únicos a ser, ao mesmo tempo, filósofos, poetas, oradores, historiadores, pintores, arquitetos, escultores e músicos. O seu teatro chega a superar o dos gregos, que era muito superior ao inglês.[78] E, na vida comum, foram eles que em grande medida aperfeiçoaram a mais útil e agradável das artes, *l'art de vivre*, a arte da sociedade e do convívio social.

Se considerarmos o estado das ciências e artes polidas em nosso próprio país, a observação de Horácio com respeito aos romanos se aplica, em grande medida, aos britânicos:

> ... *Sed in longum tamen aevum*
> *Manserunt, hodieque manent* vestigia ruris.[79]

A elegância e a propriedade de estilo foram muito negligenciadas entre nós. Não temos um dicionário de nossa língua, e nos falta uma gramática tolerável.[80] Nossa primeira prosa polida foi escrita por um homem que ainda vive.[81] Sprat, Locke e mesmo Temple conheciam muito pouco as regras da arte para serem considerados autores elegantes. A prosa de Bacon, [92] Harrington e Milton é inteiramente empertigada e pedante, apesar de excelente pelo sentido.[82] Os homens

[78] "Que era muito superior ao inglês": frase acrescentada na edição K. (NT)

[79] Horácio, *Epístolas*, II, 1, 160: "...e por muitos anos sobreviveram, e ainda sobrevivem, vestígios do nosso passado rústico." (NT)

[80] Possível censura à *Grammatica Linguae Anglicana*, de John Wallis (1653), membro de *Royal society of sciences*. O primeiro dicionário da língua inglesa é o léxico comparativo inglês-italiano de John Florio, *A worlde of wordes* (1528). O *Dicionário da língua inglesa*, de Samuel Johnson, foi publicado pela primeira vez em 1758. É de notar, portanto, que Hume *não* retira a observação nas edições posteriores do ensaio. Sobre a rivalidade literária entre Johson e Hume (e entre ingleses e escoceses em geral), consulte-se a obra de Olivier Brunet, *Philosophie et esthétique chez David Hume* (Paris: Nizet, 1965, pp. 75 e segs. e p. 110). (NT)

[81] O dr. Swift. (NA)

[82] O primeiro grupo de autores, censurados pelo desconhecimento das regras do idioma, pratica um estilo de escrita — o dito *plain style* — que se dirige diretamente ao leitor, em pé de igualdade, e se aproxima do registro da conversação privada, mas informal, entre cavalheiros. O segundo grupo agrupa praticantes do chamado *grand style*, de construções rebuscadas, baseadas no latim, de vocabulário difícil, dirigido a uma audiência de eruditos — mais afeito, portanto, à prática da oratória pública. Trata-se portanto de dois extremos de estilo. Ver os ensaios "Da eloquência" e "Da simplicidade e do refinamento na arte de escrever", incluídos nesta coletânea. (NT)]

neste país se ocuparam tanto das grandes disputas na *religião*, na *política* e na *filosofia*, que não tiveram paladar para as observações aparentemente pouco importantes da gramática e da crítica. E embora esse jeito de pensar tenha contribuído consideravelmente para aprimorar nosso senso e nosso talento para o raciocínio, é forçoso reconhecer que não temos, nem mesmo nas ciências mencionadas, um livro-modelo que possamos legar à posteridade. O máximo de que podemos nos gabar são alguns ensaios para uma filosofia mais precisa, bem promissores, é verdade, mas que ainda não atingiram nenhum grau de perfeição.

Tornou-se opinião estabelecida que o comércio só pode florescer num governo livre, opinião que parece fundada numa experiência mais longa e ampla que a precedente, relativa às artes e ciências. Se seguimos os progressos do comércio através de Tiro, Atenas, Siracusa, Cartago, Veneza, Florença, Gênova, Antuérpia, Holanda, Inglaterra etc., vemos que sempre fixou sua sede em governos livres. As três maiores cidades comerciais da Europa atual são Londres, Amsterdã e Hamburgo, todas livres e protestantes, ou seja, gozam de uma dupla liberdade. É preciso observar, no entanto, que a grande e recente rivalidade comercial com a França parece provar que essa máxima não é mais certa e infalível que a anterior, e que os súditos de um príncipe absoluto podem se tornar nossos rivais no comércio, assim como nas letras.

Se me atrevesse a dar minha opinião num assunto tão incerto, diria que, apesar dos esforços dos franceses, existe algo inerente à própria natureza do governo absoluto, e dela inseparável, que é prejudicial ao comércio. A razão, porém, que eu assinalaria para essa opinião é um pouco diferente daquela sobre a qual geralmente se insiste. Parece-me que a propriedade privada está quase tão assegurada numa [93] monarquia europeia civilizada quanto numa república. A violência que corremos perigo de sofrer por parte do soberano num governo dessa espécie não é maior que os danos que geralmente tememos de uma tempestade, de um terremoto ou de qualquer outro incidente extraordinário e inesperado. A avareza, acicate da indústria, é uma paixão tão obstinada e abre caminho entre tantos perigos e dificuldades reais, que é improvável que se deixe intimidar por um perigo imaginário, tão pequeno que mal pode ser calculado. Se, portanto, o comércio tende na minha opinião a decair nos governos absolutos, não é porque esteja menos *seguro* ali, mas porque é menos *honroso*. Uma hierarquização social é absolutamente necessária para a manutenção da monarquia. Nascimento, títulos e posses têm de ser mais honrados que indústria e as riquezas. E, enquanto prevalecerem tais noções, todos os grandes comerciantes serão tentados a abandonar o comércio para obter cargos aos quais são conferidos privilégios e honrarias.

Uma vez que o assunto aqui são as alterações que o tempo produziu ou poderá produzir na política, eu não poderia deixar de observar que todas as espécies de governo, tanto a livre quanto a absoluta, parecem ter passado nos tempos modernos por uma grande mudança para melhor no que respeita a administração externa e interna. A *balança de poder* é um segredo em política que só veio a ser inteiramente conhecido na época atual. Tenho de acrescentar que a gestão interna dos Estados também foi muito aprimorada nesse último século. Salústio nos informa que o exército de Catilina foi significativamente reforçado pelos salteadores dos arredores de Roma.[83] Creio, porém, que todos os praticantes dessa profissão agora dispersos pela Europa não formariam um regimento. Nos apelos de Cícero em favor de Milão[84] encontro, entre outros, o seguinte argumento para provar que seu cliente não teria assassinado Clódio. Tivesse Milão, diz ele, a intenção de assassinar Clódio, ele não o teria atacado à luz do dia, nem àquela distância da cidade, mas o surpreenderia [94] à noite perto dos subúrbios, onde se poderia presumir que fora morto por ladrões, e a frequência de tais incidentes favoreceria a fraude. Eis uma prova surpreendente da frouxa polícia em Roma e da quantidade e força dos ladrões, pois naquele momento Clódio estava acompanhado por trinta escravos armados, bem acostumados ao derramamento de sangue e aos perigos dos frequentes tumultos incitados pelo sedicioso tribuno[85]

Mas se todas as espécies de governo se aprimoraram nos tempos modernos, o governo monárquico é o que parece ter feito os maiores

---

[83] Salústio, *Guerra contra Catilina*. (NT)

[84] Cícero, *Discurso em defesa de Milão*. (NA)

[85] A edição A acrescenta: "E esses homens pagariam, segundo as leis romanas, com a própria vida, pela vida de seu senhor." (NT)

avanços rumo à perfeição. Pode-se afirmar agora das monarquias civilizadas o que antes só se dizia em louvor das repúblicas: *são um governo de leis, não de homens*. Elas se mostraram passíveis de um grau surpreendente de ordem, método e constância. Ali, a propriedade está assegurada, a indústria é encorajada, as artes florescem e o príncipe vive seguro entre seus súditos, como um pai entre os filhos. Maiores ou menores, há talvez, e deve ter havido por dois séculos, cerca de duzentos príncipes absolutos na Europa. Se admitimos que cada reinado durou vinte anos, podemos supor ter havido dois mil monarcas no total, ou tiranos, como os gregos os teriam chamado: nenhum deles, entretanto, nem mesmo Filipe II da Espanha, foi tão mau quanto Tibério, Calígula, Nero ou Domiciano, quatro dos doze imperadores romanos.[86] É preciso reconhecer, todavia, que os governos monárquicos, por mais que tenham se aproximado dos populares em brandura e estabilidade, ainda são inferiores a estes. Nossa moderna educação e costumes instilam mais humanidade e moderação que os antigos, mas não puderam até agora superar inteiramente as desvantagens da forma monárquica de governo.

Tenho, porém, de pedir licença para avançar aqui uma conjectura que, embora pareça provável, só a posteridade será inteiramente capaz de julgar. Inclino-me a pensar que há em governos monárquicos uma fonte de aprimoramento e em governos populares uma fonte de degeneração que com o tempo colocarão essas duas espécies de regime civil bem próximas da igualdade. Os maiores abusos que ocorrem na França, o mais perfeito modelo de monarquia pura, não procedem do número ou do peso dos impostos, bem maior que o encontrado nos países livres, mas do método de arrecadação, custoso, desigual, arbitrário e intrincado, que em grande medida desestimula a indústria dos mais pobres, especialmente de camponeses e fazendeiros, e torna a agricultura uma ocupação de mendicantes e escravos. Mas quem leva vantagem nesses abusos? Se for a nobreza, então eles terão de ser considerados inerentes a essa forma de governo, pois a nobreza é o verdadeiro sustentáculo da monarquia, e é natural que, numa constituição como essa, seu interesse seja privilegiado em detrimento do povo. Na realidade, porém, os nobres são os que mais perdem com essa opressão, pois ela arruína suas terras e leva os arrendatários

---

[86] Frase acrescentada na edição K. (NT)

à mendicância. Os únicos a ganhar são os *financistas*, essa raça odiada pela nobreza e por todo o reino. Surgisse um príncipe ou um ministro dotado de suficiente discernimento para saber qual é o seu próprio interesse e o do público, e de bastante ânimo para romper com costumes antigos, poderíamos esperar que esses abusos fossem sanados, e nesse caso a diferença entre esse governo absoluto e o nosso governo livre não pareceria tão considerável quanto no presente.

A fonte de degeneração que se nota em governos livres consiste na prática de contrair dívida e hipotecar a arrecadação pública, o que, com o tempo, pode tornar os impostos inteiramente insuportáveis e fazer toda a propriedade do Estado passar para as mãos do público. Essa prática data da época moderna. Os atenienses, embora fossem governados por uma república, pagavam quase duzentos *por cento* pela soma de dinheiro que tivessem de tomar emprestado em alguma emergência, como nos informa Xenofonte.[87] Entre os modernos, os [96] holandeses introduziram a prática de emprestar grandes somas a juros baixos, e quase se arruinaram por conta dela. Príncipes absolutos também contraem dívidas, mas um príncipe absoluto pode decretar a própria falência quando bem entender, sem oprimir o povo com suas dívidas. Em governos populares, como o povo e principalmente aqueles que ocupam os cargos mais altos são geralmente os principais credores, é difícil para o Estado fazer uso desse remédio, pois, por mais necessário que ele seja algumas vezes, é sempre cruel e bárbaro. Este, portanto, parece ser um inconveniente que ameaça quase todo governo livre, especialmente o nosso, na presente conjuntura. E não é este um forte motivo para aumentarmos nossa frugalidade com o dinheiro público, a fim de que, à falta dele, não sejamos levados,

---

[87] Xenofonte, *Modos e meios*, III, 9 – 10: "*Ktêsin dè ap'oudenòs àn hoúto kalèn ktésainto, hósper aph'hoû àn protelésosin eis tèn aphormén — hoi dé ge pleîstoi Athenaíon pleíona léphontai kat'eniauton è hósa àn eisenénkosin: hoi gàr mnâin protelésantes, engùs duoîn mnaîn prósodon héxousi — hò dokeî tôn anthropínon asphaléstatón te kaì pólychroniótaton eînai.* ["Nenhum investimento poderia lhes proporcionar tão bom retorno quanto o dinheiro que emprestaram para o fundo de capital. A maioria dos atenienses receberá mais de cem por cento em um ano, e aqueles que adiantaram uma *mina* terão um ganho aproximado de duas *minas*, garantidas pelo Estado, que é, segundo todas as aparências, a mais segura e duradoura das instituições humanas". (NA) Na edição A, apenas a frase: "Os atenienses pagavam duzentos por cento por dinheiro, como nos informa Xenofonte." Na edição B, aparece a frase inteira, mas sem a nota. (NT)

pela multiplicação dos impostos e, o que é pior, por nossa impotência pública e incapacidade de defesa, a amaldiçoar a nossa liberdade e desejar para nós o mesmo estado de servidão que o de todas as nações que nos cercam?

DA ELOQUÊNCIA[88]

[97] Aqueles que consideram os períodos e revoluções do gênero humano, tal como representados na história, são entretidos com um espetáculo repleto de prazer e variedade, e veem com surpresa como as maneiras, costumes e opiniões de uma mesma espécie são suscetíveis de tão prodigiosas mudanças em diferentes períodos do tempo. Pode-se, no entanto, observar na história *civil* uma uniformidade muito maior do que na história das letras e da ciência, e que as guerras, negociações e política de uma época se assemelham mais às de outra do que gosto, engenho e princípios especulativos. Interesse e ambição, honra e vergonha, amizade e inimizade, gratidão e vingança são os primeiros motores de todas as transações públicas; e essas paixões são de natureza muito inflexível e intratável, [98] se comparadas aos sentimentos e ao entendimento, que são facilmente modificáveis pela educação e exemplo. Os godos eram bem mais inferiores aos romanos em gosto e ciência do que em coragem e virtude.

No entanto, para não comparar nações tão diferentes entre si[89], pode-se observar que mesmo este período mais recente das letras humanas tem, em muitos aspectos, um caráter oposto ao do período antigo; e que, se somos superiores em filosofia, ainda somos, apesar de todos os nossos refinamentos, muito inferiores em eloquência.

Nos tempos antigos, considerava-se que nenhuma obra de gênio requeria dotes e capacidade tão grandes quanto falar em público; e alguns escritores eminentes declararam que até os talentos de um grande poeta ou filósofo seriam de natureza inferior aos requeridos

---

[88] Publicado pela primeira vez na edição C. (NT)
[89] As edições de C a P acrescentam: "que quase podem ser consideradas de uma espécie diferente". (NT)

para uma tal façanha. Grécia e Roma produziram, cada uma, um único orador no sentido pleno do termo; e, a despeito dos elogios recebidos por outros célebres oradores, eles eram ainda assim considerados muito inferiores àqueles modelos de eloquência. Pode-se observar que os críticos antigos dificilmente encontravam numa mesma época dois oradores dignos de ocupar exatamente a mesma posição e que possuíssem o mesmo grau de mérito. Calvo, Célio, Cúrio, Hortênsio e César superaram um ao outro, mas o maior dessa época era inferior a Cícero, o mais eloquente orador jamais surgido em Roma. Sobre o orador romano, bem como sobre o grego, pessoas de fino gosto emitiram, no entanto, o juízo de que ambos superavam em eloquência tudo que jamais aparecera, mas ainda estavam longe de alcançar a perfeição de sua arte, que seria infinita e não somente excederia aquilo que a força humana alcança, mas também o que a imaginação concebe. Cícero mesmo se declara insatisfeito com o próprio desempenho e até com o de Demóstenes: *Ita sunt avidae & capaces meoe aures*, diz, *& semper aliquid immensum, infinitumque desiderant*[90]. [99]

De todas as nações polidas e letradas, só a Inglaterra tem um governo popular ou admite em sua legislatura assembleias numerosas o bastante para que, assim se supõe, possam ser submetidas ao domínio da eloquência. Mas o que tem a Inglaterra para ostentar nessa matéria? Ao enumerar os grandes homens que são motivo de honra para nosso país, exultamos pelos nossos poetas e filósofos; mas oradores são alguma vez mencionados? Onde encontrar os monumentos de seu gênio? Há, sem dúvida, em nossa história nomes de muitos indivíduos que conduziram as resoluções de nosso parlamento, mas nem eles mesmos, nem os outros, se deram ao trabalho de preservar seus discursos, e a autoridade que possuíam parece se dever mais a sua experiência, sabedoria e poder do que a seus talentos para a oratória. Existem atualmente nas duas Casas mais de meia dúzia de oradores que, no juízo do público, atingiram mais ou menos o mesmo cume na eloquência; e ninguém afirma que

---

[90] Cícero, *Orator*, 29.104: "tão insaciados estão meus ouvidos, tantas vezes pedem algo vasto, sem limites". As edições de C a P acrescentam: "Essa única circunstância é suficiente para permitir que apreendamos a ampla diferença entre eloquência antiga e moderna, e para nos mostrar o quanto esta é inferior àquela". (NT)

prefere um em detrimento dos demais. Esta me parece uma prova certa de que nenhum deles foi muito além da mediocridade em sua arte, e de que a espécie de eloquência a que aspiram não exercita as faculdades mais sublimes da mente, mas pode ser alcançada por talentos ordinários e bem pouca aplicação. Em Londres, há centenas de marceneiros igualmente capazes de fazer uma boa mesa ou cadeira; nenhum poeta, todavia, pode escrever versos com tanto espírito e elegância quanto o sr. Pope.

Diz-se que, quando Demóstenes ia discursar, todos os homens inteligentes afluíam das mais remotas partes da Grécia para Atenas, como quem vai ao mais célebre espetáculo no mundo[91]. [100] Em Londres, podes ver homens perambulando pela Corte de Requerimentos enquanto nas duas Casas se trava o mais importante debate; e muitos consideram que não vale a pena trocar seus jantares por toda a eloquência de nossos oradores mais renomados. Quando o velho Cibber[92] vai atuar, isso excita mais a curiosidade de muitos que quando nosso primeiro-ministro vai se defender de uma moção pedindo seu afastamento ou impedimento.

Mesmo uma pessoa sem familiaridade com as nobres relíquias deixadas pelos oradores antigos pode julgar, por alguns poucos toques característicos, que a eloquência deles era de estilo ou espécie infinitamente mais sublime do que aquela a que aspiram os oradores modernos. Quão absurdo não pareceria, em nossos oradores calmos e comedidos, o uso de uma figura como aquela nobre *apóstrofe* empregada por Demóstenes, e tão celebrada por Quintiliano e Longino, quando, justificando a malsucedida batalha da Queroneia, ele irrompe: *não, meus concidadãos: não errastes; juro, pelos* manes *dos heróis que lutaram pela mesma causa nas planícies*

---

[91] Ne illud quidem intelligunt, non modo ita memoriae proditum esse, sed ita necesse fuisse, cum DEMOSTHENES dicturus esset, ut concursus, audiendi causa, ex tota GRECIA fierent. At cum isti ATTICI dicunt, non modo a corona (quod est ipsum miserabili) sed etiam ab advocatis reliquuntur. Cícero, *de Claris Oratoribus*. [*Bruto*, 84.289: "Não conseguem nem ver que a história o registra, nem que deve ter sido assim: quando Demóstenes ia discursar, a Grécia inteira se reunia para ouvi-lo. Mas quando nossos oradores áticos falam, são abandonados não somente pela multidão curiosa, mas, o que é ainda mais humilhante, também por seus amigos e pelos que apoiam seus clientes"]. (NA)

[92] Colley Cibber (1671-1757), ator e dramaturgo inglês. (NT)

de Maratona e Plateia?[93] Quem agora suportaria uma figura tão forte e poética como a empregada por Cícero para descrever, nos termos mais trágicos, a crucificação de um cidadão romano: *Se eu tivesse de pintar os horrores dessa cena, não para cidadãos romanos, não para aliados de nosso Estado, não para aqueles que alguma vez ouviram o nome "romanos", nem mesmo para homens, mas para animais* [101]; *ou, para ir mais longe ainda, se tivesse de alçar minha voz, no ermo mais desolador, às montanhas e rochedos, ainda assim veria essas partes rudes e inanimadas da natureza movidas de horror e indignação pela descrição de uma ação tão atroz.*[94] Com que esplendor de eloquência não se deve envolver tal sentença a fim de lhe conferir graça ou causar alguma impressão nos ouvintes! E que nobre arte e talentos sublimes não são requeridos para chegar, pela devida gradação, a um sentimento tão vigoroso e desmedido; para inflamar a audiência, de modo que acompanhe o orador em paixões tão violentas e concepções tão elevadas; e para dissimular, sob uma torrente de eloquência, o artifício pelo qual tudo isso é efetuado! E mesmo que esse sentimento nos pareça excessivo, como talvez possa justamente parecer, ele ao menos serve para dar uma ideia do estilo da eloquência antiga, na qual expressões tão majestosas como estas não eram rejeitadas como totalmente monstruosas e gigantescas[95].

Condizente com essa veemência de pensamento e expressão era a veemência da ação observada nos oradores antigos. A *supplosio pedis*, ou bater com os pés no chão, era um dos gestos mais usuais e moderados de que se valiam[96], mas hoje é considerado muito violento

---

[93] Demóstenes, *Sobre a coroa*, seção 208; Quintiliano, *Institutio oratoria*, 9.2.62; Longino, *Do Sublime*, seção 16. (NT)

[94] *O original diz:* Quod sic haec non ad cives Romanos, non ad aliquos amicos nostrae civitatis, non ad eos Qui populi Romani nomen audissent; denique, si non ad homines, verum ad bestias; aut etiam, ut longius progrediar, si in aliqua desertissima solitudine, ad saxa & ad scopulos haec conqueri & deplorare vellem, tamen omnia muta atque inanima, tanta & tam indigna rerum atrocitate commoventur. Cícero, *Contra Verres*, 2.5.67. (NA)

[95] Frase acrescentada na edição P. (NT)

[96] Ubi dolor? Ubi ardor animi, Qui etiam ex infatium ingeniis elicere voces & querelas solet? Nulla perturbatio animi, nulla corporis: frons non percussa, non femur; pedis (*quod minimum est*) nulla supplosio. Itaque tantum abfuit ut inflammares nostros animos; somnum isto loco vix tenebamus. Cícero, *de Claris Oratoribus*. [Cícero, *Brutus*, 80.278: "Que traço de ódio, que furiosa indignação leva mesmo homens incapazes de eloquência a altos rompantes de indignação contra os erros? Mas nem

no senado, no tribunal ou no [102] púlpito, e só é admitido no teatro, para acompanhar as paixões mais violentas ali representadas.

Ficamos um tanto perdidos ao tentar determinar a causa de declínio tão sensível da eloquência em épocas posteriores. O gênio do ser humano é, talvez, em todos os tempos, igual; os modernos se aplicaram, com grande indústria e êxito, em todas as outras artes e ciências; e uma nação letrada possui um governo popular, circunstância que parece requerida para a plena manifestação desses nobres talentos; mas, apesar de todas essas vantagens, nosso progresso na eloquência é muito insignificante se comparado aos avanços que realizamos nas outras partes do saber.

Deveríamos afirmar que os arroubos da antiga eloquência são inadequados em nossa época, e que não devem ser imitados pelos oradores modernos? Quaisquer que sejam as razões a que se recorra para prová-lo, estou persuadido de que, num exame cuidadoso, elas se mostrarão fracas e insatisfatórias.

Em *primeiro* lugar, pode-se dizer que, nos tempos antigos, durante o período de florescimento das letras na Grécia e em Roma, as leis nacionais eram, em todos os Estados, poucas e simples, e a decisão das causas era em grande parte entregue à equidade e ao bom senso dos juízes. O estudo das leis não era então uma ocupação laboriosa que requeresse o dispêndio de uma vida inteira para se completar, incompatível com qualquer outro estudo ou profissão. Os grandes estadistas e generais romanos eram, todos, juristas; e, para mostrar como é fácil adquirir essa ciência, Cícero declara que, mesmo em meio a todas as suas ocupações, levaria apenas alguns dias para se tornar um jurisconsulto completo. Ora, quando um pleiteante se dirige à equidade de seus juízes, ele tem muito mais espaço para exibir sua eloquência do que quando precisa buscar seus argumentos em leis estritas, estatutos e precedentes. No primeiro caso, muitas circunstâncias podem ser levadas em conta, muitas observações pessoais consideradas, e mesmo o favorecimento e a inclinação, que o orador tem de conquistar por sua arte e eloquência, podem ser disfarçados sob a aparência de equidade. Mas como poderia um

---

sinal de agitação, nem no corpo nem na mente! Bateste na testa ou na coxa, ou ao menos bateste os pés? Não. De fato, longe de inflamar nossos ânimos, mal pudemos evitar, aqui e ali, um cochilo"]. (NA)

jurista moderno deixar de lado suas penosas [103] ocupações para colher as flores do Parnaso? Ou que oportunidade teria ele de exibi-las em meio a argumentos rígidos e sutis, às objeções e respostas de que é obrigado a lançar mão? O maior gênio, o maior orador que pretendesse defender uma causa diante do lorde Chanceler após um mês de estudo das leis, teria despendido o seu labor tão somente para se tornar ridículo.

Quase chego a admitir que esta circunstância, a diversidade e o emaranhado das leis, desencoraja a eloquência nos tempos modernos, mas afirmo que ela não responde inteiramente pelo declínio dessa nobre arte. Ela pode banir a oratória de Westminster Hall, mas não de ambas as Casas do Parlamento. Entre os atenienses, os areopagitas proibiam expressamente todos os encantos da eloquência e, para alguns, os discursos gregos redigidos em forma *judiciária* não têm um estilo tão vigoroso e retórico quanto os romanos. No entanto, a que pináculo os atenienses não elevaram sua eloquência no gênero *deliberativo*, quando eram examinados os assuntos de Estado, e liberdade, felicidade e honra da república eram os temas em debate? Disputas dessa natureza elevam o gênio mais do que qualquer outra e dão plena liberdade ao exercício da eloquência; e disputas assim são muito frequentes nesta nação.

Em *segundo* lugar, pode-se achar que o declínio da eloquência se deve ao superior bom senso dos modernos, [104] os quais rejeitam com desdém todos os ardis retóricos tradicionalmente empregados para seduzir os juízes, e nada admitem além de argumentos firmes em qualquer debate ou deliberação. Se um homem é acusado de assassinato, o fato deve ser provado por testemunhas e evidências, e as leis posteriormente determinarão a punição do criminoso. Seria ridículo descrever com tintas carregadas o horror e a crueldade da ação, convocar os parentes do morto e, com um sinal, fazer que se atirem aos pés dos juízes, a implorar justiça com lágrimas e lamentações; mais ridículo ainda seria recorrer a uma pintura que representasse o crime sangrento, no intuito de comover os juízes mediante a exibição de tão trágico espetáculo, embora saibamos que os advogados antigos por vezes lançavam mão desse artifício[97]. Ora, se banires o patético dos

---

[97] Quintiliano, *Institutio oratoria*, VI, 1. (NA)

discursos públicos, reduzirás os oradores à mera eloquência moderna, ou seja, ao bom senso enunciado em expressão apropriada.

Talvez se possa reconhecer que nossos costumes modernos ou, se quiseres, a superioridade de nosso bom senso, tornam nossos oradores mais cautelosos e reservados do que os antigos, quando tentam inflamar as paixões ou elevar a imaginação de sua audiência, mas não vejo razão para que isso os desespere de obter êxito em suas tentativas. Isso deveria fazê-los redobrar sua arte, não abandoná-la por completo. Os oradores antigos também pareciam se precaver contra tal prevenção da audiência; mas tomavam um caminho diferente para eludi-la[98]. Entravam numa tal torrente de sublime e patético, que não davam oportunidade a que seus ouvintes percebessem o artifício pelo qual eram iludidos. Não só isso: considerando bem a questão, eles não eram iludidos por artifício algum. O orador, pela força de seu próprio gênio e eloquência, inflamava-se primeiro a si mesmo com raiva, indignação, piedade e tristeza, e depois comunicava esses movimentos impetuosos a sua audiência. [105]

Alguém poderia pretender ter mais bom senso do que Júlio César? E, no entanto, sabemos que esse arrogante conquistador era tão subjugado pelos encantos da eloquência de Cícero, que foi de alguma maneira constrangido a mudar o propósito e a resolução já firmados e a absolver um criminoso que, antes da defesa do orador, estava determinado a condenar.

Apesar de seu imenso sucesso, reconheço que podem ser feitas algumas objeções a certas passagens do orador romano. Ele é excessivamente floreado e retórico; suas figuras são excessivamente explícitas e palpáveis; as divisões de seu discurso são tiradas principalmente das regras das escolas; e seu engenho nem sempre desdenha o artifício de um trocadilho, rima ou jogo de palavras. O grego dirigia a palavra a uma audiência muito menos fina do que o senado ou os juízes romanos. O mais baixo vulgo de Atenas era o seu soberano, e o árbitro de sua eloquência[99]. E, no entanto, sua maneira

---

[98] Longino, *Do sublime*, cap. 15. (NA)

[99] Os oradores formaram o gosto do povo ateniense, não o contrário. Górgias de Leontino fora bem aceito antes que eles tomassem contato com uma maneira aprimorada de discursar. Diodoro Sícolo diz que suas figuras de discurso, suas antíteses, seu *isókolon* [períodos de mesma extensão] e seu *homoiotéleuton* [similitude de desinências] hoje desprezados, exerciam grande efeito sobre a audiência. Lib. XII, p. 106, *ex editione*

de discursar era mais casta e austera do que a do outro. Pudesse ser copiada, e seu êxito sobre uma assembleia moderna seria infalível. É harmonia rápida, exatamente ajustada ao sentido; é raciocínio veemente, sem nenhuma aparência de arte; é [106] desdém, raiva, vigor e liberdade num jorro incessante de argumentação; e, de todas as produções humanas, os discursos de Demóstenes são os que nos apresentam os modelos mais próximos da perfeição[100].

Em *terceiro* lugar, pode-se achar que as desordens nos governos antigos e os crimes hediondos de que frequentemente os cidadãos eram culpados ofereciam muito mais amplo material à eloquência do que se pode encontrar entre os modernos. Sem Verres e Catilina não haveria Cícero. É evidente, no entanto, que essa razão não pode ter muita influência. Seria fácil achar um Filipe nos tempos modernos; mas onde encontraremos um Demóstenes?

O que resta, pois, senão fazer recair a culpa sobre a falta de gênio ou de juízo de nossos oradores, que, ou se viram incapacitados de galgar as alturas da eloquência antiga, ou rejeitaram todos os esforços dessa ordem, por inadequados ao espírito das assembleias modernas? Umas poucas tentativas bem-sucedidas dessa natureza poderiam despertar o gênio da nação, provocar emulação entre os jovens e acostumar nossos ouvidos a uma elocução mais sublime e patética do que aquela com que até agora nos entretivemos. Há certamente algo de acidental no surgimento e no progresso das artes numa nação. Duvido que se possa dar uma razão realmente satisfatória por que Roma, mesmo tendo herdado todos os refinamentos da Grécia, se limitou ao gosto pela pintura, escultura e arquitetura, sem chegar à prática dessas artes, enquanto a Roma moderna foi estimulada a ela por alguns restos encontrados entre as ruínas da antiguidade e produziu artistas da maior eminência e distinção. Se durante as guerras civis, quando a liberdade começou a se estabelecer plenamente e as assembleias populares participavam de quase todos os assuntos práticos de governo, tivesse surgido na oratória um gênio tão cultivado

---

Rhod. [Diodoro Sícolo, *Biblioteca de História*, 12.53]. É em vão, portanto, que os oradores modernos usam o gosto de seus ouvintes como desculpa para seu péssimo desempenho. Seria um preconceito estranho em favor da antiguidade não reconhecer que, em juízo e delicadeza, o parlamento britânico é naturalmente superior à plebe ateniense. (NA)

[100] Parágrafo acrescentado na edição K. (NT)

como o de Waller[101] para a poesia, [107] estou persuadido de que exemplo tão ilustre teria dado à eloquência britânica um pendor muito diferente e teria nos levado a alcançar a perfeição do modelo antigo. Então, nossos oradores teriam sido motivo de honra para o país, a exemplo de nossos poetas, geômetras e filósofos, e teriam surgido Cíceros britânicos, assim como temos nossos Arquimedes e Vergílios[102].

[101] As edições C e D trazem: "como o de milorde Bolingbroke". (NT)

[102] Edições C e D: "Platões e Vergílios"; Das edições K a P: "Plutarcos e Vergílios". As edições de C a P prosseguem: "Reconheci haver algo de acidental na origem e no progresso das artes numa nação; e no entanto não posso deixar de pensar que, se as demais nações letradas e polidas da Europa desfrutassem das mesmas vantagens de um governo popular, elas provavelmente teriam feito sua eloquência atingir alturas mais elevadas que na Grã-Bretanha. Os sermões franceses, principalmente de Flechier e Bossuet, são neste particular muito superiores aos equivalentes ingleses; e em ambos autores se podem encontrar muitos toques da mais sublime poesia. [C e D: e em Flechier se podem encontrar muitos toques da mais sublime poesia, de que é exemplo a oração fúnebre em homenagem ao marechal de Turenne]. Somente as questões privadas são discutidas nos parlamentos e cortes judiciais daquele país, mas, apesar dessa desvantagem, nota-se em muitos de seus juristas um espírito de eloquência que, propriamente cultivado e estimulado, poderia atingir as alturas mais elevadas. Os discursos de Patru são muito elegantes e dão ocasião de imaginar do que não seria capaz, nas questões que dizem respeito à liberdade ou escravidão, guerra ou paz públicas, um gênio tão fino que com tanto sucesso se exercita em debates sobre o preço de um cavalo velho ou sobre os boatos de uma querela entre uma madre e suas freiras. É surpreendente que esse polido autor, apesar de admirado por todos os homens de espírito de seu tempo, jamais tenha se dedicado às causas mais importantes das cortes de justiça, tendo vivido e morrido na pobreza, o que se deveu unicamente a um antigo preconceito cuidadosamente disseminado pelos ignorantes em todos os países: *um homem de gênio não serve para os negócios públicos*. As desordens produzidas pelas facções contra o cardeal Mazarino fizeram o parlamento de Paris entrar na discussão de assuntos públicos, e, nesse breve intervalo, apareceram ali muitos sintomas de renascimento da eloquência antiga. Durante um discurso, o *avocat general* [procurador geral] Talon pediu de joelhos ao espírito de São Luís que olhasse com compaixão para seu povo dividido e infeliz, e que o inspirasse com o amor pela concórdia e harmonia [De Retz, *Memórias*. (NA)]. Os membros da Academia francesa tentaram oferecer-nos modelos de eloquência em seus discursos de posse, mas, como não tinham assunto, mergulhavam numa fastidiosa torrente de panegíricos e elogios, de todos os assuntos, o mais estéril. No geral, porém, seu estilo é muito elevado e sublime nessas ocasiões, e poderia alcançar as alturas mais elevadas se empregado em assuntos mais favoráveis e cativantes.

Admito que há, no gênio e no temperamento inglês, certas circunstâncias desvantajosas para o progresso da eloquência, que tornam todas as tentativas nesse gênero mais arriscadas e difíceis do que em qualquer outra nação. Os ingleses são notados pelo *bom senso*, que os torna bastante desconfiados de tentativas de enganá-los com flores de retórica e elocução. Têm ainda uma *modéstia* peculiar, o que os leva a considerar um gesto de arrogância oferecer a assembleias públicas algo além de razão ou tentar

Se um falso gosto prevalece na poesia ou eloquência de um povo, ele raramente ou nunca tem a preferência sobre o gosto verdadeiro, depois da devida comparação e reflexão. É comum que prevaleça meramente por ignorância do gosto verdadeiro e por falta de modelos perfeitos que levem os homens a uma apreensão mais justa das produções de gênio e a um paladar mais fino para elas. Quando *estas* aparecem, logo têm todos os votos a seu favor e, por seus encantos naturais e poderosos, conquistam o amor e a admiração até dos mais preconceituosos. Os princípios de cada paixão e cada sentimento estão em todos os homens; e, quando propriamente tocados, brotam para a vida, aquecem o coração e transmitem aquela satisfação que distingue uma obra de gênio das belezas corrompidas de um engenho e fantasia caprichosos. E se essa observação é verdadeira em relação a todas as artes liberais, ela o é particularmente em relação à eloquência, que, sendo calculada meramente para o público e para os homens do mundo, não pode, alegando uma razão qualquer, apelar do veredicto do povo para juízes mais finos, mas deve se submeter ao veredicto público sem nenhuma reserva ou limitação. Aquele que uma audiência comum, depois de feitas as comparações, reputa ser o maior dos oradores, certamente também deverá ser declarado tal por homens de ciência e letras. E, embora um orador indiferente possa triunfar por longo tempo e seja considerado inteiramente perfeito pelo vulgo, que se satisfaz com seu desempenho e não vê nele nenhum defeito, o verdadeiro gênio, quando surge, chama para si a atenção de todos e imediatamente se mostra superior a seu rival. [108]

guiá-las pela paixão e pela fantasia. Que me seja permitido acrescentar que as pessoas em geral não primam pela delicadeza de gosto ou pela sensibilidade aos encantos das musas. Seus *talentos musicais*, para fazermos uso da expressão de um nobre autor, são indiferentes. Por isso, para comovê-los, seus poetas cômicos precisam recorrer à obscenidade, seus poetas trágicos ao sangue e à carnificina, e assim seus oradores, privados do recurso a essas fontes, abandonaram inteiramente a esperança de comovê-los e se limitaram ao simples argumento e raciocínio.
Essas circunstâncias, aliadas a incidentes particulares, talvez tenham retardado o crescimento da eloquência neste reino, mas não poderão impedir seu sucesso, se um dia ela aparecer entre nós, e pode-se seguramente afirmar que este é um campo em que os mais florescentes louros poderão ser colhidos, se uma juventude de gênio consumado, conhecedora de todas as artes polidas e que não ignore os assuntos públicos, surgir no parlamento e acostumar nossos ouvidos a uma eloquência mais poderosa e patética. E há duas considerações a confirmar essa minha opinião, uma derivada dos tempos antigos, outra dos modernos". (NT)

Ora, a julgar por essa regra, a eloquência antiga, ou seja, sublime e passional, é de um gosto muito mais justo do que a moderna, ou argumentativa e racional; e, se exercida com propriedade, terá sempre mais comando e autoridade sobre os homens. Ficamos satisfeitos com nossa mediocridade porque não tivemos experiência de nada melhor, mas os antigos tiveram experiência de ambas e, comparando-as, deram preferência ao gênero de que nos legaram modelos tão aclamados. Pois, se não me engano, nossa eloquência moderna é de mesmo estilo ou espécie daquela que os críticos antigos denominavam ática, ou seja, calma, elegante e sutil, que mais instruía a razão do que afetava as paixões, e nunca elevava seu tom acima do tom da argumentação ou do discurso comum. Desse gênero era a eloquência de Lísias entre os atenienses e a de Calvo entre os romanos. Eram estimados em seu tempo, mas, comparados a Demóstenes e Cícero, se eclipsavam como a chama de uma vela aos raios do sol meridiano. Estes últimos oradores possuíam a mesma elegância, sutileza e força de argumento dos primeiros, mas o que principalmente os tornava admiráveis era o patético e o sublime, que nas ocasiões apropriadas inseriam em seus discursos para obter comando sobre as decisões da audiência.

Quase não temos exemplo dessa espécie de eloquência na Inglaterra, ao menos no que se refere aos oradores públicos. Entre nossos escritores, alguns receberam grande aclamação e podem dar à nossa juventude ambiciosa a certeza de obter uma glória igual ou superior em suas tentativas de reviver a eloquência antiga. Os trabalhos de lorde Bolingbroke, com todas suas deficiências de argumentação, método e precisão, contêm uma força e energia que nossos oradores quase nunca tentam alcançar, mas é evidente que um estilo assim elevado tem muito mais graça num orador do que num escritor, e é certeza de êxito mais imediato e espantoso. Lá, ele é secundado pelas graças da [109] voz e da ação; há comunicação recíproca de movimentos entre o orador e a audiência, e o próprio aspecto de uma assembleia atenta ao discurso de um único homem o inspira com peculiar elevação, suficiente para justificar as figuras e expressões mais fortes. Existe, é verdade, grande preconceito contra *discursos previamente elaborados*, e um homem não escapará ao ridículo se repetir um discurso como um aluno que faz sua lição, não levando em conta nada do que foi apresentado durante o debate. Mas por que incorrer nesse absurdo? Um orador público deve saber de antemão a questão a ser debatida. Ele pode compor todos os argumentos, objeções e respostas que pensa ser os mais apropriados para seu discurso[103]. Se algo de novo ocorrer, poderá supri-lo com sua invenção, e a diferença entre suas composições previamente elaboradas e as composições improvisadas não será perceptível. A mente permanece naturalmente com o mesmo *ímpeto* ou *força* que adquiriu em seu movimento; assim como um bote prossegue por algum tempo o seu curso, depois que o impulso original dos remos foi suspenso.

Concluirei esta discussão observando que, mesmo que nossos oradores modernos não devam elevar seu estilo ou aspirar rivalizar com os antigos, na maior parte de seus discursos há uma deficiência material que é preciso corrigir, sem se desviar daquela compostura de argumento e raciocínio a que limitam sua ambição. Seu grande apreço por discursos improvisados os levou a rejeitar qualquer ordem e método, que parecem tão requeridos para a argumentação, e sem os quais dificilmente é possível produzir inteira [110] convicção na mente. Não se trata de recomendar muitas divisões num discurso público, a não ser que sejam dadas com muita evidência pelo assunto; mas, mesmo sem essa formalidade, é fácil seguir um método e torná-lo manifesto aos ouvintes, que assim terão imensa satisfação em ver os argumentos surgindo naturalmente uns dos outros, e uma mais completa persuasão do que a que poderia advir de razões mais fortes, mas confusamente agrupadas.

---

[103] O primeiro ateniense a compor e redigir suas falas foi Péricles, homem público e homem de senso, se jamais houve algum: *Prôtos graptòn lógon en dikastreioi eîpe, tôn prò autoû skhediazónton.* Suidas in *Periclês.*[*Suidas*, enciclopédia literária e histórica. Péricles foi "o primeiro homem a apresentar discurso escrito nas cortes, pois antes dele só se falava de improviso"]. (NA)

DO SURGIMENTO E PROGRESSO
DAS ARTES E CIÊNCIAS[104]

Nada requer tanta acuidade em nossas investigações sobre os assuntos humanos quanto distinguir exatamente o que se deve ao *acaso* e o que procede de *causas*, e nem há questão em que um autor seja mais passível de enganar a si mesmo mediante falsas sutilezas e refinamentos. Dizer que um evento decorre de acaso abrevia toda investigação ulterior a seu respeito, e deixa o escritor no mesmo estado de ignorância que o resto dos homens. Se, todavia, se supõe que o evento procede de causas certas e estáveis, então ele pode exibir toda a sua engenhosidade assinalando essas causas e, como um homem de alguma sutileza jamais se sente em apuros nesse particular, ele tem com isso a oportunidade de engrossar os seus volumes e revelar seu profundo conhecimento, observando o que escapa ao vulgo ignorante. [112]

A distinção entre acaso e causas depende da sagacidade particular de cada um em considerar cada incidente particular. Se eu tivesse, no entanto, de assinalar uma regra geral para nos ajudar na aplicação dessa distinção, ela seria a seguinte: *o que depende de umas poucas pessoas deve, em grande medida, ser atribuído ao acaso, ou a causas secretas e desconhecidas; o que advém de um grande número, pode com frequência ser explicado por causas determinadas e conhecidas.*

Duas razões naturais podem ser assinaladas para essa regra. Em *primeiro* lugar, se supões que um dado tem uma propensão qualquer, por menor que seja, para um lado particular, essa propensão, ainda que talvez não apareça em algumas jogadas, certamente prevalecerá num número maior delas, e fará a balança pender inteiramente para aquele lado. Da mesma maneira, quando *causas* geram uma inclinação

---

[104] Publicado pela primeira vez na edição C. (NT)

ou paixão particular, em certo momento e em certo povo, ainda que muitos indivíduos escapem ao contágio e sejam comandados por paixões que lhes sejam peculiares, a multidão certamente será tomada pela afecção comum, e por ela governada em todas as suas ações.

Em *segundo* lugar, os princípios ou causas apropriados para operar sobre uma multidão são sempre de natureza mais grosseira e mais inflexível, menos sujeitos a acidentes e à excentricidade e fantasia particular do que aqueles que operam somente sobre alguns. Estes últimos são geralmente tão delicados e refinados, que o menor incidente envolvendo a saúde, a educação ou a fortuna de uma pessoa particular é suficiente para desviá-los de seu curso e retardar sua operação, e é impossível derivá-los de quaisquer máximas ou observações gerais. Sua influência num momento jamais pode nos assegurar de sua influência noutro, mesmo que em ambos os casos as circunstâncias gerais sejam as mesmas.

A julgar por essa regra, as revoluções internas e graduais de um Estado são objeto mais apropriado para raciocínio e observação que as revoluções estrangeiras e violentas, estas geralmente produzidas por uma só pessoa e mais sujeitas a excentricidade, tolice e capricho que a paixões e interesses gerais. A queda dos lordes e a ascensão dos comuns [113] na Inglaterra, depois dos estatutos de alienação das terras, e o incremento do comércio e da indústria são mais fáceis de explicar por princípios gerais que a queda da monarquia espanhola e a ascensão da francesa após a morte de Carlos V. Se Henrique IV, o cardeal Richelieu e Luís XIV tivessem sido espanhóis, e Felipe II, Felipe III, Felipe IV e Carlos II tivessem sido franceses, as histórias dessas duas nações teriam sido inteiramente inversas.

Pela mesma razão, é mais fácil dar conta do surgimento e progresso do comércio num reino qualquer que do surgimento e progresso das letras, e um Estado que se aplicasse em encorajar o comércio teria mais garantia de sucesso do que se tentasse cultivar as letras. Avareza, ou desejo do ganho, é uma paixão universal que opera em todas as épocas e em todos os lugares, sobre todas as pessoas. Mas curiosidade, ou amor pelo conhecimento, tem uma influência muito restrita e requer juventude, ócio, educação, gênio e exemplo para governar uma pessoa. Não faltarão editores enquanto houver quem compre livros: mas pode com frequência haver leitores sem que haja autores. Multidões de pessoas, necessidade e liberdade, geraram comércio na Holanda: estudo e dedicação raramente produziram autores eminentes.

Podemos, portanto, concluir que nenhum assunto requer mais cautela em nosso proceder que traçar a história das artes e ciências, a fim de que não se assinalem causas que jamais existiram, nem se deduza o que é meramente contingente de princípios estáveis e universais. Aqueles que cultivam as ciências num Estado são sempre pouco numerosos: a paixão que [114] os governa é limitada, seu gosto e juízo, delicados e fáceis de corromper, e sua dedicação, perturbada ao menor incidente. O acaso, portanto, ou causas secretas e desconhecidas devem ter grande influência no surgimento e no progresso de todas as artes refinadas.

Há, contudo, uma razão que me induz a não atribuir essa matéria inteiramente ao acaso. Conquanto as pessoas que cultivam as ciências com êxito tão impressionante a ponto de atrair a admiração da posteridade sejam sempre poucas em todas as épocas e nações, é impossível que uma porção do mesmo espírito e do mesmo gênio não tenha antes se difundido entre o povo no qual elas surgem, para produzir, formar e cultivar, desde a mais tenra infância, o gosto e o juízo desses autores eminentes. A massa de que tais espíritos refinados são extraídos não pode ser totalmente insípida. *Há um deus dentro de nós*, diz Ovídio, *que sopra o fogo divino que nos anima.*[105] Poetas, em todas as épocas, dão essa justificativa para a inspiração. Não há nada, todavia, de sobrenatural na questão. A chama de seu fogo não vem do céu. Ela corre pela terra, passa de um coração a outro e refulge mais radiante onde os materiais estão mais bem preparados e mais auspiciosamente dispostos. A questão acerca do surgimento e progresso das artes e ciências não é, pois, questão que diz respeito ao gosto, gênio e espírito de uns poucos, mas de todo o povo e pode, portanto, até certo ponto ser explicada por causas e princípios gerais. Por que um poeta como Homero, por exemplo, teria existido em tal lugar e em tal época? Garanto que alguém que quisesse investigar esse assunto se precipitaria em [115] quimeras e jamais poderia tratar dele sem uma multidão de falsas sutilezas e refinamentos. Poderia

---

[105] *Est Deus in nobis; agitante calescimus illo;/Impetus hic, sacrae semina mentis habet.* Ovídio, *Fastos*, VI, 5-6. (NA)

querer igualmente dar uma razão por que generais como Fábio e Cípio teriam vivido em Roma no tempo em que viveram, ou por que Fábio teria vindo ao mundo antes de Cípio. Para incidentes como estes não se pode dar outra razão além daquela de Horácio:

> *Scit genius, natale comes, qui temperat astrum,*
> *Naturae Deus humanae, mortalis in unum —*
> *— Quodque caput, vultu mutabilis, albus & ater.*[106]

Estou, porém, persuadido de que em muitos casos podem ser dadas boas razões por que uma nação é, num período particular, mais polida e instruída que qualquer um dos seus vizinhos. Aliás, esse assunto desperta tanta curiosidade, que seria uma pena abandoná-lo inteiramente antes de termos descoberto se pode ser submetido a raciocínio e deduzido de princípios gerais.[107]

Minha primeira observação sobre esse tópico é que *é impossível que as artes e ciências surjam num povo sem que este tenha antes desfrutado da benção de um governo livre.*

Nos primeiros tempos do mundo os homens, ainda bárbaros e ignorantes, não buscam outra garantia contra a violência e injustiça mútuas senão escolhendo um ou mais legisladores, nos quais depositam sua tácita confiança, sem se munir de qualquer garantia, mediante leis ou instituições políticas, contra a violência e injustiça desses governantes. Se a autoridade está centrada numa única pessoa, e o povo, quer pela conquista, quer pelo curso ordinário de sua propagação, [116] ganha as dimensões de uma grande multidão, o monarca, constatando a impossibilidade de executar ele próprio em todos os lugares cada um dos ofícios da soberania, delega sua autoridade a magistrados subordinados, que preservam a paz e a ordem em seus respectivos distritos. Uma vez que experiência e educação ainda não proporcionaram nenhum grau considerável de refinamento ao juízo dos homens, o príncipe, não sofrendo restrição alguma, jamais sonha em refrear seus ministros, mas delega autoridade

---

[106] *Epístolas*, II, 2, 187 – 89: "só o Gênio sabe, aquele nosso companheiro que comanda a estrela de nosso nascimento, o deus de natureza humana, mortal em cada um, de mutável semblante, branco ou preto". (NT)

[107] As edições de C a P acrescentam: "Procederei, pois, avançando algumas observações sobre esse assunto, as quais submeto ao exame e censura dos letrados." (NT)

plena a cada um daqueles que coloca acima de uma porção do povo. Todas as leis gerais apresentam inconvenientes quando aplicadas a casos particulares; e se requer grande penetração e experiência, tanto para perceber que esses inconvenientes são menores do que aquilo que resulta dos plenos poderes discricionários de cada magistrado, quanto para discernir quais leis gerais apresentam, no todo, menos inconvenientes. Tão grande é a dificuldade nessa matéria, que os homens podem ter feito alguns avanços, inclusive nas artes sublimes da eloquência e da poesia, onde a rapidez de gênio e de imaginação ajuda seus progressos, antes de chegarem a algum refinamento importante em suas leis nacionais, onde apenas tentativas frequentes e observação diligente podem direcionar o seu aprimoramento. Não se deve supor, por isso, que um monarca bárbaro, sem freio nem instrução, quererá se tornar um legislador ou pensará em refrear seus paxás nas províncias ou seus cádis nas aldeias. Conta-se que o falecido czar[108], embora impelido por um gênio nobre e imbuído de amor e admiração pelas artes europeias, professava admiração, nesse particular, pela política dos turcos e aprovava os julgamentos sumários, tais quais praticados naquela monarquia bárbara, em que os juízes não são refreados por nenhum método, formalidade ou lei. Ele não percebeu o quanto tal prática teria sido contrária a todos os seus esforços para refinar seu povo. O poder arbitrário tem, em todos os casos, algo de opressivo e degradante, mas é inteiramente ruinoso e intolerável se restrito a um âmbito menor, e torna-se ainda pior quando a pessoa que o possui sabe que a [117] duração de sua autoridade é limitada e incerta. *Habet subjectos tanquam suos*; *viles, ut alienos*.[109] Ele governa os súditos com plena autoridade, como se fossem seus; e com negligência ou tirania, como se pertencessem a outros. Um povo governado dessa maneira é escravo no sentido pleno e próprio da palavra, e é impossível que possa aspirar a refinamentos de gosto ou razão. O máximo a que chega sua ousadia é almejar o gozo pleno e seguro das coisas indispensáveis à vida.

Por isso esperar que o surgimento das artes e ciências ocorra numa monarquia, é esperar uma contradição. Antes que tais refinamentos

---

[108] Pedro I, o Grande, governou a Rússia entre 1689 e 1725. (NT)

[109] Tácito, *Histórias*, livro I, cap. 37. (NA) ["nos mantêm sob seu jugo, como se fôssemos escravos, e nos considera vis, porque pertencemos a um outro". (NT)]

ocorram, o monarca é ignorante e iletrado e, não tendo conhecimento suficiente para torná-lo sensível à necessidade de equilibrar seu governo em leis gerais, delega poderes plenos a todos os magistrados inferiores. Essa política bárbara degrada o povo e impede para sempre qualquer aprimoramento. Se antes de a ciência ser conhecida no mundo tivesse sido possível um monarca com sabedoria bastante para se tornar legislador e para governar seu povo conforme a lei, não conforme a vontade arbitrária dos súditos seus camaradas, então seria possível que essa espécie de governo tenha sido o primeiro berço das artes e ciências. Tal suposição, entretanto, está longe de parecer consistente ou racional.

Pode ocorrer que, em sua infância, uma república seja sustentada por tão poucas leis e credite uma autoridade tão ilimitada a seus magistrados e juízes quanto uma monarquia bárbara. No entanto, além de os frequentes plebiscitos exercerem considerável controle sobre a autoridade, é impossível que com o tempo não surja a necessidade de refrear os magistrados e de criar leis e estatutos, a fim de preservar a liberdade. Durante algum tempo, os cônsules romanos decidiram todas as causas sem estar submetidos a nenhum estatuto positivo, até que o povo, que suportava com impaciência esse jugo, criasse [118] os *decênviros*, que promulgaram as Doze Tábuas, corpo de leis que, mesmo não tendo o tamanho de um único ato do parlamento inglês, continha quase todas as únicas regras escritas que, por várias gerações, regulamentaram a propriedade e a punição naquela famosa república. Aliadas às formas de um governo livre, elas foram suficientes para assegurar a vida e a propriedade dos cidadãos, impedir o domínio de um homem sobre outro e proteger cada um da violência ou tirania de seus concidadãos. Esta é a situação em que as ciências desabrocham e florescem. Mas elas jamais poderiam ter existido num palco de opressão e escravidão que é sempre o resultado das monarquias bárbaras, nas quais somente o povo está sujeito à autoridade dos magistrados, e os magistrados não estão sujeitos a lei ou estatuto algum. Um despotismo ilimitado dessa natureza, enquanto existe, faz cessar efetivamente todo e qualquer aprimoramento e impede os homens de alcançar o conhecimento requerido para os instruir sobre as vantagens de uma política melhor e de uma autoridade mais moderada.

Estas são, pois, as vantagens de Estados livres. Por força de uma operação inevitável, uma república, ainda que bárbara, faz necessariamente surgir a *lei*, antes mesmo que os homens tenham feito quaisquer avanços consideráveis nas outras ciências. Da lei surge a segurança; da segurança, a curiosidade; e da curiosidade, o conhecimento. Os últimos passos desse progresso podem ser mais acidentais; os primeiros são inteiramente necessários. Uma república sem leis não pode durar. Num governo monárquico, ao contrário, a lei não surge necessariamente das formas do governo. A monarquia, se é absoluta, contém inclusive algo que repugna à lei. Somente grande sabedoria e muita reflexão poderiam reconciliá-las. Não se deve, porém, esperar tal grau de sabedoria antes de grandes refinamentos e aprimoramentos da razão humana. Esses refinamentos requerem curiosidade, segurança e lei. Não se pode, portanto, jamais supor que o desenvolvimento *inicial* das artes e ciências tenha ocorrido em governos despóticos.[110]

Há outras causas que desencorajam o surgimento das [119] artes refinadas em governos despóticos; mas parece-me que a principal é a falta de leis e a delegação de plenos poderes a pequenos magistrados. A eloquência certamente brota de maneira mais natural em governos populares. A emulação também, a cada realização, é ali mais animada e vivificada. O gênio e a capacidade têm as rédeas soltas. Essas causas tornam governos livres o único *berço* próprio para as artes e ciências.

A próxima observação a fazer sobre esse tópico é *que nada é mais favorável ao florescimento da polidez e das letras do que a vizinhança de numerosos estados independentes conectados pelo comércio e pela política*. A emulação que naturalmente surge entre Estados vizinhos é fonte óbvia de aprimoramento. Mas aquilo em que eu gostaria principalmente de insistir é que tais territórios limítrofes põem freio ao *poder* e à *autoridade*.

---

[110] Das edições C a P, o texto prosseguia: "De acordo com o progresso necessário das coisas, a lei deve preceder a ciência. Em repúblicas, a lei pode preceder a ciência e pode despertar da própria natureza do governo. Em monarquias, ela não surge da natureza do governo e não pode preceder a ciência. Um príncipe absoluto que seja bárbaro torna todos os seus ministros e magistrados tão absolutos quanto ele mesmo: isso é o suficiente para impedir para sempre toda indústria, curiosidade e ciência." (NT)

Países extensos, nos quais uma única pessoa tem grande influência, logo se tornam absolutos, enquanto os menores se convertem naturalmente em repúblicas.[111] Um grande país gradualmente se acostuma à tirania, porque cada ato de violência é primeiro perpetrado contra uma parte que, estando afastada das demais, não é notada, nem desperta qualquer revolta violenta. Além disso, um grande país pode, com um pouco de arte, ser mantido em obediência, mesmo que o todo esteja descontente; pois cada parte, ignorando as resoluções do resto, teme iniciar qualquer sublevação ou insurreição. Sem mencionar a supersticiosa reverência aos príncipes, de que os homens naturalmente se imbuem quando têm poucas ocasiões de ver o soberano, e quando são poucos os que o conhecem a ponto de perceber suas fraquezas. Grandes países podem gastar muito com o sustento da pompa da majestade, que exerce uma espécie de fascínio sobre os homens, e contribui, naturalmente, para escravizá-los.

Num país pequeno, qualquer ato de opressão se torna imediatamente do conhecimento de todos, os murmúrios e descontentamentos a que dá ensejo se transmitem com facilidade, e a indignação aumenta, porque nesses Estados os súditos [120] não têm por que recear a enorme distância que os separa de seu soberano. "Nenhum homem", disse o príncipe de Condé, "é um herói para seu *valet de chambre*". É certo que admiração e familiaridade, em relação a uma criatura mortal, não são de todo incompatíveis.[112] Sono e amor convenceram o próprio Alexandre de que ele não era um deus, mas suponho que, pelas inúmeras fraquezas de que padecia, aqueles que o serviam no dia-a-dia podiam facilmente lhe dar provas ainda mais convincentes de sua humanidade.

A divisão em Estados menores é favorável às letras, pois detém o progresso da *autoridade* e também do *poder*. Com frequência, a reputação exerce um fascínio tão grande sobre os homens quanto a soberania, e é igualmente destrutiva para a liberdade de pensamento e de exame. Onde, contudo, numerosos Estados vizinhos têm grande intercâmbio de artes e comércio, a rivalidade mútua não

---

[111] *Commonwealths*. (NT)

[112] Nas edições de C a K, o texto prossegue: "*Antígono*, saudado por seus aduladores como uma divindade e como o filho do glorioso astro que ilumina o universo. *Sobre esse tópico*, dizia ele, *podeis consultar a pessoa que limpa minha privada.*" (NT)

os deixa acolher facilmente as leis do outro em matéria de gosto e de raciocínio, fazendo-os examinar cada obra de arte com o maior cuidado e acuidade. O contágio da opinião popular não se espalha tão facilmente de um lugar a outro, mas é logo detido num Estado ou noutro, onde não concorde com os preconceitos vigentes. E nada além de natureza e razão, ou pelo menos algo muito semelhante a elas, pode abrir caminho em meio a todos os obstáculos e reunir nações rivais numa mesma estima e admiração.

A Grécia era uma aglomeração de pequenos principados que logo se tornaram repúblicas, as quais, unidas tanto pela proximidade quanto pelos laços de uma mesma língua e de um mesmo interesse, estabeleceram o mais denso intercâmbio de comércio e letras. Para tanto concorreram um clima auspicioso, um solo minimamente fértil e uma língua muito harmoniosa e abrangente, o que dá a impressão de que todas as circunstâncias foram favoráveis ao surgimento das artes e ciências entre esse povo. Cada cidade produziu [121] muitos artistas e filósofos, que não admitiam perder a preferência para os das repúblicas vizinhas; suas contendas e debates aguçavam o engenho dos homens; uma variedade de objetos se oferecia ao julgamento, cada um reclamando preferência sobre os demais; e as ciências, não sendo tolhidas pela autoridade, puderam fazer avanços tão consideráveis, que até hoje são objeto de nossa admiração. Depois que a igreja *cristã romana* ou *católica* se espalhou pelo mundo civilizado, depois que concentrou em si todo o saber até então existente, sendo, na realidade, dentro de seus limites um único grande Estado unificado sob um mesmo líder, aquela variedade de seitas imediatamente desapareceu, e a filosofia peripatética se tornou a única a ser admitida nas escolas, para a completa depravação de toda espécie de saber. Mas como o gênero humano se livrou aos poucos desse jugo, as coisas voltaram agora quase à mesma situação de antes, e a Europa é hoje uma cópia ampliada daquilo que a Grécia foi um modelo em miniatura. São muitos os exemplos em que podemos ver as vantagens dessa situação. O que teria detido o progresso da filosofia cartesiana, para a qual a nação francesa mostrou tão forte propensão até fins do século passado, senão a oposição de outras nações da Europa, que não tardaram a descobrir os pontos fracos daquela filosofia? O escrutínio mais severo por que passou a teoria de Newton não veio de seus compatriotas, mas de estrangeiros; e caso supere os obstáculos com que atualmente depara em todas as partes da Europa, é provável que continuará triunfando até a mais longínqua [122] posteridade. Os ingleses se aperceberam da escandalosa licenciosidade de seu teatro pelo exemplo da decência e moral francesa. Os franceses estão convencidos de que seu teatro se tornou efeminado pelo excesso de amor e galanteio, e começam a aprovar o gosto mais másculo de algumas nações vizinhas.

Na China parece haver reserva considerável de polidez e ciência, da qual se pode esperar que, no curso de alguns séculos, dará frutos mais perfeitos e acabados do que até agora. Mas a China é um vasto império que fala uma só língua, é governado por uma só lei e simpático às mesmas maneiras. A autoridade de um único mestre, Confúcio, se propagou facilmente de um extremo a outro do império. Ninguém teve coragem de resistir à torrente da opinião popular, e a posteridade não foi suficientemente forte para questionar o que recebera de seus ancestrais. Eis, ao que parece, uma razão natural por que as ciências progrediram tão lentamente naquele poderoso império.[113]

Se considerarmos a superfície do globo, veremos que, dos [123] quatro cantos do mundo, a Europa e, de todos os países europeus, a Grécia é a mais entrecortada por mares, rios e montanhas. E assim as ciências surgiram na Grécia, e a Europa foi, desde então, seu domicílio mais constante.

---

[113] À indagação de como poderemos reconciliar esses princípios com a felicidade, as riquezas e a boa política dos chineses, que foram desde sempre governados por um monarca e mal podem formar uma ideia do que seja um governo livre, eu responderei que, embora o governo chinês seja uma monarquia pura, ela não é, propriamente falando, absoluta. Isso procede da posição peculiar daquele país: eles não têm vizinhos, exceto os tártaros, dos quais estão ou parecem estar a salvo em virtude de sua famosa muralha e da sua superioridade populacional. É por isso que os chineses sempre negligenciaram a disciplina militar. Suas forças permanentes são meras milícias, e da pior espécie, incapazes de debelar insurreições gerais em países extremamente populosos como aquele. Pode-se, portanto, dizer que a espada está nas mãos do povo, o que é restrição suficiente para o monarca, obrigado a manter seus *mandarins* e seus governadores de províncias dentro dos limites da lei, se quer impedir as rebeliões que a história mostra serem tão frequentes e tão perigosas naquele país. Uma monarquia pura dessa espécie, que fosse capaz de se defender dos inimigos estrangeiros, seria talvez o melhor dos governos, pois teria tanto a tranquilidade própria ao poder real, quanto a moderação e a liberdade de assembleias populares. (NA)

Inclino-me por vezes a pensar que, se não fossem acompanhadas de tal destruição dos livros antigos e dos registros da história, as interrupções nos períodos de saber seriam até favoráveis às artes e ciências, por deterem o progresso da autoridade e destronarem os usurpadores tirânicos da razão humana. Neste particular, elas têm a mesma influência que interrupções em governos e sociedades políticas. Considera a cega submissão dos antigos filósofos aos diferentes mestres de cada escola, e convencer-te-ás de que não se poderia esperar muita coisa boa de centenas de anos de filosofia tão servil. Mesmo os ecléticos, que surgiram na época de Augusto, embora professassem que podiam escolher livremente o que lhes agradasse de cada diferente seita filosófica, permaneceram, no principal, tão servis e dependentes quanto qualquer um de seus irmãos, pois não buscavam a verdade na natureza, mas nas diversas escolas, onde esperavam encontrá-la, não unida num mesmo corpo, mas dispersa em partes. Com o ressurgimento das letras, as seitas de estoicos e epicuristas, platônicos e pitagóricos, jamais conseguiram ganhar de novo algum crédito ou autoridade; e, ao mesmo tempo, pelo exemplo de sua queda, os homens aprenderam a não se submeter com tão cega deferência às novas seitas que tentavam ganhar ascendência sobre eles.

Minha *terceira* observação sobre o tópico do [124] surgimento e progresso das artes e ciências é *que apesar de o Estado livre ser único berço próprio para essas plantas nobres, elas podem, no entanto, ser transplantadas para qualquer governo; e se uma república é mais favorável ao desenvolvimento das ciências, uma monarquia civilizada favorece mais as artes polidas.*

Apoiar em leis gerais o equilíbrio de uma grande sociedade ou Estado, monárquico ou republicano, é obra tão difícil que mesmo o mais vasto gênio humano não seria hábil para efetuá-la apenas pela mera força de razão e reflexão. Muitos precisam unir seus juízos nessa obra; a experiência deve guiar seu labor; o tempo o levará à perfeição; o sentimento das inconveniências corrigirá os erros inevitavelmente cometidos nas primeiras tentativas e experimentos. E assim parece impossível que esse empreendimento se inicie e seja levado adiante numa monarquia, já que essa forma de governo, antes de ser civilizada, não conhece outro segredo nem outra política senão a de conferir poderes ilimitados a cada governador ou magistrado, subdividindo o povo em diversas classes e ordens de escravidão. De uma situação como esta não se pode esperar aprimoramento algum nas ciências, nas artes liberais, nas leis, e muito pouco nas artes manuais e manufaturas. A mesma barbárie e ignorância com que começa o governo se propaga por toda a posteridade, e nem os esforços, nem o engenho desses infelizes escravos serão capazes de pôr termo a elas.

No entanto, embora a lei, fonte de toda segurança e felicidade, demore a surgir em qualquer país e seja o lento produto de ordem e liberdade, a dificuldade de preservá-la não é a mesma que a de produzi-la. Ao contrário, quando deita raízes, ela é uma planta resistente, que quase nunca perece, apesar do mau cultivo dos homens e do rigor das estações. As artes do luxo, e principalmente as artes liberais, que dependem de um gosto e sentimento refinado, facilmente desaparecem, pois são apreciadas apenas por uns poucos, cujo ócio, fortuna e gênio os predispõem a essas distrações. Mas, uma vez descoberto, o que é proveitoso para todo mortal e para a vida comum dificilmente cai no esquecimento, a não ser pela total subversão da sociedade e por furiosas inundações de invasores [125] bárbaros que obliterem toda memória das antigas artes e civilidade. A imitação também é capaz de transportar essas artes mais ordinárias e úteis de um clima para outro, fazendo seu progresso preceder o das artes refinadas, embora talvez o seu surgimento e propagação sejam posteriores. Dessas causas procedem monarquias civilizadas, nas quais as artes de governar, inventadas primeiro em Estados livres, são preservadas para mútua vantagem e segurança do soberano e do súdito.

Por mais perfeita, portanto, que a forma monárquica possa parecer a alguns autores políticos, toda sua perfeição se deve à forma republicana, e não é possível que um puro despotismo, estabelecido entre um povo bárbaro, possa refinar e polir a si mesmo apenas com sua força e energia nativas. Dos governos livres ele tem de tomar emprestado as suas leis, métodos, instituições e, consequentemente, sua estabilidade e sua ordem. Essas vantagens só afloram em repúblicas. O despotismo abrangente de uma monarquia bárbara penetra os menores recantos do governo, bem como nos principais pontos da administração, e impede para sempre todos esses aprimoramentos.

Numa monarquia civilizada, somente o príncipe não conhece limites para o exercício de sua autoridade, somente ele possui um poder que não é limitado por nada além de costume e exemplo, e do senso de seu próprio interesse. Cada ministro ou magistrado, por mais eminente que seja, deve se submeter às leis gerais que governam a sociedade inteira e exercer, do modo como foi prescrito, a autoridade a ele delegada. Para garantir sua propriedade, o povo não depende de mais ninguém além do soberano: este está tão distante do povo, tão isento de desconfianças e interesses privados, que mal se percebe essa dependência. E assim surge uma espécie de governo a que podemos dar o bombástico nome político de *tirania*, a qual, porém, administrada de maneira justa e prudente, pode oferecer tolerável segurança para o povo e responder à maioria dos fins da sociedade política.[114]

No entanto, ainda que numa monarquia civilizada, assim como numa república, o povo possa usufruir de sua propriedade com segurança, em ambas as formas de governo os detentores da [126] autoridade suprema dispõem de tantas honrarias e vantagens, que excitam a ambição e avareza do gênero humano. A única diferença é que numa república os candidatos a um cargo precisam olhar para baixo, a fim de ganhar o sufrágio do povo, enquanto numa monarquia sua atenção deve estar voltada para o alto, a fim de ganharem as boas graças e favores dos grandes. Para ter êxito no primeiro modo de agir é necessário que o homem seja *útil* por sua indústria, capacidade ou conhecimento. Para ser próspero no segundo, o requisito é que seja *agradável* por seu engenho, condescendência ou civilidade. Um gênio vigoroso se sai melhor nas repúblicas; um gosto refinado, nas monarquias. E, por conseguinte, é mais natural que as ciências se desenvolvam naquelas, e as artes polidas, nestas.

Sem mencionar que as monarquias, cuja estabilidade provém principalmente da reverência supersticiosa a sacerdotes e príncipes, geralmente cercearam a liberdade de raciocínio no que diz respeito à religião e à política, e, consequentemente, à metafísica e à moral,

---

[114] Rejeição da tese, atribuída por Hume a Locke, segundo a qual "uma monarquia absoluta é inconsistente com a sociedade civil, e não é, absolutamente, uma forma de governo civil". Essa tese, ligada à noção de um contrato entre os cidadãos a legitimar a autoridade do governo, será pontualmente refutada no ensaio "Do contrato original". (NT)

as quais, juntas, formam os ramos mais consideráveis da ciência. Matemática e filosofia natural, as únicas restantes, não têm metade do valor daquelas.[115]

Entre as artes do convívio social[116] não há mais prazerosa que a mútua deferência ou civilidade, que nos leva a abdicar de nossas próprias inclinações pelas de nossa companhia, a reter e ocultar aquela presunção e arrogância tão naturais à mente humana. Um homem de boa índole, que tenha sido bem educado, pratica essa civilidade, sem premeditação ou interesse, com todos os mortais. Para disseminar essa valiosa qualidade num povo parece, todavia, necessário que a disposição natural seja ajudada por algum motivo geral. Onde o poder vem de baixo, do povo para os grandes, como em todas as repúblicas, tais refinamentos de civilidade tendem a ser pouco praticados, visto que o Estado inteiro está, por isso mesmo, próximo de um mesmo nível, e cada um de seus membros é, em grande medida, independente do outro. O povo tem a vantagem da autoridade de seus votos; os grandes, da superioridade de sua posição. Já numa monarquia civilizada, há um longo elo de dependência que vai do príncipe ao camponês, elo que, se não é suficientemente grande para tornar [127] a propriedade precária, nem para deprimir a mente do povo, é grande o suficiente para gerar, em cada um, uma inclinação a agradar seus superiores e a se formar segundo aqueles modelos que são os mais aceitáveis para pessoas de condição e de educação. É mais natural, portanto, que a polidez das maneiras surja nas monarquias e cortes, e onde ela floresce, nenhuma das artes liberais é inteiramente negligenciada ou desprezada.

As repúblicas da Europa se notabilizam atualmente pela falta de polidez. *As boas maneiras de um suíço educado na Holanda* é expressão que designa rusticidade entre os franceses.[117] Os ingleses, em certa medida, merecem a mesma censura, apesar de seu saber e de seu gênio. Se os venezianos são uma exceção à regra, devem-no,

---

[115] "Há uma conexão muito íntima entre todas as artes que contribuem para o prazer; e a mesma delicadeza de gosto que nos permite fazer aprimoramentos numa, não permite que as outras permaneçam inteiramente rudes e bárbaras." (Edições C a P) (NT)

[116] Para a importância dessas artes ver os ensaios "Da delicadeza de gosto e de paixão", "Da liberdade civil" e "Da arte de escrever ensaio", incluídos nesta coletânea. (NT)

[117] *C'est la politesse d'un Suisse / En Hollande civilisé.* Rousseau. [Versos do poema "Soneto", do poeta Jean-Baptiste Rousseau (1671-1741).] (NA)

provavelmente, a seu contato com os outros italianos, cujos territórios, em sua maioria, se encontram numa relação de dependência que é mais que suficiente para civilizar suas maneiras.

É difícil pronunciar qualquer juízo acerca dos refinamentos das repúblicas antigas nesse particular. Tendo, porém, a suspeitar que nelas as artes do convívio social não chegaram à mesma perfeição que as artes da escrita e da composição. A histrionice dos oradores antigos é, em muitas passagens, bastante chocante e excede toda crença. Também não pouco ofensiva é, com frequência, a vaidade dos autores dessa época[118], assim como a licenciosidade e a imodéstia, comuns no estilo deles: *Quicunque impudicus, adulter, ganeo, manu, ventre,* pene, *bona patria laceraverat,* diz Salústio numa das [128] passagens mais graves e morais de sua história.[119] *Nam fuit ante Helenam Cunnus teterrima belli Causa* é como Horácio se exprime para traçar a origem do bem e do mal moral.[120] Ovídio e Lucrécio[121] são quase tão licenciosos em seu estilo quanto lorde Rochester, embora fossem cavalheiros finos e escritores delicados, enquanto este último parece ter posto toda vergonha e decência de lado, devido às corrupções da corte em que viveu. Com grande zelo, Juvenal inculca a modéstia, mas dá mau exemplo dela, se considerarmos a impudência de suas expressões.

Ouso afirmar ainda que os antigos não tinham muita delicadeza no trato, nem aquela polida deferência e respeito que somos obrigados a demonstrar ou a contrafazer por civilidade diante das pessoas com as quais nos relacionamos. Cícero foi certamente um dos cavalheiros mais finos de sua época. Devo, todavia, confessar que frequentemente

[118] Não é preciso citar as conhecidíssimas passagens de Cícero ou de Plínio sobre esse tópico. Surpreendente é ver um escritor muito grave e judicioso como Arriano interromper subitamente o fio de sua narrativa para dizer aos leitores que ele próprio se destaca tanto por sua eloquência entre os gregos, quanto Alexandre por seus exércitos, Lib. I . [Arriano, *Expedição de Alexandre*, I, 12] (NA)

[119] Salústio, *Conjuração de Catilina*, XIV, 2: "Um devasso, glutão ou jogador, que dissipava sua fortuna no jogo, em banquetes ou na devassidão". Hume grifa a palavra que indica o órgão genital masculino na frase em latim. (NT)

[120] Horácio, *Sátiras*, I, 3, 103: "Antes de Helena, Cunnus era a causa mais terrível de uma guerra". Cunnus é nome de uma prostituta, mas também designação do órgão genital feminino. (NT)

[121] Este último poeta recomenda uma tratamento bem extraordinário para o amor, e que ninguém esperaria encontrar em tão elegante poema filosófico (*De rerum natura*, IV, 1165). Esta parece ter sido a fonte de algumas imagens do Dr. Swift. Os elegantes Catulo e Fedro merecem a mesma censura. (NA)

me choca a triste figura sob a qual apresenta seu amigo Ático, nos [129] diálogos em que este é introduzido como um dos interlocutores. Esse romano letrado e virtuoso, cuja dignidade, embora não passasse de um simples cidadão de bem, não era inferior à de ninguém em Roma, é mostrado ali numa luz ainda mais digna de comiseração que a do amigo de Filaleto em nossos diálogos modernos.[122] Ele é um humilde admirador do orador, não se cansa de lhe fazer elogios e recebe suas instruções com toda a deferência que um discípulo deve mostrar em relação ao mestre.[123] O próprio Catão recebe um tratamento algo desdenhoso como este nos diálogos do *De finibus*.[124]

Um dos detalhes mais peculiares que encontramos num diálogo real da antiguidade é relatado por Políbio[125], quando Felipe, rei da Macedônia, príncipe espirituoso e talentoso, encontra Tito Flamínio, um dos mais polidos romanos, como nos informa Plutarco, acompanhado de embaixadores de quase todas as cidades gregas.[126] O embaixador da Etólia diz bem abruptamente ao rei que ele fala como um tolo, ou como um louco (*lereîn*). *Isso é evidente*, diz sua majestade, *até para um cego*, zombando da cegueira de sua excelência. Nada disso, porém, ultrapassou os limites usuais. A conferência não foi perturbada, e Flamínio se [130] divertiu muito com essas tiradas de humor. No final, quando Felipe pede tempo para consultar seus amigos, dos quais nenhum estava presente, o

---

[122] Os diálogos de Filaleto com Filotiono ocorrem nos *Ensaios* de Jeromy Collier (1650-1726) (NT)

[123] *Atticus*. Non mihi videtur ad beate vivendum satis esse virtutem. *Marcus*. At hercule Bruto meo videtur; cujus ego judicium, pace tua dixerim, longe antepono tuo. Cícero, *Tusculanas*, V, 5. [A. "Não me parece que a virtude seja suficiente para levar uma vida feliz" *M*. "Mas digo-te que meu amigo Bruto pensa que sim, e ponho o juízo dele acima do teu".] (NA)

[124] "E é notável como Cícero, um grande cético em matéria de religião, decidido, a esse respeito, a não escolher entre diferentes seitas filosóficas, introduza seus amigos em disputa acerca da existência e da natureza dos deuses, enquanto ele próprio apenas escuta. Pois seria impróprio para um gênio tão grande como este, fosse ele se pronunciar, não dizer algo decisivo sobre esse objeto e levar junto tudo o que tinha pela frente, como sempre faz em outras ocasiões. Observa-se ainda um certo espírito de diálogo nos livros eloquentes do *De oratore*, em que se mantém um mínimo de equidade entre os que falam: mas estes são os grandes homens da época precedente à do autor, e ele reconta a conferência deles apenas com base no que ouviu dizer." (Edições C a P) No texto, *De finibus bonorum et malorum* (Dos limites do bem e do mal) é o conhecido diálogo de Cícero. (NT)

[125] Políbio, *Histórias*, XVIII, 4-7. (NA)

[126] Políbio, *Histórias*, XVIII, 4-7. (NA)

general romano, querendo mostrar sua espirituosidade, diz-lhe *que a provável razão de nenhum de seus amigos estar presente é que ele assassinara a todos*, o que era efetivamente o caso. Esse gesto de rusticidade gratuita não é condenado pelo historiador, e o maior ressentimento que causou em Felipe foi excitar um riso *sardônico*, ou, como dizemos, um riso canino, não o impedindo de retomar a conferência no dia seguinte. Também Plutarco menciona essa mesma zombaria como um dos ditos espirituosos e agradáveis de Flamínio.[127]

O cardeal Wosley desculpou-se por sua famosa insolência ao dizer *ego et rex meus*, *Eu e meu rei*, observando que essa expressão estava em conformidade com o idioma latino, e que um romano sempre nomeava a si mesmo antes da pessoa à qual dirigia a palavra ou da qual falava. Parece, no entanto, que este foi um exemplo de falta de civilidade entre aquele povo. Os antigos tinham por regra que a pessoa de maior dignidade fosse a primeira a ser mencionada no discurso. Tanto é assim que a origem da querela e da desconfiança entre os romanos e os etólios foi um poeta ter nomeado os etólios antes dos romanos, ao celebrar a vitória conjunta de seus exércitos sobre os macedônios.[128] Lívia desagradou Tibério pondo seu nome antes do dele numa inscrição.[129]

---

[127] Plutarco, *Vidas*, "Flamínio" [17]. (NA) O parágrafo não consta das edições C e D. As edições C a P inserem: "É indiferente o cumprimento de Horácio a seu amigo Grosfus na ode a este endereçada. *Ninguém*, diz ele, *é completamente feliz. Pode ser que eu desfrute de vantagens das quais és privado. Possuis muitas riquezas: o teu gado cobre as planícies da Sicíla. Tua carruagem é puxada pelos mais belos cavalos: trajas o mais vivo púrpura. Mas o fado indulgente, com uma pequena herança, deu-me um gênio refinado, e dotou-me de desprezo pelo juízo do vulgo* [*Odes*, livro II, 16]. *Se tens a intenção de ler minhas obras*, diz Fedro a seu patrono Euticus, *isso me agrada; se não, terei ao menos o privilégio de agradar a posteridade* [livro III, Prol. 31]. Não me parece que um poeta moderno seria culpado de uma falta de propriedade como aquela que se observa em Vergílio quando este se dirige a Augusto. Depois de elogiá-lo de maneira abundante e extravagante, depois de deificar o imperador de acordo com os costumes da época, põe esse deus no mesmo nível em que ele mesmo está: *Com vossa graciosa benção, tornai minha tarefa próspera; e apiedando-se*, junto comigo, *daqueles que ignoram a lavoura, agracia esta obra com vossa benigna influência* [*Geórgicas*, livro I, 41]. Se os homens dessa época tivessem o costume de observar tais sutilezas, um autor delicado como Vergílio certamente daria a essa sentença outra inflexão. A corte de Augusto, por mais polida que fosse, ainda não se livrara, ao que parece, dos modos republicanos. (NT)

[128] Plutarco, *Vidas*, "Flamínio", 9. (NA)

[129] Tácito, *Anais*, livro III, 64. (NA) Esta sentença, juntamente com o próximo parágrafo, foram acrescentados na edição K. (NT)

Vantagem alguma é pura e sem mistura neste mundo. Da mesma maneira que a polidez moderna, naturalmente tão ornamental, se transforma com frequência em afetação e rebuscamento, em disfarce e [131] insinceridade, a simplicidade antiga, naturalmente tão amável e afetuosa, com frequência se transforma em rusticidade e abuso, histrionice e obscenidade.

Caso se conceda que os tempos modernos são superiores em polidez, a causa desse refinamento deverá ser provavelmente atribuída às noções modernas de *galanteio*, produto natural de cortes e monarquias. Ninguém nega que essa invenção seja moderna.[130] Alguns dos mais zelosos partidários dos antigos afirmam, porém, que ela seria rebuscada e ridícula, e mais um desabono que um crédito para a época presente[131]. Pode ser aqui o lugar apropriado para o exame desta questão.

A natureza implantou em todas as criaturas vivas um afeto entre os sexos que, mesmo entre os animais mais ferozes e rapaces, não se reduz à satisfação do apetite corporal, mas gera uma amizade e simpatia mútua, que se prolonga pelo curso inteiro de suas vidas. Mesmo naquelas espécies em que a natureza limita a indulgência desse apetite a uma única estação e a um único objeto, constituindo uma espécie de casamento ou associação entre um macho e uma fêmea, há visível complacência e benevolência entre eles, que vai mais além e suaviza os afetos mútuos de um sexo pelo outro.[132] E isso não ocorreria ainda muito mais no homem, onde a demarcação do apetite não é natural, mas deriva acidentalmente de algum forte encanto do amor ou surge de reflexões sobre dever e conveniência? Nada, portanto, pode proceder menos da afetação que a paixão do galanteio. Ela é *natural* no mais alto grau. Arte e educação, nas cortes mais elegantes, não produzem mais alterações nela do que nas outras paixões louváveis. Elas apenas fazem a mente se voltar mais

---

[130] Em *O carrasco de si próprio*, de Terêncio, Clínias, sempre que vem à cidade, em vez de ficar à espera da amante, manda recado para que ela venha até ele. (NA)

[131] Lorde Shaftesbury nos *Moralistas*. (NA)

[132] As edições de C a P acrescentavam a seguinte citação: "Tutti gli altri animai che sono in terra, / O che vivon quieti & stanno in pace; / O se vengon a rissa, & si fan guerra, / A la femina il maschio non la face. / L'orsa com l'orso al bosco sicura erra, / La leonessa apprésso il leone giace, / Con lupo vive il lupa sicura, / Nè la giuvenca ha del torel paura". Ariosto, Canto 5. (NT)

para a sua direção: dão-lhe refinamento, polimento, e uma graça e expressão próprias. [132]

O galanteio, entretanto, não é apenas *natural*, mas também *generoso*. Corrigir aqueles vícios grosseiros que nos levam a prejudicar realmente os outros faz parte da moral e é objeto da educação mais comum. Sociedade humana alguma pode subsistir onde não haja nenhum grau de expectativa a *esse* respeito. Mas, tendo sido inventadas para que o convívio social e o intercâmbio de ideias se tornasse mais fácil e agradável, as boas maneiras levaram as coisas um pouco além. Onde quer que a natureza tenha dado à mente uma propensão para algum vício ou paixão desagradável aos demais, a educação refinada ensinou os homens a contrabalançá-la mediante uma inclinação oposta e a manter, em todo o seu comportamento, a aparência de sentimentos diferentes daqueles aos quais naturalmente se inclinam. Assim, como geralmente somos orgulhosos e egoístas e tendemos a deixar os outros em segundo plano, o homem polido aprende a tratar seus companheiros com deferência e a reconhecer a superioridade deles em todas as ocorrências mais comuns da sociedade. Da mesma maneira, toda vez que a situação de alguém possa naturalmente suscitar alguma ideia desagradável a seu respeito, faz parte das boas maneiras inibi-la, mediante estudada expressão de sentimentos diretamente contrários àqueles de que a pessoa possa ter receio. Assim, os idosos, sabendo de suas enfermidades, temem naturalmente o desprezo dos jovens: por isso, a juventude bem educada redobra as demonstrações de respeito e deferência para com os mais velhos. Estrangeiros e forasteiros não contam com nenhuma proteção: por isso, recebem as mais altas cortesias em todos os países polidos e gozam de posição privilegiada em qualquer reunião social. O homem é o senhor em sua própria família, e seus convidados são, de certa maneira, súditos de sua autoridade: por isso, ele é sempre a pessoa menos importante da reunião, atenta aos desejos de cada um, devendo se desdobrar ao máximo para agradar seus convidados, sem revelar uma afetação muito visível, nem impor muito constrangimento a eles.[133] O galanteio não passa de um exemplo

---

[133] A frequente menção nos autores antigos ao mau costume que o chefe de família tinha de comer melhor pão e beber melhor vinho que seus convidados é apenas um sinal desfavorável à civilidade daqueles tempos. Ver Juvenal, *Sátira*, V; Plínio [*História*

[133] dessa mesma atenção generosa. Como a natureza deu ao *homem* superioridade sobre a *mulher*, dotando-lhe a mente e o corpo de maior vigor, cabe a ele abrandar tanto quanto possível essa superioridade, mediante generosidade em sua conduta e estudada deferência e condes-cendência com todas as suas inclinações e opiniões. Nações bárbaras demonstram essa superioridade submetendo suas mulheres à mais abjeta escravidão, confinando-as, espancando-as, vendendo-as, matando-as. Num povo polido, entretanto, o sexo masculino revela sua autoridade de uma maneira mais generosa, embora não menos evidente, pela civilidade, respeito e aquiescência ou, numa palavra, pelo galanteio. Em boa companhia não precisas perguntar "Quem está dando o jantar?" Essa pessoa será certamente o homem que estiver sentado no pior lugar e se mostrar sempre industrioso em ajudar a todos. Se condenamos todos esses exemplos de generosidade como rebuscamentos e afetações, teremos de admitir que os seguintes são exemplos de galanteio. Os russos antigos se casavam com suas esposas com um chicote em vez de uma aliança. Em suas casas, esse mesmo povo sempre preteria os estrangeiros, inclusive os embaixadores estrangeiros.[134] Esses dois exemplos de sua generosidade e polidez são bastante afins.

O galanteio não é menos compatível com *sabedoria* e *prudência* que com *natureza* e *generosidade*; e, sob regulações apropriadas, contribui mais que qualquer outra invenção para o [134] *entretenimento* e *aprimoramento* da juventude de ambos os sexos.[135] Em todas as espécies animais, a natureza estabeleceu que o amor entre os sexos seria o melhor e mais doce contentamento. Mas só a satisfação do apetite corporal não basta para gratificar a mente, e vemos que mesmo entre as criaturas brutas os jogos, namoros e outras expressões de afeto formam a maior parte de seu entretenimento. Temos certamente de admitir que a parte que cabe à mente nos seres racionais é considerável. O que sobrasse de um banquete em que tivéssemos de subtrair a

---

natural], XIV, 13; e também Plínio [o Jovem], *Epístolas*; Luciano, *Os assalariados, Saturnais etc.* Quase não existe atualmente na Europa região tão incivilizada para admitir um costume como este. (NA)

[134] Ver *Relatório sobre as três Embaixadas*, Conde de Carlisle. (NA)

[135] Nas edições de C a P se lê: "Observa-se em todos os vegetais que a flor e a semente estão sempre em conexão; da mesma maneira em todas as outras espécies etc." (Suprimido na 8. ed.) (NT)

guarnição de razão, conversa, simpatia, amizade e jovialidade, dificilmente seria aceito num julgamento em que se decidisse o que é verdadeiramente elegante e luxuoso.

Há melhor escola de maneiras que a companhia de mulheres virtuosas, onde o mútuo empenho em agradar acaba insensivelmente polindo a mente, onde o exemplo da suavidade e da modéstia feminina se comunica a seus admiradores, onde a delicadeza própria àquele sexo faz todo mundo ficar em alerta, temendo ofendê-las com alguma quebra de decoro?[136]

Os antigos consideravam que o caráter do belo sexo era inteiramente doméstico, e elas não eram vistas como parte do mundo polido ou da boa companhia. Talvez seja esta a verdadeira razão por que, embora muitas de suas composições sérias sejam absolutamente inimitáveis, os antigos não nos deixaram nenhuma obra faceciosa que seja excelente (a menos que se faça exceção ao *Banquete* de Xenofonte e aos *Diálogos* de Luciano). Horácio condena as zombarias grosseiras e os gracejos frios de Plauto[137]; mas, embora seja o mais fácil, agradável e judicioso dos escritores, será que seu próprio talento para o ridículo é assim tão notável e refinado? Tal é, pois, um dos aprimoramentos consideráveis que as artes polidas devem ao galanteio, e às cortes em que este primeiro surgiu.[138]

[136] As edições de C a O acrescentam: "Devo confessar que, se me for dado escolher, serei levado a preferir a companhia de alguns seletos amigos com que possa desfrutar calma e pacificamente o banquete da razão e examinar a justeza de cada reflexão, alegre ou séria, que possa me ocorrer. Mas como não é todo dia que se encontra uma sociedade assim prazerosa, penso que as reuniões não-seletas, sem a presença do belo sexo, são o entretenimento mais insípido do mundo, e destituídas de jovialidade e polidez, tanto quanto de senso e razão. Só muita bebida pode mantê-las longe de um enorme enfado, o que é um remédio pior que a doença." (NT)

[137] Horácio, *Arte poética*, 270-74. (NT)

[138] "A questão de *honra*, ou *duelo*, é, tal como o *galanteio*, uma invenção moderna, que alguns estimam igualmente útil para o refinamento das maneiras. Mas eu não saberia dizer em que ela teria contribuído para esse efeito. O convívio social, entre os mais rústicos, não é tão rude que dê ocasião a duelos, nem mesmo de acordo com as regras mais refinadas dessa honra tão fantástica. Quanto às pequenas indecências, de todas, as mais ofensivas, por serem mais frequentes, elas não podem ser remediadas pela prática do duelo. Mas essas noções não são apenas *inúteis*: elas são *perniciosas*. Ao separarem o homem de honra do homem de virtude, os maiores devassos adquirem algo que lhes dá valor e lhes permite manter as aparências mesmo quando são culpados dos vícios mais perigosos e vergonhosos. São debochados e gastões, e nunca pagam um centavo do que devem: mas são homens de honra e, portanto, devem ser recebidos como cavalheiros.

Para retornar dessa digressão proponho, como *quarta* observação sobre essa matéria, o surgimento e progresso das [135] artes e ciências, *que quando as artes e ciências chegam à perfeição num Estado, a partir desse momento elas naturalmente, ou melhor, necessariamente, declinam, e raramente ou nunca renascem naquela nação onde antes floresceram.*

É preciso reconhecer que, embora esteja de acordo com a experiência, essa máxima pode à primeira vista parecer contrária à razão. Se o gênio natural dos homens é igual em todas as épocas, e em quase todos os países (o que parece ser verdade), contribui muito para a promoção e cultivo desse gênio possuir em cada arte exemplares que possam regular o gosto e fixar os objetos de imitação. Os modelos deixados pelos antigos fizeram nascer todas as artes há cerca de duzentos anos, e contribuíram poderosamente para o seu progresso em todos os países da Europa: por que não produziram o mesmo efeito durante os reinados de Trajano e seus sucessores, quando ainda estavam muito mais bem preservados e eram admirados e estudados por todos? Ainda no tempo do imperador Justiniano, *o poeta* era a maneira distintiva pela qual os gregos se referiam a Homero, e os romanos, a Vergílio. Continuava-se a admirar esses gênios divinos, embora durante séculos não tivesse aparecido um poeta que pudesse afirmar com justiça que os tivesse imitado.

No início de sua vida, o gênio de um homem permanece tão desconhecido para ele mesmo quanto para os outros, e é apenas depois de frequentes tentativas bem-sucedidas que ele ousa considerar que igualou aqueles feitos nos quais os que tiveram êxito fixaram a admiração dos homens. Se sua própria nação já possui muitos modelos de eloquência, ele faz naturalmente comparação destes com os seus próprios exercícios juvenis e, sensível à grande distância que os separa, se desencoraja de novas tentativas e não mais almeja

> Parte da honra moderna responde por uma parte essencial da moralidade, tal como a fidelidade, a observância de promessas e dizer a verdade. O sr. Addison tem em mira essas questões de honra quando faz Juba dizer: *Honra é um laço sagrado, a lei dos reis,/A perfeição que distingue a mente nobre,/Que ajuda e reforça a virtude quando a encontra,/E imita sua ação quando está ausente:/Com ela não se deve brincar.* Essas linhas são muito belas. Mas receio que o sr. Addison incorra num sentimento impróprio, numa censura que ele muitas vezes dirige, de maneira tão justa, a nossos poetas. Os antigos certamente nunca tiveram uma noção de *honra* distinta da noção de *virtude.*" (Suprrimido na 8. ed.) (NT)

rivalizar com os autores que tanto admira. A nobre emulação é a fonte de toda excelência, mas ela naturalmente se extingue com admiração e modéstia; e ninguém está tão sujeito a um excesso de admiração e de modéstia quanto o verdadeiro grande gênio. [136]

Depois da emulação, o maior encorajador das artes nobres é o louvor e a glória. Um escritor é animado com nova força quando ouve os aplausos do mundo a suas obras anteriores, e muitas vezes, incitado por esse motivo, alcança frequentemente um ápice de perfeição que é surpreendente para ele mesmo e para seus leitores. Se, entretanto, todos os postos de honra já estão ocupados, suas tentativas iniciais serão recebidas com frieza pelo público, pois serão comparadas a obras não só melhores em si mesmas, mas que já têm além disso a vantagem de uma reputação estabelecida. Se Molière e Corneille levassem hoje ao palco suas primeiras peças, que foram tão bem recebidas na época, seria desencorajador para os jovens poetas ver a indiferença e o desdém do público. Somente a ignorância da época poderia ter admitido o *Príncipe de Tiro*, mas é a este que devemos *O mouro*: Se *Cada um com seu humor* tivesse sido rejeitada, jamais teríamos visto *Volpone*.[139]

Talvez não seja vantajoso para uma nação que as artes importadas dos vizinhos já tenham atingido grande perfeição. Isso extingue a emulação e diminui o ardor da generosa juventude. Os muitos modelos de pintura italiana trazidos à Grã-Bretanha, em vez de despertar nossos artistas, foram a causa de seu pequeno progresso nessa nobre arte. Talvez o mesmo tenha acontecido em Roma, quando recebeu as artes da Grécia. A multidão de produções polidas em língua francesa, que se espalha pela Alemanha e pelo Norte, impede que essas nações cultivem sua própria língua e as mantém dependentes de seus vizinhos nesses entretenimentos elegantes.

Os antigos deixaram, é verdade, modelos em todos os gêneros literários, dignos da mais alta admiração. Mas, além [137] de terem sido escritos em línguas que apenas os eruditos conhecem, não é perfeita a comparação entre os modernos homens de espírito e os que viveram numa época tão remota. Se Waller tivesse nascido em Roma durante o reinado de Tibério, suas primeiras produções teriam

---

[139] Hume refere-se a duas peças de Shakespeare – *Péricles, príncipe de Tiro*, e *Otelo, o mouro de Veneza* — e a duas peças de Ben Jonson, *Cada um com seu humor* e *Volpone*. (NT)

sido desprezadas, quando comparadas às odes de Horácio. Mas, nesta ilha, a superioridade do poeta romano não diminuiu em nada a fama do inglês. Consideramo-nos suficientemente felizes que nosso clima e nossa língua tenham produzido uma cópia, ainda que pálida, de tão excelente original.

Em suma, como certas plantas, as artes e ciências requerem um solo fresco, e por mais que a terra seja rica e que a cultives com arte ou cuidado, ela jamais poderá, uma vez exaurida, produzir alguma coisa perfeita ou acabada em seu gênero.

O EPICURISTA[140]

[138] É uma grande humilhação para a vaidade humana que o máximo de arte e indústria a que possa chegar jamais iguale, quer em beleza, quer em valor, as produções mais ordinárias da natureza. A arte é apenas um ajudante de artesão empregado para dar uns poucos retoques no embelezamento das peças que saem das mãos do mestre. Parte do drapejamento pode ser desenhado por ele, mas não é permitido que interfira na figura principal. A arte pode criar um traje completo, mas cabe à natureza produzir um homem. [139] Mesmo naquelas produções que recebem comumente o nome de obras de arte descobrimos que as mais nobres do gênero devem o principal de sua beleza à força e à feliz influência da natureza. Ao nativo entusiasmo dos poetas[141] devemos tudo o que há de admirável em suas produções. Nos momentos em que a natureza não o acode (pois ela não é sempre igual), o maior gênio põe a lira de lado e não alimenta esperanças de alcançar, pelas regras da arte, aquela divina harmonia que provém unicamente da inspiração da natureza. Quão pobres são as canções em que a auspiciosa efusão da fantasia não forneceu os materiais que a arte deve embelezar e refinar!

De todas as tentativas infrutíferas da arte, nenhuma, porém, é tão ridícula quanto a dos severos filósofos de produzir uma *felicidade artificial* e de nos proporcionar prazer mediante regras de razão e

---

[140] Ou o *homem de elegância e prazer*. A intenção deste e dos três ensaios seguintes não é tanto explicar minuciosamente os sentimentos das seitas filosóficas antigas, quanto transmitir os sentimentos de seitas que se formam naturalmente no mundo e sustentam ideias diferentes sobre a vida e a felicidade humana. Dei a cada uma delas o nome da seita filosófica com a qual tem mais afinidade. (NA) [Ensaio publicado pela primeira vez, juntamente com os três ensaios seguintes, na edição C. (NT)]

[141] Edições C e D: "Ao *estro* ou à *verve* dos poetas...". Edições K a P: "Ao *estro* ou ao nativo entusiasmo dos poetas...". (NT)

de reflexão. Por que nenhum deles reivindicou o prêmio que Xerxes prometera a quem inventasse um novo prazer? A não ser, é claro, que tivessem inventado tantos novos prazeres para uso próprio que desprezaram as riquezas, e não carecessem dos contentamentos que os prêmios do monarca podiam lhes proporcionar. Sou mesmo propenso a pensar que relutaram em fornecer um novo prazer à corte persa, presenteando-a com um novo e inusitado objeto de riso. Confinadas à teoria e solenemente apresentadas nas escolas da Grécia, suas especulações podiam despertar admiração em seus pupilos ignorantes; a tentativa, contudo, de pôr tais princípios em prática logo revelaria os seus absurdos.

Pretendeis fazer-me feliz pela razão e pelas regras da arte. Tendes então de criar-me de novo pelas regras da arte. Pois minha felicidade depende de meu arranjo e estrutura originais. Mas careceis de poder para tanto e, receio, também de habilidade; tampouco posso considerar a sabedoria da natureza inferior à vossa. Deixemo-la conduzir a máquina que tão sabiamente construiu. Acho que apenas a danificaria com minha intromissão.

Com que propósito pretenderia eu regular, apurar ou fortalecer qualquer uma das alavancas e princípios que a natureza [140] implantou em mim? Seria este o caminho para alcançar a felicidade? Mas felicidade implica calma, contentamento, repouso e prazer; não vigilância, cuidado e fadiga. A saúde de meu corpo consiste na facilidade com que todas as suas operações são realizadas. O estômago digere os alimentos; o coração faz circular o sangue; o cérebro separa e depura os espíritos; e tudo isso sem que me preocupe com a questão. Quando, unicamente por minha vontade, eu for capaz de deter o sangue que corre impetuosamente em minhas veias, poderei ter esperança de mudar o curso de meus sentimentos e paixões. Eu pressionarei minhas faculdades em vão, e em vão tentarei auferir prazer de um objeto que não é feito por natureza para afetar com contentamento os meus órgãos. Mediante esses esforços infrutíferos, posso provocar dor em mim mesmo, mas jamais conseguirei obter prazer algum.

É preciso, pois, dizer um basta a todas essas pretensões vãs, de que podemos ser felizes em nosso próprio interior, de que podemos nos saciar com nossos próprios pensamentos, de que ficamos satisfeitos com a consciência de uma boa ação e desprezamos toda assistência e auxílio dos objetos externos. Tal é a voz do Orgulho, não da Natureza. E seria bom se esse orgulho pudesse sustentar a si mesmo e comunicar um verdadeiro prazer *interior*, ainda que melancólico e severo. Esse orgulho impotente, no entanto, não pode fazer mais do que regular o prazer *de fora*, e, com infinita dor e atenção, compor o linguajar e as feições de uma dignidade filosófica feita para enganar o vulgo ignorante. O coração, nesse meio tempo, fica vazio de todo contentamento, e a mente, sem o suporte dos objetos que lhe são próprios, mergulha no pesar e abatimento mais profundos. Mortal miserável, mas inútil! Tua mente feliz consigo mesma! De que recursos ela dispõe para preencher tão imenso vazio e suprir o lugar de todos os teus sentidos e faculdades físicas? Pode tua cabeça subsistir sem teus outros membros? Em tal situação,

> *Que ridícula figura não fará,*
> *Sempre a dormir e sopitar?*[142]

[141] Tua mente mergulhará numa letargia ou melancolia como esta, se for privada de ocupações e contentamentos externos.

Não me detenhais por mais tempo nessa coibição violenta. Não me confineis dentro de mim mesmo; apontai, ao contrário, os objetos e prazeres que podem proporcionar-me o maior contentamento. Mas por que me dirijo a vós, sábios orgulhosos e ignorantes, para que me mostreis o caminho da felicidade? Deixai que consulte minhas próprias paixões e inclinações. Nelas, não em vossos frívolos discursos, lerei os ditames da natureza.

Mas vede agora quem avança em minha direção, auspiciosa aos meus desejos: é a divina, a amável Volúpia[143], o supremo amor de deuses e homens. À sua aproximação, meu coração bate com calor afetuoso, cada sentido e cada faculdade se desfaz em júbilo, enquanto ela espalha à minha volta todas as belezas primaveris e todos os tesouros do outono. A melodia de sua voz encanta-me os ouvidos com a mais suave das músicas, quando me convida a saborear os deliciosos frutos que me oferece com um sorriso que enche de glória os céus e a terra. Os joviais Cupidos que a acompanham, ora me

---

[142] Matthew Prior, *Alma, or the progress of the mind*, I, 116-17. (NT)
[143] *Diva Voluptas*. Lucrécio. (NA) *Da natureza das coisas*, 2.172. (NT)

abanam com suas asas odoríficas, ora espalham sobre minha cabeça os óleos mais fragrantes, ora me oferecem seu néctar espumante em cálices dourados. Ah! Se para sempre eu pudesse esticar meus braços e pernas nesse leito de rosas e sentir, ah sentir!, esses deliciosos momentos passarem vagarosamente com passos suaves e macios! Mas sorte cruel! Para onde voais assim tão rápido? Por que meus desejos ardentes e a carga de prazeres que sustentais mais apressam que retardam vosso ritmo implacável? Concedei-me o gozo desse suave repouso depois de todas as minhas fadigas em busca da felicidade. Concedei que eu me sacie dessas delícias, depois de passadas as dores de uma abstinência tão longa e tão tola. [142]

Inútil. As rosas perderam a cor, a fruta, o sabor, e o delicioso vinho, cujos eflúvios há pouco inebriavam com tanto contentamento todos os meus sentidos, agora solicita em vão o paladar saciado. A Volúpia sorri de meu langor e pede socorro à irmã Virtude. A alegre e festiva Virtude atende ao chamado e traz consigo todos os meus joviais amigos. Bem-vindos, três vezes bem-vindos, queridos companheiros, a estes retiros umbrosos, a este banquete luxuriante! Vossa presença trouxe a cor de volta às rosas, o sabor à fruta. Os vapores do néctar espirituoso agora envolvem de novo meu coração, enquanto saboreais os meus contentamentos e vossos olhos calorosos revelam o prazer que recebeis de minha felicidade e satisfação. O mesmo recebo da vossa, e, encorajado por vossa alegre presença, posso recomeçar o festim, do qual, de tanto contentamento, meus sentidos já estavam quase fartos: minha mente já não acompanhava o ritmo do corpo, nem dava alívio a seu parceiro sobrecarregado.

A verdadeira sabedoria deve ser encontrada mais em nossos discursos calorosos do que nos raciocínios formais das escolas. A verdadeira virtude se revela mais em nossas demonstrações de amizade que nos debates inócuos de estadistas e pretensos patriotas; esquecidos do passado, certos do futuro, gozemos o presente e, enquanto ainda possuímos um ser, fixemos algum bem para além do poder do destino ou da fortuna. O amanhã trará consigo seus próprios prazeres ou, mesmo que desaponte nossos desejos mais caros, ao menos gozaremos o prazer de refletir sobre os prazeres de hoje.

Não temais, meus amigos, que a bárbara dissonância de Baco e seus pândegos venha interromper nosso entretenimento e confundir-nos com seus prazeres turbulentos e clamorosos. As espertas musas estão à espreita e, com sua encantadora sinfonia, capaz de amansar os lobos e os tigres do deserto selvagem, inspiram um doce gozo em cada peito. Paz, harmonia e concórdia reinam neste retiro em que [143] o silêncio só é rompido pela música de nossos cantos ou pelo tom caloroso de nossas vozes amigas.

Mas escutai! É o gentil Damon, o favorito das musas, quem tange a lira e, acompanhando suas notas harmoniosas com canto ainda mais harmonioso, inspira-nos com o mesmo alegre descomedimento da fantasia que o transporta. "Ó feliz juventude", canta[144], "ó favoritos dos céus, enquanto recebeis todas as exuberantes homenagens da vicejante primavera, não deixeis que o enganoso esplendor da *glória* vos seduza a passar esta deliciosa estação, esta aurora da vida, entre riscos e perigos. A sabedoria aponta-vos o caminho do prazer: também a natureza recomenda que a sigais por esse caminho suave e florido. Não dareis ouvidos à sua voz de comando? Enrijecereis vossos corações aos seus doces encantos? Ah, mortais iludidos, desperdiçar assim vossa juventude, jogar fora um presente tão inestimável, fazer pouco de uma bênção tão efêmera! Contemplai bem vossa recompensa. Considerai a glória que fascina vossos corações orgulhosos e seduz-vos com elogios. Ela é um eco, um sonho, ou melhor, a sombra de um sonho que se dissipa à menor brisa e se perde ao menor murmúrio em contrário da multidão ignorante e injudiciosa. Não tendes sequer temor de que a morte venha tirá-la de vossas mãos. Mas cuidado! a calúnia privar-vos-á dela enquanto ainda estiverdes vivos; a ignorância negligenciá-la-á, a natureza não a desfrutará; só a fantasia, renunciando a todo prazer, receberá essa fugaz recompensa, tão vazia e instável quanto ela mesma".

Assim as horas passam despercebidas, trazendo em seu cortejo exuberante todos os prazeres dos sentidos e todos os gozos da concórdia e da amizade. A sorridente Inocência fecha o desfile e, ao se apresentar aos nossos olhos extasiados, [144] embeleza todo o espetáculo e torna a visão desses prazeres passados tão arrebatadora

---

[144] Imitação do canto das sereias em Tasso: "O Giovinetti, mentre Aprile e Maggio/V'ammantan di fioritè & verde spoglie &c. *Gierusalemme liberata*, *Canto* 14. (NA) Torquato Tasso, Jerusalém *Libertada*, 14.62: "Ó felizes jovens que o frescor de abril e maio / veste com o verde florido da bela idade". (NT)

quanto eles próprios o foram, no momento em que, de semblantes sorridentes, avançavam em nossa direção.

O sol, porém, se pôs no horizonte, e a escuridão, baixando silenciosamente sobre nós, mergulhou toda a natureza numa sombra total. "Rejubilai-vos, amigos, continuai vosso banquete ou passai ao suave repouso. Ainda que me ausente, vossa alegria ou tranquilidade permanecerá comigo". *"Mas para onde vais? Que outros prazeres privam-nos da tua companhia? Existe algo agradável sem vossos amigos? Pode ser prazeroso se nele não tomamos parte?"* "Sim, amigos, o gozo que agora busco não admite vossa participação. Só ali desejo estar longe de vós, só ali posso encontrar compensação suficiente para a perda de vossa companhia."

Nem bem avancei um pouco por entre as sombras da floresta espessa que espalha uma dupla noite à minha volta, e já creio perceber na escuridão a encantadora Célia, senhora de meus desejos, que vagueia impaciente pelo arvoredo e, por ter chegado antes da hora marcada, repreende silenciosamente os meus passos tardos. Mas a alegria que minha presença lhe proporciona é minha melhor desculpa; e, ao desanuviar o pensamento de toda inquietação e raiva, não deixa lugar para nada mais que alegria e êxtase mútuos. Com que palavras, minha formosa senhora, poderia expressar minha ternura ou descrever as emoções que agora aquecem meu peito transportado? As palavras são pálidas demais para descrever meu amor; e se, ai de mim!, não sentes a mesma chama dentro de ti, em vão tentarei transmitir-te uma justa concepção dele. Mas qualquer palavra, qualquer movimento teu, é suficiente para afastar essa dúvida, e, ao mesmo tempo que expressam tua paixão, servem também para inflamar a minha. Que amável não é esta solidão, este silêncio, esta escuridão! Objeto algum importuna agora a alma extasiada. O pensamento, os sentidos, tudo repleto de nossa felicidade mútua, tomam conta de toda a mente e transmitem um prazer que os mortais iludidos em vão buscam em quaisquer outros contentamentos. —

Mas por que[145] esses suspiros a afogar-te o peito e essas lágrimas a banhar-te as coradas maçãs do rosto? Por que aturdir o coração com [145] ansiedades tão vãs? Por que sempre me perguntas, *quanto tempo durará meu amor?* Ai de mim! Será que posso responder a

[145] A edição C traz "...após nossa tumultuosa alegria...". (NT)

tal questão, Célia? *Posso saber quanto tempo ainda durará minha vida*? Mas isso também perturba teu terno peito? E a imagem de nossa frágil mortalidade está sempre presente a lançar névoa sobre tuas horas mais alegres e a envenenar até mesmo os gozos que o amor inspira? Considera, ao contrário, que, se a vida é frágil e a juventude passageira, devemos empregar bem o momento presente e nada desperdiçar de tão efêmera existência. Num momento tudo *isso* deixará de ser. Seremos como se jamais tivéssemos sido. Não restará lembrança nossa sobre a terra, nem as fabulosas sombras estígias hão de nos dar abrigo. Nossas ansiedades estéreis, nossos projetos vãos, nossas especulações incertas serão tragadas e perdidas. Nossas dúvidas presentes sobre a causa original de todas as coisas, ai de nós! jamais serão respondidas. Só de uma coisa podemos estar certos: se há uma mente governante que preside, deve agradar-lhe ver que realizamos os fins de nossa existência e gozamos o prazer unicamente para o qual fomos criados. Que essa reflexão apazigue teus pensamentos ansiosos, mas não torne tuas alegrias tão sérias apegando-te sempre a ela. Basta ter tido um dia contato com essa filosofia para dar rédeas ao amor e ao júbilo e remover todos os escrúpulos de uma superstição vã: mas, minha formosa senhora, enquanto juventude e paixão incitarem nossos ávidos desejos, haveremos de achar assuntos mais alegres para entremear com nossas carícias amorosas.

O ESTOICO[146]

[146] Na conduta da natureza em relação ao homem e aos outros animais há esta diferença óbvia e importante: tendo dotado o primeiro de um espírito sublime e celestial e lhe dado afinidade com seres superiores, ela não permite que faculdades tão nobres permaneçam letárgicas ou ociosas, mas o impele pela necessidade a empregar, em cada emergência, o máximo de sua *arte* e *indústria*. Os seres brutos têm muitas de suas necessidades supridas pela natureza, sendo vestidos e armados pela mãe beneficente de todas as coisas; e em toda ocasião que a *indústria* deles seja requisitada, a natureza, implantando instintos, ainda os supre de arte e os guia para o bem [147] mediante preceitos infalíveis. Mas, nu e sem recursos, à mercê dos elementos hostis, o homem precisa dos cuidados e vigilância dos pais para sair lentamente de seu estado de desproteção; e só é capaz de subsistir pelo cuidado e vigilância próprios ao atingir crescimento e perfeição máximos. Tudo é adquirido com habilidade e labor; e, onde a natureza fornece os materiais, eles permanecem ainda toscos e inacabados até que a indústria sempre ativa e inteligente os retire de seu estado bruto, e os adapte ao uso e conveniência humanos.

Reconhece, portanto, ó homem, a beneficência da natureza, pois ela te deu inteligência, que supre todas as tuas necessidades. Não deixes porém que, sob a falsa aparência de gratidão, a indolência te persuada a te dares por contente com os presentes da natureza. Queres voltar a ter erva crua por alimento, o céu aberto por abrigo, e paus e pedras por defesa contra os ferozes animais do deserto? Então volta também às tuas maneiras selvagens, à tua superstição

---

[146] Ou, o homem de ação e virtude. (NA) Ver nota ao ensaio anterior, "O epicurista". (NT)

temerosa, à tua brutal ignorância; e rebaixa-te a menos que aqueles animais cuja condição admiras e tanto gostarias de imitar.

Dando-te arte e inteligência, tua afetuosa mãe natureza encheu todo o globo terrestre de materiais para que pudesses empregar esses talentos. Ouve atentamente a sua voz, que tão claramente diz que tu também deves ser objeto de tua indústria, e que somente pela arte e atenção podes adquirir a habilidade que te alçará à posição que te cabe no universo. Observa o artesão que transforma a pedra rude e informe em metal nobre, e que, moldando o metal com suas mãos hábeis, cria, como por mágica, todas as armas para sua defesa e todos os utensílios de sua conveniência. Essa destreza não lhe veio da natureza, mas lhe foi ensinada pelo uso e pela prática; e, se queres rivalizar em êxito com ele, deves seguir-lhe os passos laboriosos.

Ao mesmo tempo, porém, que *ambiciosamente* aspiras a aperfeiçoar os poderes e faculdades de teu corpo, negligenciarias *de forma mesquinha* a tua mente e, por uma preguiça despropositada, a manterias rude e inculta, como saiu das mãos da natureza? Longe vá de todo ser racional tamanha [148] tolice e negligência! Se a natureza é frugal em seus presentes e dotes, tanto mais arte é necessário para lhes suprir os defeitos. Se é generosa e liberal, deves saber que ainda espera indústria e aplicação de nossa parte, e que sua vingança é proporcional à ingratidão de nossa negligência. Como o solo mais fértil que não é cultivado, o gênio mais exuberante é tomado de ervas daninhas e, em lugar de vinhas e oliveiras para prazer e uso do homem, produz a mais abundante colheita de venenos para o proprietário preguiçoso.

O grande fim de toda indústria humana é alcançar a felicidade. Para isso as artes foram inventadas, as ciências cultivadas, as leis estabelecidas e as sociedades modeladas pela mais profunda sabedoria dos patriotas e legisladores. Mesmo o selvagem solitário, exposto à inclemência dos elementos e à fúria das bestas ferozes, não esquece um só momento esse grandioso objetivo de sua existência. Ignorante como é de toda a arte da vida, não perde de vista o fim de todas aquelas artes e busca avidamente a felicidade em meio às trevas que o cercam. Mas, assim como o maior selvagem é inferior ao cidadão polido, que, sob a proteção das leis, goza de todas as conveniências inventadas pela indústria, assim também esse cidadão é ele mesmo inferior ao homem de virtude e ao verdadeiro filósofo, que governa seus apetites, subjuga suas paixões e aprendeu, pela razão, a dar o justo valor a cada ocupação e contentamento. Pois havendo uma arte e um aprendizado necessários a todos os outros empreendimentos, não haveria uma arte da vida, nem regras e preceitos para nos orientar nessa nossa ocupação principal? Se não há prazer incomum que possa ser obtido sem destreza, pode o todo ser governado, sem reflexão ou inteligência, pelo cego comando do apetite e do instinto? Então certamente jamais se cometeram erros nesta matéria, mas todo homem, muito embora dissoluto e negligente, procede na busca de felicidade com um movimento tão infalível quanto o observado pelos corpos celestes, quando, conduzidos pelas mãos do Todo-Poderoso, deslizam pelas planícies etéreas. Se, no entanto, cometer erros é frequente, se é inevitável cometê-los, que os registremos, [149] consideremos suas causas, pesemos sua importância e procuremos remédios para eles. Quando, a partir daí, tivermos fixado todas as regras de conduta, seremos *filósofos*; quando tivermos convertido essas regras em prática, seremos *sábios*.

Os que se destacam em todas as artes particulares da vida são como muitos artistas subalternos, empregados para formar as diversas engrenagens e alavancas de uma máquina. O artesão-mestre é *aquele* que põe essas muitas partes juntas, move-as de acordo com justa harmonia e proporção e produz verdadeira felicidade como resultado da concorrência ordenada delas.

Enquanto tiveres tão atraente objetivo em vista, o labor e a atenção requeridos para a obtenção de teu fim te parecerão um fardo insuportável? Pois sabe que esse labor mesmo é o principal ingrediente da felicidade a que aspiras, e que cada contentamento logo se torna insípido e desenxabido, se não é adquirido com fadiga e indústria. Observa como os robustos caçadores se levantam de suas camas macias, esfregam os olhos para afastar o sono que ainda lhes pesa sobre as pálpebras e se apressam para a floresta, antes que Aurora cubra os céus com seu manto flamejante. Deixam para trás, em suas casas e nas planícies circundantes, todo gênero de animais, cuja carne fornece o mais delicioso repasto, e que se oferecem ao golpe fatal. O homem laborioso desdenha tão fácil conquista. Ele procura uma presa que se oculte à sua busca, fuja de sua perseguição ou se defenda de sua violência. Exercitando na caça todas as paixões da mente e cada membro do corpo, ele descobre então os encantos do repouso e, com alegria, compara esses prazeres aos daqueles labores absorventes.

E não pode a vigorosa indústria proporcionar prazer à perseguição mesmo da presa mais insignificante, que com frequência escapa a nossas armadilhas? E não pode a mesma indústria tornar o cultivo de nossa mente, a moderação de nossas paixões, o esclarecimento de nossa razão, uma ocupação agradável, se a cada dia somos sensíveis a nosso progresso e contemplamos nossas feições e traços interiores brilhando incessantemente com novos encantos? Começa por te curar dessa indolência letárgica; a tarefa não é [150] difícil: basta que experimentes as doçuras do trabalho honesto. Prossegue então aprendendo o justo valor de cada ocupação; não é preciso muito estudo: compara, uma vez que seja, a mente com o corpo, a virtude com a riqueza, e a glória com o prazer. Perceberás então as vantagens da indústria: serás então sensível a que objetos são próprios para ela.

Em vão buscas repouso em leitos de rosas; em vão esperas o contentamento dos vinhos e frutas mais deliciosos. Tua indolência mesma se torna uma fadiga; teu prazer mesmo cria desgosto. Sem exercício, a mente considera todo deleite insípido e enfadonho; e quando o corpo, repleto de humores nocivos, sente o tormento de seus múltiplos males, tua parte mais nobre é sensível ao veneno invasor e busca em vão aliviar sua inquietação com novos prazeres, que só agravam a doença fatal.

Não preciso te dizer que com essa busca ávida de prazer te expões cada vez mais à fortuna e aos imprevistos, e que ligas teus afetos a objetos externos que num instante te podem ser subtraídos pelo acaso. Vamos supor que teus astros indulgentes ainda te favoreçam, ao te conceder a fruição de tuas riquezas e posses. Provar-te-ei que, mesmo em meio a teus prazeres suntuosos, és infeliz; e que, por excesso de indulgência, és incapaz de desfrutar aquilo que a próspera fortuna ainda permite que possuas.

Mas a instabilidade da fortuna é certamente um aspecto que não se deve menosprezar ou negligenciar. Não pode existir felicidade onde não há segurança; e não há lugar para a segurança, onde a fortuna exerça algum domínio. Mesmo que essa deusa instável não voltasse sua ira contra ti, o temor a ela ainda te atormentaria, perturbaria teu sono, frequentaria teus sonhos e lançaria sombra sobre o gáudio de teus mais deliciosos banquetes.

O templo da sabedoria foi erguido sobre um rochedo, acima da ira dos elementos em luta e inacessível a toda malícia humana. Lá embaixo rebenta o trovão estrepitoso, e os mais terríveis instrumentos da fúria humana não alcançam alturas tão sublimes. Enquanto respira o ar sereno, o sábio observa [151] lá de cima, num misto de prazer e compaixão, os erros dos mortais atarantados, que procuram cegamente pelo verdadeiro caminho da vida e perseguem riquezas, nobreza, honra ou poder como se fossem a felicidade genuína. Ele vê a maioria desapontada em seus mais caros anseios: alguns lamentam que a fortuna invejosa tenha lhes subtraído o objeto de seus desejos, que um dia esteve em suas mãos; e todos reclamam de que, mesmo quando realizadas, as suas próprias aspirações ainda assim não lhes trazem felicidade, nem aliviam a ansiedade de suas mentes aturdidas.

Mas será que o sábio se manterá sempre nessa indiferença filosófica e se contentará com lamentar as desgraças dos homens, sem jamais se empenhar por lhes dar alívio? Continuará a condescender com essa sabedoria severa, que, pretendendo elevá-lo acima dos incidentes humanos, na realidade lhe enrijece o coração e o leva a descurar dos interesses dos homens e da sociedade? Ele sabe que não se pode encontrar nem verdadeira sabedoria, nem verdadeira felicidade na *Apatia* taciturna. Ele sente muito fortemente o encanto das afecções sociais para contrariar propensão tão doce, tão natural, tão virtuosa. Mesmo quando, banhado em lágrimas, lamenta as desgraças do gênero humano, de seu país, de seus amigos e, incapaz de lhes prestar socorro, só pode aliviá-los com compaixão, ele ainda se rejubila com a disposição generosa e sente uma satisfação superior à do sentido mais saciado. Os sentimentos de humanidade são tão cativantes, que iluminam a própria face da tristeza e atuam como o sol quando surge sobre uma nuvem cinza ou sobre a chuva que cai, tingindo-as das cores mais gloriosas que se possam encontrar em toda a esfera da natureza.

Não é só aqui, entretanto, que as virtudes sociais exibem sua energia. Elas sempre hão de prevalecer, não importa com que ingredientes as mistures. Assim como a tristeza não as pode sobrepujar, também o prazer sensual não as pode obscurecer. As alegrias do amor, por tumultuosas que sejam, não expulsam os ternos sentimentos de simpatia e afeto. Aliás, a principal influência delas advém dessa paixão generosa e, quando se apresentam sozinhas, nada oferecem à mente infeliz, além de lassidão e desgosto. Observa o debochado esfuziante que professa desprezo a todos [152] os prazeres que não os da pândega e do vinho: separa-o de seus companheiros, e sua alacridade logo se apaga como a centelha que antes alimentava a chama da fogueira; mesmo cercado de todos outros meios de deleite, ele execra o banquete suntuoso e prefere inclusive, por mais agradáveis e interessantes, o estudo e a especulação mais abstratos.

As paixões sociais, no entanto, nunca proporcionam prazeres tão arrebatadores, nem aparecem com tanta glória aos olhos de Deus e dos homens, como quando, livres de toda mistura terrena, se associam aos sentimentos de virtude e nos instigam a ações louváveis e meritórias. Assim como, por sua união amistosa, cores harmoniosas emprestam brilho umas às outras, assim também os sentimentos enobrecedores da mente humana. Observa o triunfo da natureza no afeto paterno! Que paixão egoísta, que deleite sensual seria páreo para ele, quando um homem exulta pela prosperidade e virtude de sua cria, ou voa para socorrê-la em meio aos perigos mais terríveis e ameaçadores!

Mais prossegues purificando as paixões generosas, mais admiras o lustre de suas glórias reluzentes. Que encantos não há na harmonia das mentes e numa amizade fundada em estima e gratidão mútuas! Que satisfação em aliviar os oprimidos, confortar os aflitos, erguer os decaídos e deter o curso da cruel fortuna ou do homem ainda mais cruel em suas investidas contra os bons e virtuosos! E que júbilo supremo nas vitórias sobre o vício e sobre a miséria, quando, por virtuoso exemplo e sábia exortação, nossos semelhantes são ensinados a governar suas paixões, reformar seus vícios e subjugar os piores inimigos que residem em seu próprio peito?

Esses objetos, porém, ainda são muito limitados para a mente humana, a qual, de celeste origem, se enche dos afetos mais divinos e generosos e, voltando a atenção para além dos seus próximos e conhecidos, estende seus anseios benevolentes à posteridade mais distante. Ela vê liberdade e leis como as fontes da felicidade humana e se dedica, com a maior animação, [153] à sua guarda e proteção.

Armadilhas, perigos, a morte mesma, têm seus encantos quando os enfrentamos pelo bem público e enobrecemos aquele ser que generosamente sacrificamos aos interesses de nosso país. Feliz do homem ao qual a fortuna indulgente permitiu pagar à virtude o que deve à natureza e transformar em oferenda generosa o que de outro modo lhe é subtraído pela cruel necessidade!

No verdadeiro sábio e patriota está reunido tudo o que possa distinguir a natureza humana ou elevar o mortal a uma semelhança com a divindade. A benevolência mais suave, a resolução mais destemida, os sentimentos mais ternos, o mais sublime amor à virtude, tudo isso lhe anima sucessivamente o peito arrebatado. Que satisfação, quando olha para dentro de si, em encontrar as paixões mais turbulentas afinadas à justa harmonia e concórdia, e toda dissonância banida dessa música encantadora! Se a contemplação, mesmo da beleza inanimada, é tão deleitosa; se desperta os sentidos, mesmo quando a bela forma nos é estranha: quais não devem ser os efeitos da beleza moral? E qual não deve ser sua influência, se embeleza nossa própria mente e resulta de nossa própria reflexão e indústria?

Mas onde está a gratificação da virtude? Que recompensa a natureza reservou para sacrifícios tão importantes como os de vida e riqueza, que muitas vezes temos de lhe fazer? Oh, filhos da terra! Ignorais o valor desta celeste dama? Perguntais mesquinhamente pelo dote dela, quando tendes à vossa frente seus genuínos encantos? Sabei, porém, que a natureza foi indulgente com a fraqueza humana, não deixando sua filha favorita nua ou sem recursos. Ela proveu a virtude do mais rico dote, mas tomou cuidado para que os atrativos do interesse não seduzissem pretendentes insensíveis ao mérito nativo de beleza tão divina, providenciando sabiamente para que esse dote não tivesse encantos senão para os olhos daqueles já transportados de amor pela virtude. *Glória* é o dote da virtude, a doce gratificação de esforços honoráveis, a coroa triunfal que cobre a cabeça preocupada do patriota desinteressado ou a fronte empoeirada do guerreiro vitorioso. Elevado por prêmio tão sublime, o homem de virtude olha com [154] desprezo para todos os atrativos do prazer e para todas as ameaças de perigo. A morte mesma perde seus terrores, quando considera que ela domina só uma de suas partes, e que, apesar do fenecimento e do tempo, da fúria dos elementos e da infindável vicissitude dos assuntos humanos, uma fama imortal lhe está assegurada entre todos os filhos dos homens.

Há certamente um ser que preside o universo e que, com infinita sabedoria e poder, pôs os elementos conflitantes em justa ordem e proporção. Que os pensadores especulativos disputem até onde vai o cuidado desse ser beneficente, e se prolonga nossa existência além do túmulo, a fim de dar justa gratificação e completo triunfo à virtude. O homem de moral, sem nada decidir sobre questão tão dúbia, se satisfaz com o quinhão a ele assinalado pelo árbitro supremo de todas as coisas. Com gratidão, aceita posterior reparação a ele concedida; e, quando se desaponta, não pensa que a virtude é um nome vazio, mas estimando justamente sua gratificação, reconhece agradecido a bondade de seu criador, que, ao chamá-lo à existência, lhe proporcionou oportunidade de adquirir uma posse inestimável.

O PLATÔNICO[147]

[155] Para alguns filósofos parece motivo de surpresa que os homens, tendo todos a mesma natureza e sendo dotados das mesmas faculdades, possam diferir tanto em suas buscas e inclinações, e que um condene completamente aquilo pelo que o outro se empenha com tão apaixonada credulidade. Para outros, é ainda mais surpreendente que um homem possa diferir tanto de si mesmo em instantes diferentes, e que rejeite com desdém, uma vez de posse dele, aquilo que era antes objeto de todas as suas aspirações e anseios. Essa incerteza e irresolução febris me parecem inteiramente inevitáveis na conduta humana; e tampouco uma alma racional, feita para a contemplação do [156] Ser Supremo e de suas obras, jamais pode desfrutar de tranquilidade ou satisfação enquanto é retida pela busca ignóbil do prazer sensual ou do aplauso popular. A divindade é um oceano de bênção e glória infindas; as mentes humanas, pequenos leitos d'água que, tendo surgido desse oceano, ainda tentam, por todos os meandros, retornar a ele e perder-se em sua imensa perfeição. Quando são barrados em seu curso natural pelo vício ou pela tolice, eles se tornam furiosos e irados, crescem numa torrente e espalham horror e devastação pelas planícies circundantes.

Com frases pomposas e expressão apaixonada, cada um recomenda em vão o próprio esforço e convida os crédulos ouvintes a imitar sua vida e suas maneiras. O coração desmente o semblante e sente vivamente, mesmo no auge do sucesso, a natureza insatisfatória de todos esses prazeres, que o mantêm afastado de seu verdadeiro objeto. Examino o homem voluptuoso antes da fruição, meço a veemência de

---

[147] Ou o homem de contemplação e devoção *filosófica*. (NA) Ver nota ao ensaio "O Epicurista". (NT)

seu desejo e a importância de seu objeto: constato que sua felicidade procede unicamente da precipitação de seu pensamento, que o arranca fora dele mesmo e desvia o seu olhar de sua culpa e de sua miséria. Considero-o um instante depois; ele agora desfrutou do prazer que buscou tão apaixonadamente. O senso de culpa e miséria retorna com redobrada aflição: sua mente está atormentada de remorso e medo; seu corpo, exaurido de saciedade e desgosto.

Eis, porém, que outro personagem, se não mais augusto ao menos mais altivo, se apresenta com ousadia a nossa censura: e, arrogando--se o título de filósofo e homem de conduta moral, se oferece ao exame mais rígido. Embora dissimulada, é visível a impaciência com que exige nossa aprovação e aplauso, e parece ofendido que hesitemos um momento antes de prorrompermos em admiração por sua virtude. Vendo-lhe a impaciência, eu hesito um pouco mais: começo a examinar os motivos de sua aparente virtude, mas vede!, antes que inicie a investigação, ele foge de mim, e, dirigindo seu discurso a uma multidão de ouvintes desatentos, diverte-os com suas esplêndidas pretensões.

Filósofo! Tua sabedoria é vã, e tua virtude, inútil. [157] Buscas o ignorante aplauso dos homens, não as sólidas reflexões de tua própria consciência ou a ainda mais sólida aprovação daquele ser que atravessa o universo com um único olhar de seu olho onividente. Estás com certeza cônscio de quão inócua é tua pretensa probidade quando te autodenominas cidadão, filho, amigo, e esqueces teu soberano supremo, teu verdadeiro pai e teu maior benfeitor. Onde está a adoração devida à perfeição infinita, da qual deriva tudo que é bom e valoroso? Onde está a gratidão a teu criador, que te trouxe do nada e te pôs em todas essas relações com teus semelhantes, e que, exigindo de ti o cumprimento do dever para com cada um deles, proíbe que negligencies o que deves a ele mesmo, ao ser mais perfeito, ao qual estás ligado pelo laço mais estreito?

Tu és, contudo, o teu próprio ídolo; adoras tuas perfeições *imaginárias*; ou melhor, sensível a tuas imperfeições *reais*, tentas apenas enganar o mundo e agradar tua fantasia pela multiplicação de admiradores ignorantes. Assim, não contente de negligenciar o que é mais excelente no universo, desejas ainda pôr o que há de mais vil e desprezível no lugar dele.

Considera todas as obras feitas pelas mãos humanas, todas as invenções do engenho humano, para as quais afetas possuir discernimento tão sutil: constatarás que a produção mais perfeita procede sempre do pensamento mais perfeito, e é apenas a *mente* que admiramos quando aplaudimos as graças de uma estátua bem proporcionada ou a simetria de um nobre pilar. O escultor, o arquiteto, ainda são visíveis nelas e nos fazem refletir sobre a beleza de sua arte e de seu planejamento, que pôde extrair tanta expressão e proporção de uma massa de matéria informe. Essa beleza superior de pensamento e inteligência, tu mesmo a reconheces quando nos convidas a contemplar, em tua conduta, a harmonia de afetos, a dignidade de sentimentos e todas aquelas graças da mente que merecem principalmente nossa atenção. Mas por que te deténs tão rápido? Não vês nada mais que tenha valor? Em meio a teus exaltados aplausos à beleza e à ordem, [158] ignoras onde se encontra a beleza mais acabada, a ordem mais perfeita? Compara as obras da arte com as obras da natureza. Aquelas não passam de imitações destas. Mais a arte se aproxima da natureza, mais perfeita é considerada. No entanto, por mais que se aproximem, a que distância não estão e quão imenso intervalo não se observa entre elas! A arte copia somente o aspecto externo da natureza, deixando de lado os muito mais admiráveis princípios e fontes internos, porque estes excedem sua imitação, estão além de sua compreensão. A arte copia somente as produções diminutas da natureza, desesperando de alcançar aquela tão espantosa grandeza e esplendor das obras magistrais de seu original. Seríamos tão cegos para não descobrir uma inteligência e um desígnio no planejamento mais requintado e estupendo do universo? Seríamos tão insensíveis para não sentir os calorosos raptos de devoção e adoração à contemplação desse ser inteligente, tão infinitamente bom e sábio?

A felicidade mais perfeita deve, certamente, surgir da contemplação do objeto mais perfeito. O que, porém, é mais perfeito que beleza e virtude? E onde se encontra beleza igual à do universo? Ou virtude comparável à benevolência e à justiça da Deidade? Se algo pode diminuir o prazer dessa contemplação é, ou a estreiteza de nossas faculdades, que nos oculta a maior parte dessas belezas e perfeições, ou a brevidade de nossa vida, que não nos dá tempo suficiente para nos instruirmos nelas. No entanto, para nosso reconforto, se empregarmos dignamente as faculdades que aqui nos foram atribuídas, elas serão ampliadas num outro estado de existência, de modo a nos tornarmos adoradores mais dignos de nosso criador: e a tarefa, que jamais pode ser concluída a tempo, será ocupação para uma eternidade.

O CÉTICO[148]

[159] Há muito tempo venho alimentando uma desconfiança das decisões tomadas pelos filósofos a respeito das mais diferentes matérias, e tenho encontrado em mim mesmo maior inclinação para discordar de suas conclusões do que para dar assentimento a elas. Há um erro a que parecem expostos, quase sem exceção: eles restringem por demais os seus princípios e não dão importância à vasta variedade que a natureza tanto busca mostrar em todas as suas operações. Uma vez de posse de um princípio de sua preferência, que sirva porventura de explicação de muitos efeitos naturais, o filósofo estende esse mesmo princípio a toda a criação, e dele deriva cada fenômeno, nem que seja pelo raciocínio mais violento e absurdo. Estreita e limitada como é nossa própria mente, não podemos expandir nossa concepção a toda variedade e extensão da natureza, mas imaginamos [160] que ela seja tão limitada em suas operações quanto nós outros em nossa especulação.

Se há, porém, alguma ocasião de suspeitar dessa fraqueza dos filósofos, ela se encontra nos seus raciocínios sobre a vida humana e sobre os métodos de alcançar a felicidade. Neste caso, não é apenas a estreiteza de seu entendimento que os desencaminha, mas também a estreiteza de suas paixões. Em sua maioria, cada um deles tem uma inclinação predominante, a que estão submetidos seus outros desejos e afecções, que o governa, embora talvez com alguns intervalos, pelo curso inteiro de sua vida. Para ele, é difícil entender que uma coisa que lhe parece totalmente indiferente possa proporcionar contentamento a alguma pessoa ou possuir encantos que escapem inteiramente a sua observação. Suas próprias buscas são sempre, em sua avaliação,

---

[148] Ver nota ao ensaio "O Epicurista". (NT)

as mais cativantes, os objetos de sua paixão, os mais valiosos, e o caminho que trilha, o único que leva à felicidade.

Se esses pensadores preconceituosos refletissem um instante, eles veriam, no entanto, que há muitos exemplos óbvios e argumentos suficientes para tirá-los do erro e fazê-los alargar suas máximas e princípios. Não veem eles a vasta variedade de inclinações e ocupações de nossa espécie, em que cada homem parece plenamente satisfeito com o curso de sua própria vida, e consideraria a maior infelicidade ter de se restringir à de seu vizinho? Não sentem eles em si mesmos que, pela mudança de inclinação, o que é prazer num momento se torna desprazer em outro, e que não está no poder deles reavivar, nem mesmo pelos seus maiores esforços, o gosto ou o apetite que antes davam encanto ao que agora parece indiferente ou desagradável? O que significa então preferir em geral a vida no campo ou na cidade, uma vida de ação ou de prazer, uma vida de retiro ou em sociedade, se, além das diferentes inclinações de homens diferentes, a experiência de cada indivíduo pode convencê-lo de que cada um desses modos de vida é agradável a seu momento, e que a variedade deles ou sua judiciosa mistura é o que principalmente contribui para tornar agradáveis a todos eles?

Mas convém deixar esse assunto ser decidido ao sabor do acaso? [161] Deve um homem consultar unicamente seu humor e inclinação a fim de determinar o curso de sua vida, sem empregar sua razão para lhe informar qual o caminho preferível e mais seguro para a felicidade? Não há então diferença de conduta entre um homem e outro?

Minha resposta é: há uma grande diferença. Ao seguir a inclinação na escolha do curso de sua vida, um homem pode empregar meios de ter êxito muito mais seguros do que os de outro, que é levado por sua inclinação ao mesmo curso e persegue o mesmo objeto. *As riquezas são o principal objeto de teus desejos?* Adquire destreza em tua profissão; sê diligente no exercício dela; alarga o círculo de tuas amizades e de teus conhecidos; evita prazer e desperdício, e nunca sejas generoso, a não ser com vistas a obter mais do que poderias economizar com frugalidade. *Gostarias de adquirir a estima pública?* Evita igualmente os extremos da arrogância e da bajulação. Deixa claro que dás valor a ti mesmo, mas sem desprezar os outros. Se caíres num desses extremos, ferirás com tua insolência o orgulho dos homens, ou ensiná-los-ás a te desprezar por tua temerosa submissão e pela reles opinião que pareces ter de ti mesmo.

Estas, dizes, são as máximas da prudência e discrição comuns, que todo pai inculca ao filho, e que todo homem sensato persegue no curso de vida que escolheu. — Que mais poderias desejar? Vais a um filósofo como quem vai a um *bruxo*, a fim de aprender, por magia ou feitiçaria, algo além do que pode ser conhecido pela prudência e discrição comuns? — Sim, vamos ao filósofo para ser instruídos sobre como devemos escolher nossos fins, mais do que os meios de chegar a eles; queremos saber que desejo devemos satisfazer, a que paixão devemos aquiescer, que apetite devemos contentar. Quanto ao resto, confiamos nossa instrução ao senso comum e às máximas gerais do mundo.

Peço-te, então, desculpas, se aparentei ser um filósofo: pois constato que tuas questões me deixam bem perplexo e me arrisco, se minha resposta for muito rígida e severa, a passar por um pedante e escolástico, ou, se for muito pronta e fácil, a ser tomado por pregador do vício e da imoralidade. No entanto, [162] para te satisfazer, apresentarei minha opinião sobre a questão, pedindo-te apenas que, tal como eu, a consideres de pouca relevância, pois assim não a julgarás merecedora, nem do teu riso, nem da tua ira.

Se podemos nos fiar em algum princípio aprendido com a filosofia, este, penso, pode ser considerado certo e indubitável: não há nada que seja valoroso ou desprezível, desejável ou detestável, belo ou disforme em si mesmo. Tais atributos, ao contrário, surgem da constituição e da textura particular do sentimento e afecção humanos. O alimento que parece mais delicioso a um animal, é repugnante a outro; o que afeta com deleite o sentir de um, produz insatisfação em outro. Isso é o que reconhecidamente acontece em todos os sentidos do corpo, mas, se examinarmos mais detidamente a questão, constataremos que a mesma observação vale quando a mente coopera com o corpo e mistura seu sentimento ao apetite externo.

Pede a um amante apaixonado que faça uma caracterização de sua amada: ele te dirá que não encontra palavras para descrever os encantos dela, e com toda a seriedade te perguntará se um dia conheceste uma deusa ou um anjo. Se responderes pela negativa, ele te dirá que então não há como fazer ideia de belezas tão divinas como as que seu encanto possui: um talhe tão perfeito, traços tão bem proporcionados, um ar tão atraente, uma disposição tão doce, um humor tão jovial. De todo esse discurso, no entanto, nada podes inferir a não ser que o pobre homem está apaixonado, e que o apetite geral entre os sexos, que a natureza infundiu em todos os animais, nele está dirigido para um objeto particular, em virtude de algumas qualidades que lhe dão prazer. Não apenas para outro animal, mas também para outro homem, aquela criatura divina aparecerá como mero ser mortal e será considerada com a maior indiferença por eles.

Preconceito semelhante em favor da prole foi dado pela natureza a todos os animais. Por mais que a outros olhos pareça uma criatura mísera e desprezível, o filhote indefeso que acaba de vir à luz é recebido [163] com o maior afeto pelos pais orgulhosos, que o preferem a qualquer outro objeto, embora perfeito e acabado. A paixão sozinha, que surge da estrutura e formação original da natureza humana, atribui valor ao objeto mais insignificante.

Podemos levar essa observação mais longe e concluir que, mesmo quando a mente opera sozinha, mesmo quando experimenta sentimento de condenação ou de aprovação e declara um objeto disforme e odioso, e outro belo e amável, mesmo nesse caso, digo, essas qualidades não estão realmente nos objetos, mas pertencem inteiramente ao sentimento da mente que condena ou louva. Admito que é mais difícil tornar essa proposição evidente ou, por assim dizer, palpável para pensadores negligentes, porque a natureza é mais uniforme nos sentimentos da mente do que na maioria das sensações do corpo, e produz uma semelhança maior na parte interna do que na parte externa do gênero humano. Há algo que se aproxima de princípios no gosto mental, e críticos podem argumentar e discutir com mais plausibilidade do que cozinheiros ou perfumistas. Podemos, no entanto, observar que essa uniformidade no gênero humano não impede que exista considerável diversidade nos sentimentos de beleza e mérito, e que educação, costume, preconceito, capricho e humor frequentemente alterem essa nossa espécie de gosto. Jamais convencerás um homem não acostumado à música italiana, e sem ouvido para acompanhar sua complexidade, de que ela é preferível a uma canção escocesa. Não terás um único argumento sequer, além de teu próprio gosto, para utilizar em teu auxílio: e para teu antagonista, o gosto particular dele parecerá sempre um argumento mais convincente do contrário. Se fordes sábios, ambos reconhecerão que o outro pode estar certo; e, diante de muitos outros exemplos de tal diversidade de gosto, ambos reconhecerão que beleza e valor são de natureza meramente relativa, e consistem num sentimento agradável, produzido por um objeto numa mente particular, de acordo com a estrutura e constituição peculiares desta.

Mediante tal diversidade de sentimento observável no gênero humano, a natureza talvez tenha tido a intenção de nos tornar sensíveis à sua autoridade e de nos mostrar as surpreendentes mudanças que pode [164] produzir nas paixões e desejos dos homens meramente pela modificação de sua textura interna, sem nenhuma alteração nos objetos. O vulgo pode se convencer desse argumento, mas homens acostumados a pensar podem formular um outro mais convincente, ou ao menos mais geral, a partir da natureza mesma do assunto.

Na operação de raciocínio, a mente nada mais faz do que passar rapidamente em exame os seus objetos, tal como supostamente se encontram na realidade, sem nada lhes acrescentar ou subtrair. Se examino os sistemas ptolomaico e copernicano, o único objetivo de minhas investigações é conhecer a posição real dos planetas, ou, noutras palavras, tento dar a eles, em minha concepção, as mesmas relações que mantêm entre si nos céus. Para essa operação da mente parece, portanto, haver sempre um padrão real, embora muitas vezes desconhecido, na natureza das coisas, e verdade ou falsidade não variam conforme as diferentes apreensões dos homens. Mesmo que toda a raça humana conclua para sempre que o sol se move e que a terra permanece parada, todos esses raciocínios não fazem o sol se mover uma polegada sequer, e conclusões como estas serão sempre falsas e errôneas.

Com as qualidades de *belo e disforme, desejável e odioso* não ocorre, porém, o mesmo que com verdade e falsidade. No primeiro caso, a mente não se contenta meramente com inspecionar seus objetos, tal como são em si mesmos, mas também experimenta, como resultado dessa inspeção, um sentimento de deleite ou de insatisfação, de aprovação ou de condenação, e esse sentimento a determina a anexar-lhes o epíteto de *belo ou disforme, desejável ou odioso*. Ora, é evidente que esse sentimento deve depender da textura ou estrutura particular da mente, que torna possível que tais formas particulares operem de tal maneira particular e produzam uma simpatia ou conformidade entre a mente e seus [165] objetos. Se a estrutura da mente ou dos órgãos internos varia, o sentimento não mais ocorre, ainda que a forma permaneça a mesma. Como o sentimento é diferente do objeto, e surge da operação deste sobre os órgãos da mente, uma alteração nesta última deve fazer variar o efeito, e o mesmo objeto, apresentado a uma mente de todo distinta, não produz o mesmo sentimento.

Qualquer um poderá tirar por si mesmo essa conclusão, sem muita filosofia, onde o sentimento for evidentemente distinguível do objeto. Quem não é capaz de sentir que poder, glória e vingança não são desejáveis em si mesmos, mas derivam todo seu valor da estrutura das paixões humanas, que gera um desejo desses objetos em particular? É comum supor, no entanto, que o caso é diferente em se tratando da beleza, natural ou moral. Pensa-se que a qualidade agradável está no objeto, não no sentimento, e isso meramente porque o sentimento não é tão turbulento e violento para se distinguir, de maneira evidente, da percepção do objeto.

Basta, porém, um pouco de reflexão para distingui-los. Um homem pode conhecer exatamente todos os círculos e elipses do sistema copernicano e todas as espirais irregulares do ptolomaico, sem perceber que o primeiro é mais belo que o segundo. Euclides explicou perfeitamente cada qualidade do círculo, mas nenhuma de suas proposições diz uma palavra sobre sua beleza. A razão disso é evidente. A beleza não é uma qualidade do círculo. Ela não está em parte alguma da linha *cujos* pontos são todos equidistantes de um único centro. Ela é apenas o efeito que essa figura produz numa mente cuja textura ou estrutura particular a tornam suscetível a tais sentimentos. Em vão procurá-la-ias no círculo, ou buscá-la-ias, pelos sentidos ou por raciocínios matemáticos, em quaisquer propriedades dessa figura. [166]

Um matemático que, ao ler Vergílio, não tem outro prazer senão o de examinar a viagem de Enéas num mapa, pode compreender perfeitamente o significado de cada palavra latina empregada por esse autor divino, e, consequentemente, ter uma ideia distinta de toda a narrativa. Poderia ter até uma ideia mais distinta dela do que aqueles que não estudaram tão detidamente a geografia do poema. Conheceria, por isso, cada detalhe dele, mas ignoraria a sua beleza, porque esta, propriamente falando, não está no poema, mas no sentimento ou gosto do leitor. E quando um homem não tem delicadeza de temperamento para experimentar esse sentimento, ele ignora a beleza, mesmo que possua a ciência e o entendimento de um anjo[149].

De tudo isso se infere que não é pelo valor ou serventia do objeto buscado que podemos determinar o contentamento de uma pessoa, mas meramente pela paixão com que ela o busca e pelo sucesso de sua busca. Os objetos não têm em si mesmos absolutamente nenhuma serventia ou valor. Eles tiram seu valor meramente da paixão. Se esta é poderosa, estável e afortunada, a pessoa é feliz. Não é razoável duvidar que o contentamento de uma jovem trajando um vestido novo para o baile da escola é tão completa quanto a do maior orador que, triunfante no esplendor de sua eloquência, governa as paixões e resoluções de uma assembleia numerosa. [167]

Todas as diferenças, portanto, na vida de um homem e de outro se encontram, ou na *paixão*, ou no *contentamento*, e essas diferenças são suficientes para produzir os extremos opostos da felicidade e da desgraça.

Para haver felicidade, a paixão não deve ser, nem muito violenta, nem muito branda. No primeiro caso, a mente se encontra em perpétua confusão e tumulto; no segundo, ela mergulha numa indolência e letargia desagradáveis.

Para haver felicidade, a paixão deve ser benigna e social, não grosseira ou agressiva. As afecções desse último gênero não são

---

[149] Embora temendo parecer excessivamente filosófico, gostaria de lembrar ao meu leitor a famosa doutrina, que se supõe plenamente provada nos tempos modernos, segundo a qual "gostos, cores e as demais qualidades sensíveis não estão nos corpos, mas meramente nos sentidos". O mesmo se passa com beleza e deformidade, virtude e vício. Essa doutrina, entretanto, tira tão pouco a realidade dessas últimas qualidades quanto das primeiras, e não precisa causar aborrecimento algum aos críticos ou moralistas. Mesmo que se reconheça que as cores só se encontram no olho, seriam tintureiros ou pintores menos considerados ou estimados por isso? A uniformidade que existe nos sentidos e nos sentimentos dos homens é suficiente para tornar todas essas qualidades objeto de arte e raciocínio, e para ter grande influência sobre a vida e sobre as maneiras. E, se é certo que a acima mencionada descoberta de filosofia natural não provoca alteração alguma na ação e na conduta, por que isso ocorreria com uma descoberta semelhante em filosofia moral? (NA)

nem de longe tão agradáveis ao sentimento quanto as do primeiro. Quem comparará rancor, animosidade, inveja e vingança a amizade, benignidade, clemência e gratidão?

Para haver felicidade, a paixão deve ser expansiva e jovial, não sombria e melancólica. Propensão para esperança e alegria é verdadeira riqueza; propensão para medo e tristeza, verdadeira pobreza.

Algumas paixões ou inclinações não são, no *contentamento* com seu objeto, tão estáveis e constantes quanto outras, nem transmitem prazer e satisfação tão duradouros. A *devoção filosófica*, por exemplo, é, como o entusiasmo de um poeta, efeito passageiro de uma forte exaltação, de muito ócio, de um gênio fino e do hábito de estudo e contemplação; mas, apesar de todas essas circunstâncias, um objeto abstrato, invisível, como só a religião *natural* é capaz de nos apresentar, não pode estimular por muito tempo a atividade da mente, nem ter alguma relevância para a vida. Para dar continuidade à paixão, devemos encontrar algum método de afetar os sentidos e a imaginação e abraçar alguma explicação da divindade que seja tanto *histórica*, quanto *filosófica*. Superstições e celebrações populares são consideradas úteis neste particular.

Embora os homens difiram muito em temperamento, podemos em geral afirmar com segurança que não se pode suportar uma vida de prazer por tanto tempo quanto uma vida de negócios, pois nela se está muito mais sujeito à saciedade e ao fastio. Todos os passatempos mais duradouros, como os jogos e a caça, contêm em si uma parcela de aplicação e atenção. E, em geral, negócio e ação preenchem todos os grandes vazios na vida dos homens.

Onde, porém, o temperamento é mais disposto para algum *contentamento*, muitas vezes falta o objeto; e, neste aspecto, as [168] paixões que buscam objetos externos não contribuem tanto para a felicidade quanto as que permanecem em nós mesmos, uma vez que não temos nem a certeza de obter tais objetos, nem a segurança de possuí-los. Uma paixão pelo estudo é preferível, no que respeita à felicidade, a uma paixão por riquezas.

Alguns homens possuem grande firmeza mental e não se deixam facilmente afetar por algum desapontamento na busca dos objetos *externos*, mas renovam, com o maior alento, a sua aplicação e indústria. Nada contribui tanto para a felicidade quanto tal pendor da mente.

De acordo com esse breve e imperfeito esboço da vida humana, a disposição mais feliz da mente é a *virtuosa* ou, noutras palavras, a que leva à ação e à ocupação, nos torna sensíveis às paixões sociais, acera o coração contra as assaltos da fortuna, reduz as afecções a uma justa moderação, transforma nossos próprios pensamentos em entretenimento e nos inclina mais aos prazeres da sociedade e do convívio social que aos prazeres dos sentidos. É óbvio, entretanto, mesmo para o pensador mais descuidado, que as disposições da mente não são todas igualmente favoráveis à felicidade, e uma paixão ou humor podem ser extremamente desejáveis, enquanto outros são igualmente desagradáveis. E, com efeito, toda a diferença entre as condições de vida depende da mente e não há um estado de coisas em si mesmo preferível a outro. O bem e o mal, tanto do ponto de vista natural quanto do ponto de vista moral, são inteiramente relativos ao sentimento e afecção humanos. Homem algum seria infeliz se pudesse mudar suas sensações. Como um Proteu, ele eludiria todos os ataques mudando continuamente de aspecto e forma.

A natureza, porém, nos privou em grande medida desse recurso. A textura e a constituição de nossa mente dependem tanto de nossa escolha quanto as de nosso corpo. A maioria dos homens não tem sequer a menor noção de que uma modificação nesse ponto poderia ser desejável. Assim como um riacho necessariamente [169] acompanha as inclinações do terreno em que corre, assim também a parte ignorante e irrefletida dos homens é impelida por suas propensões naturais. Estes estão, com efeito, impedidos de ter qualquer pretensão à filosofia e à tão proclamada *medicina da mente*. A natureza, no entanto, também exerce prodigiosa influência sobre os sábios e ponderados, e nem sempre está em poder de um homem, por mais indústria e arte que empregue, corrigir seu temperamento e alcançar o caráter virtuoso a que aspira. São poucos os que vivem sob o império da filosofia, e mesmo sobre estes a sua autoridade é muito fraca e limitada. Os homens podem muito bem ser sensíveis ao valor da virtude para desejar alcançá-la, mas nem sempre é certo que terão êxito em seus desejos.

Quem considere sem preconceito o curso das ações humanas, há de constatar que os homens são quase inteiramente guiados por sua constituição e temperamento, e que as máximas gerais têm pouca influência, a não ser que afetem nosso gosto ou sentimento. Se um homem possui vivo senso de honra e de virtude, ao lado de paixões moderadas, sua conduta é sempre conforme as regras da moralidade, ou, se delas se desvia, a elas fácil e prontamente retorna. Por outro lado, alguém que nasça com um arranjo mental tão perverso, com uma disposição tão empedernida e insensível que não tem paladar para virtude e humanidade, nem simpatia por seus semelhantes, nem desejo de estima e aprovação, alguém assim deve ser considerado inteiramente incurável, e não há remédio para ele na filosofia. Ele não tira nenhuma satisfação a não ser de objetos vis e sensuais ou da complacência com suas paixões malignas; não sente nenhum remorso que possa controlar suas inclinações perversas; nem mesmo tem o senso ou gosto requerido para fazê-lo desejar um caráter melhor. De minha parte, não saberia como me dirigir a alguém assim, ou por que argumentos poderia tentar reformá-lo. Se lhe falasse da satisfação interior que resulta das ações louváveis e humanas, do prazer delicado que existe no amor e amizade desinteressados, do contentamento duradouro que é a boa reputação e o caráter renomado, ainda assim ele poderia retrucar que estes podem ser prazeres para quem é suscetível [170] a eles, mas, no que lhe tange, seu pendor e disposição são muito diferentes. Tenho de repetir: minha filosofia não oferece remédio para um caso como este, e o máximo que eu poderia fazer é lamentar a condição infeliz de tal pessoa. Mas então pergunto se outra filosofia pode lhe oferecer remédio, ou se é possível, por um sistema qualquer, tornar todos os homens virtuosos, por perverso que seja o arranjo natural de suas mentes. A experiência logo nos convencerá do contrário, e me arrisco a afirmar que o maior benefício advindo da filosofia talvez seja indireto[150] e proceda mais de sua influência secreta, insensível, do que de sua aplicação imediata.

Dedicar-se com seriedade às ciências e artes liberais certamente abranda e humaniza o temperamento, e alenta as finas emoções de que a verdadeira virtude e honra são constituídas. Raramente, muito raramente, um homem de gosto e estudo não é, no mínimo, um homem honesto, não importam que fraquezas o acompanhem. A queda de sua mente para os estudos especulativos deve subjugar nele as paixões do interesse e da ambição e lhe dar, ao mesmo tempo,

[150] O restante da sentença não consta nas edições C e D. (NT)

mais sensibilidade para todas as decências e deveres da vida. Ele sente mais plenamente uma distinção moral nos caracteres e nas maneiras, e seu senso nesse gênero de coisas não é diminuído, antes pelo contrário, é bastante incrementado pela especulação.

Afora essas mudanças insensíveis no temperamento e na disposição, é altamente provável que outras possam ser produzidas pelo estudo e aplicação. Os efeitos prodigiosos da educação bastam para nos convencer de que a mente não é de todo recalcitrante e inflexível, mas admite muitas alterações em seu feitio e estrutura originais. Que um homem se proponha por modelo um caráter que ele aprova; que tenha plena ciência das particularidades em que seu próprio caráter se afasta desse modelo; que mantenha vigilância constante sobre si mesmo e, por um esforço contínuo, desvie a mente dos vícios para as virtudes: eu não duvido de que, com o tempo, ele descobrirá em seu temperamento uma alteração para melhor.

O hábito é outro meio poderoso de reformar a mente [171] e de nela implantar boas disposições e inclinações. O homem que persiste num curso de sobriedade e temperança detesta o tumulto e a desordem; se se dedica aos negócios ou ao estudo, a indolência lhe parece uma punição; se se obriga a ser beneficente e afável, logo abomina todos os exemplos de orgulho e de violência. Se alguém está inteiramente convencido de que o curso virtuoso de sua vida é o melhor, se tem resolução suficiente para infligir por algum tempo violência a si mesmo, não há porque desesperar de que ele se reformará. Para sua infelicidade, essa convicção e resolução jamais podem ocorrer a não ser quando um homem já é de antemão minimamente virtuoso.

O maior triunfo da arte e da filosofia consiste em que elas insensivelmente refinam o temperamento e nos indicam as disposições que devemos tentar alcançar mediante uma *queda* constante da mente para elas e mediante um *hábito* repetido. Afora isso não reconheço que exerçam grande influência, e tenho dúvidas a respeito de todas as exortações e consolos em voga entre pensadores especulativos.

Já observamos que nenhum objeto é desejável ou detestável, valoroso ou desprezível em si mesmo, mas adquire essas qualidades no caráter e constituição particulares da mente que os considera. Não há, portanto, argumentos ou razões diretas que possam ser utilizados com alguma força ou influência para diminuir ou aumentar o apreço que a pessoa tem por um objeto, para excitar ou moderar suas paixões. Se pegar moscas, como faz Domiciano, é mais prazeroso, então isso é preferível ao prazer que Guilherme Rufo tem em caçar feras selvagens ou Alexandre em conquistar reinos. [172]

No entanto, embora o valor de cada objeto possa ser determinado unicamente pelo sentimento ou paixão de cada indivíduo, podemos observar que, ao pronunciar seu veredicto, a paixão não considera simplesmente o objeto, como ele é em si mesmo, mas com tudo aquilo que o acompanha. Um homem transportado de alegria pela posse de um diamante não se contenta com a pedra brilhante que tem diante de si: também considera a raridade dela, da qual principalmente advêm seu prazer e exultação. Aqui, portanto, um filósofo pode entrar em cena e indicar perspectivas particulares, considerações e circunstâncias que talvez tenham nos escapado, e, por esse meio, moderar ou excitar uma paixão particular qualquer.

Pode parecer insensato negar absolutamente a autoridade da filosofia nesse particular, mas deve-se reconhecer que resta uma forte presunção contra ela, a saber, se tais perspectivas são tão naturais e óbvias, elas teriam ocorrido por si mesmas, sem a assistência da filosofia; se não são naturais, jamais podem ter alguma influência sobre as afecções. *Estas* são de natureza muito delicada e não se pode forçá-las ou constrangê-las nem com a maior arte e indústria. Uma reflexão que buscamos fazer de propósito, que compreendemos com dificuldade e que não conseguimos reter sem cuidado e atenção jamais produzirá os genuínos e duradouros movimentos de paixão que são o resultado da natureza e da constituição da mente. Um homem pode pretender tanto curar-se do amor pela amada observando, por um meio *artificial* como um microscópio ou lente, a aspereza de sua pele e a monstruosa desproporção de seus traços, quanto esperar excitar ou moderar uma paixão mediante os argumentos artificiais de um Sêneca ou de um Epiteto. O aspecto e a situação naturais do objeto permanecerão, em ambos os casos, em sua lembrança. As reflexões da filosofia são muito sutis e distantes para ter lugar na vida comum ou para erradicar alguma afecção. Acima dos ventos e nuvens da atmosfera, o ar é rarefeito demais para poder ser respirado. [173]

Outro defeito dessas refinadas reflexões que nos são sugeridas pela filosofia é que elas geralmente não conseguem diminuir ou extinguir nossas paixões viciosas, sem diminuir ou extinguir as virtuosas e tornar a mente de todo indiferente e inativa. Na sua maior parte, elas são gerais e se aplicam a todas as nossas afecções. Em vão esperamos direcionar a influência delas para um lado só. Se as tornamos familiares e presentes para nós, por estudo e meditação incessantes, elas operarão por toda parte e espalharão uma insensibilidade universal pela mente. Quando destruímos os nervos, extinguimos, junto com o senso de dor, o senso de prazer do corpo humano.

Um simples golpe de vista facilmente encontrará um ou outro desses defeitos na maioria daquelas reflexões filosóficas tão celebradas nos tempos antigos e também nos modernos. *Não deixe*, dizem os filósofos[151], *que as injúrias ou a violência dos homens te façam perder a compostura, por ira ou ódio deles: pois terias raiva do chimpanzé, por sua malícia, ou do tigre, por sua ferocidade?* Essa reflexão nos leva a uma opinião indigna da natureza humana, e à extinção das afecções sociais. Ela tende também a impedir todo remorso que um homem possa ter de seus crimes, quando considera que o vício é tão natural aos homens, quanto os instintos particulares aos seres brutos.

Todos os males provêm da ordem do universo, que é absolutamente perfeita. Gostarias de perturbar uma ordem tão divina em nome de teu interesse particular? E se os males de que sofro provêm da malícia e opressão? *Mas os vícios e imperfeições dos homens também estão compreendidos na ordem do universo:*

> *Se pragas e terremotos não perturbam a intenção divina,*
> *Por que então um* Bórgia *ou um* Catilina?[152]

Que se conceda tal coisa, e meus próprios vícios também serão uma parte dessa mesma ordem.

---

[151] Plutarco, *de ira cohibenda*. ["Do controle da raiva", In: *Moralia*]. (NA)

[152] Pope, *Ensaio sobre o homem*, 1.155-6. (NA)

A alguém que afirmou que ninguém é feliz se não está acima da opinião, um espartano retrucou, [174] *então só os trapaceiros e ladrões são felizes.*[153]

O homem nasceu para ser miserável, e se surpreende com uma desgraça qualquer? Por que dar vazão a tristeza e lamento a pretexto de qualquer desastre? É muito razoável que ele lamente ter nascido para ser miserável. Teu consolo lhe oferece cem males em troca daquele de que pretendes aliviá-lo.

Deves ter sempre presente que morte, doenças, pobreza, cegueira, exílio, calúnia e infâmia são males intrínsecos à natureza humana. Se algum desses males te cabe por quinhão, suportá-lo-ás melhor, se contares com ele. Eu respondo: se nos restringirmos a uma reflexão geral e distanciada sobre os males da vida humana, *isso* não poderá ter nenhuma eficácia em nos preparar para eles. Se os tornamos presentes e familiares por uma meditação minuciosa e intensa, *este* é o verdadeiro segredo para envenenar todos os nossos prazeres e nos tornar perpetuamente miseráveis.

Tua tristeza é infrutífera, e não mudará o curso do destino. É bem verdade: por isso mesmo me entristeço.

O consolo que Cícero dá para a surdez é um tanto curioso: *quantas são as línguas, diz ele, que não entendes? O púnico, o espanhol, o gaélico, o egípcio etc. Em relação a estas é como se fosses surdo, embora sejas indiferente quanto a isso. É então uma desgraça tão grande ser surdo para mais uma língua?*[154]

Acho melhor a resposta de Antípatro, o cirenaico, que, ao ser consolado de sua cegueira por algumas mulheres, disse: *O quê? Pensais que não há prazeres no escuro?*[155]

Nada é tão destrutivo para a ambição e paixão pela conquista, diz Fontenelle, *quanto o verdadeiro sistema da* [175] *astronomia. Que coisa insignificante não é o globo inteiro comparado à extensão infinita da natureza?*[156] Essa consideração está evidentemente muito distante para ter algum efeito. Ou, se tivesse algum, não destruiria tanto o patriotismo quanto a ambição? O mesmo autor galante acrescenta,

---

[153] Plutarco, *Lacon. Apophtheg.* ["Ditos espartanos", In: *Moralia*, seção 217]. (NA) As edições C e D não trazem este parágrafo. (NT)

[154] *Tusc. Quest.*, lib. V [Cícero, *Tusculanas*, 5.40; ibid., 5.38]. (NA)

[155] Idem, ibidem. (NT)

[156] Nas *Conversações sobre a pluralidade dos mundos*. (NT)

com alguma razão, que os olhos radiantes das damas são o único objeto que não perde nada do seu brilho ou valor para as visões mais amplas da astronomia, mas é à prova de qualquer sistema. Os filósofos nos aconselhariam a limitar nossa afeição por eles?

O exílio, diz Plutarco a um amigo banido, *não é um mal: matemáticos nos dizem que a terra não passa de um ponto se comparada aos céus. Mudar de país não é então mais do que mudar de rua. O homem não é uma planta enraizada num certo pedaço da terra: todos os solos e climas igualmente lhe convêm*[157]. Tais tópicos seriam admiráveis, se só caíssem nas mãos de pessoas banidas. Mas, e se também chegassem ao conhecimento daqueles que se ocupam dos negócios públicos e destruíssem todo o vínculo deles com seu país natal? Ou será que agem como o remédio do curandeiro, que é igualmente bom para diabetes quanto para hidropisia?

É certo que, se um ser superior fosse obrigado a entrar na pele de um ser humano, tudo na vida haveria de lhe parecer tão insignificante, desprezível e pueril, que jamais poderia ser induzido a tomar parte em coisa alguma, e mal daria atenção ao que ocorresse à sua volta. Fazer com que se digne a desempenhar, com zelo e alacridade, mesmo um papel como o de Felipe, seria muito mais difícil que obrigar o mesmo Felipe, depois de ter sido rei e conquistador por cinquenta anos, a remendar sapatos velhos com cuidado e atenção — ocupação a que o destina Luciano nas regiões infernais[158]. Ora, todos esses mesmos tópicos de desdém pelas coisas humanas, que poderiam agir sobre esse suposto ser, são também os que ocorrem a um filósofo, mas como são, em alguma medida, desproporcionais [176] à capacidade humana e não são reforçados pela experiência de algo melhor, eles não o impressionam plenamente. Ele vê sua verdade sem senti-la o suficiente, e é sempre um filósofo sublime quando não precisa de nada, ou seja, enquanto nada o perturba, nem suscita suas afecções. Enquanto os outros jogam, ele admira sua aplicação e ardor; mas, tão logo faz uma aposta, é transportado pelas mesmas paixões que antes condenava como mero espectador.

Há nos livros de filosofia principalmente duas considerações das quais se pode esperar algum efeito importante, porque são extraídas

[157] *De exilio.* [Plutarco, "Do exílio", In *Moralia.*] (NA)
[158] *Menipo, ou a Descida ao Hades*, XVII. (NT)

da vida comum e ocorrem à mais superficial inspeção dos assuntos humanos. Ao refletir sobre a brevidade e incerteza da vida, quão desprezível não parece toda a nossa busca de felicidade? E mesmo que nossa preocupação vá além de nossa própria vida, quão frívolos não se mostram nossos projetos mais amplos e mais generosos, quando consideramos as incessantes mudanças e revoluções dos assuntos humanos, nas quais leis e estudo, livros e governos, são tragados pelo tempo, como numa rápida correnteza, e se perdem no imenso oceano da matéria? Tal reflexão certamente tende a arrefecer todas as nossas paixões; mas com isso ela não operaria na direção contrária à do artifício pelo qual a natureza logrou nos induzir à opinião de que a vida humana tem alguma importância? E tal reflexão não poderia ser empregada com êxito por pensadores voluptuosos, cujo intuito é nos tirar dos caminhos da ação e da virtude para nos levar aos campos floridos da indolência e do prazer?

Ensina-nos Tucídides que, durante a famosa peste de Atenas, quando a morte parecia presente a todos, um júbilo e alegria dissolutos prevaleceu entre as pessoas, as quais exortavam umas às outras a aproveitar ao máximo a vida, enquanto ela ainda durasse. A mesma observação é feita por Bocaccio em relação à peste de Florença[159]. Semelhante princípio faz [177] os soldados, durante a guerra, preferirem a algazarra e o desperdício, mais do que qualquer outra estirpe de homens. O prazer presente é sempre importante, e tudo o que diminui a importância dos demais objetos deve lhe conferir influência e valor adicionais[160].

A *segunda* consideração filosófica que pode com frequência influenciar as afecções deriva da comparação de nossa própria condição com a de outros. Fazemos continuamente essa comparação, mesmo na vida comum, mas por infelicidade tendemos a comparar nossa situação mais àquela de nossos superiores do que à de nossos inferiores. Um filósofo corrige essa fraqueza natural voltando os olhos para o outro lado, a fim de tornar mais confortável a situação a que a sorte o relegou. Poucas são as pessoas a que essa reflexão

---

[159] Tucídides, *Guerra do Peloponeso*, 2.53; Bocaccio, *Decamerão*, "Introdução: para as damas". Esta frase não aparece nas edições C e D. (NT)

[160] As edições C e D trazem, em lugar dessa sentença, a seguinte: "e pode-se observar neste reino que a paz duradoura, tendo produzido segurança, alterou bastante nossos oficiais neste particular e os afastou do caráter generoso dessa profissão". (NT)

não proporciona alguma consolação, ainda que, para um homem de índole muito boa, a visão das misérias humanas produza mais tristeza que conforto, e acrescente, aos lamentos pelos próprios infortúnios, profunda compaixão pelos dos outros. Tal é a imperfeição encontrada mesmo nos melhores desses tópicos filosóficos próprios para a consolação.[161]

[161] O cético talvez vá longe demais ao limitar todos os tópicos e reflexões filosóficas a esses dois. Parece haver outros cuja verdade é inegável, e cuja tendência natural é tranquilizar e abrandar todas as paixões. A filosofia avidamente deles se apodera, os estuda, pondera, confia à memória e torna familiares à mente, e assim sua influência sobre temperamentos meditativos, gentis e moderados pode ser considerável. Mas que influência pode ter, dirás, se o temperamento está de antemão disposto segundo aquela mesma maneira pela qual pretendem formá-lo? Eles podem ao menos fortificar tal temperamento e lhe dar perspectivas com as quais pode se manter e alimentar. Eis aqui alguns exemplos de tais reflexões filosóficas.
1. Não é certo que toda condição tem males ocultos? Então por que invejar alguém?
2. Todos têm males conhecidos, para os quais há total compensação. Por que não se contentar com o presente?
3. O costume elimina tanto o senso do que é bom quanto do que é mau e nivela todas as coisas. [177]
4. Saúde e humor são tudo. O resto tem pouca relevância, a não ser que estes sejam afetados.
5. Quantas outras coisas boas não tenho? Por que então me envergonhar de uma má?
6. Quantos não são felizes na condição de que reclamo? Quantos não me invejam?
7. Todo bem tem seu custo: o da fortuna é o trabalho, o do favorecimento é a lisonja. Estaria eu disposto a pagar o preço pela mercadoria?
8. Não esperes uma felicidade muito grande na vida. A natureza humana não admite tal coisa. [178]
9. Não vislumbres uma felicidade muito complicada. Mas isso depende de mim? Sim: a primeira escolha depende. A vida é como um jogo: pode-se escolher o jogo, e a paixão gradualmente se apodera do objeto adequado.
10. Antecipa com teus votos e faze surgir pela fantasia a consolação futura que o tempo infalivelmente traz a toda aflição.
11. Desejo ser rico. Por quê? Para possuir muitos objetos finos: casas, jardins, mobília etc. Mas quantos objetos finos a natureza não oferece sem custo algum? Se fruídos, são suficientes. Se não: vê o efeito do costume ou do temperamento que logo retiraria o paladar das riquezas. [179]
12. Desejo fama. Que ela venha: se agir bem, obterei a estima de meus conhecidos. E o que todo o resto significa para mim? Essas reflexões são tão óbvias, que espanta não ocorrerem a qualquer homem; tão convincentes, que admira não persuadirem a todos eles. Mas talvez ocorram à maioria dos homens, e os persuadam, quando considerem a vida humana numa inspeção geral e calma. Mas se algo real e tocante acontece, a paixão é despertada, a fantasia agitada, o exemplo incita e o conselho urge, então o filósofo está perdido no homem e em vão busca a persuasão que antes parecia tão firme e inabalável. Como remediar essa inconveniência? Tua ajuda deve vir da leitura frequente dos moralistas capazes de proporcionar entretenimento: recorre à instrução de Plutarco, à imaginação de Luciano, à eloquência de Cícero,

Concluirei esta discussão observando que, embora a virtude seja indubitavelmente a melhor escolha, quando é alcançável, tamanha é a desordem e confusão dos assuntos humanos, que não se deve esperar nenhuma distribuição perfeita ou regular de felicidade e miséria nesta vida. Não apenas os bens da boa fortuna e as capacidades físicas (igualmente importantes), não apenas essas vantagens, digo, são desigualmente distribuídas entre virtuosos e viciosos, mas a própria mente compartilha em algum grau dessa desordem, e o caráter mais meritório, pela própria constituição das paixões, nem sempre desfruta a felicidade mais alta.

Pode-se observar que, embora toda dor física proceda de alguma desordem numa parte ou órgão, ela nem sempre é proporcional a essa desordem, mas é maior ou menor de acordo com a maior ou menor sensibilidade da parte sobre a qual os humores nocivos exercem sua influência. Uma *dor de dente* produz convulsões de dor mais violentas que a *tísica* ou a *hidropisia*. Da mesma maneira podemos observar, em relação à economia da [179] mente, que todo vício é, sem dúvida, pernicioso, mas o distúrbio ou a dor não são estipulados pela natureza segundo a exata proporção dos graus de vício, e o homem de virtude mais elevada nem é sempre o mais feliz, mesmo abstraindo-se de acidentes externos. Uma disposição sombria e melancólica é certamente, *para os nossos sentimentos*, um vício ou imperfeição, mas, como pode ser acompanhada de grande senso de honra e de grande integridade, pode-se encontrá-la em caracteres de muito mérito, ainda que ela sozinha já baste para amargurar a vida e tornar completamente miserável a pessoa por ela afetada. Um vilão egoísta, por outro lado, pode possuir juventude e alacridade em seu temperamento, uma certa *jovialidade de coração*[162] — uma boa qualidade, embora mais respeitada do que merece —, que, se é

ao engenho de Sêneca, à jovialidade de Montaigne, à sublimidade de Shaftesbury. Preceitos morais assim expressos calam fundo e fortificam a mente contra as ilusões das paixões. Não confies, porém, inteiramente na ajuda externa: adquire, por hábito e estudo, aquele temperamento filosófico que dá força à reflexão, abranda os extremos de toda paixão desordenada e tranquiliza a mente, ao proporcionar independência a uma grande parte de tua felicidade. Não desprezes esses auxílios, mas tampouco confia demasiado neles, a não ser que a natureza tenha sido favorável no temperamento de que te dotou. (NA)

[162] Na edição C *"gaieté de coeur"* em lugar de *"gaity of heart"*. (NT)

acompanhada de boa fortuna, compensa a insatisfação e o remorso advindos de todos os outros vícios.

Faço ainda uma observação com o mesmo propósito: se o homem está sujeito a um vício ou imperfeição, é frequente acontecer que uma boa qualidade que possua [180] o torne mais miserável do que se fosse completamente vicioso. Uma pessoa de temperamento tão fraco que é facilmente tomada de aflição, é mais infeliz porque dotada de uma disposição generosa e amigável, que lhe dá viva preocupação com os outros e a expõe ainda mais à sorte e aos acidentes. Senso de vergonha num caráter imperfeito é certamente uma virtude, mas produz grande insatisfação e remorso, dos quais o vilão depravado está inteiramente livre. A compleição muito amorosa num coração incapaz de amizade é mais feliz do que o mesmo excesso de amor com generosidade de temperamento, que transporta o homem para além de si mesmo e o torna totalmente escravo do objeto de sua paixão.[163]

A vida humana é, numa palavra, mais governada pela sorte do que pela razão; deve ser considerada mais um passatempo tolo do que uma ocupação séria, e é mais influenciada pelo humor particular do que por princípios gerais. Deveríamos nos dedicar a ela com paixão e ansiedade? Ela não é digna de tanta preocupação. Deveríamos permanecer indiferentes ao que acontece? Perderíamos todo o prazer do jogo com nossa fleuma e desinteresse. Enquanto ficamos raciocinando sobre a vida, ela se vai; e a morte, mesmo que *talvez* a recebam de forma diferente, trata o tolo e o filósofo em pé de igualdade. Reduzir a vida a regra e método exatos é geralmente uma ocupação penosa, frequentemente infrutífera: não seria esta uma prova de que superestimamos o prêmio que disputamos? Até mesmo raciocinar tão cuidadosamente sobre ela e determinar com precisão sua justa ideia, seria superestimá-la, não fosse esta, para alguns temperamentos, uma das ocupações mais interessantes em que a vida poderia ser empregada.

[163] Cf. o ensaio "Da delicadeza de gosto e de paixão". (NT)

DE POLIGAMIA E DIVÓRCIOS[164]

[181] Visto que casamento é um compromisso assumido por consentimento mútuo e tem por fim a propagação da espécie, é evidente que deve admitir toda a variedade de condições estabelecidas por acordo, desde que não sejam contrárias a seu fim.

O homem, ao unir-se à mulher, está com ela comprometido pelos termos de seu juramento; ao gerar filhos, ele é obrigado, por todos os laços de natureza e humanidade, a prover-lhes a subsistência e a educação. Uma vez cumpridas essas suas duas obrigações, ninguém poderá acusá-lo de injustiça ou dano. E como os termos de seu compromisso e os métodos para o sustento de sua cria podem ser os mais variados, é mera superstição imaginar que o casamento pode [182] ser inteiramente uniforme e admitir um único modo ou forma. Não restringissem as leis humanas a liberdade natural dos homens, cada casamento particular seria tão diferente de outro quanto contratos e barganhas de qualquer outro gênero ou espécie.

As circunstâncias variam, e as leis propõem vantagens diferentes, e constatamos que, em diferentes épocas e lugares, elas impõem diferentes condições a esse importante contrato. Em Tonquin [Vietnã], tão logo o navio atraca no porto, é usual os marinheiros se casarem por uma estação do ano; e, apesar desse precário compromisso, eles têm a garantia, diz-se, da mais estrita fidelidade de suas esposas temporárias, tanto no leito conjugal, quanto na condução de suas ocupações cotidianas.

Não me recordo agora de minhas fontes, mas li em algum lugar que a república de Atenas, tendo perdido muitos de seus cidadãos para a guerra e para as pestes, permitiu que cada homem se casasse com duas esposas, a fim de que se reparasse mais rapidamente a

---

[164] Ensaio publicado pela primeira vez na edição C. (NT)

devastação causada por aquelas calamidades. O poeta Eurípides foi casado com duas megeras que o atormentaram tanto com seus ciúmes e discussões, que ele se tornou desde então um *misógino* professo; e é o único autor teatral, e provavelmente o único poeta, a ter nutrido aversão ao belo sexo.

No agradável romance chamado *A história dos sevaritas*[165], um grande número de homens e umas poucas mulheres teriam naufragado numa costa deserta; para pôr fim às intermináveis disputas ali surgidas, o capitão [183] regulamentou os casamentos da seguinte maneira: tomou para si uma bela mulher, atribuiu uma para cada par de oficiais subalternos e deu uma esposa em comum para cada cinco dos postos inferiores[166].

Entre os antigos bretões havia uma forma singular de casamento, não encontrada em nenhum outro povo. Um certo número deles, dez ou doze, unia-se em sociedade, o que era provavelmente requerido para a mútua defesa naqueles tempos bárbaros. Para estreitar os laços dessa sociedade, casavam-se em conjunto com um mesmo número de mulheres, e os filhos que nasciam eram considerados como sendo de todos e, desta maneira, sustentados por toda a comunidade.

Entre as criaturas inferiores, a natureza mesma, sendo a suprema legisladora, prescreve todas as leis que regulam seus casamentos, e varia essas leis de acordo com a situação particular de cada criatura. Quando oferece alimento e defesa com facilidade ao recém-nascido, o casamento se reduz à cópula, e a cria fica aos cuidados da fêmea. Quando a obtenção do alimento é mais difícil, o casamento perdura por mais uma estação, até que a prole seja capaz de obtê-lo por si mesma; então a união imediatamente se dissolve e deixa cada um dos parceiros livre para assumir novo compromisso na estação seguinte. Tendo, porém, dotado o homem de razão, a natureza não regulou com tanta exatidão cada um dos termos de seu contrato de casamento, e deixou que os ajustasse por sua própria prudência, de acordo com as circunstâncias e situações particulares dele. As leis civis são um suplemento à sabedoria de cada indivíduo e, ao mesmo tempo que limitam a liberdade natural do homem, submetem o interesse

---

[165] *História dos sevaritas*, Denis Vairasse, *História dos sevaritas*, Londres, 1675. (NT)
[166] As edições C a P acrescentam: "Poderia o maior legislador, em tais circunstâncias, ter arranjado a matéria com mais sabedoria?". (NT)

privado ao público. Todas as regulamentações neste tópico são, portanto, igualmente legais e conformes aos princípios da natureza, conquanto nem sempre sejam igualmente convenientes e úteis à sociedade. As leis podem permitir a poligamia, como nas nações *orientais*, divórcios voluntários, como entre gregos e romanos, ou restringir o homem a uma só mulher por todo o curso de suas vidas, como entre os europeus modernos. Pode não ser [184] desagradável considerar agora as vantagens e desvantagens que resultam de cada uma dessas instituições.

Os que advogam a poligamia podem recomendá-la como o único remédio eficaz para as desordens do amor, e como o único expediente para libertar os homens da escravidão às mulheres, que nos foi imposta pela violência natural de nossas paixões. Unicamente por esse meio podemos reconquistar nosso direito à soberania, e, saciando nosso apetite, restabelecer a autoridade da razão em nossas mentes e, por conseguinte, nossa própria autoridade em nossas próprias famílias. Como um soberano fraco, incapaz de se defender das tramas e intrigas de seus súditos, o homem precisa jogar uma facção contra a outra e se tornar absoluto pelos ciúmes recíprocos que gera entre as mulheres. *Divide e impera* é uma máxima universal; por negligenciá-la, os europeus se submetem a uma escravidão mais infame que a de turcos ou persas, os quais são, é verdade, súditos de um soberano que está distante deles, mas a autoridade com que comandam os assuntos domésticos é incontestável.[167]

Pode-se, por outro lado, insistir ainda com mais razão que a soberania masculina é uma verdadeira usurpação, que destrói a proximidade, para não dizer a igualdade de condição que a natureza estabeleceu entre os sexos. Somos por natureza seus amantes, amigos e protetores: aceitaríamos de bom grado trocar tão carinhosas designações pelo bárbaro título de mestre e tirano?

Em qual de nossas capacidades seríamos favorecidos por conduta tão desumana? Como amantes ou como maridos? O *amante* é totalmente aniquilado, e já não há mais lugar para fazer a corte, a

---

[167] As edições de C a P acrescentam: "Um turco honesto que deixasse seu serralho, onde todos tremem à sua presença, ficaria surpreso de ver Sílvia adorada em seus aposentos, por todos os rapazes galantes e belos da cidade, e certamente a teria na conta de uma rainha poderosa e despótica, rodeada por sua guarda de escravos e eunucos obsequiosos". (NT)

situação mais agradável da vida, quando as mulheres já não têm poder sobre si mesmas, mas são compradas e vendidas como o mais vil animal. O *marido* também sai ganhando pouco com a descoberta da admirável fórmula capaz de extinguir cada parte do amor, à exceção do ciúme. Não há rosa sem espinho, mas é mesmo um tolo infeliz quem joga a rosa fora e guarda somente o espinho[168].

As maneiras asiáticas, porém, são tão destrutivas para a amizade quanto para o amor. O ciúme impede toda intimidade e familiaridade entre os homens. Ninguém se arrisca a convidar o amigo [185] para ir à sua casa ou sentar-se à sua mesa, pois receia trazer um amante para uma de suas numerosas esposas. Daí porque em todo o oriente as famílias são distantes umas das outras, tal como se fossem reinos distintos. Não é de espantar então que Salomão, que vivia como um príncipe oriental com suas setecentas esposas e trezentas concubinas, mas sem nenhum amigo, tenha escrito tão pateticamente a respeito da vaidade do mundo[169]. Tivesse tentado a fórmula de viver com uma única mulher ou amante, alguns amigos e muitos conhecidos, talvez tivesse descoberto que a vida é mais agradável. Ao destruirmos o amor e a amizade, o que restará de aceitável no mundo?

A má educação das crianças, principalmente as de boa condição, é outra consequência inevitável dessas instituições orientais. Aqueles que passam a primeira parte da vida em meio a escravos se qualificam unicamente a se tornar eles mesmos escravos ou tiranos, e em todo intercurso que vierem a estabelecer no futuro, com superiores ou com inferiores, eles se inclinarão a esquecer a igualdade natural entre os homens. E que cuidado em instilar na prole princípios de moral ou de ciência pode se supor num pai cujo serralho lhe prové de cinquenta filhos, a quem ama com afeto tão dividido? A barbárie parece ser,

---

[168] Da edição C a N acrescenta-se um parágrafo: "Eu não gostaria de insistir, como se fosse uma vantagem dos costumes europeus, naquilo que foi observado por Mehemet Effendi, ex-embaixador turco na França. *Nós turcos*, diz ele, *somos simplórios em comparação aos cristãos. Temos despesas e problemas para manter um serralho na própria residência, enquanto vocês se poupam desse fardo, pois têm um harém na casa dos amigos.* A conhecida virtude de nossas damas britânicas é suficiente para exími-las dessa acusação; e, caso o turco tivesse viajado por nosso país, perceberia que nosso livre comércio com o belo sexo é, mais do que qualquer outra invenção, o que embeleza, aviva e pule a sociedade".(NT)

[169] Eclesiastes; Reis 1.11: 3. (NA)

assim, tanto por razão quanto por experiência, o acompanhante inseparável da poligamia[170].

Para tornar a poligamia ainda mais odiosa, não preciso lembrar aqui os medonhos efeitos do ciúme e os constrangimentos que impõe ao belo sexo por todo o oriente. Naqueles países não se permite aos homens nenhum contato com as mulheres, nem sequer aos médicos, mesmo quando se possa supor que a enfermidade tenha extinguido qualquer paixão luxuriante no peito delas, tornando-as, ao mesmo tempo, objetos inadequados para despertar desejo. Tournefort conta que, quando foi introduzido como médico no serralho do *grand signior*[171], muito o surpreendeu ver, ao longo da galeria, grande quantidade de [186] braços nus estendidos para fora do aposento. Não pôde imaginar o que aquilo significava, até ser informado de que tais braços pertenciam aos corpos que ele deveria curar sem saber mais sobre eles além do que pudesse aprender pelos braços. Não lhe foi permitido fazer nenhuma pergunta à paciente ou mesmo às suas criadas, a fim de que ele não considerasse necessário investigar detalhes que a luxúria do serralho não permitiria fossem revelados[172]. Por isso, os médicos no oriente pretendem diagnosticar todas as doenças pelo pulso, assim como nossos curandeiros na Europa empreendem a cura de uma pessoa apenas examinando-lhe a urina. Suspeito que, se *monsieur* Tournefort fosse um destes, os ciumentos turcos de Constantinopla não lhe teriam permitido colher os materiais necessários para o exercício de sua arte.

Noutro país em que a poligamia também é permitida, aleijam--se as mulheres, inutilizando-lhes os pés a fim de confiná-las às próprias moradias. Mas talvez possa parecer estranho que num país europeu o ciúme ainda vá tão longe, a ponto de ser indecente apenas supor que uma mulher de classe tenha pés ou pernas[173]. Isso é testemunhado pela seguinte história, que obtivemos de uma fonte

---

[170] Parágrafo suprimido das edições C a K. (NT)

[171] Assim, em italiano anglicizado no original. (NT)

[172] J.P. de Tournefort, *Relato de uma viagem ao Levante*, 1717. (NT)

[173] As edições C a P acrescentam: "Um espanhol tem ciúme até dos pensamentos daquele que se aproxima de sua mulher, e, se possível, tomará providências para não ser desonrado até mesmo pela luxúria da imaginação". (NT)

bastante confiável[174]. Quando a mãe do falecido rei de Espanha estava a caminho de Madri, ela passou por um pequeno vilarejo conhecido pela manufatura de luvas e meias. Os magistrados locais pensaram que a melhor maneira de expressar sua alegria em receber a nova rainha seria presenteá-la com uma amostra das mercadorias que davam renome à cidade. O *major domo* que conduzia a princesa recebeu as luvas com toda a afabilidade; quando, porém, as meias lhe foram entregues, atirou-as de lado com [187] grande indignação e os repreendeu severamente pela egrégia indecência. *Sabei*, disse ele, *que uma rainha da Espanha não tem pernas*. A jovem rainha, que nessa época ainda não entendia perfeitamente a língua e ficara muitas vezes aterrorizada com relatos sobre o ciúme dos espanhóis, imaginou que suas pernas seriam amputadas. Diante do que se pôs a chorar, rogando que a reconduzissem de volta à Alemanha, pois jamais poderia suportar a operação; e com alguma dificuldade conseguiram apaziguá-la. Diz-se que a única vez que Felipe IV riu francamente em toda sua vida foi ao ouvir essa história[175].

Depois de rejeitar a poligamia e unir um só homem a uma só mulher, consideremos agora que duração se deve atribuir à união deles e se devemos permitir os divórcios voluntários, que eram costume entre gregos e romanos. Os que pretendem defender essa prática podem empregar as seguintes razões.

Quantas vezes desgosto e aversão não surgem, após o casamento, das ocorrências mais triviais ou de uma incompatibilidade de humor, e o tempo, em vez de cicatrizar as feridas causadas por injúrias mútuas, as reabre a cada dia com novas querelas e censuras? Separemos os corações que não foram feitos para se associar. Cada um deles

---

[174] *Memoirs de la cour d'Espagne par Madame d'Aunoy.* [Marie Catherine Jumelle de Bernevilee, Condessa de Aulnoy, *Memórias da corte de Espanha*, 1690]. (NA)

[175] As edições de C a P acrescentam: "Se se pensa que uma dama espanhola não deve ter pernas, que dizer de uma turca? Não se concede que tenha nem mesmo existência. Por isso, em Constantinopla considera-se gesto de rudeza e indecência mencionar o nome da esposa diante do marido." [Em nota do autor: *Memórias do Marquês de Argens.*] É verdade que também na Europa constitui regra entre gente de fina educação jamais conversar sobre suas esposas; mas a razão disso não se funda em nosso ciúme. Suponho que, sem essa regra, nos tornaríamos inoportunos à companhia por falar em demasia sobre elas.

Mas o autor das *Cartas Persas* [Montesquieu] dá outra razão para essa máxima de polidez: "*os homens, diz ele, jamais mencionam as esposas em companhia para não falar delas a pessoas que as conhecem melhor do que eles mesmos*". (NT)

poderá, talvez, encontrar um outro que lhe seja mais apropriado. Afinal, nada pode ser mais cruel do que preservar, pela violência, uma união inicialmente contraída por amor mútuo, e que agora está, com efeito, dissolvida pelo ódio recíproco.

A liberdade de se divorciar não é, contudo, apenas uma cura para o ódio e para as querelas domésticas, mas também uma admirável proteção contra eles, e o único segredo para manter vivo o amor que primeiro uniu o casal. O coração do homem se deleita na liberdade: a imagem mesma do aprisionamento lhe é opressiva; quando o confinas, pela violência, àquilo que de outro modo poderia ser objeto de sua escolha, a inclinação imediatamente muda, e o desejo se torna aversão. Se o interesse público não nos permite desfrutar, em poligamia, da *variedade* que é tão agradável no amor, que ao menos não nos prive daquela liberdade [188] que é um requisito tão essencial. Em vão me dirás que eu posso escolher a pessoa com a qual me casarei. Posso, é verdade, escolher minha prisão; o que não é grande conforto, pois continua a ser uma prisão.

São estes os argumentos que se podem apresentar a favor do divórcio; parece, contudo, haver três objeções irretorquíveis contra eles. *Primeiro*, o que será das crianças após a separação dos pais? Devem ser entregues aos cuidados de uma madrasta, e, em lugar da sincera atenção e cuidado dos progenitores, sentir a indiferença ou o ódio de uma estranha ou inimiga? Tais inconveniências se fazem suficientemente sentir quando a natureza torna o divórcio inevitável por aquela destruição que atinge todos os mortais: deveremos tentar multiplicar essas inconveniências pela multiplicação dos divórcios, dando aos pais o poder de tornar sua posteridade miserável a cada capricho seu?

Segundo, se por um lado é verdade que o coração humano naturalmente se deleita na liberdade e repudia tudo que o aprisiona, por outro lado, também é verdade que o coração humano naturalmente se submete à necessidade e logo abandona uma inclinação quando parece absolutamente impossível gratificá-la. Poderias dizer que esses princípios da natureza humana são contraditórios, mas o que é o homem senão um monte de contradições? Notável é que princípios assim contrários em sua operação nem sempre destruam um ao outro, mas que um deles predomine numa situação particular, de acordo com circunstâncias mais ou menos favoráveis. O amor, por exemplo, é uma paixão irrequieta e impaciente, cheia de caprichos e variações; que surge repentinamente pelas feições, por uma atitude, por nada, e da mesma maneira logo se extingue. Tal paixão requer liberdade acima de tudo, e, por isso, Heloísa estava certa quando se recusou a se casar com seu amado Abelardo para preservar essa paixão:

> *Quantas vezes, prestes a casar, eu não disse,*
> *Malditas sejam todas leis que o amor não fez!*
> *Diante de laços humanos, o amor, livre como o ar,*
> *abre suas asas leves e num momento se vai.*[176]

A *amizade*, porém, é um afeto calmo e sereno, conduzido pela razão e cimentado pelo hábito; surge de longa familiaridade e de obrigações mútuas; sem ciúmes ou temores, sem os acessos febris de calor e frio que tão agradável tormenta causam na paixão amorosa. Um afeto tão sóbrio quanto a amizade medra, portanto, mesmo em condições adversas, e nunca cresce tanto como quando um interesse ou necessidade premente une duas pessoas em busca de um mesmo objetivo.[177] Logo, não se deve recear apertar ao máximo o nó do casamento, que subsiste principalmente pela amizade. A amabilidade entre duas pessoas, quando sólida e sincera, ganha com isso, e se é oscilante e incerta, este é o melhor expediente para firmá-la. Quantas querelas e desgostos frívolos não há que as pessoas de prudência comum tentam esquecer, quando estão sob a necessidade de passar a vida juntas, mas que logo seriam inflamadas em ódio mortal, se fossem levadas ao extremo, pela perspectiva de uma fácil separação.

Terceiro, devemos considerar que nada é mais perigoso do que unir duas pessoas tão próximas em seus interesses e preocupações, como marido e mulher, sem que a união seja inteira e completa. A

---

[176] Pope, "Heloísa a Abelardo", 73-76. (NT)

[177] As edições C a P acrescentam: "Se considerarmos o que deve predominar no casamento, o amor ou a amizade, logo determinaremos o que lhe é mais favorável, liberdade ou constrangimento. Os casamentos mais felizes são com certeza aqueles em que o amor, por uma longa familiaridade, se consolida em amizade. Aquele que sonha com raptos e êxtases após a lua-de-mel é um tolo. Até mesmo os romances, com toda a liberdade de ficção que os caracteriza, são obrigados a deixar os amantes no dia do casamento, e constatam que é mais fácil manter a paixão acesa por doze anos, suportando frieza, desdém e dificuldades, do que após uma semana de posse segura da pessoa amada". (NT)

menor possibilidade de interesse dividido se torna fonte de querelas e suspeitas infindáveis. A esposa, insegura de seu sustento, leva adiante um fim ou projeto separado[178]; e o egoísmo do marido, aliado ao seu maior poder, pode ser ainda mais perigoso.

Se essas razões contra o divórcio voluntário forem consideradas insuficientes, espero que ninguém pretenda recusar o testemunho da experiência. No tempo em que os divórcios foram mais frequentes entre os romanos, os casamentos eram mais raros; e [190] Augusto foi obrigado a forçar, por leis penais, homens de boa condição ao casamento: uma situação que dificilmente se encontra em qualquer outra época ou nação[179]. As leis mais antigas de Roma, que proibiam divórcios, são muito elogiadas por Dioniso de Halicarnasso[180]. Maravilhosa era a harmonia, afirma esse historiador, que a inseparável união de interesses produzia entre pessoas casadas, enquanto cada uma delas considerava a necessidade inevitável pela qual estavam unidas e abandonava toda perspectiva de qualquer outra escolha ou situação.

A exclusão da poligamia e dos divórcios é suficiente para recomendar a atual prática europeia com respeito ao casamento.

---

[178] Nas edições C a P aparece, no lugar dessa frase, a seguinte: "O que o Dr. Parnel chama de temperamento espoliador de uma esposa será duplamente ruinoso". (NT)

[179] As edições C e D omitem o resto do parágrafo. (NT)

[180] Lib. II. [*Antiguidades romanas*, 2.25]. (NA)

DA SIMPLICIDADE E DO REFINAMENTO NA ARTE DE ESCREVER[181]

[191] A arte de escrever com finura consiste, de acordo com o sr. Addison, em sentimentos que são naturais sem ser óbvios. Não pode haver definição mais justa e mais concisa dessa arte[182].

Sentimentos que são meramente naturais não afetam a mente com prazer, nem parecem dignos de nossa atenção. Os gracejos de um barqueiro, as observações de um camponês, as grosserias de um porteiro ou de um cocheiro são todas elas naturais e desagradáveis. Que comédia insípida não teríamos se copiássemos, fiel e integralmente, [192] o falatório de uma mesa de chá? Nada pode agradar pessoas de gosto a não ser a natureza retratada em todas as suas graças e ornamentos, *la belle nature*;[183] ou, se copiamos a vida chã, as

---

[181] Publicado pela primeira vez na edição C, este ensaio busca dar a medida própria da escrita (*writing*). Escrever com arte ou "com finura" (*fine*) é encontrar o meio termo entre os extremos de *simplicidade* (*simplicity*) e *refinamento* (*refinement*). Ver também o ensaio "Da arte de escrever ensaio". (NT)

[182] Joseph Addison, *The Spectator*, n. 345, 05/04/1712. A passagem a que Hume se refere diz: "Este e outros incidentes igualmente admiráveis nesta parte da obra [*Paraíso Perdido*, de Milton] possuem em si todas as belezas da novidade, mas, ao mesmo tempo, todas as graças da natureza. [Estas belezas e graças] são tais que não poderiam ser concebidas senão por um grande gênio, embora, ao folheá-las, pareçam surgir por si mesmas da matéria de que está tratando. Numa palavra, embora sejam naturais, elas não são óbvias, o que é o verdadeiro caráter de tudo o que é escrito com finura." Note-se que Hume faz uma alteração importante: onde Milton fala de "*beauties*" e "*graces*", ele propõe "*sentiments*". Como fica claro pelo primeiro ensaio, "sentiment" está ligado à delicadeza do gosto. Há, pois, uma *delicacy of feeling*, muito próxima da *delicacy of sentiment*. O que faz a diferença do *sentiment* em relação ao *feeling* é que ele é um juízo de gosto, de aprovação ou desaprovação, uma opinião e, ao mesmo tempo, a *expressão* deles. Somente com a compreensão desse significado implícito de "sentimento", a "definição" que Hume propõe para a arte de escrever passa a fazer sentido: ela *consiste* [na expressão] de sentimentos naturais que não são óbvios. (NT)

[183] Em francês no original. A passagem mostra o alinhamento de Hume às tendências do neoclassicismo. (NT)

pinceladas devem ser fortes e marcantes e transmitir uma viva imagem à mente. A desatinada ingenuidade[184] de Sancho Pança é representada em cores tão inimitáveis por Cervantes, que ela entretém tanto quanto o retrato do herói mais destemido ou do amante mais terno.

O mesmo se passa com oradores, filósofos, críticos ou qualquer autor que fale em primeira pessoa, sem introduzir protagonistas ou atores. Se sua linguagem não é elegante, se suas observações não são incomuns e seu senso não é vigoroso e másculo, ele alardeia em vão a sua naturalidade e simplicidade. Ele pode ser correto, mas jamais será agradável. A infelicidade desses autores é nunca serem condenados ou censurados. A boa fortuna de um livro e a de um homem não são a mesma coisa. O atalho secreto e enganoso da vida, de que fala Horácio — *fallentis semita vitae*[185] —, pode ser o quinhão mais afortunado que cabe a um, e o maior infortúnio que pode estar reservado a outro.

Por outro lado, produções que são meramente surpreendentes sem ser naturais jamais podem proporcionar entretenimento duradouro à mente. Desenhar quimeras não é, propriamente falando, copiar ou imitar. Perde-se a justeza da representação e é desagradável para a mente ver um quadro que não tenha semelhança com original algum. Tais refinamentos excessivos tampouco são mais agradáveis no estilo epistolar ou no estilo filosófico do que no épico ou trágico. Ornamento demais é defeito em qualquer gênero de obra. Expressões incomuns, exibição ostensiva de engenho, símiles incisivos, inflexões epigramáticas, especialmente quando ocorrem com demasiada frequência, mais desfiguram que embelezam o discurso. Assim como o olho, ao examinar um edifício gótico, é [193] distraído pela multiplicidade de ornamentos e perde o todo em virtude da atenção minuciosa que dedica às partes, também a mente, ao estudar um trabalho abarrotado de engenho, fica cansada e descontente com esse esforço constante de brilhar e surpreender. É o caso de um autor superabundante em engenho, ainda que o engenho em si mesmo seja justo e agradável. É comum, porém, esses escritores procurarem seus ornamentos favoritos mesmo quando não condizem com o assunto

---

[184] As edições de C a K trazem uma nota: "Ingenuidade [*naivety*], palavra que falta em nossa língua e que tomei de empréstimo ao *francês*". (NT)

[185] *Cartas*, 1.18.103. (NT)

e, desta maneira, obtêm vinte extravagâncias insípidas para cada pensamento realmente belo.

Não há assunto mais copiosamente tratado pelo saber crítico do que a justa mistura de simplicidade e refinamento na arte de escrever e, por isso, para não me perder num campo tão vasto, restringir-me-ei a umas poucas observações gerais sobre esse tópico.

Em *primeiro* lugar observo: *ainda que se devam evitar os dois tipos de excesso, e ainda que se deva estudar o meio-termo próprio a cada obra, esse meio-termo não reside num ponto, mas admite considerável latitude.* Considera, a este respeito, a grande distância que há entre o sr. Pope e Lucrécio. Eles parecem estar nos dois máximos extremos de refinamento e de simplicidade a que poderia se permitir um poeta sem ser culpado de algum excesso censurável. Todo esse intervalo pode ser preenchido por poetas diferentes entre si, mas cada um deles igualmente admirável em seu estilo e maneira peculiares. Corneille e Congreve, que levam seu engenho e refinamento um pouco mais longe do que o sr. Pope (se é que se podem comparar tipos tão diferentes de poetas), e Sófocles e Terêncio, que são mais simples do que Lucrécio, parecem abandonar o meio-termo em que se encontram as produções mais perfeitas, e ser culpados de algum excesso nesses caracteres opostos. De todos os grandes poetas, Vergílio e Racine estão, em minha [194] opinião, o mais próximo do centro e o mais distante de ambos os extremos.

Minha *segunda* observação sobre esse tópico é *que é muito difícil, senão impossível, explicar em palavras onde está o justo meio-termo entre os excessos de simplicidade e refinamento, ou dar alguma regra pela qual possamos conhecer precisamente os limites entre a falta e a beleza.* Um crítico pode não apenas discorrer muito judiciosamente sobre esse tópico sem instruir seus leitores, mas inclusive sem entender ele mesmo perfeitamente a matéria. Não há peça de crítica mais fina que a *Dissertação sobre as pastorais* de Fontenelle[186], na qual ele tenta, por uma série de reflexões e raciocínios filosóficos, fixar o justo meio-termo conveniente a esse gênero de escrita. Mas alguém que lê as pastorais desse autor logo se convence de que o judicioso crítico, apesar de seus finos raciocínios, tinha um falso gosto e de que fixou o ponto de perfeição muito mais próximo do extremo

---

[186] Fontenelle, "Discurso sobre a Natureza da Égloga". (NT)

de refinamento do que pode ser admitido pela poesia pastoral. Os sentimentos de seus pastores são muito mais adequados às *toilettes* de Paris do que às florestas da Arcádia. Isso, no entanto, é impossível de descobrir a partir de seus raciocínios. Ele censura toda pintura e ornamento excessivos, tal como Vergílio o teria feito, se o grande poeta tivesse escrito uma dissertação sobre esse gênero de poesia. Por mais que os gostos dos homens difiram, o discurso deles sobre esses objetos é comumente o mesmo. Nenhuma crítica pode ser instrutiva se não desce às particularidades e se não é repleta de exemplos e ilustrações. Por toda parte se reconhece que a beleza, assim como a virtude, está no meio-termo; a grande questão, no entanto, é onde se localiza esse meio-termo, e ela jamais pode ser suficientemente elucidada por raciocínios gerais.

Proponho como *terceira* observação sobre esse assunto *que devemos nos precaver mais contra o excesso de refinamento do que contra o de simplicidade*; *e isso porque o primeiro excesso é tanto menos* belo *quanto mais* perigoso *do que o último*. [195]

É regra certa que engenho e paixão são inteiramente incompatíveis. Quando se põem as afecções em movimento, não há lugar para a imaginação. Sendo a mente do homem naturalmente limitada, é impossível que todas as suas faculdades operem ao mesmo tempo, e quanto mais uma predomina, menos espaço há para que as demais mostrem seu vigor. Por essa razão, um maior grau de simplicidade é requerido em todas as composições em que se pintam homens, ações e paixões, do que nas que consistem em reflexões e observações. E porque a primeira espécie da arte de escrever é a mais envolvente e bela, pode-se seguramente preferir o extremo de simplicidade ao de refinamento.

Podemos observar ainda que as composições que lemos com mais frequência, e que todo homem de gosto sabe de cor, são recomendadas pela simplicidade, e não têm nada de surpreendente pelo pensamento, se despidas da elegância de expressão e da harmonia dos versos que as vestem. Se o mérito da composição reside numa tirada de engenho, ela pode impressionar na primeira vez, mas, numa segunda leitura, a mente antecipa o pensamento e já não é afetada por ela. Quando leio um epigrama de Marcial, a primeira linha recorda o todo, e não tenho prazer em repetir para mim mesmo o que já sei. Mas cada linha, cada palavra em Catulo tem seu mérito, e sua leitura não me cansa nunca. É suficiente correr os olhos uma vez por Cowley, mas Parnel, após a décima quinta leitura, permanece tão fresco quanto na primeira. Com livros se passa, além disso, o mesmo que com mulheres, nas quais uma certa sobriedade nos modos e nos trajes é mais atraente que todo aquele esplendor de cosméticos, ares afetados e vestidos, que pode deslumbrar o olhar, mas não conquista o afeto. Terêncio é de uma beleza modesta e recatada, e a ele tudo concedemos porque não tem nenhuma ostentação; sua pureza e naturalidade produzem em nós uma impressão durável, mas não violenta. [196]

O refinamento, porém, não é apenas o extremo menos *belo* como também o mais *perigoso* e no qual mais tendemos a cair. Simplicidade passa por embotamento se não é acompanhada de grande elegância e propriedade. Em compensação, há algo de surpreendente num sopro de engenho e fantasia. Leitores ordinários se impressionam fortemente com ele e falsamente imaginam ser este o modo tanto mais difícil como mais excelente de escrever. Em Sêneca abundam defeitos agradáveis, diz Quintiliano, *abundat dulcibus vitiis*[187]; e por essa razão ele é o mais perigoso e mais apto a perverter o gosto dos jovens e incautos.

Acrescento ainda que o excesso de refinamento deve ser evitado, hoje mais do que nunca, porque é o extremo em que os homens mais tendem a cair depois que o saber fez algum progresso e depois que surgiram escritores eminentes em toda espécie de composição. A tentativa de agradar pela novidade afasta os homens da simplicidade e da natureza e enchem seus escritos de afetação e presunção. Foi assim que a eloquência asiática degenerou tanto em relação à eloquência ática[188]; foi assim que à época de Cláudio e Nero se tornou tão inferior em gosto e gênio à de Augusto; e talvez existam atualmente alguns sintomas de semelhante degeneração do gosto tanto na França como na Inglaterra.

---

[187] Quintiliano, *Institutio Oratoria*, 10.1.129: "seus vícios são muitos, e atraentes". (NT)
[188] Frase acrescentada na edição K. (NT)

DA TRAGÉDIA[189]

[216] Não se pode, ao que parece, explicar o prazer que tristeza, terror, ansiedade e outras paixões em si mesmas desagradáveis e incômodas proporcionam aos espectadores de uma tragédia bem escrita. Quanto mais tocados e afetados, mais eles se deleitam com o espetáculo; e tão logo as paixões incômodas deixem de operar, a peça chega ao fim. Uma única cena de plena alegria, contentamento e segurança, é o máximo que uma composição desse gênero pode comportar, e é certo que deve ser sempre a cena final. Se algumas cenas de satisfação são intercaladas na trama da peça, elas só proporcionam pálidas cintilações de prazer, inseridas em nome da variedade e com o intuito de mergulhar os atores, pelo contraste e pelo desapontamento, num desespero ainda mais profundo. Toda a arte do poeta é empregada [217] para despertar e manter a compaixão e a indignação, a ansiedade e o ressentimento de sua audiência. O prazer desta é proporcional à sua aflição, e jamais é tão feliz como quando suas lágrimas, suspiros e gritos servem para dar vazão à sua tristeza e aliviar o coração inflado pela simpatia e pela compaixão mais ternas.

Os poucos críticos com alguns laivos de filosofia notaram esse fenômeno singular e tentaram explicá-lo.

Em suas reflexões sobre poesia e pintura, o padre Dubos afirma que em geral nada é tão desagradável para a mente quanto o estado de indolência lânguido, apático, em que cai quando todas as paixões e ocupações são removidas. Para sair dessa situação dolorosa, ele

---

[189] Juntamente com o ensaio seguinte, "Do Padrão do Gosto", "Da Tragédia" foi publicado pela primeira vez num volume intitulado *Quatro Dissertações*, que vem à luz em 1757 com mais dois textos, "História Natural da Religião" e "Dissertação sobre as Paixões". "Da Tragédia" e "Do Padrão do Gosto" aparecem pela primeira vez como parte dos *Ensaios* na edição M. Ver também nota ao ensaio "Do Suicídio". (NT)

procura uma distração ou afazer qualquer: negócios, jogos, espetáculos, execuções, qualquer coisa que desperte as paixões e desvie a atenção de si mesma. Não importa que paixão seja: desagradável, aflitiva, melancólica ou desordenada, ainda assim ela é preferível ao langor insípido que vem da tranquilidade e do repouso perfeitos.[190]

Impossível não convir que essa explicação é, ao menos em parte, satisfatória. Podes observar que, onde há muitas mesas de jogo, todos se dirigem àquelas em que estão acontecendo as maiores apostas, mesmo que ali não encontrem os melhores jogadores. Ter a visão ou, ao menos, a imaginação de fortes paixões surgindo de uma grande perda ou de um grande ganho afeta por simpatia o espectador, dá a ele alguns toques da mesma paixão e lhe serve de entretenimento momentâneo. Faz o tempo passar mais fácil para ele e traz algum alívio à opressão sob a qual é comum os homens se debaterem quando entregues inteiramente a seus pensamentos e meditações.

Observamos que, em suas narrativas, os mentirosos comuns sempre exageram qualquer tipo de perigo, dor, desespero, doença, mortes, assassinatos e crueldades, bem como qualquer tipo de alegria, beleza, gáudio e [218] esplendor. É um truque grosseiro que possuem para agradar a companhia, prender-lhe a atenção e atraí-la para esses relatos maravilhosos mediante as paixões e emoções que suscitam.

Por engenhosa e satisfatória que essa solução possa parecer, há contudo uma dificuldade de aplicá-la, em toda a sua amplitude, à presente questão. É certo que, se o mesmo objeto que agrada pelo desespero que causa na tragédia fosse colocado realmente diante de nós, ele provocaria o mais indisfarçável mal-estar, embora seja então a mais efetiva cura para o langor e indolência. Monsieur Fontenelle parece ter sido sensível a essa dificuldade e, por isso, tenta outra solução para o fenômeno ou, pelo menos, faz alguns acréscimos à teoria acima mencionada.[191]

---

[190] Jean-Baptiste Dubos, *Reflexões críticas sobre a poesia e a pintura*, (1719 - 1733), parte I, cap. 1: "Da necessidade de estar ocupado para fugir ao tédio e da atração que os movimentos das paixões exercem sobre os homens.", onde se lê: "O tédio que logo segue à inação da alma é um mal tão doloroso para o homem, que com frequência ele empreende os trabalhos mais penosos a fim de escapar à pena de ser atormentado por ele." (NT)

[191] *Reflexions sur la poetique, § 36* (NA) Bernard le Boyer de Fontenelle, *Reflexões sobre a poética*, 1742. Hume traduz bastante fielmente o parágrafo em questão. (NT)

"Prazer e dor", diz ele, "dois sentimentos em si tão diferentes, não diferem tanto em suas causas. As cócegas, por exemplo, mostram que o movimento de prazer, quando levado longe demais, se transforma em dor; e o movimento de dor, um pouco moderado, se transforma em prazer. Daí vem que exista algo como uma tristeza amena e agradável: trata-se de uma dor enfraquecida e diminuída. O coração gosta naturalmente de ser comovido e afetado. Objetos melancólicos são apropriados para ele, e também os desastrosos e penosos, desde que amenizados por alguma circunstância. É certo que, no teatro, a representação tem quase o efeito de realidade e, no entanto, não tem inteiramente esse efeito. Por mais que o espetáculo nos arraste, por mais que imaginação e sentidos possam usurpar o poder à razão, persiste sempre no fundo uma certa ideia da falsidade do todo que vemos. Essa ideia, ainda que fraca e disfarçada, é suficiente para diminuir a dor que sofremos pelos infortúnios daqueles que amamos e reduzir a aflição, a ponto de convertê-la num prazer. Choramos o infortúnio de um herói ao qual nos afeiçoamos. No mesmo instante, [219] reconfortamo-nos com a reflexão de que tudo não passa de ficção, e é precisamente essa mistura de sentimentos que compõe uma tristeza agradável e lágrimas que nos deleitam. Como, no entanto, a aflição causada por objetos externos e sensíveis é mais poderosa que o consolo de uma reflexão interna, são os efeitos e sintomas da tristeza que devem predominar na composição".

Essa solução parece justa e convincente, mas talvez ainda careça de novo acréscimo para responder plenamente ao fenômeno que examinamos aqui. Todas as paixões suscitadas pela eloquência são agradáveis no mais alto grau, assim como as provocadas pela pintura e pelo teatro. Os epílogos de Cícero fazem, principalmente por isso, o deleite de todo leitor de gosto, e é difícil ler alguns deles sem a simpatia e a tristeza mais profundas. O seu mérito como orador, sem dúvida, depende muito do êxito neste particular. Quando arrancava lágrimas de seus juízes e de toda a audiência, era então que eles mais se deleitavam e exprimiam a maior satisfação com o orador. A descrição patética da carnificina dos capitães sicilianos cometida por Verres é uma obra-prima no gênero, mas não creio que ninguém afirmará que presenciar uma cena melancólica dessa natureza propicia algum entretenimento.[192] Aqui a tristeza tampouco é amenizada pela ficção, pois a audiência estava convencida da realidade de cada pormenor. O que é então que, neste caso, faz surgir um prazer como que do âmago da insatisfação, e um prazer que ainda guarda todos os traços e sintomas externos de abatimento e tristeza?

Minha resposta é: esse efeito extraordinário procede da eloquência mesma com que a cena melancólica é representada. O gênio que se requer para pintar objetos de maneira viva, a arte que se emprega para coletar todas as circunstâncias patéticas, o juízo que se mostra na disposição deles: o exercício desses nobres talentos, digo, junto à força de expressão e [220] à beleza da cadência da oratória, infunde na audiência a satisfação mais elevada e suscita os movimentos mais deleitosos. Desta maneira, o mal-estar provocado pelas paixões melancólicas não é apenas subjugado e eclipsado por algo mais forte de gênero oposto, todo o impulso dessas paixões é convertido em prazer e intensifica o deleite que a eloquência desperta em nós. A mesma força oratória, empregada num assunto desinteressante, não proporcionaria nem metade desse prazer ou, antes, pareceria inteiramente ridícula; e a mente, deixada em absoluta calma e indiferença, não saborearia nenhuma das belezas da imaginação ou expressão que, aliadas à paixão, lhe proporcionam entretenimento tão requintado. O impulso ou veemência que surge da tristeza, da compaixão e da indignação, recebe nova direção dos sentimentos de beleza. Estes últimos, sendo a emoção predominante, tomam conta da mente toda e convertem os primeiros em si mesmos ou ao menos os tingem tão fortemente, que alteram de todo a sua natureza. E a alma, sendo ao mesmo tempo despertada pela paixão e fascinada pela eloquência, sente no todo um forte movimento, que é inteiro deleite.

O mesmo princípio ocorre na tragédia, com este acréscimo, que a tragédia é uma imitação, e a imitação é sempre agradável por si mesma. Essa circunstância serve para suavizar ainda mais os movimentos de paixão e converter o sentimento inteiro num único contentamento uniforme e forte. Objetos que provocam o maior terror e consternação agradam na pintura, e agradam mais do que os

---

[192] Cícero, *Segundo discurso contra Verres*, 5.118-38. (NT)

mais belos objetos que parecem calmos e indiferentes.[193] A afecção, despertando a mente, mobiliza uma imensa reserva de espírito[194] e veemência, que é toda transformada em prazer pela [221] força do movimento predominante. É assim que a ficção da tragédia ameniza a paixão, por infundir um novo sentimento e não meramente por enfraquecer ou diminuir a tristeza. Podes gradualmente enfraquecer uma tristeza real, até que desapareça totalmente, e, no entanto, em nenhum de seus graus ele será prazeroso, exceto, talvez, por acidente, para um homem afundado em letárgica indolência, a quem ele desperta desse estado de languidez.[195]

Para confirmar essa teoria será suficiente mostrar outros casos em que o movimento subordinado é convertido no predominante e dá força a ele, ainda que seja de uma natureza diferente e, por vezes, até contrária.

A novidade naturalmente desperta a mente e atrai nossa atenção, e os movimentos causados por ela sempre são convertidos numa paixão ligada ao objeto, à qual ela vem juntar a sua força. Tanto faz se o acontecimento desperta alegria ou tristeza, orgulho ou vergonha, raiva ou benevolência: ele certamente produzirá uma afecção mais forte se for novo ou inabitual. E conquanto a novidade seja agradável por si mesma, ela fortifica as paixões dolorosas assim como as agradáveis.

Se tua intenção é provocar o máximo de comoção pela narração de um acontecimento qualquer, o melhor método para aumentar o efeito desta seria retardar ardilosamente a informação do acontecido, excitando a curiosidade e a impaciência da pessoa antes de introduzi-la no segredo. É a esse artifício que Iago recorre na famosa cena de Shakespeare, e todo espectador é sensível ao fato de que o ciúme

---

[193] Os pintores não têm escrúpulos em representar o sofrimento e a tristeza, assim como quaisquer outras paixões, mas não parecem se deter tanto nessas afecções melancólicas quanto os poetas, que, apesar de copiarem todos os movimentos do peito dos homens, passam rapidamente pelos sentimentos agradáveis. Um pintor representa um único instante, que, se é suficientemente patético, certamente afeta e deleita o espectador, mas nada pode propiciar ao poeta uma variedade de cenas, incidentes e sentimentos, a não ser sofrimento, terror ou ansiedade. Alegria e satisfação completas são acompanhadas de segurança, sem deixar espaço para a ação. (NA)

[194] Em inglês, *spirit*, usado no sentido puramente fisiológico: trata-se dos "espíritos" animais. (NT)

[195] Baseando-se nos "poucos críticos com laivos de filosofia" (p. 217) Hume refuta aqui a teoria de Locke segundo a qual o prazer é diminuição ou remoção da dor, e vice-versa (*Ensaio sobre o entendimento humano*, II, XX, 16). (NT)

de Otelo adquire força adicional de sua precedente impaciência, e de que a paixão subordinada é aqui prontamente transformada na paixão predominante.[196]

Dificuldades intensificam as paixões, não importa de que gênero sejam, e, ao despertar nossa atenção e excitar nossos poderes ativos, produzem uma emoção que alimenta a afecção predominante.

É comum que o filho favorito seja aquele cuja fraca constituição física tenha custado maiores penas aos pais, problemas e ansiedade para criá-lo. Aqui o agradável sentimento de afeto adquire força dos sentimentos de inquietação. [222]

Nada encarece tanto um amigo quanto a tristeza pela sua morte. O prazer de sua companhia não tem influência tão poderosa.

Ciúme é uma paixão dolorosa; sem uma pitada dele, no entanto, o agradável afeto amoroso dificilmente subsiste em sua força e violência plenas.[197] Ausência também é forte motivo de queixa entre amantes e lhes causa a maior inquietação e, no entanto, nada é tão favorável à paixão mútua quanto breves intervalos desse gênero. E se longos intervalos muitas vezes se mostram fatais, é unicamente porque, com o tempo, os homens se acostumam a eles, e eles cessam de causar inquietação.[198] No amor, ciúme e ausência são o que dá o *dolce piccante*[199], que os italianos supõem ser tão essencial em todo prazer.

---

[196] Shakespeare, *Otelo*, ato III, cena 3. No *Tratado*, a astúcia de Iago é a qualidade de um político: "Um artifício comum entre os políticos, quando querem fazer alguém se interessar muito por algum fato sobre o qual desejam lhe informar, é despertar primeiro sua curiosidade, adiar ao máximo a satisfação dessa curiosidade e assim aumentar sua ansiedade e impaciência ao extremo, antes de lhe revelar todo o assunto." *Tratado da natureza humana*, Livro II, Parte III, Seção IV. Tradução de Déborah Danowski (São Paulo: Editora da Unesp/Imprensa Oficial, 2001), p. 456. (NT)

[197] "Quando um homem já está amando profundamente, constatamos que as pequenas faltas e caprichos de sua amada, os ciúmes e brigas a que seu relacionamento está sujeito, por mais desagradáveis que sejam, e não obstante sua relação com a raiva e ódio, conferem força adicional à paixão predominante." (*Tratado da natureza humana*, Livro II, Parte III, Seção IV, trad. cit., p. 456). (NT)

[198] O Duque de La Rochefoucauld [Máxima 276] observou muito bem que a ausência destrói as paixões fracas, mas aumenta as fortes, assim como o vento apaga uma vela, mas atiça uma fogueira. Uma longa ausência naturalmente enfraquece nossa ideia e diminui a paixão; mas quando a ideia é forte e viva o bastante para sustentar-se a si mesma, a inquietação [*uneasiness*] resultante da ausência aumenta a paixão, dando-lhe nova força e violência." (*Tratado da natureza humana*, Livro II, Parte III, Seção IV, trad. cit., ligeiramente modificada, p. 458). (NT)

[199] Em italiano anglicizado no original. (NT)

Há uma fina observação de Plínio, o Velho, que ilustra o princípio sobre o qual estamos insistindo aqui. *É muito notável, diz ele, que as últimas obras de artistas célebres, aquelas que deixaram sem concluir, sejam sempre as mais prezadas, tais como a Íris, de Aristides, os Tindáridas, de Nicômaco, a Medeia, de Timômaco, e a Vênus, de Apeles. Elas são consideradas superiores até mesmo às suas obras acabadas: a peça com seus lineamentos interrompidos e a ideia desenvolvida pela metade pelo pintor são cuidadosamente estudadas, e nosso próprio pesar de que essa mão cuidadosa tenha sido detida pela morte é um incremento adicional ao nosso prazer*[200].

Esses exemplos (e muitos outros poderiam ser coletados) são suficientes para permitir que nossa visão penetre na analogia da natureza e para nos mostrar que o prazer que poetas, oradores e músicos nos proporcionam, quando provocam pesar, tristeza, indignação e compaixão, não é tão extraordinário ou paradoxal quanto pode à primeira vista parecer. A força de imaginação, a energia de expressão, o poder dos versos, os encantos da imitação: tudo isso é, por si mesmo, naturalmente deleitoso para a mente, e quando [223] o objeto apresentado também se apodera de alguma afecção, o prazer cresce ainda mais em nós pela conversão desse movimento subordinado no movimento predominante[201]. Embora a paixão, quando excitada pela simples aparição de um objeto real,

---

[200] Illud vero perquam rarum ac memoria dignum, etiam suprema opera artificum, imperfectasque tabulas, sicut, Irin Aristidis, Tyndaridas Nicomachi, Medea Timomachi & quam diximus Venerem Apellis, in majori admiratione esse quam perfecta. Quippe in iis lineamenta reliqua, ipsaeque cogitationes artificum spectantur, atque in lenocinio commendationis dolor est manus, cum id ageret, extinctae. Lib. XXXV, cap. 11 [Plínio, *História natural*, XXXV, 40]. (NA) Um exemplo fornecido por Hume no *Tratado*, bem menos feliz, ajuda no entanto a reforçar a ideia: "É certo que nada estimula mais poderosamente um afeto que ocultar parte de seu objeto, projetando uma espécie de sombra sobre ele, a qual, ao mesmo tempo em que mostra o bastante para nos predispor em favor do objeto, deixa ainda algum trabalho para a imaginação. Além de a obscuridade estar sempre acompanhada por uma espécie de incerteza, o esforço que a fantasia realiza para completar a ideia eleva os espíritos animais, conferindo uma força adicional à paixão." (Livro II, Parte III, Seção IV, trad. cit., p. 457). (NT)

[201] O princípio é explicado no *Tratado da Natureza Humana*: "Quando duas paixões já foram produzidas separadamente por suas respectivas causas, e estão, ambas, presentes na mente, misturam-se e unem-se facilmente, mesmo que mantenham entre si apenas uma relação e, às vezes, nenhuma. A paixão predominante absorve a inferior e a transforma em si própria. Os espíritos animais, uma vez despertados, sofrem facilmente uma mudança em sua direção; e é natural imaginar que essa mudança virá do afeto predominante." Livro II, Parte III, Seção IV, trad. cit., p. 455. Ou ainda: "*qualquer*

possa ser talvez naturalmente dolorosa, quando despertada pelas artes mais finas ela se suaviza, ameniza e abranda de tal forma, que proporciona o mais alto entretenimento.

Para confirmar esse raciocínio, podemos observar que um efeito contrário se segue, se os movimentos da imaginação não predominam sobre os da paixão; e a primeira, estando agora subordinada, se converte na última e aumenta ainda mais a dor e a aflição de quem sofre.

Quem jamais poderia pensar que um bom expediente para confortar um pai aflito é exagerar, com toda a força da elocução, a perda irreparável que sofreu com a morte do filho favorito? Quanto mais empregares aqui o poder de imaginação e de expressão, mais aumentarás seu desespero e aflição.

A vergonha, a confusão e o terror de Verres, assim como sua dor e inquietação, aumentavam, sem dúvida, à proporção da nobre eloquência e veemência de Cícero. Aquelas primeiras paixões eram fortes demais para o prazer proveniente das belezas da elocução e, embora tivessem o mesmo princípio, operavam no sentido oposto ao da simpatia, compaixão e indignação da audiência.

Quando sua narrativa se aproxima da catástrofe do partido realista, lorde Clarendon supõe que ela se tornaria infinitamente desagradável e, por isso, passa rapidamente pela morte do rei sem apresentar nenhum pormenor dela.[202] Considera essa cena horrenda demais para ser contemplada com alguma satisfação ou mesmo sem a mais extrema dor e aversão. Assim como os leitores da época, ele próprio estava muito profundamente envolvido nesses acontecimentos, e sentia dor com assuntos que [224] um historiador ou um leitor de outra época consideraria os mais patéticos e mais interessantes e, consequentemente, os mais agradáveis.

Uma ação representada na tragédia pode ser muito sangrenta e atroz. Pode suscitar movimentos de horror tais que não se deixam suavizar em prazer, e a maior energia de expressão empregada em descrições dessa natureza só serve para aumentar nosso mal-estar.

---

emoção concomitante se converte facilmente na predominante". (op. cit., II, III, VI, p. 460). (NT)

[202] Lorde Clarendon, *A verdadeira narrativa histórica da rebelião e das guerras civis na Inglaterra* (1702-1704). (NT)

Assim é a ação representada na *Madrasta ambiciosa*[203], na qual um venerável idoso, no ápice da fúria e do desespero, se atira contra uma coluna e, ao bater a cabeça contra ela, mancha-a inteira com miolos misturados a jorros de sangue. O teatro inglês é superabundante em imagens chocantes como esta.

Para dar plena satisfação à audiência, é preciso suavizar mesmo os sentimentos comuns de compaixão mediante alguma afecção agradável. Que a virtude lamuriosa se limite a suportar a tirania triunfante e a opressão do vício constitui um espetáculo desagradável, que, por isso, é cuidadosamente evitado por todos os mestres do drama. Para que o público deixe o teatro com inteira satisfação e contentamento, a virtude deve se converter num desespero nobre e corajoso, ou o vício receber punição adequada.

Sob esse aspecto, muitos pintores parecem não ter sido felizes na escolha de seus temas. Como produziam muito para igrejas e conventos, representavam principalmente temas horríveis como crucificações e martírios, onde tudo que aparece são torturas, ferimentos, execuções e resignação passiva, sem nenhuma ação ou afeto. Quando desviavam o pincel dessa mitologia horrenda, era comum recorrerem a Ovídio, cujas ficções, ainda que apaixonadas e agradáveis, quase não são naturais ou suficientemente verossímeis para a pintura.

A mesma inversão do princípio sobre a qual insistimos aqui se mostra na vida comum e nos efeitos da oratória e da poesia. Se a paixão subordinada cresce a ponto de se tornar [225] predominante, ela devora a afecção que antes nutrira e incrementara. Muito ciúme extingue o amor; muita dificuldade nos torna indiferentes; muita doença e enfermidade desgosta um pai egoísta e sem afeto.

Há algo mais desagradável que as estórias sombrias, lúgubres e desastrosas com que pessoas melancólicas entretêm sua companhia? Como a paixão incômoda é então a única a se expandir, sem ser acompanhada de nenhum espírito, gênio ou eloquência, ela transmite puro mal-estar, sem nada capaz de suavizá-lo, convertendo-o em prazer ou satisfação.

---

[203] Peça de Nicholas Rowe, de 1700. (NT)

DO PADRÃO DO GOSTO[204]

[226] A grande variedade de gosto, assim como de opinião, existente no mundo é muito óbvia para ter escapado à observação de qualquer um. Homens do mais limitado conhecimento conseguem notar diferença de gosto no [227] estreito círculo de suas relações, inclusive onde as pessoas tenham sido educadas sob o mesmo governo e imbuídas desde cedo dos mesmos preconceitos. Mas aqueles que conseguem alargar seus horizontes para contemplar nações distantes e épocas remotas ficam ainda mais surpresos com a grande inconsistência e contrariedade. Tendemos a chamar de *bárbaro* a tudo que se afasta bastante de nosso próprio gosto e apreensão, mas logo vemos o epíteto de reprovação se voltar contra nós. E a maior arrogância e autoconfiança se veem por fim surpreendidas ao notar uma igual segurança por todos os lados e, em meio a tal contenda de sentimentos, hesitam em se pronunciar positivamente a seu próprio favor.

Se essa variedade de gosto é óbvia para o investigador mais descuidado, num exame atento se constatará que ela é na realidade muito maior do que parece. Os sentimentos dos homens com frequência diferem em relação a beleza e deformidade, em todos os seus gêneros, mesmo quando o discurso geral deles seja o mesmo. Em todas as línguas há alguns termos que implicam censura e, outros, elogio, ainda que todos os homens que falam o mesmo idioma devam concordar no emprego deles. Todas as vozes se unem para aclamar uma obra escrita com elegância, propriedade, simplicidade e espírito, e para censurar o bombástico, a afetação, a frieza e o falso brilho. Mas quando os críticos se voltam para as particularidades,

---

[204] Ver nota ao ensaio anterior, "Da Tragédia". (NT)

essa aparente unanimidade se esvai, e constata-se que afixaram um significado muito diferente a suas expressões. O oposto ocorre em todas as questões de opinião e ciência. Aqui a diferença entre os homens frequentemente se encontra mais no geral do que no particular e é na realidade menor do que parece. Uma explicação dos termos põe geralmente fim à controvérsia, e os litigantes ficam surpresos em constatar que, enquanto querelavam, no fundo concordavam em seus juízos.

Os que fundam a moralidade no sentimento, mais que na razão, se inclinam a compreender a ética segundo aquela primeira [228] observação e a sustentar que, em todas as questões concernentes a conduta e maneiras, a diferença entre os homens é realmente maior do que parece à primeira vista. É óbvio, com efeito, que escritores de todas as nações e de todas as épocas convergem no aplauso à justiça, humanidade, magnanimidade, prudência e veracidade, e na censura às qualidades opostas. Mesmo poetas e outros autores cujas composições são calculadas principalmente para agradar a imaginação inculcam, de Homero a Fénelon, os mesmos preceitos morais, aplaudindo e censurando as mesmas virtudes e os mesmos vícios. Essa grande unanimidade é geralmente atribuída à influência da simples razão, que em todos esses casos mantém sentimentos similares em todos os homens e impede as controvérsias a que tanto estão expostas as ciências abstratas. Desde que a unanimidade seja real, pode-se aceitar essa explicação como satisfatória, mas também temos de convir que parte dessa aparente harmonia em moral pode ser atribuída à natureza mesma da linguagem. A palavra *virtude*, com seus equivalentes em todas as línguas, implica elogio, assim como a palavra *vício*, censura, e ninguém poderia, sem a impropriedade mais óbvia e grosseira, anexar reprovação a um termo que, na aceitação geral, se entende num bom sentido, nem aplaudir quando o idioma requer desaprovação. Os preceitos gerais de Homero, quando ele os profere, nunca são controversos, mas é óbvio que, quando pinta cenas particulares de costumes e representa heroísmo em Aquiles e prudência em Ulisses, ele mistura um grau muito maior de ferocidade no primeiro e de astúcia e dissimulação no segundo do que Fénelon o admitiria. No poeta grego, o sábio Ulisses parece se deleitar com mentiras e ficções, empregando-as muitas vezes sem necessidade, ou mesmo vantagem, enquanto, no épico francês, o filho dele, mais escrupuloso, prefere se expor aos perigos mais iminentes do que sair o mínimo que seja da mais estrita verdade e veracidade. [229]

Os admiradores e seguidores do Alcorão não se cansam de repetir os excelentes preceitos morais espalhados ao longo dessa obra desordenada e absurda. É de supor, todavia, que as palavras árabes correspondentes a equidade, justiça, temperança, brandura e caridade em inglês, são tais que, pelo uso constante daquela língua, devem ter sido sempre tomadas num bom sentido; e daria mostra da maior ignorância, não em moral, mas da língua, proferi-las sem outros epítetos que não os de aplauso e aprovação. Mas como saber se o pretenso profeta realmente chegou a um sentimento justo a respeito da moral? Prestemos atenção a sua narração e logo notaremos que exalta exemplos de traição, desumanidade, crueldade, vingança e intolerância inteiramente incompatíveis com a sociedade civilizada. Nenhuma regra estável de direito parece ser obtida ali, e cada ação é censurada ou elogiada somente enquanto é benéfica ou danosa para os verdadeiros crentes.

O mérito que há em transmitir verdadeiros preceitos gerais em ética é, de fato, muito pequeno. Quem recomenda alguma virtude moral, realmente não faz mais do que está implícito nos termos mesmos. O povo que inventou a palavra *caridade* e a usou num bom sentido, inculcou o preceito *sê caridoso* com muito mais clareza e eficiência do que qualquer pretenso legislador ou profeta que inserisse tal *máxima* em seus escritos. De todas as expressões, aquelas que implicam, com seus outros significados, um grau de censura ou de aprovação, são as menos sujeitas a ser pervertidas ou mal compreendidas.

É natural, para nós, procurar um *padrão do gosto*, uma regra pela qual se possam reconciliar os vários sentimentos dos homens, ou ao menos garantir uma decisão confirmando um sentimento e condenando o outro.

Há uma espécie de filosofia que corta qualquer esperança de êxito nesse empreendimento e representa a impossibilidade mesma de chegar a um padrão do gosto. A diferença entre juízo e sentimento, afirma-se, é muito grande. [230] Todo sentimento é correto, porque não tem referência a nada além de si mesmo, e é sempre real onde um homem tenha consciência dele. Mas nem todas as determinações do entendimento são corretas, porque têm referência a algo além de si mesmas, a saber, dizem respeito a fatos reais e nem sempre são conformáveis àquele padrão. Dentre mil opiniões diferentes que os homens possam ter sobre um mesmo assunto, há uma, e somente uma, justa e verdadeira, e a única dificuldade é fixá-la e assegurá-la. Ao contrário, mil sentimentos diferentes suscitados pelo mesmo objeto são todos eles corretos, porque sentimento algum representa o que existe realmente no objeto. Ele apenas marca uma certa conformidade ou relação entre o objeto e os órgãos ou faculdades da mente, e se essa conformidade não existisse realmente, jamais poderia haver sentimento. Beleza não é qualidade nas coisas mesmas. Ela só existe na mente que as contempla, e cada mente percebe uma beleza diferente. Uma pessoa pode, inclusive, perceber deformidade onde outra é sensível à beleza, e cada indivíduo deve aquiescer ao próprio sentimento, sem pretender regular os dos demais. Procurar beleza ou deformidade reais é investigação tão infrutífera quanto pretender estabelecer o que é o realmente doce e o realmente amargo. O mesmo objeto pode ser tanto doce quanto amargo, dependendo da disposição dos órgãos, e o provérbio estabelece com justiça que é infrutífero disputar sobre gosto. É muito natural, e até bem necessário, estender esse axioma ao gosto mental, tal como ao gosto físico; e assim o senso comum, que tantas vezes diverge da filosofia, especialmente a do tipo cético, concorda, ao menos neste exemplo, em pronunciar a mesma decisão que ela.

Mas ainda que esse axioma, ao se converter em provérbio, pareça ter obtido a sanção do senso comum, há certamente uma espécie de senso comum que a ele se opõe ou, ao menos, serve para modificá-lo e restringi-lo. Quem afirmasse que Ogilby e Milton, ou [231] Bunyan e Addison, são iguais em gênio e elegância, passaria por defensor de uma extravagância tão grande quanto se sustentasse que um monte de areia é mais alto que o Tenerife, ou uma lagoa tão extensa quanto o oceano. Ainda que se possam encontrar pessoas que prefiram Ogilby e Bunyan, ninguém dará atenção a um gosto como este, e não temos escrúpulos em declarar que o sentimento desses pretensos críticos é absurdo e ridículo. O princípio da igualdade natural entre os gostos é então inteiramente esquecido e, se o admitimos em algumas ocasiões, quando os objetos parecem próximos de uma igualdade, ele se mostra um paradoxo extravagante, ou melhor, um palpável absurdo, quando se comparam objetos tão desproporcionais entre si.

É evidente que nenhuma das regras de composição é fixada por raciocínios *a priori*, ou pode ser considerada uma conclusão abstrata do entendimento, a partir da comparação de ligações e relações entre ideias eternas e imutáveis. O fundamento de tais regras é o mesmo que o de todas as ciências práticas, a experiência, e elas não passam de observações gerais sobre aquilo que tem sido universalmente considerado como agradável em todos os países e épocas. Muitas das belezas da poesia, e mesmo da eloquência, se fundam em falsidade e ficção, em hipérboles, metáforas e em abuso ou perversão da significação natural dos termos. Impedir as tiradas da imaginação e reduzir cada expressão à verdade e exatidão geométricas seria inteiramente contrário às leis da crítica, porque produziria aquela espécie de obra que se considera, por experiência universal, a mais insípida e desagradável. Mas, ainda que a poesia jamais possa ser submetida à verdade exata, ela deve ser delimitada pelas regras da arte, que o autor descobre, quer por gênio, quer por observação. Se alguns escritores negligentes ou irregulares agradaram, não foi por transgressões à regra ou à ordem, mas apesar delas. [232] Eles possuíam outras belezas que podiam se conformar à justa crítica, e a força de tais belezas foi capaz de sobrepujar a censura e proporcionar à mente uma satisfação superior ao desgosto advindo dos defeitos. Ariosto agrada, mas não por suas ficções monstruosas e improváveis, pela mistura bizarra de estilo sério e de estilo cômico, pela falta de coerência em suas histórias ou pelas constantes interrupções de sua narrativa. Ele encanta pela força e clareza de expressão, pela rapidez e variedade de suas invenções e pelos quadros naturais das paixões, especialmente as joviais e amorosas. E conquanto suas faltas possam diminuir nossa satisfação, não conseguem destruí-la por completo. Se nosso prazer proviesse realmente das partes de seu poema que denominamos falhas, esta não seria objeção à crítica em geral, mas objeção somente àquelas regras particulares da crítica que estabelecem esses aspectos como falhas e os representam como universalmente censuráveis. Se se constata que agradam, não podem ser falhas, por mais inesperado e inexplicável que seja o prazer que produzem.

No entanto, embora todas as regras gerais da arte estejam fundadas unicamente na experiência e na observação dos sentimentos comuns da natureza humana, não devemos imaginar que, em todas as ocasiões, os sentimentos dos homens serão conformes a essas regras. As mais finas emoções da mente são de natureza muito tênue e delicada, e requerem a concorrência de muitas circunstâncias favoráveis para atuar com facilidade e exatidão, segundo seus princípios gerais e estabelecidos. O menor entrave exterior a alavancas tão pequenas, ou a menor desordem interna, perturba seu movimento e confunde as operações do mecanismo inteiro. Quando realizamos um experimento dessa natureza, tentando verificar a força de alguma beleza ou deformidade, devemos escolher cuidadosamente o lugar e a hora apropriados, colocando a fantasia numa situação e disposição adequadas. Perfeita serenidade da mente, concentração de pensamento, devida atenção ao objeto: se qualquer uma dessas circunstâncias faltar, nosso experimento será falacioso, e seremos [233] incapazes de julgar a beleza geral e universal. A relação que a natureza estabeleceu entre a forma e o sentimento se tornará no mínimo mais obscura, e será preciso maior acuidade para segui-la e discerni-la. Devemos poder estabelecer sua influência não tanto a partir da operação de cada beleza particular, quanto pela admiração duradoura com que se apreciam as obras que sobreviveram a todos os caprichos da moda e das vogas, a todos os equívocos da ignorância e da inveja.

O mesmo Homero que agradava em Atenas e Roma há dois mil anos ainda é admirado em Paris e em Londres. Todas as mudanças de clima, governo, religião e língua não conseguiram obscurecer sua glória. Autoridade e preconceito podem dar voga momentânea ao mau poeta ou orador, mas sua reputação jamais será duradoura ou geral. Quando suas composições forem examinadas pela posteridade ou por estrangeiros, o encanto se dissipará e suas faltas aparecerão em suas cores verdadeiras. Um verdadeiro gênio, ao contrário, quanto mais perdura e mais se difunde a sua obra, mais sincera é a admiração que encontra. Há muito lugar para inveja e ciúme quando o círculo é estreito, e a própria familiaridade com a pessoa pode diminuir o aplauso que suas realizações merecem. Mas, uma vez removidos esses obstáculos, as belezas naturalmente talhadas para despertar sentimentos agradáveis liberam imediatamente as suas energias, e enquanto durar o mundo, elas conservarão sua autoridade sobre as mentes dos homens.

Fica claro então que, em meio a toda a variedade e inconstância de gosto, há certos princípios gerais de aprovação e de censura, cuja influência um olhar cuidadoso pode rastrear em todas as operações da mente. Dada a estrutura original da textura interna, algumas formas ou qualidades particulares são calculadas para agradar, e outras para desagradar, e se falham em seu efeito numa instância particular qualquer, isso se deve a algum aparente defeito ou imperfeição no órgão. Um homem febril não poderia sustentar que seu paladar é capaz de decidir sobre sabores, nem tampouco outro, vítima de icterícia, pretender dar um veredicto sobre cores. Em cada criatura há um [234] estado saudável e um defectivo, e só do primeiro se pode supor que nos fornecerá verdadeiro padrão de gosto e sentimento. Se no estado saudável do órgão se verifica inteira ou considerável uniformidade de sentimento entre os homens podemos tirar daí uma ideia da beleza perfeita, tal como a aparição de objetos à luz do dia para o homem de os olhos sadios é denominada a cor verdadeira e real deles, mesmo que se considere a cor um mero fantasma dos sentidos.

Nos órgãos internos há muitos defeitos frequentes que impedem ou enfraquecem a influência daqueles princípios gerais de que depende nosso sentimento de beleza ou deformidade. Embora alguns objetos sejam, pela estrutura da mente, naturalmente calculados para proporcionar prazer, não se deve esperar que o prazer seja sentido de maneira igual em todos os indivíduos. Ocorrem incidentes e situações particulares que podem lançar uma falsa luz sobre os objetos, ou impedir que a luz verdadeira transmita à imaginação o sentimento e a percepção próprios.

Uma causa óbvia por que muitos não sentem o sentimento próprio de beleza é a falta daquela *delicadeza* de imaginação requerida para proporcionar sensibilidade a essas emoções mais finas. Todos se arrogam essa delicadeza; todos falam dela; e poderiam derivar cada tipo de gosto ou de sentimento de seu padrão. Mas como nossa intenção neste ensaio é misturar um pouco da luz do entendimento aos modos de sentir do sentimento[205], será apropriado apresentar uma definição

---

[205] A tradução certamente não dá conta da expressão em inglês: *"the feelings of sentiment"*. Para uma discussão dos sentidos de *feeling* e *sentiment*, consultar a entrada "sentimento"

mais acurada de delicadeza do que se tentou até hoje. E, para não extrair nossa filosofia de uma fonte muito profunda, recorreremos a uma famosa história do *Dom Quixote*[206].

É com boa razão, diz Sancho ao cavaleiro narigudo, que pretendo saber julgar de vinhos: esta é uma qualidade hereditária em nossa família. Dois de meus parentes foram certa vez chamados a opinar sobre um barril de vinho supostamente excelente, pois era antigo e de boa safra. Um deles o saboreia, considera e, após madura reflexão, [235] declara que o vinho é bom, não fosse por um ressaibo de couro que percebera nele. O outro, depois de usar as mesmas precauções, também dá veredicto favorável ao vinho, com a ressalva de um gosto de ferro que facilmente distinguira ali. Não podes imaginar o quanto ambos foram ridicularizados por seus juízos. Mas quem riu por último? Esvaziado o barril, encontrou-se no fundo dele uma velha chave de ferro presa a uma correia de couro.

A grande semelhança entre gosto mental e gosto físico nos ensina a aplicar facilmente essa história. Embora seja certo que beleza e deformidade, mais do que doce e amargo, não sejam qualidades dos objetos, mas pertençam inteiramente ao sentimento, interno ou externo, é preciso admitir que há certas qualidades nos objetos talhadas por natureza para produzir esses sentimentos particulares. Ora, como tais qualidades podem estar presentes num grau reduzido, ou misturadas e confundidas entre si, muitas vezes o gosto não é afetado por qualidades tão diminutas, ou não é capaz de distinguir todos os sabores particulares em meio à desordem em que se apresentam. Quando os órgãos são finos o bastante para não deixar que nada lhes escape e, ao mesmo tempo, exatos o bastante para perceber cada ingrediente da composição, a isso chamamos delicadeza de gosto, quer se empreguem esses termos em sentido literal, quer em sentido metafórico. Aqui as regras gerais da beleza têm o seu uso, pois são obtidas a partir de modelos estabelecidos e da observação do que agrada ou desagrada, quando este se apresenta sozinho e num

no léxico ao final do volume. Cabe lembrar que Hume usou também a mesma expressão "the feelings of our sentiment" no primeiro ensaio do *Philosophical Essays concerning Human Understanding* (Hildesheim: Olms, 1986, p. 3), mas na versão correspondente das *Investigações sobre o entendimento humano* ele mudou a expressão para "the feelings of our heart" — "sentimentos de nosso coração" (Edição Selby-Bigge, p. 7).(NT)

[206] Cervantes, *Dom Quixote*, parte II, cap. 13. (NT)

grau elevado. E se as mesmas qualidades, em contínua composição e em grau menor, não afetam os órgãos com sensível deleite ou insatisfação, dizemos que tal pessoa não pode ter nenhuma pretensão a essa delicadeza. Produzir tais regras gerais ou tais reconhecidos parâmetros de composição é como encontrar a chave presa à correia de couro que justificou o veredicto dos parentes de Sancho e confundiu os pretensos juízes que os condenaram. Mesmo que o barril jamais tivesse sido esvaziado, o gosto daqueles permaneceria igualmente delicado, e o destes, embotado e lânguido. Teria sido, no entanto, mais difícil de provar a superioridade do gosto delicado, de modo a [236] convencer cada um dos presentes. Da mesma maneira, ainda que as belezas da arte de escrever jamais tivessem sido metodizadas ou reduzidas a princípios gerais; ainda que modelos excelentes jamais tivessem sido reconhecidos, ainda assim teriam existido diferentes gradações de gosto, e o juízo de um homem teria sido preferível ao de outro, mas teria sido mais difícil silenciar o mau crítico, que poderia continuar apegado a seu sentimento particular, recusando-se a se submeter ao seu antagonista. Quando, porém, lhe mostramos um reconhecido princípio da arte; quando ilustramos esse princípio com exemplos, cuja operação seu próprio gosto particular reconhece ser conforme ao princípio; quando provamos que o mesmo princípio pode ser aplicado ao caso presente, no qual ele não percebeu ou não sentiu sua influência: então ele tem de concluir, de tudo isso, que a falta está nele mesmo, e que carece da delicadeza requerida para torná-lo sensível a cada uma das belezas e a cada um dos defeitos de qualquer composição ou discurso.

Reconhece-se que a perfeição de cada sentido ou faculdade consiste em perceber com exatidão seus mais diminutos objetos e em não deixar que nada escape à sua consideração e observação. Quanto menores são os objetos a que o olho se torna sensível, tanto mais fino é esse órgão, e tanto mais elaborado o modo como é feito e composto. Não são sabores fortes que põem um bom paladar à prova, mas a mistura de pequenos ingredientes, a cada um dos quais permanecemos sensíveis, apesar de sua pequenez e de sua confusão com os demais. Da mesma maneira, uma percepção rápida e aguda da beleza e da deformidade deve ser a perfeição de nosso gosto mental, e homem algum poderá se dar por satisfeito consigo mesmo enquanto suspeitar que alguma excelência ou defeito num discurso escapou à sua observação. Neste caso, a perfeição do homem e a perfeição do senso ou do sentimento se encontram unidas. Em muitas ocasiões, um palato muito delicado pode ser bastante inconveniente, tanto para o indivíduo como para seus amigos, mas gosto delicado para o que é espirituoso ou belo é sempre uma qualidade desejável, pois é a fonte de todos os contentamentos mais finos e inocentes de que a natureza humana é suscetível. O sentimento de todos os homens concorda nesta avaliação. [237] Onde quer que descubras delicadeza de gosto, ela certamente receberá aprovação, e a melhor maneira de identificá-la é recorrer aos modelos e princípios estabelecidos pelo consentimento e experiência uniforme das épocas e nações.

Mas embora, em matéria de delicadeza, haja naturalmente grande diferença entre uma pessoa e outra, nada tende tanto a reforçar e aperfeiçoar esse talento quanto a *prática* de uma arte particular e o frequente exame e contemplação de uma espécie particular de beleza. Quando qualquer gênero de objeto é apresentado pela primeira vez ao olho ou à imaginação, o sentimento que deles resulta é obscuro e confuso, e a mente é em grande medida incapaz de se pronunciar sobre seus méritos ou defeitos. O gosto não consegue perceber as muitas excelências da realização, e menos ainda distinguir o caráter particular de cada uma delas, identificando sua qualidade e seu grau. O máximo que se pode esperar dele é que pronuncie se o todo é, no geral, belo ou disforme; mas até uma pessoa sem prática poderia emitir um juízo como este, com grande hesitação e reserva. Que se lhe permita, porém, adquirir experiência desses objetos, e seu sentimento se tornará mais exato e sutil. Ela não apenas percebe as belezas e os defeitos de cada parte, mas nota também as espécies distintivas de cada qualidade e lhe atribui o elogio ou censura devidos. Um sentimento claro e distinto a acompanha durante todo o exame dos objetos, e ela discerne, inclusive, o grau e o gênero de aprovação ou de desagrado que cada parte está naturalmente apta a produzir. Dissipa-se então a névoa que antes parecia pairar sobre o objeto: o órgão adquire maior perfeição em suas operações e pode se pronunciar, sem risco de engano, a respeito dos méritos de qualquer realização. Numa palavra, o mesmo jeito e destreza que a prática proporciona para a execução de qualquer obra, também são adquiridos pelos mesmos meios ao julgá-la.

A prática é tão vantajosa para o discernimento da beleza que, antes que possamos emitir juízo sobre qualquer obra de importância, será requerido que cada realização individual seja por nós estudada mais de uma vez, e examinada com atenção e deliberação sob diferentes [238] luzes. O primeiro contato com qualquer peça provoca transtorno e agitação de pensamento e confunde o genuíno sentimento de beleza. Não se discerne a relação entre as partes; mal se distinguem os verdadeiros traços de estilo; as muitas perfeições e defeitos parecem envoltos numa espécie de confusão e se apresentam indistintamente à imaginação. Sem mencionar ainda uma espécie de beleza que, sendo floreada e superficial, agrada de início, mas, tão logo se constata ser incompatível com uma justa expressão, quer da razão, quer da paixão, torna-se insossa para o gosto e é então rejeitada com desdém, ou ao menos estimada num valor muito mais baixo.

É impossível continuar a praticar a contemplação de qualquer ordem de beleza sem ser frequentemente obrigado a formar *comparações* entre as muitas espécies e graus de excelência e a estimar a proporção entre elas. O homem que não teve oportunidade de comparar os diferentes gêneros de beleza está, de fato, totalmente desqualificado para emitir opinião a respeito de qualquer objeto que se lhe apresente. É unicamente pela comparação que podemos estabelecer epítetos de elogio ou de censura e aprender como atribuir o grau devido a cada um deles. A pintura mais grosseira contém um certo lustre de cores, uma exatidão de imitação, que, nesta medida, são belezas e afetariam de grande admiração a mente de um camponês ou de um indígena. As baladas mais vulgares não são inteiramente destituídas de harmonia ou de natureza; e ninguém, a não ser uma pessoa familiarizada com belezas superiores, poderia declarar que seus versos são ásperos ou que sua narrativa é desinteressante. Uma beleza muito inferior provoca dor numa pessoa versada na maior excelência do gênero, e por essa razão é declarada uma deformidade, assim como naturalmente supomos que o objeto mais bem acabado que conhecemos atingiu o pináculo de perfeição, e que merece o maior aplauso. Só alguém acostumado a ver, examinar e ponderar muitas realizações admiradas em diferentes épocas e nações pode classificar os méritos de uma obra apresentada ao seu olhar e lhe conferir o devido lugar entre as produções de gênio. [239]

Para que se habilite a executar mais plenamente essa tarefa, o crítico deve, contudo, manter a mente livre de todo *preconceito*, sem permitir que nada mais entre em consideração, além do objeto mesmo submetido a seu exame. Podemos observar que, para produzir o devido efeito na mente, toda obra de arte deve ser examinada de um certo ponto de vista, e não pode ser plenamente saboreada por pessoas cuja situação, real ou imaginária, não seja conforme àquilo que é requerido pelo trabalho. O orador se dirige a uma audiência particular e deve levar em conta o gênio, os interesses, as opiniões, as paixões e os preconceitos particulares dela; do contrário, esperaria em vão governar suas resoluções e inflamar suas afecções. Caso a audiência tenha nutrido contra ele alguma prevenção, mesmo insensata, ele não pode negligenciar essa desvantagem, mas, antes de entrar no seu tema, deve tentar conquistar a afeição e cair nas boas graças dela. O crítico de uma época ou nação diferente que venha a estudar esse discurso deve ter todas essas circunstâncias em vista e se colocar na mesma situação da audiência, a fim de formar um juízo verdadeiro do discurso. Da mesma maneira, quando uma obra qualquer é endereçada ao público, muito embora eu tenha amizade ou inimizade pelo autor, devo abandonar essa posição e, considerando a mim mesmo enquanto homem em geral, devo esquecer, se possível, minha existência individual e minhas circunstâncias peculiares. O indivíduo influenciado pelo preconceito não condescende com essa condição, mas mantém obstinadamente sua posição natural, sem se colocar no ponto de vista pressuposto pela obra. Se esta é endereçada a pessoas de uma época ou nação diferente, ele não faz concessão às concepções e preconceitos peculiares a ela, mas, imbuído das maneiras de sua própria época e país, condena sumariamente o que pareceria admirável aos olhos daqueles para quem unicamente o discurso foi calculado. Se a obra é executada para o público, ele nunca alarga suficientemente sua compreensão ou esquece seu interesse de amigo ou de inimigo, de rival ou de comentador. Desta maneira, seus sentimentos são pervertidos, e as mesmas belezas e defeitos não têm sobre ele a mesma influência que teriam caso tivesse imposto [240] a devida violência à sua imaginação e esquecido de si mesmo por um momento. É evidente que, nesta medida, seu gosto se afasta do padrão verdadeiro e perde, por conseguinte, todo o crédito e autoridade.

É bem sabido que, em todas as questões submetidas ao entendimento, o preconceito é destrutivo para o juízo sadio e perverte todas as operações das faculdades intelectuais: ele não é menos contrário ao bom gosto, nem sua influência é menor na corrupção de nosso sentimento de beleza. Em ambos os casos, cabe ao *bom senso* restringir sua influência; e, a esse respeito, assim como a muitos outros, a razão, se não é parte essencial do gosto, é ao menos requisitada para as operações desta última faculdade. Em todas as produções mais nobres do gênio há mútua relação e correspondência entre as partes, e as belezas e defeitos não podem ser percebidos por aquele cujo pensamento não é suficientemente amplo para compreender todas essas partes e compará-las entre si, a fim de perceber a consistência e uniformidade do todo. Cada obra de arte tem também um certo fim ou propósito para o qual é calculada, e deve ser estimada mais ou menos perfeita conforme é mais ou menos adequada para atingir esse fim. O objetivo da eloquência é persuadir, o da história é instruir, o da poesia é agradar por meio das paixões e da imaginação. Devemos ter esses fins em vista toda vez que examinamos qualquer obra, e devemos poder julgar até que ponto os meios empregados estão adaptados a seus respectivos propósitos. Além disso, qualquer composição, mesmo a mais poética, não passa de uma cadeia de proposições e raciocínios, nem sempre, é verdade, os mais justos e exatos, embora, ainda assim, plausíveis e atraentes, conquanto disfarçados pelo colorido da imaginação. As personagens introduzidas na tragédia e na poesia épica devem ser representadas raciocinando, pensando, concluindo e agindo de acordo com seu caráter e situação, e um poeta jamais poderá esperar êxito numa empresa tão delicada se não tiver juízo, assim como gosto e invenção. Sem mencionar que a mesma excelência nas faculdades, que contribui para o aprimoramento da razão, a mesma clareza de concepção, a mesma exatidão nas distinções, a mesma vivacidade de apreensão, são essenciais para [241] as operações do verdadeiro gosto e são seus acompanhantes infalíveis. É raro, se não impossível, que o homem de senso com experiência numa arte não possa julgar a beleza desta, e não menos raro é encontrar homem dotado de gosto justo desprovido de entendimento sadio.

Assim, ainda que os princípios do gosto sejam universais e, se não inteiramente, ao menos quase os mesmos em todos os homens, são poucos os qualificados para julgar qualquer obra de arte ou estabelecer o próprio sentimento como padrão de beleza. Os órgãos da sensação interna raramente são tão perfeitos para permitir pleno desempenho dos princípios gerais e para produzir um sentimento correspondente a esses princípios. Ou carregam o fardo de algum defeito, ou estão viciados por algum desarranjo e, desta maneira, despertam um sentimento que pode ser declarado errôneo. Quando o crítico não tem delicadeza, julga sem nenhuma distinção e só é afetado pelas qualidades mais grosseiras e palpáveis do objeto: os toques mais finos não são notados e levados em conta. Quando não é auxiliado pela prática, seu veredicto é acompanhado de confusão e hesitação. Quando nenhuma comparação foi empregada, as belezas mais frívolas, que antes mereceriam o nome de defeitos, são o objeto de sua admiração. Quando se encontra sob a influência do preconceito, todos os seus sentimentos naturais são pervertidos. Quando lhe falta bom senso, não é qualificado para discernir as belezas do propósito e raciocínio, as mais elevadas e excelentes. A generalidade dos homens trabalha sob umas ou outras dessas imperfeições, e é por isso que o verdadeiro juiz nas artes finas é um caráter raro de ser observado, mesmo durante as épocas mais polidas; só um senso forte, unido a um sentimento delicado, aprimorado pela prática, aperfeiçoado pela comparação e despido de todo preconceito, pode dar aos críticos um direito a esse caráter valoroso; e a confluência de tudo isso no veredicto, onde quer que ela se encontre, é o verdadeiro padrão de gosto e beleza.

Mas onde encontrar críticos assim? Por que marcas devem ser identificados? Como distingui-los de impostores? Essas questões são embaraçosas e parecem nos lançar de volta à mesma incerteza da qual tentamos nos livrar no curso deste ensaio. [242]

Estas, porém, se consideramos a matéria corretamente, são questões de fato, não de sentimento. Saber se uma pessoa qualquer é dotada de bom senso e de imaginação delicada, se é livre de preconceitos, pode muitas vezes ser tema de disputa, e passível de muita discussão e investigação; mas que tal caráter seja valoroso e estimável, nisso todos os homens hão de concordar. Quando essas dúvidas surgem, eles não podem fazer mais do que em outras questões controversas, submetidas ao entendimento: devem produzir os melhores argumentos que sua invenção lhes sugira, devem reconhecer a existência, em alguma parte, de um padrão verdadeiro e decisivo, ou seja, a existência real e a matéria de fato, e devem mostrar indulgência para com outros que deles difiram ao recorrer a esse padrão. Será suficiente para nosso propósito se tivermos provado que o gosto de todos os indivíduos não se encontra em pé de igualdade, e que em geral alguns homens, por mais difícil que seja de apontá-los em particular, serão reconhecidos pelo sentimento universal como tendo preferência sobre outros.

Na realidade, porém, a dificuldade de encontrar o padrão do gosto em indivíduos particulares não é tão grande quanto se imagina. Ainda que na especulação possamos admitir prontamente um certo critério para a ciência, mas negá-lo para o sentimento, constata-se que a matéria é, na prática, muito mais difícil de estabelecer naquele caso que neste. Teorias de filosofia abstrata e sistemas de teologia profunda prevaleceram durante uma época; no período seguinte, foram universalmente negadas: seu absurdo foi detectado; outras teorias e sistemas ocuparam seu lugar, e novamente darão lugar a suas sucessoras; e na experiência nada se mostra tão suscetível às revoluções do acaso e da moda quanto essas pretensas decisões da ciência. Com as belezas da eloquência e da poesia não ocorre o mesmo. Justas expressões de paixão e natureza certamente não demoram a receber o aplauso do público, aplauso que conservarão para sempre. Platão, Aristóteles, Epicuro [243] e Descartes se sucederam uns aos outros; Terêncio e Vergílio mantêm, no entanto, um império universal e incontestável sobre a mente dos homens. A filosofia abstrata de Cícero perdeu seu crédito: a veemência de sua oratória ainda é objeto de nossa admiração.

Embora homens de gosto delicado sejam raros, é fácil distingui-los em sociedade pela sanidade de seu entendimento e pela superioridade de suas faculdades sobre o resto dos homens. A ascendência que adquirem faz prevalecer e predominar em geral aquela viva aprovação com que recebem toda produção de gênio. Muitos homens, entregues a si mesmos, não têm mais que uma percepção pálida e duvidosa do belo e, todavia, são capazes de apreciar qualquer fino toque que lhes for apontado. Cada convertido à admiração do verdadeiro poeta ou orador é causa de novas conversões. E embora os preconceitos possam prevalecer por algum tempo, eles nunca se unem para celebrar rival algum do verdadeiro gênio, mas cedem por fim à força da natureza e do justo sentimento. Assim, mesmo que uma nação civilizada possa facilmente se equivocar na celebração do filósofo que admira, constata-se que jamais erra por muito tempo em sua afeição por um autor épico ou trágico de sua predileção.

Apesar de todos os nossos esforços para fixar um padrão do gosto e reconciliar as apreensões discordantes dos homens, ainda restam, porém, duas fontes de variação que, embora não sejam suficientes para esfumar todas as fronteiras que separam a beleza da deformidade, muitas vezes bastam para produzir diferença nos graus de nossa aprovação ou censura. Uma delas são os diferentes humores de homens particulares; a outra, as maneiras e opiniões particulares de nossa época e país. Os princípios gerais do gosto são uniformes na natureza humana: quando os juízos dos homens variam, pode-se em geral notar algum defeito ou perversão das faculdades, que procede, ou do preconceito, ou da falta de prática, ou ainda da falta de delicadeza; e há justa razão para aprovar um gosto e condenar o outro. Mas [244] quando a diversidade no arranjo interno ou na situação externa é tal que os dois lados sejam inteiramente irrepreensíveis e não deixe espaço a que se prefira um ao outro, então um certo grau de diversidade no juízo é inevitável e em vão buscaremos um padrão pelo qual possamos reconciliar os sentimentos contrários.

Um jovem, cujas paixões são cálidas, é mais sensivelmente tocado por imagens amorosas e ternas do que um homem em idade avançada, cujo prazer são reflexões sábias e filosóficas sobre a conduta da vida e moderação das paixões. Aos vinte anos, Ovídio pode ser o autor favorito; aos quarenta, Horácio; e talvez Tácito aos cinquenta.[207] Em vão tentaríamos, em casos como estes, entrar nos

---

[207] Hume menciona a mesma ideia na *Investigação sobre os princípios da moral*: "'Quando eu tinha vinte anos', diz um poeta francês, 'Ovídio era meu favorito; agora, aos quarenta, prefiro Horácio.' Mergulhamos com certeza mais rapidamente nos sentimentos que se assemelham aos que experimentamos todos os dias, mas nenhuma paixão, quando bem representada, pode ser-nos inteiramente diferente, porque não há nenhuma da qual cada

sentimentos dos outros, despindo-nos das propensões que nos são naturais. Escolhemos nosso autor favorito como escolhemos um amigo, por conformidade de humor e disposição. Jovialidade ou paixão, sentimento ou reflexão: qual deles for mais predominante em nosso temperamento nos dará uma simpatia especial pelo autor que se parece conosco.

A uma pessoa agrada mais o sublime; a outra, a ternura; a uma terceira, a zombaria. Uma tem forte sensibilidade aos defeitos e é extremamente ciosa da correção; outra tem mais sentimento para belezas, e perdoa vinte absurdos e defeitos para cada toque elevado ou patético. O ouvido deste homem está inteiramente voltado para concisão e energia; aquele se deleita com uma expressão copiosa, rica e harmoniosa. Uns afetam simplicidade; outros, ornamento. Comédia, tragédia, sátira e ode têm, cada uma delas, os seus partidários, que preferem uma espécie de escrita a todas as outras. É claramente erro da parte do crítico se ele restringe sua aprovação

pessoa já não tenha dentro de si pelo menos as sementes e os primeiros princípios." (Edição Selby-Bigge, p. 180. Tradução de José Oscar de Almeida Marques. São Paulo: Editora da Unesp, 2003, pp. 289-290.) A fonte provável não é um poeta, mas Dubos. Na Parte I, seção 49 das *Reflexões críticas sobre a poesia e a pintura* (citadas no ensaio sobre a Tragédia), que trata da disputa sobre a primazia do desenho ou do colorido na pintura, pode-se ler: "A predileção que nos faz preferir uma parte da pintura à outra não depende, pois, de nossa razão, tampouco quanto a predileção que nos faz amar um gênero de poesia de preferência aos outros. Essa predileção depende de nosso gosto, e nosso gosto depende de nossa organização, de nossas inclinações presentes e da situação de nosso espírito. Quando nosso gosto muda, não é porque nos persuadiram a mudá-lo, mas ocorreu em nós uma mudança física. É verdade que com frequência essa mudança foi insensível para nós, e não podemos nos aperceber dela senão com ajuda da reflexão, porque ela se fez aos poucos e imperceptivelmente. A idade e outras causas diferentes produzem em nós essas espécies de mudança. Uma paixão triste nos faz amar durante um tempo os livros que convêm a nosso humor presente. Mudamos de gosto tão logo nos consolamos. O homem que em sua infância tinha mais prazer em ler as fábulas de La Fontaine que as tragédias de Racine, aos trinta prefere essas mesmas tragédias. Digo prefere e gosta mais, não elogia e censura, pois, preferindo a leitura das tragédias de Racine à das fábulas de La Fontaine, não deixamos de elogiar e mesmo de sempre amar essas fábulas. O homem de que falo gostará mais, aos sessenta anos, das comédias de Molière, que lhe colocarão tão bem diante dos olhos o mundo que ele viu e lhe fornecerão ocasiões tão frequentes de fazer reflexões sobre aquilo que terá observado no curso de sua vida, que ele não amará as tragédias de Racine, pelas quais tinha tanto gosto quando estava ocupado com as paixões que essas peças nos pintam. Esses gostos particulares, no entanto, não impedem os homens de fazer justiça aos bons autores, nem de discernir aqueles que tiverem êxito, mesmo no gênero para o qual não tinham nenhuma predileção." A mesma ideia aparece no § 79 da *Antropologia de um ponto de vista pragmático* de Kant. (NT)

a uma espécie ou estilo de escrita, e condena todos os demais. É, todavia, quase impossível não sentir predileção pelo que se ajusta à nossa inclinação e disposição particulares. Essas preferências são inocentes e inevitáveis, e não seria razoável transformá-las em objeto de disputa, porque não há padrão pelo qual possam ser decididas.

Por uma razão semelhante, no decorrer de nossa [245] leitura as imagens e caracteres que se assemelham a objetos que encontramos em nossa própria época ou país nos agradam mais do que aqueles que descrevem um conjunto diferente de costumes. Não é sem algum esforço que nos acostumamos à simplicidade das maneiras antigas e observamos princesas carregando água da fonte e reis e heróis preparando seus próprios alimentos. Podemos reconhecer, em geral, que a representação de tais maneiras não é culpa do autor, nem constitui deformidade da peça; não somos, porém, tão sensivelmente tocados por ela. Por essa razão a comédia não se transpõe bem de uma época à outra. A um francês ou a um inglês não agrada a *Andria* de Terêncio ou a *Clítia* de Maquiavel, onde a bela dama, em torno da qual gira toda a peça, não aparece uma vez sequer aos espectadores, mas é sempre mantida nos bastidores, de acordo com o humor reservado dos gregos antigos e dos italianos modernos. O homem de instrução e reflexão pode fazer concessão a essas maneiras peculiares, mas uma audiência comum jamais consegue se despir de suas ideias e sentimentos usuais para apreciar retratos que de modo algum se assemelham a eles.

Mas aqui ocorre uma reflexão, útil talvez para examinar a célebre controvérsia sobre as letras antigas e as letras modernas, na qual vemos muitas vezes um dos lados desculpar os antigos de evidentes absurdos, que seriam devidos aos modos da época, enquanto o outro se recusa a aceitar essa explicação ou só a admite, quando muito, como desculpa para o autor, não para a obra. Em minha opinião, raramente se determinaram as fronteiras que separam os partidos em contenda nessa questão. Se o que se representa são alguns costumes peculiares inocentes, como os mencionados acima, eles certamente devem ser aceitos, e o homem a quem eles chocam dá [246] prova evidente de falsa delicadeza e refinamento. O *monumento mais duradouro do que o bronze* erigido pelo poeta[208] viria abaixo, como

[208] Horácio, *Carmina*, (*Odes*), 3.30.1. (NT)

tijolo ou argila, caso os homens não reconhecessem as contínuas revoluções dos modos e costumes, e não admitissem nada que não fosse conforme a voga dominante. Deveríamos jogar fora os retratos de nossos ancestrais por causa dos seus rufos e anquinhas? Onde, porém, as ideias de moralidade e decência se alteram de uma época para outra, onde modos viciosos são descritos sem que sejam assinalados com os caracteres próprios da censura e desaprovação, deve-se confessar que isso desfigura o poema, e que é uma deformidade real. Não posso, nem seria apropriado que pudesse, compartilhar esses sentimentos; e, por mais que desculpe o poeta pelos modos de sua época, jamais poderei apreciar a composição. A falta de humanidade e de decência, tão conspícua nos caracteres pintados por muitos poetas antigos e, às vezes, até por Homero e pelos trágicos gregos, diminui consideravelmente o mérito de suas nobres realizações, e dá aos autores modernos vantagem sobre eles. Não nos interessam a fortuna e os sentimentos de heróis tão rudes; desagrada-nos tamanha confusão dos limites entre virtude e vício; e, por mais indulgentes que sejamos com os preconceitos do autor, não conseguimos prevalecer sobre nós mesmos para compartilhar de seus sentimentos, nem ter afeição por caracteres que percebemos claramente ser censuráveis.

Não se passa com princípios morais o mesmo que com opiniões especulativas, não importa de que gênero sejam. Estas estão em contínuo fluxo e revolução. O filho abraça um sistema diferente do pai. Mais ainda, dificilmente há homem que possa se arrogar constância e uniformidade nesse particular. Erros especulativos que se possam encontrar em escritos polidos de qualquer época ou país pouco subtraem do valor de tais composições. Não é preciso mais do que um certo giro de pensamento ou de imaginação para nos fazer compartilhar de todas as opiniões que então [247] predominavam e apreciar os sentimentos ou conclusões delas derivadas. Mas se requer esforço muito violento para mudar nosso juízo sobre os modos e para despertar sentimentos de aprovação ou de censura, de amor ou de ódio, diferentes daqueles com os quais a mente se familiarizou por um longo costume. E quando um homem confia na retidão do padrão moral pelo qual julga, é justamente cioso dele, e não perverterá um momento sequer os sentimentos de seu coração, por condescendência com qualquer autor que seja.

Dentre todos os erros especulativos nas composições de gênio, os que dizem respeito à religião são os mais desculpáveis, e jamais é permitido julgar da civilidade ou da sabedoria de um povo ou de uma pessoa pela grosseria ou refinamento de seus princípios teológicos. O mesmo bom senso que orienta os homens nas ocorrências ordinárias da vida não é ouvido em assuntos religiosos, que supostamente se encontram inteiramente além do conhecimento da razão humana. É por esse motivo que todos os absurdos do sistema teológico pagão devem ser desconsiderados por qualquer crítico que pretenda formar uma justa noção da poesia antiga; e nossa posteridade, por sua vez, deve mostrar a mesma indulgência para com seus antepassados. Princípios religiosos jamais podem ser imputados como falha a um poeta, desde que permaneçam como meros princípios e não apoderem tão fortemente de seu coração a ponto de expô-lo à acusação de *bigotismo* ou de *superstição*. Quando isso ocorre, ele confunde os sentimentos de moralidade e altera as fronteiras naturais entre o vício e a virtude. De acordo com o princípio acima mencionado, eles serão, portanto, eternamente defeitos, e os preconceitos e falsas opiniões da época não serão suficientes para justificá-los.

É essencial para a religião católica romana inspirar ódio violento a todos os outros credos e representar todos os pagãos, maometanos e heréticos como objetos da punição e vingança divinas. Tais sentimentos, embora sejam na realidade muito equivocados, são considerados virtudes pelos zelotas daquela comunhão, e representados em suas tragédias e poemas épicos como uma espécie de heroísmo divino. Essa intolerância [248] desfigurou duas excelentes tragédias do teatro francês, *Polieucte* e *Atalia*, nas quais o zelo destemperado por determinados modos de culto é apresentado com toda a pompa imaginável, e forma o caráter predominante dos heróis. Ao encontrar Josaba conversando com Matã, sacerdote de Baal, o sublime Joiada indaga, "o que temos aqui? A filha de Davi conversando com esse traidor? Não temeis que a terra se abra em chamas para vos devorar? Ou que estas paredes sagradas cedam e vos esmaguem? Qual é a intenção dele? Como ousa esse inimigo de Deus vir até aqui para envenenar o ar que respiramos com sua horrenda presença?"[209]. Tais sentimentos são recebidos com grande aplauso nos palcos de Paris;

---

[209] Racine, *Atalia*, ato 3, cena 5. (NT)

em Londres, porém, os espectadores teriam muito mais prazer em ouvir Aquiles dizer a Agamenão que ele tem cara de cão e coração de cervo, ou Júpiter ameaçar Juno com uma bordoada se esta não se calar.[210]

Princípios religiosos também são um defeito em toda composição polida, quando se erigem em superstição e se imiscuem em cada sentimento, por mais distante que esteja de qualquer religião. Não é desculpa para o poeta que os costumes de seu país tenham onerado a vida com tantas cerimônias e práticas religiosas a ponto de nada se subtrair a esse jugo. Será para sempre ridícula a comparação que Petrarca faz de sua amante Laura com Jesus [249] Cristo. Tão ridícula quanto um libertino tão agradável como Bocaccio agradecer, com toda a seriedade, a Deus Todo-Poderoso e às damas por lhe terem ajudado a se defender de seus inimigos.[211]

[210] *Ilíada*, I, 225 e I, 56-57. (NT)
[211] Boccaccio, *Decameron*, Quarta Jornada, Introdução. (NT)

DO COMÉRCIO[212]

A maior parte do gênero humano pode ser dividida em duas classes: a dos pensadores *superficiais*, que ficam aquém da verdade, e a dos pensadores *abstrusos*, que vão além dela. Esta última classe é de longe a mais rara e, posso acrescentar, também a mais útil e valiosa. Afinal, eles indicam caminhos e apontam dificuldades que não levam adiante talvez por falta de habilidade, mas que podem produzir finas descobertas quando tratadas por homens dotados de uma maneira mais justa de pensar. Na pior das hipóteses, o que dizem é incomum e, se sua compreensão exige algum esforço, tem-se, no entanto, o prazer de ouvir algo que é novo. Merece pouca consideração o autor que não nos diz nada que não possamos aprender numa conversa de café.

Todas as pessoas de pensamento *superficial* tendem a tachar de *abstrusos* não só os metafísicos e os refinados, mas também as pessoas de *sólido* entendimento [254], e jamais admitirão ser justo algo que esteja além de suas fracas concepções. Reconheço que há alguns casos em que um refinamento excessivo dá ensejo a forte suspeita de que algo é falso, e em que não se deve confiar em nenhum raciocínio que não seja natural e fácil. Quando alguém delibera sobre sua conduta numa questão *particular* e estabelece esquemas na política, nos negócios, na economia ou em qualquer ocupação da vida, nunca deve tecer argumentos finos demais, nem concatenar uma cadeia muito longa de consequências. Seguramente há de sobrevir algo que desconcertará seu raciocínio e produzirá um evento diferente daquele que esperava. Mas quando raciocinamos sobre assuntos *gerais*, pode-se justamente afirmar que nossas especulações dificilmente serão finas demais, caso sejam justas; e que a diferença entre o homem comum e o homem de gênio se vê principalmente

---

[212] Ensaio publicado pela primeira vez na edição K. (NT)

pela superficialidade ou profundidade dos princípios segundo os quais procedem. Se raciocínios gerais parecem intrincados, é apenas porque são gerais, e não é fácil para a maioria dos homens distinguir, em meio a um grande número de particularidades, o aspecto comum em que todas elas concordam, ou extraí-lo, puro e sem mistura, de outras circunstâncias supérfluas[213]. Todo juízo e conclusão deles é particular. Não conseguem ampliar sua visão até aquelas proposições universais que compreendem um número infinito de casos individuais e comportam uma ciência inteira num único teorema. Seus olhos se confundem diante de prospecto tão extenso, e as conclusões que dele retira, mesmo quando expressas com clareza, parecem intrincadas e obscuras. Mas, por intrincados que pareçam, é certo que princípios gerais, se forem justos e sólidos, prevalecerão no curso geral das coisas, ainda que possam falhar em casos particulares; e a principal ocupação dos filósofos é considerar esse curso geral das coisas. Posso acrescentar que é também a principal ocupação dos políticos, especialmente na administração interna do Estado, em que o bem público, que é ou deve ser o seu objeto, depende da concorrência de uma multidão de causas[214] e não [255] dos acidentes e dos acasos, e dos caprichos de umas poucas pessoas, como na política externa. É isso, pois, que distingue as deliberações *particulares* dos raciocínios *gerais*, e torna a sutileza e o refinamento muito mais adequados a estes do que àquelas.

Pensei que essa introdução era necessária antes dos discursos seguintes, sobre *comércio*, *moeda*, *juros*, *balança comercial* etc.[215], nos quais talvez surjam alguns princípios incomuns, que podem parecer refinados e sutis demais para assuntos tão corriqueiros. Se eles forem falsos, que sejam rejeitados: mas que ninguém seja tomado de preconceito contra eles apenas porque saem da rota comum.

Embora se possa supor que, em certos aspectos, a grandeza de um Estado e a felicidade de seus súditos sejam independentes, elas são inseparáveis no que diz respeito ao comércio: assim como

---

[213] Para um outro sentido da palavra, ver a seguir a nota 208. (NT)

[214] Nas edições de 1752 a 1768, aparece "casos" em vez de "causas". (NT)

[215] Hume se refere aos primeiros ensaios do volume II da edição original: "Do refinamento nas artes", "Da moeda", "Dos juros", "Da balança comercial", "Da disputa comercial", "Da balança de poder", "De impostos", "Do crédito público", "De alguns costumes notáveis". (NT)

homens privados recebem do poder público uma maior garantia para a manutenção de seus negócios e de sua propriedade, assim também a comunidade se torna mais poderosa na mesma razão da opulência e da extensão do comércio de homens privados. Essa máxima é verdadeira em geral, mas não posso deixar de pensar que possivelmente admite exceções, e que muitas vezes a estabelecemos sem as devidas reservas e limitações. Pode haver circunstâncias em que o comércio, a riqueza e o luxo dos indivíduos, em vez de adicionar força à comunidade, sirvam apenas para enfraquecer seus exércitos e diminuir sua autoridade entre as nações vizinhas. O homem é um ser muito variável, [256] suscetível a muitas opiniões, princípios e regras de conduta diferentes. O que pode ser verdadeiro quando adere a um modo de pensar, torna-se falso quando abraça um conjunto oposto de costumes e opiniões.

O maior contingente de todo Estado se divide em *agricultores* e *manufaturadores*. Os primeiros se dedicam ao cultivo da terra; os últimos transformam os materiais que aqueles fornecem em mercadorias que são necessárias ou ornamentais na vida humana. Assim que deixam seu estado selvagem, onde vivem principalmente da caça e da pesca, os homens entram numa dessas duas classes, embora a agricultura empregue *no início* a maior parte da sociedade.[216] O tempo e a experiência aprimoram a tal ponto essas artes, que a terra pode facilmente sustentar um número muito maior de homens do que os diretamente empregados em seu cultivo ou que fornecem as manufaturas mais necessárias àqueles assim empregados.

Se esses braços excedentes[217] são utilizados nas belas-artes, comumente denominadas artes do *luxo*, eles contribuem para a felicidade

---

[216] Em seu ensaio político sobre o comércio, monsieur Melon afirma que mesmo atualmente, se dividires a França em vinte partes, dezesseis são de lavradores ou camponeses, apenas duas são de artesãos, uma pertence à lei, à igreja e aos militares, e uma a mercadores, financistas e burgueses. Essa estimativa está certamente muito errada. Na França, na Inglaterra e efetivamente em outras partes da Europa, metade dos habitantes vive em cidades, e mesmo grande número, talvez um terço, daqueles que vivem no campo é de artesãos. [Jean-François Melon, *Ensaio político sobre o comércio* (1734)]. (NA)

[217] A palavra inglesa *superfluous*, antes usada no sentido de inessencial (ver acima nota 204), adquire aqui o sentido técnico de *excedente*. O significado é assim invertido: o supérfluo é relativo a uma ocupação, não ao todo dos trabalhadores disponíveis num país. A questão é saber como aproveitar esse excesso, como evitar que permaneça ocioso. (NT)

do Estado, pois concedem a muitos a oportunidade de usufruir daquilo que, de outra maneira, lhes permaneceria desconhecido. Mas não seria possível propor outro plano para o emprego desses braços excedentes? O soberano não pode reivindicá-los para si e empregá-los em armadas e exércitos, a fim de ampliar os domínios do Estado no estrangeiro e espalhar sua fama pelas nações mais distantes? É certo que, quanto menos desejos e necessidades os proprietários e os trabalhadores da terra tiverem, menos braços empregarão e, consequentemente, os excedentes da terra, [257] em vez de sustentar comerciantes e manufatureiros, poderão fortalecer as armadas e os exércitos numa medida muito maior do que ali onde se requerem muitas artes para dar conta do luxo de pessoas particulares. Aqui, portanto, há uma espécie de oposição entre a grandeza do Estado e a felicidade do súdito. Um Estado nunca é muito grande quando todo o seu excedente de braços é empregado a serviço do público[218]: a comodidade e o conforto de pessoas privadas requerem que esse excedente seja empregado em benefício delas. Um jamais pode ser satisfeito senão às expensas do outro. E assim como a ambição do soberano se sobrepõe ao luxo dos indivíduos, o luxo dos indivíduos diminui a força e põe freio à ambição do soberano.

Esse raciocínio não é pura quimera, mas está fundado na história e na experiência. A república de Esparta era certamente mais poderosa que qualquer outro Estado então com o mesmo número de habitantes, e isso se devia inteiramente à ausência de comércio e luxo. Os hilotas eram lavradores, os espartanos, soldados e cavalheiros. É evidente que o labor dos hilotas não podia sustentar um número tão grande de espartanos se estes vivessem com conforto e delicadeza, e dessem emprego a uma grande variedade de negócios e manufaturas. A mesma política se nota em Roma. De fato, pode-se observar ao longo de toda a história antiga que as menores repúblicas formaram e mantiveram exércitos maiores do que poderiam ser sustentados por Estados atualmente com o triplo de habitantes. Calcula-se que em todas as nações europeias a proporção entre soldados e população

---

[218] Em inglês, *public*. Diz respeito à coletividade, à comunidade (*community*). Apesar de certo estranhamento, preferiu-se manter a tradução mais literal, lembrando que no português a palavra significa também "povo" ou "conjunto de pessoas de determinado lugar" (Houaiss). (N.T.)

não excede a de um para cem. Lemos, todavia, que a cidade de Roma sozinha, com seu pequeno território, formou e manteve, nos primeiros tempos, dez legiões contra os latinos.[219] Atenas, cujos domínios não eram maiores que Yorkshire, enviou cerca de quarenta mil soldados na expedição contra a Sicília.[220] Diz-se que Dionísio, o Velho, [258] mantinha um exército regular de cem mil infantes e dez mil cavaleiros, além de uma grande armada de quatrocentos navios[221], embora seus territórios se restringissem à cidade de Siracusa, a um terço da ilha da Sicília e a algumas cidades e fortificações portuárias na costa da Itália e da Ilíria. É verdade que, em tempos de guerra, os exércitos antigos dependiam muito dos saques; mas e o inimigo também não saqueava? Este é o modo mais ruinoso de arrecadação de impostos que se poderia imaginar. Em suma, a única razão provável que se pode assinalar para o grande poder dos Estados antigos em relação aos modernos é a ausência de comércio e de luxo. Poucos eram os artesãos sustentados pelo trabalho dos agricultores e, por isso, mais soldados podiam viver às custas dele. Lívio diz que a Roma de seu tempo teria dificuldade em reunir um exército tão grande quanto aquele que, em seus primeiros dias, enviara contra os gauleses e latinos.[222] Os soldados que lutaram pela liberdade e pelo império no tempo de Camilo foram substituídos, no tempo de Augusto, por músicos, pintores, cozinheiros, atores e alfaiates; e se a terra foi cultivada de modo igual em ambos os períodos, ela certamente só podia sustentar o mesmo número de pessoas, tanto numa profissão quanto noutra. Estas nada acrescentaram às meras necessidades da vida, nem no último período, nem no primeiro.

É natural nesta ocasião perguntar se os soberanos não devem voltar às máximas da política antiga e consultar mais os próprios interesses nesta matéria que a felicidade de seus [259] súditos. Respondo que isso me parece quase impossível, porque a política antiga era violenta

---

[219] Tito Lívio, *História de Roma*, VIII, 25 (NT)

[220] Tucídides, *História da guerra do Peloponeso*, VII, 75. (NA)

[221] Diodoro Sícolo, *Biblioteca de História*, II, 5. Essa estimativa, confesso, é algo suspeita, para não dizer pior; principalmente porque esse exército não era composto de cidadãos, mas de forças mercenárias. (NA)

[222] Tito Lívio, *História de Roma*, VII, 25: "Adeo in quae laboramus", diz ele, "sola crevimus, divitias luxuriemque". (NA) ["nosso labor só serviu para duas coisas — riqueza e luxo".] (NT)

e contrária ao curso mais natural e usual das coisas. Sabe-se muito bem por que leis peculiares Esparta foi governada, e na conta de que prodígio essa república foi justamente tida por todos aqueles que consideraram como a natureza humana se portou em outras nações e em outras épocas! Fosse o testemunho da história menos taxativo e circunstanciado, um governo como este poderia parecer mera extravagância ou ficção filosófica, impossível de ser posta em prática. Embora se assentassem em princípios um pouco mais naturais, houve uma extraordinária confluência de circunstâncias que fizeram Roma e outras repúblicas aceitar fardos tão pesados. Elas eram Estados livres, Estados pequenos, e, sendo uma época de beligerância, todos os seus vizinhos estavam continuamente em armas. Liberdade naturalmente gera espírito público, especialmente em Estados menores, e esse espírito público, esse *amor patriae*, tem de aumentar quando o público está em quase constante estado de alerta, e os homens são a todo momento obrigados a se expor aos maiores perigos para defendê-la. Uma contínua sucessão de guerras faz de cada cidadão um soldado: ele é mobilizado e, durante o serviço, o seu sustento recai principalmente sobre ele mesmo. Esse serviço equivale, com efeito, a um pesado imposto; todavia, ele é menos sentido como tal por um povo afeito às armas, que luta mais por honra e vingança que por salário, e ignora o ganho e a indústria, tanto quanto o prazer.[223] Sem mencionar que havia grande igualdade entre as fortunas dos habitantes das repúblicas antigas, pois cada pedaço de terra, pertencendo a um proprietário diferente, podia sustentar uma

---

[223] Os romanos mais antigos viviam em guerra perpétua com todos os seus vizinhos. No latim antigo, o termo *hostis* expressava tanto um estrangeiro quanto um inimigo. É o que observa Cícero, que, no entanto, o atribui à humanidade de seus ancestrais, os quais teriam amenizado, tanto quanto possível, a denominação de inimigo, chamando-o pelo mesmo nome que significava estrangeiro. *De officiis*, [*Dos deveres*] I, 12. Pelos costumes da época, entretanto, é muito mais provável que a ferocidade desse povo [260] fosse tão grande que o fizesse considerar todos os estrangeiros como inimigos, chamando-os por esse nome. Não coaduna, aliás, com as máximas mais comuns da política e da natureza que um Estado veja seus inimigos públicos com olhos amistosos, ou conserve em relação a eles algum dos sentimentos que o orador atribui a seus ancestrais. Sem mencionar que os primeiros romanos realmente praticaram a pirataria, como vemos pelos seus primeiros tratados com Cartago preservados por Políbio [*Histórias*, III]; consequentemente, como os corsários de Salé e de Algiers, eles estavam de fato em guerra com a maioria das nações, e estrangeiro e inimigo eram quase sinônimos para eles. (NA)

família, o que resultava num número bem considerável de cidadãos, mesmo sem negócios e manufaturas. [260]

De qualquer modo, embora a ausência de negócios e manufaturas num povo livre e bastante belicoso possa às vezes não ter outro efeito além de tornar o público mais poderoso, é certo que, no curso comum dos assuntos humanos, ela revelará uma tendência exatamente contrária. Os soberanos devem aceitar o gênero humano tal qual o encontram, e não podem querer introduzir mudança violenta em seus princípios e modos de pensar. Para produzir as grandes revoluções que tanto diversificam a face dos assuntos humanos é necessário um longo transcurso de tempo, além de uma variedade de acidentes e circunstâncias. E o legislador encontrará tanto mais dificuldade de fazê-las surgir e de cultivá-las, quanto menos natural for o conjunto de princípios que sustentam uma sociedade particular. A melhor política para ele será adaptar-se ao pendor comum do gênero humano, proporcionando-lhe todos os aprimoramentos de que este for capaz. Ora, de acordo com o curso mais natural das coisas, indústria, artes e negócios aumentam o poder do soberano, assim como a felicidade dos súditos, mas é violenta a política que fortalece o público mediante o empobrecimento dos indivíduos. É o que facilmente se vê por umas poucas considerações, que nos mostrarão quais são as consequências da indolência e da barbárie.

Onde as manufaturas e as artes mecânicas não são cultivadas, o grosso do povo tem de se dedicar à agricultura. Caso sua destreza e indústria aumentem, resultará um grande excedente do produto da lavoura, bem além do suficiente para mantê-lo. [261] Não há, por isso, tentação de aumentar a destreza e a indústria, uma vez que não se pode trocar aquele excedente por nenhuma mercadoria que sirva ao prazer ou à vaidade. Prevalece naturalmente o hábito da indolência: a maior parte da terra permanece inculta; o que é cultivado não rende o seu máximo por falta de destreza e perseverança dos agricultores. Se em algum momento assuntos públicos urgentes requerem que um grande número seja empregado no serviço público[224], a lavoura não fornece excedente para mantê-lo: os lavradores não podem aumentar repentinamente sua destreza e indústria; terras incultas só estão prontas para a colheita depois de alguns anos. Nesse ínterim, ou os exércitos

---

[224] A expressão subentende também, naturalmente, o serviço militar. (NT)

fazem conquistas repentinas e violentas ou se dissolvem por falta de sustento. Não se pode, por isso, esperar uma capacidade regular de ataque e defesa de um povo como este, cujos soldados são tão ignorantes e despreparados quanto seus agricultores e manufatureiros.

Todas as coisas no mundo são adquiridas pelo trabalho, e nossas paixões são as únicas causas do trabalho. Numa nação abundante em manufaturas e artes mecânicas, os proprietários de terra, assim como os agricultores, estudam a agricultura como uma ciência e redobram sua indústria e atenção. O excedente de seu trabalho não se perde, mas é trocado com manufatores pelas mercadorias que o luxo dos homens os faz agora cobiçar. Por esse meio, a terra fornece uma grande quantidade de produtos indispensáveis à vida, muito mais que suficiente para aqueles que a cultivam. Em tempos de paz e tranquilidade, esse excedente vai para a manutenção dos manufatores e dos que aprimoram as artes liberais. É fácil, no entanto, para o público converter muitos desses manufatores em soldados e mantê-los com o excedente que vem do trabalho dos agricultores. E tal é, como constatamos, o que ocorre em todos os governos civilizados. Quando o soberano forma um exército, qual é a consequência? Ele aplica um imposto. Esse imposto obriga o povo a renunciar ao que é menos necessário à sua subsistência. Aqueles que produzem essas mercadorias precisam, ou se integrar às tropas, ou retornar à agricultura, obrigando, com isso, [262] muitos trabalhadores a se alistar por falta de ocupação. Para considerar a matéria abstratamente, a manufatura só aumenta o poder do Estado se armazena grande quantidade daquela espécie de trabalho que o público possa solicitar, sem privar ninguém do que é necessário à vida. Quanto mais trabalho, portanto, se emprega para além das meras necessidades, mais poderoso é o Estado, pois as pessoas empenhadas nesse trabalho podem ser facilmente transferidas para o serviço público. Num Estado sem manufaturas, pode haver o mesmo número de braços, mas não a mesma quantidade, nem a mesma espécie de trabalho. Ali, todo o trabalho está voltado para as necessidades, as quais não admitem quase ou nenhuma redução.

Assim, no que se refere aos negócios e à manufatura, a grandeza do soberano e a felicidade do Estado estão, em grande medida, ligadas. É um método violento, e no mais das vezes impraticável, obrigar o lavrador a se esfalfar para extrair da terra mais que o seu sustento e o de sua família. Fornece-lhe manufaturas e mercadorias, e ele o fará por conta própria. Verás que depois é fácil adquirir uma parte do excedente de seu trabalho, empregando-a a serviço do público, sem que ele receba a costumeira compensação: acostumado à indústria, ele considerará isso menos penoso do que a obrigação de aumentar seu trabalho sem nenhuma gratificação. O mesmo vale para os outros membros do Estado. Quanto maior a reserva de trabalho, em todas as suas espécies, maior quantidade se pode extrair do montante sem provocar alteração sensível nele.

Um silo público, um armazém de tecidos, um depósito de armas: tudo isso é considerado riqueza e força real em qualquer Estado. Negócios e indústria não são na realidade mais que uma reserva de trabalho empregada para conforto e satisfação dos indivíduos em tempos de tranquilidade e paz, mas que, em emergências de Estado, pode ser em parte utilizada para a vantagem pública. Se pudéssemos converter uma cidade numa espécie de praça-forte e infundir em cada coração um gênio marcial e uma paixão pelo bem público que predispusessem cada um a enfrentar as maiores dificuldades em prol do público, ficaria provado que essas afecções [263] bastam, agora, como nos tempos antigos, para o estímulo à indústria e sustento da comunidade. Como nos campos de batalha, seria então vantajoso banir todas as artes e todo o luxo e, com restrições à equipagem e à alimentação, fazer as provisões e a forragem durar mais que se o exército tivesse de suportar a carga daquele excedente de servidores. Como, entretanto, esses princípios são demasiadamente desinteressados ou muito difíceis de ser mantidos, é preciso governar os homens mediante outras paixões, animando-os com um espírito de avareza e indústria, arte e luxo. A praça-forte está, neste caso, tomada por um excesso de empregados, mas as provisões são proporcionalmente mais abundantes. A harmonia do todo se mantém, e como há mais conformidade com o pendor natural da mente, os indivíduos, assim como o público, acham vantajoso obedecer a essas máximas.

O mesmo método de raciocínio nos mostrará as vantagens do comércio *exterior* para o aumento do poder do Estado, assim como das riquezas e felicidade do súdito. Ele aumenta a reserva de trabalho na nação, e o soberano poderá transferir a parcela que julgar necessária para o serviço do público. Por meio das importações, o comércio exterior fornece materiais para novas manufaturas e, por meio das exportações, ele gera trabalho em certas mercadorias que não teriam consumo interno. Em suma, o reino que importa e exporta mais tem uma indústria mais abundante de luxos e delicadezas do que aquele que se contenta com suas mercadorias nativas. Será, por isso, mais poderoso, e também mais rico e mais feliz. Os indivíduos colhem os benefícios dessas mercadorias, porque elas gratificam seus sentidos e apetites. E o público também ganha, porquanto uma reserva maior de trabalho é assim guardada para eventuais emergências públicas, ou seja, mantém-se um maior número de homens laboriosos, que podem ser transferidos para o serviço público, sem prejuízo de nenhuma das necessidades ou até das principais comodidades da vida.

Se consultarmos a história, constataremos que na maioria das nações o comércio exterior precedeu os refinamentos na manufatura do país e deu origem ao luxo doméstico. A tentação a [264] lançar mão de mercadorias estrangeiras, prontas para uso, que são novidade para nós, é mais forte que a de submeter uma mercadoria própria a aprimoramentos, os quais sempre avançam a passos lentos e nunca nos afetam por sua novidade. O lucro também é muito grande quando se exporta aquilo que é excedente e aquilo que não alcança preço no país a nações estrangeiras, cujo solo ou clima não seja favorável a essa mercadoria. Assim, os homens vêm a conhecer os *prazeres* do luxo e os *lucros* do comércio, e sua *delicadeza* e *indústria*, uma vez despertadas, os levam a aprimorar ainda mais cada ramo de negócio, interno ou externo. Talvez seja esta a principal vantagem advinda do comércio com estrangeiros: ele tira os homens da indolência; apresentando à parcela mais ávida e opulenta da nação objetos de luxo com que esta esta jamais sonhou, desperta-lhe o desejo de um modo de vida mais esplêndido do que o de seus antepassados; ao mesmo tempo, os poucos mercadores que detêm o segredo da importação e da exportação obtêm grandes lucros e, acabando por rivalizar em riqueza com a nobreza tradicional, instigam outros aventureiros a se tornar seus rivais no comércio; a imitação logo difunde todas essas artes, enquanto as manufaturas nacionais emulam os aprimoramentos das estrangeiras, e dão a cada mercadoria doméstica a máxima perfeição de que é suscetível: o aço e o ferro próprios são, em tais mãos laboriosas, iguais ao ouro e aos rubis das Índias.

Quando os negócios da sociedade atingem essa situação, uma nação pode perder a maior parte de seu comércio externo, e continuar, no entanto, a ser um povo grande e poderoso. Se os estrangeiros não querem comprar alguma mercadoria nossa, devemos deixar de trabalhar nela. As mesmas mãos se voltarão para refinamentos de outras mercadorias que possam ser requisitadas no país. E nunca lhes faltarão materiais a ser trabalhados enquanto cada pessoa rica no Estado não possuir mercadorias nacionais na profusão e perfeição que desejar, o que possivelmente jamais ocorrerá. A China é descrita como um dos impérios mais prósperos do mundo, embora faça muito pouco comércio além de seus próprios territórios. [265]

Espero não se considere digressão supérflua se observo aqui que tão vantajosa quanto a abundância de artes mecânicas é que as produções dessas artes sejam distribuídas entre um grande número de pessoas. Uma desproporção muito grande entre os cidadãos enfraquece qualquer Estado. Cada pessoa deve, se possível, gozar dos frutos de seu trabalho, dispor plenamente de tudo o que é indispensável e de muitas comodidades da vida. Ninguém pode duvidar de que uma tal igualdade é mais condizente com a natureza humana, e de que o que subtrai à *felicidade* dos ricos é menor do que o que acrescenta à dos pobres. Ela também aumenta o *poder do Estado*, e faz impostos e contribuições extraordinárias serem pagos com mais satisfação. Onde as riquezas são apropriadas por uns poucos, estes devem contribuir com muita largueza para o suprimento das necessidades públicas; mas se as riquezas estão dispersas pela multidão, cada um sente o fardo leve em seus ombros, e os impostos não fazem diferença muito sensível no modo de vida de ninguém.

A isso se deve acrescentar que se as riquezas estão em poucas mãos, estas desfrutam de todo o poder e logo conspiram para que todo o fardo recaia sobre os pobres, o que os oprime ainda mais, para o desencorajamento de toda indústria.

É nesta circunstância que reside a grande vantagem da Inglaterra sobre qualquer outra nação do mundo presente ou que conste dos anais da história. É verdade que os ingleses sentem algumas desvantagens no comércio exterior devido ao alto custo do trabalho, que é em parte o efeito da riqueza de seus artesãos, em parte da grande quantidade de dinheiro. Como, todavia, o comércio exterior não é o aspecto mais importante, não se deve colocá-lo em competição com a felicidade de tantos milhões. E se nada mais houvesse que fosse capaz de conquistar a afeição destes para o governo livre sob o qual vivem, só isso já seria suficiente. A pobreza da gente comum é um efeito natural, senão inevitável, da monarquia absoluta; mas tenho dúvidas se é sempre verdade, inversamente, que suas riquezas são resultado infalível da liberdade. A liberdade precisa ser acompanhada de instâncias particulares e de uma certa maneira de pensar para poder produzir esse efeito. Lorde Bacon, explicando as vantagens obtidas pela Inglaterra nas guerras contra a França, atribui-as [266] principalmente à maior abundância e profusão de gente comum na primeira: no entanto, o governo dos dois reinos era, nessa época, muito parecido.[225] Se os trabalhadores e artesãos estão acostumados a trabalhar por salários baixos e a reter apenas pequena parte dos frutos do seu labor, é difícil para eles, mesmo num governo livre, melhorar sua condição ou conspirar para o aumento os salários. Mas, mesmo onde estão acostumados a uma vida mais farta, é fácil para os ricos, num governo arbitrário, conspirar contra *eles* e lançar todo o fardo dos impostos sobre seus ombros.

Pode parecer uma situação singular que a pobreza da gente comum, na França, Itália e Espanha se deva, em certa medida, às riquezas de seu solo e ao seu clima benéfico; mas razões não faltam para justificar esse paradoxo. Numa terra ou solo rico como das regiões mais ao sul, a agricultura é uma arte fácil e, com uma parelha de cavalos miseráveis, um homem consegue cultivar, numa estação, terra suficiente para pagar uma renda bem considerável ao proprietário. Toda a arte que o agricultor conhece consiste em deixar a terra de pousio por um ano, quando esteja esgotada; o calor do sol e a temperatura desses climas a enriquecem por si sós e restauram sua fertilidade. Esses pobres camponeses, portanto, não precisam mais de que a simples subsistência para o seu trabalho. Não têm reserva ou riquezas que exijam mais e estão para sempre na dependência do dono da terra, que não faz arrendamentos, nem teme que sua terra seja arruinada por maus métodos de cultivo. Na Inglaterra, o solo é rico, mas inferior; o seu cultivo demanda muito

---

[225] Francis Bacon, "Da verdadeira grandeza de reinos e Estados", que integra o seu volume de *Ensaios*. (NT)

investimento e produz colheitas exíguas, se não for manejado com cuidado e segundo um método em que só se obtém pleno lucro depois de muitos anos. O agricultor na Inglaterra precisa ter, por isso, uma reserva considerável e um arrendamento mais longo, o que gera lucros proporcionais. As excelentes vinhas da Champanha e da Borgonha, que chegam a dar ao dono da terra [267] mais de cinco libras por acre, são cultivadas por camponeses que mal têm pão para comer. A razão é que não precisam de outra reserva além de seus próprios membros e de instrumentos de aragem, que podem comprar por vinte xelins. Os agricultores em geral se encontram em situação um pouco melhor naqueles países. Mas, de todos os que trabalham na terra, os pecuaristas estão em melhor situação. E pela mesma razão. Os homens devem ter lucros proporcionais aos seus investimentos e riscos. Se um número considerável de trabalhadores pobres, camponeses ou agricultores, se encontra em condições muito ruins, todo o resto tem de compatilhar sua pobreza, seja o governo da nação monárquico ou republicano.

Podemos fazer uma observação similar em relação à história geral do gênero humano. Por que razão nenhum povo que vive entre os trópicos jamais chegou à arte ou civilidade alguma e, nem mesmo tem polícia e disciplina militar em seus países, enquanto poucas nações de climas temperados estão inteiramente desprovidas dessas vantagens? É provável que uma das causas desse fenômeno seja o calor, o clima igual nessa zona tórrida, que torna roupas e casas menos necessárias para os habitantes e assim elimina, em parte, aquela necessidade que é a grande espora da indústria e da invenção. *Curis acuens mortalia corda.*[226] Sem mencionar que quanto menos bens e posses desse gênero um povo desfrutar, menos querelas surgirão entre eles e menos necessidade haverá de uma polícia fixa ou de uma autoridade regular para protegê-los e defendê-los de inimigos estrangeiros, ou uns dos outros.

---

[226] "Afiando cuidadosamente a inteligência dos homens". Vergílio, *Geórgiccas*, I, 123. (NT)

DO REFINAMENTO NAS ARTES[227]

Luxo é uma palavra de significação incerta e pode ser tomada tanto num bom quanto num mau sentido. Significa, em geral, grande refinamento na gratificação dos sentidos, e um certo grau dele pode ser inocente ou censurável, conforme a época, país ou condição da pessoa. Os limites entre virtude e vício não podem ser exatamente fixados aqui, tampouco como em outros assuntos morais. Jamais passará pela cabeça de alguém, a não ser que esteja perturbado pelos frenesis do entusiasmo, imaginar que a gratificação de um dos sentidos ou a transigência com as delícias da mesa, bebida ou vestuário, seja em si mesma viciosa. Com efeito, ouvi dizer que longe daqui um monge, porque as janelas de seu aposento davam para um magnífico horizonte, fez *um pacto com seus olhos* para que jamais se voltassem para aquela direção, a fim de que não recebessem tão sensual gratificação; [269] e o crime de beber champanha ou borgonha é considerado menos grave que o de tomar cerveja de baixa qualidade ou pórter. Essas transigências só são vícios se obtidas à custa de alguma virtude, como liberalidade ou caridade; também são loucura, se por causa delas o homem arruína sua fortuna, condenando-se a penúria e mendicância. Onde não prejudicam nenhuma virtude, mas deixam amplos meios de socorrer amigos, família e todo verdadeiro objeto de generosidade e compaixão, elas são inteiramente inocentes e como tais têm sido reconhecidas por quase todos os moralistas de todas as épocas. Ocupar-se exclusivamente, por exemplo, do luxo à mesa, sem nenhum paladar para os prazeres da ambição, do estudo e do convívio social, é sinal de estupidez, incompatível com um temperamento ou gênio minimamente vigorosos. Que alguém canalize todos os seus gastos para essa gratificação, sem levar em conta amigos ou família,

---

[227] Título do ensaio até a 5. ed.: "Do luxo". (NT)

indica um coração destituído de humanidade ou benevolência. Mas o homem que dedica bastante tempo a ocupações louváveis e gasta seu dinheiro com propósitos generosos está livre de qualquer censura ou reprovação.[228]

Uma vez que o luxo pode ser considerado inofensivo ou censurável, as opiniões absurdas que se formaram a seu respeito não deixam de surpreender. Enquanto homens de princípios libertinos dirigem louvores mesmo ao luxo vicioso, representando-o como altamente vantajoso para a sociedade, os homens de moral severa, por outro lado, censuram o luxo mais inofensivo, representando-o como fonte de todas as corrupções, desordens e facções que acometem o governo civil. Tentaremos corrigir aqui ambos os extremos, provando, em *primeiro* lugar, que as épocas de refinamento são as mais felizes e as mais virtuosas e, em *segundo* lugar, que, quando deixa de ser inofensivo, o luxo também deixa de ser benéfico e é, num grau extremo, uma qualidade perniciosa, embora talvez não a mais perniciosa, para a sociedade política.

Para provar o primeiro ponto precisamos apenas considerar os efeitos do refinamento na vida *pública* e na vida *privada*. A felicidade humana, de acordo com as noções mais aceites, parece consistir em três ingredientes: ação, prazer e indolência. E [270] embora esses ingredientes devam estar misturados em proporções diferentes conforme a disposição particular da pessoa, nenhum deles pode faltar inteiramente sem destruir em alguma medida o sabor de toda a composição. Por si mesmos, indolência ou repouso não parecem, com efeito, contribuir muito para nosso contentamento. Mas, assim como o sono, são uma transigência necessária com a fraqueza da natureza humana, que não pode suportar um curso ininterrupto de

---

[228] Em páginas definitivas sobre a "querela do luxo" no século XVIII, Luiz Roberto Monzani discute a posição de Hume nela, comentando, por exemplo, esse parágrafo: "O que ele [Hume] chama de luxo vicioso parecer ser o que entendemos por monomania ou ideia fixa. Não deixa de lembrar também Luís XIV e Versalhes. A ideia que nos vem, por exemplo, é a de um jogador cuja paixão foi levada a tal ponto que absorve toda sua vida e drena todos os seus bens. Mas, nem nesses casos, Hume considera o luxo como 'o pior dos males da sociedade política'". O autor sugere que o luxo vicioso seria mais um problema de ordem econômica (e até de economia "pulsional"), que de ordem moral (*Desejo e prazer na Idade Moderna*. Campinas: Editora da Unicamp, 1995, pp. 40-41; cf. também a importante nota 57, p. 59). (NT)

ocupação ou de prazer. A rápida marcha dos espíritos[229], que tira o homem de si mesmo e é o que principalmente dá satisfação, exaure por fim a mente e requer alguns intervalos de repouso, os quais, embora agradem momentaneamente, quando prolongados provocam um langor e letargia que destroem todo contentamento. A poderosa influência de educação, costume e exemplo pode fazer a mente se voltar para qualquer uma dessas ocupações, e é preciso reconhecer que, onde estimulam o paladar para a ação e para o prazer, são nessa medida favoráveis à felicidade humana. Em tempos de florescimento da indústria e das artes, os homens se mantêm em constante ocupação e têm como recompensa o contentamento com a própria ocupação, não menos que com os prazeres que são frutos do seu trabalho. A mente adquire novo vigor, amplia seus poderes e faculdades e, pela persistência na indústria honesta, satisfaz seus apetites naturais e impede o aumento de apetites inaturais, que geralmente crescem alimentados pelo conforto e pela preguiça. Se banires essas artes da sociedade, privarás os homens de ação e de prazer e, nada deixando em seu lugar além da indolência, destruirás inclusive o paladar para esta, que só é agradável quando se segue ao trabalho e revigora os espíritos, exauridos por muita aplicação e fatiga.

Outra vantagem de haver indústria e refinamentos nas artes mecânicas é que geralmente produzem refinamentos nas artes liberais, e umas não podem ser levadas à perfeição sem ser acompanhadas, em alguma medida, pelas outras. A mesma época que produz grandes filósofos e políticos, generais e poetas de renome, costuma ser abundante em hábeis tecelões e construtores de navios. Não é razoável esperar que uma malha de lã seja tecida com [271] perfeição numa nação que ignora a astronomia ou negligencia a ética. O espírito da época afeta todas as artes, e a mente humana, uma vez despertada de sua letargia e posta em ebulição, volta-se para todos os lados e faz aprimoramentos em cada arte e ciência. A extrema ignorância é totalmente banida, e os homens desfrutam o privilégio que as criaturas racionais têm de pensar e agir, de cultivar os prazeres da mente e do corpo.

Mais as artes refinadas avançam, mais sociáveis os homens se tornam. Enriquecidos de ciência e dispondo de fundos para o

---

[229] Espíritos animais. (NT)

convívio social, já não lhes é possível estar contentes com a solidão, nem viver com seus concidadãos naquela maneira distante que é própria às nações ignorantes e bárbaras. Eles afluem para as cidades, gostam de receber e transmitir conhecimento, de mostrar o seu engenho e boa educação, o seu gosto no trato social e na vida, nas roupas e na mobília. A curiosidade cativa o sábio; a vaidade, o tolo; o prazer, a ambos. Clubes e sociedades privadas se formam por toda parte; os sexos se encontram de maneira tranquila e sociável; e o temperamento dos homens se refina, assim como seu comportamento. De tal maneira que, além dos aprimoramentos que recebem do conhecimento e das artes liberais, é impossível que não sintam um acréscimo de humanidade proveniente do próprio hábito de se relacionar socialmente e de contribuir para o prazer e entretenimento recíprocos. Assim, *indústria*, *conhecimento* e *humanidade* se ligam por um elo indissolúvel e, tanto por experiência, quanto por razão, se constata que são peculiares às épocas mais polidas, aquelas que são comumente denominadas as mais luxuosas.

Essas vantagens tampouco são seguidas de desvantagens que apresentem alguma proporção com elas. Quanto mais refinam o seu prazer, menos os homens se entregam a excessos de qualquer espécie; porque nada é mais destruidor para o verdadeiro prazer que esses excessos. Pode-se afirmar com segurança que a glutonaria bestial que os tártaros cometem banqueteando-se da carne de seus cavalos mortos é muito mais frequente que [272] a de nossos cortesãos europeus, a despeito de todos os refinamentos destes em sua culinária. E se o amor libertino e até a infidelidade conjugal são mais frequentes em épocas polidas, nas quais são com frequência vistos apenas como galanteio, em compensação nelas é muito menos comum a embriaguez, vício mais odioso e pernicioso para a mente e para o corpo. Nessa matéria eu apelaria não apenas a um Ovídio ou a um Petrônio, mas também a um Sêneca ou a um Catão. É sabido que, durante a conspiração de Catilina, César foi levado a colocar nas mãos de Catão um *billet-doux*[230] revelando um caso amoroso da irmã deste, Servília: o severo filósofo atirou-o de volta a ele com indignação e, no amargor da sua raiva, o chamou de bêbado, termo

---

[230] Carta de amor. Em francês no original. (NT)

mais ofensivo do que aquele que poderia usar para repreendê-lo com mais justeza.[231]

Mas indústria, conhecimento e humanidade não são vantajosos apenas na vida privada; elas espalham sua influência benéfica pelo *público*[232] e dão grandeza e prosperidade ao governo na mesma medida em que tornam os indivíduos felizes e prósperos. O incremento e o consumo de todas as mercadorias que servem ao ornamento e ao prazer da vida são vantajosos para a sociedade, porque, ao mesmo tempo em que multiplicam as gratificações inocentes dos indivíduos, constituem uma espécie de *armazenamento* de trabalho que, numa emergência de Estado, pode ser empregado no serviço público.[233] Numa nação em que não há demanda de tais excedentes os homens mergulham em indolência, perdem todo contentamento com a vida e são inúteis para o público, que não pode contar com a indústria de tais indivíduos indolentes para a manutenção ou sustento de suas frotas e exércitos. [273]

As fronteiras de todos os reinos da Europa são no presente quase as mesmas de duzentos anos atrás: mas que diferença não há no poder e grandeza desses reinos! Isso não pode ser atribuído a outra coisa senão ao incremento da arte e da indústria. Quando Carlos VIII da França invadiu a Itália, levou consigo cerca de vinte mil homens, contingente que exauriu de tal modo a nação, que, como nos informa Guicciardini[234], por alguns anos ela não foi capaz de fazer outro grande esforço como este. Em tempo de guerra, o falecido rei da França mantinha mais de quatrocentos mil homens pagos[235], embora entre a morte de Mazarino e a sua própria ele tenha se envolvido numa série de guerras que duraram quase trinta anos.

Se o grande fomento da indústria se deve ao conhecimento, que é inseparável das épocas de arte e refinamento, por outro lado, esse conhecimento permite que a comunidade tire o máximo proveito da indústria de seus súditos. Leis, ordem, polícia, disciplina: estas jamais podem ser levadas a algum grau de perfeição antes que a razão humana tenha se refinado pelo exercício e pela aplicação nas artes

[231] Plutarco, *Vidas*, "O jovem Catão", 24. (NT)
[232] Sobre o termo "público", cf. nota 218 da tradução ao ensaio anterior, "Do comércio". (NT)
[233] Sobre o "serviço público", cf. a nota 224 do ensaio anterior, "Do comércio". (NT)
[234] Francesco Guicciardini, *História da Itália*, livros 1-3. (NT)
[235] A inscrição na Place Vêndome em Paris diz quatrocentos e quarenta mil. (NA)

mais comuns, ou, ao menos, nas artes do comércio e da manufatura. Podemos esperar um governo bem modelado de um povo que não sabe como fazer uma roda de fiar, nem usar vantajosamente um tear? Sem mencionar que todas as épocas ignorantes são infestadas de superstição, que põe o governo em desordem e atrapalha os homens na busca de seu interesse e de sua felicidade.

O conhecimento nas artes do governo gera brandura e moderação, pois instrui os homens nas vantagens das máximas humanitárias sobre o rigor e a severidade, que [274] levam os súditos à rebelião e tornam impraticável o retorno à submissão, porque cortam qualquer esperança de reconciliação. Se o temperamento dos homens foi tão suavizado quanto o conhecimento deles aprimorado, a humanidade se mostra de maneira ainda mais conspícua e é a principal característica que distingue uma época civilizada dos tempos de barbárie e ignorância. As facções se tornam menos inveteradas; as revoluções, menos trágicas; a autoridade, menos severa; as sedições, menos frequentes. Até a crueldade das guerras diminui, e fora do campo de batalha, onde honra e interesse revestem os homens de uma couraça contra compaixão e medo, os combatentes se despem de sua brutalidade e voltam a ser homens.

Não devemos tampouco temer que, perdendo sua ferocidade, os homens também percam seu espírito marcial e se tornem menos intrépidos e vigorosos na defesa de seu país e de sua liberdade. As artes não têm esse efeito enervando a mente ou o corpo. Ao contrário, a indústria, sua inseparável companheira, fortalece a ambos. E se a raiva, que dizem ser a alavanca da coragem, perde algo de sua aspereza em virtude da polidez e do refinamento, o senso de honra, que é um princípio mais forte, mais constante e mais governável, adquire frescura e vigor com a elevação do gênio oriundo do conhecimento e da boa educação. Acrescente-se a isso que a coragem não pode ser duradoura nem útil se não é acompanhada de disciplina e habilidade marcial, qualidades dificilmente encontradas em povos bárbaros. Os antigos diziam que Dátames era o único bárbaro a conhecer a arte da guerra.[236] Pirro, ao ver o exército romano marchar com alguma arte e destreza, disse surpreso: "Esses bárbaros não têm nada de

---

[236] *Vidas de homens ilustres*, "Dátames". (NT)

bárbaro em sua disciplina!"[237] Deve-se observar que, se os antigos [275] romanos, em virtude de sua dedicação exclusiva à guerra, se tornaram o único povo incivilizado a possuir disciplina militar, os italianos modernos são, entre os europeus, o único povo civilizado que nunca teve coragem ou espírito marcial. Os que atribuem, porém, a afeminação dos italianos ao luxo, polidez ou aplicação nas artes, não precisam senão considerar os franceses e ingleses, cuja bravura é tão incontestável quanto seu amor pelas artes e sua persistência no comércio. Os historiadores italianos nos oferecem uma explicação mais satisfatória para a degeneração de seus compatriotas. Eles nos mostram como todos os soberanos da Itália baixaram a espada de uma só vez: a aristocracia de Veneza tinha desconfiança de seus súditos; a democracia de Florença se dedicava inteiramente ao comércio; Roma era governada por sacerdotes, e Nápoles, por mulheres. A guerra passou a ser ocupação de soldados da fortuna[238], que se poupavam uns aos outros e que, para espanto geral, podiam se empenhar um dia inteiro naquilo que chamavam de batalha, mas à noite voltavam para os acampamentos sem que uma gota de sangue tivesse sido derramada.

O que principalmente induziu severos moralistas a invectivar contra o refinamento nas artes foi o exemplo da Roma antiga, que, adicionando virtude e espírito público a sua pobreza e rusticidade, atingiu uma altura surpreendente de grandeza e liberdade; tendo, porém, aprendido o luxo asiático[239] com as províncias conquistadas, ela caiu em toda sorte de corrupção, de onde se originaram a sedição e as guerras civis, seguidas, por fim, da perda total da liberdade. Todos os clássicos latinos que estudamos na infância estão repletos de sentimentos como estes, e são unânimes em atribuir a ruína de seu Estado às artes e riquezas importadas do Oriente. É assim que Salústio representa o gosto pela pintura [276] como um vício, tal

---

[237] Plutarco, *Vidas*, "Pirro", 16. (NT)

[238] Conforme o dicionário Caldas Aulete, soldado de fortuna é aquele que não tem formação militar oficial, "que se alista para ganhar postos ou vantagens pelos seus feitos de armas". Este parece ser o sentido aqui, embora o dicionário Oxford registre que tal acepção é rara em inglês. Segundo o mesmo dicionário, o "soldier of fortune" era um homem de empreendimento ou renome que oferecia serviços militares aos governos antes da instituição da profissionalização do exército. (NT)

[239] Nas edições H a K: "luxo asiático e grego". (NT)

como a lascívia e a bebida.[240] Esses sentimentos eram tão populares no período final da República, que esse mesmo autor é abundante em elogios à rígida virtude da Roma antiga, embora ele mesmo seja o mais egrégio exemplo de luxo e corrupção modernos; ele fala com desprezo da eloquência grega, embora seja o escritor mais elegante do mundo; e emprega para esse propósito digressões e declamações absurdas, embora seja modelo de gosto e correção.

Seria fácil, no entanto, provar que esses escritores se equivocaram na causa das desordens do Estado romano, atribuindo ao luxo e às artes o que na realidade procedia da má organização do governo e da ilimitada extensão das conquistas. O refinamento nos prazeres[241] e nas conveniências da vida não tem nenhuma tendência natural a gerar venalidade e corrupção. O valor que cada indivíduo atribui a um prazer particular depende de comparação e experiência: o carregador que compra toucinho e conhaque não é menos ávido do dinheiro gasto com eles que o cortesão que adquire champanha e sombrias-bravas.[242] Riquezas são valiosas em todos os tempos e para todos os homens, porque adquirem os prazeres a que estão acostumados e que desejam. A única coisa capaz de restringir ou regular o amor ao dinheiro é o senso de honra e virtude, que, se está muito longe de ser igual em todos os tempos, é naturalmente mais abundante em épocas de conhecimento e refinamento.

De todos os reinos da Europa, a Polônia parece ser o mais deficiente nas artes da guerra e da paz, nas artes mecânicas e nas artes liberais; no entanto, é ali que mais prevalecem a venalidade e a corrupção. Os nobres não parecem ter preservado a monarquia eletiva senão com o propósito de vendê-la de tempos em tempos a quem se dispuser a pagar o maior preço. Esta é praticamente a única espécie de comércio que esse povo conhece.

As liberdades da Inglaterra, longe de terem decaído desde o [277] aprimoramento das artes, nunca floresceram tanto quanto nesse período. E conquanto possa parecer que a corrupção tenha aumentado nos últimos anos, isso deve ser atribuído principalmente a nossa

---

[240] *Conspiração de Catilina*, VI-XII. (NT)

[241] Nas edições H a M: "Luxo ou refinamento nos prazeres". (NT)

[242] Pequeno pássaro (*Emberiza hortulana*) encontrado na maioria dos países europeus e que era muito apreciado pelo sabor delicado. (NT)

liberdade consolidada, uma vez que nossos príncipes descobriram a impossibilidade de governar sem parlamento, ou de aterrorizar o parlamento com o fantasma da prerrogativa.[243] Sem mencionar que a corrupção ou venalidade prevalece muito mais entre os eleitores do que entre os eleitos e, por isso, não é justo atribuí-la a refinamentos do luxo.

Se considerarmos a matéria numa luz apropriada, veremos que o progresso nas artes é antes propício à liberdade e tende naturalmente a preservar, se não a produzir, um governo livre. Em nações rudes e impolidas, onde as artes são negligenciadas, todo o trabalho está voltado para o cultivo do solo, e a sociedade inteira se divide em duas classes: proprietários de terra e seus vassalos ou arrendatários. Estes últimos são necessariamente dependentes e destinados à escravidão e sujeição, especialmente se não possuem riquezas e não são valorizados por seu conhecimento da agricultura, como acontece onde se negligenciam as artes. Os primeiros se erigem naturalmente em tiranetes, que se submetem a um senhor absoluto a fim de manter a paz e a ordem; ou então, caso pretendam preservar sua independência como os antigos barões[244], eles têm de entrar em hostilidades e conflitos uns contra os outros, lançando a sociedade inteira numa confusão que pode ser pior que o governo mais despótico. Onde, no entanto, o luxo alimenta o comércio e a indústria, os camponeses se tornam ricos e independentes mediante o cultivo adequado da terra, enquanto os comerciantes e mercadores adquirem uma parcela da propriedade, o que confere respeito e autoridade aos indivíduos dos estratos intermediários, a melhor e mais firme base da liberdade pública. Estes, diferentemente dos camponeses, não se rendem à escravidão por baixeza e vilania de espírito, e como não têm [278] nenhuma expectativa de tiranizar os outros, ao contrário dos barões, não são tentados, em vista de tal gratificação, a se submeter à tirania do seu soberano. Eles anseiam por leis iguais, que assegurem sua propriedade e os protejam da tirania, monárquica ou aristocrática.

A câmara baixa do parlamento é o suporte de nosso governo popular, e todo mundo reconhece que sua grande influência e

---

[243] Hume se refere aos poderes executivos da Coroa, à prerrogativa real (*royal prerogative*) de não seguir a lei, bastante limitada na Grã-Bretanha desde o século anterior. (NT)

[244] Nas edições H a N: "barões góticos". (NT)

importância se devem ao incremento do comércio, que colocou tal balança da propriedade nas mãos dos comuns. Quão inconsistente não seria, pois, condenar com veemência um refinamento nas artes, representando-o como a ruína da liberdade e do espírito público!

Invectivar contra os tempos presentes e exaltar a virtude de ancestrais remotos é uma propensão quase inerente à natureza humana, e como os sentimentos e opiniões de épocas civilizadas são os únicos transmitidos à posteridade, por isso deparamos com tantos juízos severos contrários ao luxo e mesmo à ciência, e damos no presente tão pronto assentimento a eles. A falácia, no entanto, é facilmente percebida se comparamos nações diferentes que sejam contemporâneas, e podemos julgar ambas com mais imparcialidade e colocar melhor em oposição maneiras que nos são suficientemente conhecidas. Traição e crueldade, os vícios mais perniciosos e odiosos de todos, parecem peculiares às épocas incivilizadas, e entre os gregos e romanos refinados eram atribuídas a todas as nações bárbaras vizinhas. Eles podiam, portanto, ter com razão presumido que seus próprios ancestrais, tão altamente celebrados, não possuíram virtude maior e foram inferiores a eles em honra e em humanidade, tanto quanto no gosto e na ciência. Um franco ou um saxão antigo pode ser altamente enaltecido: acredito, porém, que qualquer um pensaria que sua vida ou fortuna estaria muito menos segura nas mãos de um mouro ou de um tártaro que nas de um cavalheiro francês ou inglês, o estrato de homens mais civilizados nas mais civilizadas das nações.

Chegamos agora à *segunda* asserção que propusemos ilustrar, a saber: assim como o luxo inocente ou o refinamento nas artes e conveniências da vida é vantajoso para o público, assim também, onde quer que o luxo deixa de ser inocente, também deixa de [279] ser benéfico, e se é levado um grau além, pode se tornar uma qualidade perniciosa, ainda que talvez não a mais perniciosa, para a sociedade política.

Consideremos o que chamamos de luxo vicioso. Nenhuma gratificação, por mais sensual que seja, pode ser considerada viciosa em si mesma. Uma gratificação só é viciosa se consome todo o ganho de um homem, não lhe deixando capacidade para aqueles atos de dever e generosidade requeridos por sua posição e fortuna.

Suponhamos que o homem corrija o vício e empregue parte de seus gastos na educação de suas crianças, na ajuda a seus amigos, no alívio dos pobres: haveria algum prejuízo para a sociedade? Ao contrário, o consumo aumentaria, e o mesmo trabalho antes empregado para produzir gratificação a um único homem aliviaria os necessitados e promoveria a satisfação de centenas. O mesmo cuidado e labuta que produzem um prato de ervilhas no Natal daria pão a uma família inteira por seis meses. Dizer que sem o luxo vicioso não teria havido absolutamente emprego de trabalho, equivale apenas a dizer que há na natureza humana algum outro defeito, como indolência, egoísmo e desconsideração pelos outros, para o qual o luxo poderia em certa medida ser um remédio; assim como um veneno serve de antídoto a outro. A virtude, porém, como alimento saudável, é melhor que quaisquer venenos, mesmo que atenuados.

Tomemos como suposição que haja o mesmo número atual de pessoas na Grã-Bretanha, no mesmo solo e clima, e então eu pergunto: não seria possível para eles ser mais felizes, se o seu modo de vida fosse o mais perfeito que possa ser imaginado e a própria Onipotência pudesse operar a maior reforma em seu temperamento e disposição? Seria evidentemente ridículo afirmar que isso não seria possível. Como o país pode sustentar mais que todos os seus habitantes atuais, em tal Estado utópico eles jamais poderiam sentir quaisquer outros males do que aqueles advindos de doença física: e estes não são metade das misérias humanas. Todos os outros males surgem de algum vício, em nós ou nos outros, e até muitas de nossas moléstias procedem da mesma origem. Remove os vícios, e os males irão junto. Deves apenas tomar cuidado em remover *todos* os vícios. Se removeres apenas uma parte, podes piorar [280] a situação. Banindo o luxo *vicioso* sem curar a preguiça e a indiferença para com os outros, apenas diminuirás a indústria no Estado, nada acrescentando à caridade ou à generosidade dos homens. Permita-nos, pois, que fiquemos satisfeitos com a afirmação de que dois vícios opostos num Estado são mais vantajosos que um deles sozinho; mas não nos permita jamais pronunciar que o vício é vantajoso em si mesmo. Não é bastante inconsistente que um autor afirme, numa página, que as distinções morais são invenções de políticos em prol do interesse público e sustente, na seguinte, que o vício é benéfico para o público?[245] E, de fato, em qualquer sistema de moral parece quase uma contradição nos termos falar de um vício que seja em geral benéfico para a sociedade.[246]

Pensei que esse raciocínio era necessário para esclarecer uma questão filosófica que tem sido muito discutida na Inglaterra. Denomino-a uma questão *filosófica*, não uma questão *política*. Pois qualquer que possa ser a consequência de uma tal transformação miraculosa do gênero humano, que o dotasse de toda espécie de virtude e o libertasse de toda espécie de vício, ela não diz respeito ao magistrado, que só almeja o que está dentro das possibilidades. Ele não pode curar cada um dos vícios, colocando uma virtude em seu lugar. No mais das vezes ele só pode curar um vício com outro, e é preciso, nesse caso, escolher o que for menos pernicioso para a sociedade. O luxo, se excessivo, é fonte de muitos males, mas é em geral preferível à preguiça e à ociosidade, que comumente ocupam o seu lugar e são mais nocivos tanto para pessoas privadas quanto para o público. Onde reina a preguiça, um modo de vida mesquinho e inculto prevalece entre os indivíduos, os quais não têm nem sociedade, nem contentamento. E se nessa situação o soberano precisar do serviço de seus súditos, o trabalho existente no Estado só será suficiente para fornecer o que é necessário à vida dos trabalhadores, e nada poderá oferecer aos que estão empregados no serviço público.

---

[245] Bernard Mandeville, *Fábula das abelhas, ou vícios privados, benefícios públicos*. (NA)

[246] "Prodigalidade não se confunde com refinamento nas artes. Ao que parece, esse vício é menos frequente em épocas cultivadas. Indústria e ganho geram frugalidade entre aqueles das condições mais baixas e médias e em todas as ocupações. Homens de classes mais altas, poder-se-ia alegar, deixam-se encantar pelos prazeres que são mais frequentes para eles. Mas a preguiça é a principal fonte de prodigalidade, em todas as épocas, e há prazeres e vaidades que sempre encantam os homens, quando estes não conhecem contentamentos superiores. Sem mencionar que os altos juros, pagos em épocas mais rudes, rapidamente consomem as fortunas dos arrendatários de terra e multiplicam suas necessidades". Na edição P, o parágrafo não aparecia em nota, mas no corpo do texto. (NT)

DA ARTE DE ESCREVER ENSAIO[247]

[533] A parcela elegante do gênero humano, que não está imersa na mera vida animal, mas se ocupa das operações da mente, pode ser dividida em indivíduos *letrados* e indivíduos *de convívio social*.[248] Os letrados são aqueles que escolheram para seu destino as mais elevadas e difíceis operações da mente, que requerem ócio e solidão, e nas quais não se pode atingir a perfeição sem longa preparação e severo labor. A uma disposição sociável e a um gosto pelo prazer, o mundo do convívio social alia uma inclinação para os mais amenos e suaves exercícios do entendimento, para reflexões óbvias sobre assuntos [534] humanos e obrigações da vida comum e para observações sobre os defeitos ou perfeições dos objetos particulares que o cercam. Esses tópicos de pensamento não fornecem suficiente ocupação para quem está sozinho, mas requerem, para se tornar exercício apropriado da mente, a companhia e a conversa de nossos semelhantes. Isso reúne os homens em sociedade, onde cada qual expõe seus pensamentos e observações da melhor maneira que pode, e onde não há apenas troca recíproca de informações, mas também de prazer.

---

[247] Publicado somente na 2. ed. de 1742, como ensaio de abertura. A razão dada por Hume para suprimir este e os dois ensaios seguintes "Dos preconceitos morais" e "Da condição mediana de vida" (sua intenção inicial era retirar também "De amor e casamento" e "Do estudo da história"), seria a de que são "frívolos e cínicos" (carta de 17 de fevereiro de 1748). Mais tarde suprimiu também "De impudência e modéstia" e "Da avareza". Hume teria escrito que esses ensaios não dão "nem prazer, nem instrução: são, com efeito, más imitações das agradáveis ninharias [*triffling*] de Addison" (carta de 7 de fevereiro de 124). Para uma discussão dessa questão, cf. M. A. Box, *The suasive art of David Hume*. Princeton: Princeton University Press, 1990, cap. III, pp. 111 e segs. Como quer que seja, não cabe dúvida de que o presente ensaio é central para a compreensão da importância do gênero ensaístico e de sua inserção no projeto humiano de estabelecer uma "ciência da natureza humana". (NT)

[248] "Letrados": *learned*. "Convívio social": *conversable*. Cf. o comentário lexical no final deste volume. (NT)

Que o mundo letrado tenha se separado do mundo do convívio social, este parece ter sido o principal defeito de épocas recentes, que não pôde deixar de exercer má influência tanto nos livros quanto nas reuniões sociais. Pois, que possibilidade há de encontrar tópicos de conversação feitos para entreter criaturas racionais sem recorrer à história, à poesia, à política e até aos princípios mais óbvios da filosofia? Estariam nossos discursos condenados a ser uma série contínua de fuxicos e observações inócuas? Deveria a mente nunca ir mais alto, mas permanecer perpetuamente

> *Atônita e exausta do tagarelar sem fim,*
> *De fulano fez assado, sicrano agiu assim?*[249]

Isso seria tornar o tempo dedicado à convivência a parte mais desinteressante e inaproveitável de nossas vidas.

Por outro lado, as letras também foram grandes perdedoras ao serem trancadas em faculdades e conventos e segregadas do mundo e da boa companhia. Foi assim que todas as partes das chamadas *belles lettres* se tornaram totalmente bárbaras, sendo cultivadas por homens sem nenhum gosto pela vida ou pelos costumes, sem aquela liberdade e agilidade de pensamento e expressão que só podem ser adquiridas pelo convívio social. Também a filosofia se arruinou com esse desanimado e recluso método de estudos, e se tornou tão quimérica em suas conclusões quanto [535] ininteligível em seu estilo e maneira de expor. E, de fato, o que se poderia esperar de homens que jamais consultaram a experiência em seus raciocínios, ou jamais procuraram por ela unicamente onde pode ser encontrada, na vida comum e no convívio social?

Com grande prazer observo que os homens de letras de nossa época têm perdido, em grande medida, o temperamento tímido e acanhado que os mantinha distantes dos homens e que, ao mesmo tempo, os homens do mundo se orgulham de buscar nos livros os tópicos mais agradáveis de suas conversas. Espera-se que essa liga do mundo letrado com o mundo do convívio social, que começou tão bem, possa se aprimorar ainda mais, para mútuo benefício de ambos. Não sei de nada tão vantajoso para esse fim quanto *ensaios*

---

[249] Fonte não identificada. (NT)

como estes, com que me proponho a entreter o público. Deste ponto de vista, posso me considerar uma espécie de representante ou embaixador das letras nos domínios do convívio social, e devo ter como constante dever a promoção das boas relações entre esses dois Estados, que tanto dependem um do outro. Darei aos letrados inteligência de tudo o que se passa em sociedade, e empenhar-me-ei em importar para esta todas as mercadorias que possa encontrar em meu país natal, próprias para uso e entretenimento dela. Não será preciso cuidar da balança comercial, nem haverá dificuldade de mantê-la equilibrada nos dois lados. Os materiais desse comércio devem ser fornecidos principalmente pelo convívio social e pela vida comum: sua manufatura cabe unicamente à parcela letrada.

Assim como seria negligência imperdoável num embaixador não prestar suas homenagens ao soberano do Estado em que foi comissionado para residir, também seria inteiramente indesculpável se eu não me dirigisse, com particular respeito, ao belo sexo, que é soberano no império do convivo social. Dele me aproximo com reverência. E se meus compatriotas, os letrados, não fossem uma raça de mortais teimosa e independente, extremamente ciosa de sua liberdade e desacostumada à sujeição, eu entregaria àquelas belas mãos [536] a autoridade soberana sobre a república das letras. Na situação atual, minha comissão não vai além do desejo de criar uma liga de ataque e defesa contra nossos inimigos comuns, os inimigos da razão e da beleza, pessoas de cabeça oca e coração frio. De agora em diante, nós os perseguiremos com vingança a mais severa: não daremos trégua, a não ser para os que possuem entendimento sadio e afetos delicados, caracteres que, como é de esperar, são sempre inseparáveis.

Para falar com seriedade e deixar a imagem de lado antes que acabe desgastada, sou da opinião de que as mulheres, isto é, as mulheres de senso e educação (pois unicamente a elas me dirijo), são juízes muito melhores da polidez na arte de escrever do que homens com o mesmo grau de entendimento, e elas entram inutilmente em pânico, se o ridículo de que geralmente é alvo uma mulher letrada as aterroriza tanto a ponto de abandonarem por completo os livros e os estudos ao nosso sexo. O único efeito que a ameaça desse ridículo pode ter é fazê-las esconder seu conhecimento na presença dos tolos, que são indignos dele e das que o possuem. Estes ainda se valerão inutilmente do título de sexo forte para tentar obter superioridade sobre elas, mas minhas belas leitoras podem ter certeza de que todos os homens de senso, conhecedores do mundo, têm grande deferência para com seus juízos a respeito dos livros ao alcance de seu conhecimento, e depositam mais confiança na delicadeza de seu gosto, ainda que este não seja guiado por regras, do que em todos os trabalhos grosseiros de pedantes e comentadores. Numa nação vizinha, igualmente famosa pelo bom gosto e pelo galanteio, as damas de certa maneira reinam soberanas tanto no mundo *letrado* quanto no mundo *do convívio social*, e nenhum escritor polido se aventura a aparecer perante o público sem a aprovação de alguns renomados juízes daquele sexo. Por vezes se contesta, é verdade, o seu veredicto: e, em particular, observo que os admiradores de Corneille, para salvar a honra do grande poeta quando a ascensão de Racine começou a ofuscá-lo, costumavam dizer que não se devia esperar que, diante de tais juízes, um homem tão velho pudesse disputar o prêmio com tão jovem rival. Essa observação se mostrou, porém, [537] injusta, já que a posteridade parece ter ratificado o veredicto daquele tribunal, e Racine, apesar de já falecido, ainda é o favorito do belo sexo, assim como dos melhores juízes entre os homens.

Há um único tema no qual tendo a desconfiar do juízo das mulheres, e este são os livros de galanteio e de devoção, que elas geralmente ostentam como sendo os mais elevados, e muitas parecem se deleitar mais com o fervor do que com a justeza da paixão. Menciono galanteio e devoção como um mesmo tema, porque, na realidade, encarados dessa maneira, eles se tornam uma coisa só, e podemos observar que ambos dependem exatamente da mesma compleição. Como a disposição do belo sexo é em grande parte terna e amorosa, isso perverte seu juízo em tais ocasiões, fazendo-as ser facilmente afetadas mesmo por algo que não tem propriedade de expressão, nem natureza de sentimento. Os elegantes discursos do sr. Addison sobre religião não têm para elas sabor algum comparados aos livros de devoção mística, e as tragédias de Otway são rejeitadas em favor dos discursos do sr. Dryden.

Se as damas corrigirem seu falso gosto nesse particular, se se acostumarem um pouco mais aos livros, se encorajarem homens de senso e conhecimento a frequentá-las e se, enfim, participarem de coração na liga que projetei entre o mundo das letras e o mundo do convívio social, então talvez possam encontrar mais condescendência de seus admiradores usuais do que de homens de letras. Mas não seria razoável que esperem deles um afeto tão sincero. E espero jamais sejam culpadas de uma escolha tão equivocada quanto a de sacrificar a substância por uma sombra.

DOS PRECONCEITOS MORAIS[250]

[538] Surgiu recentemente entre nós um grupo de homens que tenta se distinguir ridicularizando todas as coisas que até agora pareciam sagradas e veneráveis aos olhos dos homens. Razão, sobriedade, honra, amizade e casamento são os objetos constantes de sua zombaria insípida, e até o espírito público e o respeito por nosso país são tratados como quiméricos e românticos. Se os planos desses antirreformadores fossem implementados, todos os laços sociais se romperiam, abrindo caminho para a condescendência com um gáudio e jovialidade licenciosos: preferir-se-ia a companhia de nossos beberrões galhofeiros à de um amigo ou irmão, a prodigalidade dissoluta [539] seria suprida às expensas de tudo o que é valioso, quer do ponto de vista público, quer do privado, e os homens teriam tão pouca consideração por qualquer coisa além de si mesmos, que, por fim, a livre constituição de governo se tornaria um programa inteiramente impraticável entre os homens e degeneraria num sistema universal de fraude e corrupção.

Em alguns que se presumem sábios pode-se observar outro tipo de humor, o qual, se não é tão pernicioso quanto o humor fútil e petulante acima mencionado, tem, entretanto, efeito muito ruim sobre os que com ele transigem. Refiro-me à grave busca filosófica de perfeição, que, a pretexto de reformar preconceitos e erros, ataca todos os mais afetuosos sentimentos do coração e as mais úteis propensões e instintos que podem governar uma criatura humana. Entre os antigos, os *estoicos* foram célebres por essa tolice, e quisera eu que alguns dos caracteres mais veneráveis de épocas mais recentes não os tivessem copiado tão fielmente nesse particular. Os sentimentos

---

[250] Publicado somente na edição de 1742, como ensaio de número 3. Cf. a nota 1 dos tradutores ao ensaio anterior, "Da arte de escrever ensaio". (NT)

ou, se preferires, os preconceitos virtuosos e ternos sofreram muito com essas reflexões, enquanto o orgulho ou o soturno desprezo pelo gênero humano tomou o seu lugar e passou a ser considerado a maior sabedoria, embora seja, na realidade, a mais egrégia de todas as tolices. Instado por Bruto a participar do nobre grupo que desferiu o *divino* golpe pela liberdade de Roma, Estatílio se recusou a acompanhá-los, dizendo *que todos os homens eram tolos ou loucos, e não mereciam que um homem sábio se preocupasse com eles*[251].

Meu instruído leitor há de recordar a razão que um filósofo antigo deu para não se reconciliar com um irmão que buscara a sua amizade. Ele era filósofo o bastante para pensar que o fato de estarem ligados pelos mesmos pais pudesse ter alguma influência [540] sobre uma mente razoável, e expressou seu sentimento de uma maneira que julgo impróprio repetir. Quando teu amigo está aflito, diz Epicteto, podes fingir simpatia por ele, caso isso lhe traga alívio; mas cuida para que nenhuma compaixão penetre em teu coração ou perturbe a tranquilidade que constitui a perfeita sabedoria[252]. Quando convalescia, Diógenes foi indagado pelos amigos sobre o que deveria ser feito com ele após a morte; ao que ele respondeu: "Levai-me aos campos, ora". "Mas como", responderam eles, "aos pássaros e às bestas?" "Não, colocai um porrete ao meu lado, para que deles possa me defender". "Com que propósito", disseram, "se não terás nem sentidos nem força para usá-lo?". "Então se as bestas me devorarem", gritou, "hei de sentir tal coisa?"[253] Não conheço outro dito desse filósofo que mostre com mais evidência a vivacidade e ferocidade de seu temperamento.

Quão diferentes destas não são as máximas pelas quais procede Eugênio! Na juventude ele se aplica, com labor incansável, ao estudo da filosofia, do qual nada o distrai, exceto quando se apresenta a oportunidade de ajudar amigos ou prestar favor a algum homem de mérito. Por volta dos trinta anos de idade decide abandonar a vida livre de celibatário [541] (na qual de resto se inclinava a permanecer) por considerar que é o último ramo de uma família antiga, que se extinguiria caso morresse sem filhos. Escolhe para consorte a virtuosa

[251] Plutarco, *Vidas*, vida de Bruto, seção 12. (NT)
[252] Epicteto, *Manual*, XVI. (NT)
[253] Cícero, *Tusculanas*, 1.43 (104). (NT)

e bela Emira, que, tendo sido por muitos anos o seu esteio e tendo feito dele o pai de muitas crianças, paga por fim a dívida de todos com a natureza. Nada poderia lhe ter apoiado tanto, numa aflição assim tão extrema, quanto o consolo que recebe da jovem família, à qual passa a prezar muito mais, devido ao falecimento da mãe. Uma filha em particular é a sua favorita, a alegria secreta de sua alma, porque seus traços, seus gestos, sua voz, tudo nela invoca a todo momento a doce memória da esposa e lhe enche os olhos de lágrimas. Ele esconde, tanto quanto possível, a sua parcialidade, e ninguém sabe dela, além dos amigos. A eles revela todo seu carinho, sem afetar tanta filosofia para dar a ele o nome de *fraqueza*. Eles sabem que ainda comemora o aniversário de Emira, ocasião em que lembra os prazeres passados com mais carinho e ternura, da mesma maneira que, estando ela viva, a data era celebrada com alegria e festividade. Sabem que guarda o seu retrato com o maior cuidado, que traz no peito uma imagem dela em miniatura e que deixou instruções em seu testamento para que, não importa o lugar do mundo em que venha a falecer, seu corpo seja transladado e depositado no mesmo túmulo que ela, e para que um monumento seja erguido sobre eles e seu amor e felicidade celebrados num epitáfio que ele mesmo compôs para esse propósito. [542]

Há poucos anos recebi de um amigo que se encontrava em viagem ao exterior uma carta que agora apresento ao público. Ela contém um exemplo de espírito filosófico que julgo bem extraordinário, e pode servir para que, na refinada busca de felicidade ou de perfeição, não nos distanciemos em demasia das máximas aceites de conduta e comportamento. Desde então, asseguraram-me que a história de fato ocorreu.

Paris, 2 de agosto de 1737.

Senhor:

sei que sua curiosidade por relatos sobre homens é maior que por relatos sobre monumentos, e que prefere informações sobre histórias privadas a informações sobre assuntos públicos. Por essa razão penso que a seguinte história, tópico corrente de conversa nesta cidade, poderá lhe proporcionar entretenimento nada desprezível.

Uma jovem dama, de berço e fortuna, inteiramente independente, persistiu por muito tempo na resolução de viver solteira, apesar das muitas ofertas vantajosas que lhe eram feitas. O que a levou a abraçar tal resolução foi observar muitos casamentos infelizes no seu círculo de relações, e ouvir das amigas queixas sobre a tirania, inconstância, ciúmes e indiferença dos maridos. Mulher de espírito forte e modo incomum de pensar, não teve dificuldade em formar e manter essa resolução, sem suspeitar de nenhuma fraqueza em si mesma que a pudesse fazer ceder à tentação de abandoná-la. Nutria, no entanto, forte desejo de ter um filho, cuja educação decidira tornar a principal ocupação de sua vida, e que viria assim suprir o lugar de outras paixões a que decidira renunciar. Levou sua filosofia a um extremo tal, que não via nenhuma contradição entre esse desejo e sua resolução anterior, e assim passou a procurar com grande deliberação entre os homens que conhecia aquele cujo caráter e personalidade mais lhe agradavam, sem ser capaz de satisfazê-la naquele ponto. Até que, numa noite em que se encontrava numa casa de espetáculos, [543] ela vê na plateia um jovem de aparência muito atraente e de modesta origem, e sente por ele tamanha inclinação que tem esperanças de que seja a pessoa pela qual durante tanto tempo havia em vão procurado. Imediatamente envia um criado para comunicar ao jovem o desejo de que se encontrassem na manhã seguinte, nos apartamentos dela. Exultante com o recado, o jovem não conseguiu disfarçar a satisfação de receber proposta como aquela, de uma dama de tamanha beleza, reputação e qualidade. Grande foi, entretanto, o seu desapontamento, quando encontrou uma mulher que não lhe concedia nenhuma liberdade e que o confinava e constrangia, com seu comportamento formal, aos limites de um discurso e de uma conversa estritamente racionais. Apesar disso, ela parecia querer iniciar uma amizade e lhe disse que aceitaria sua companhia sempre que ele dispusesse de uma hora de ócio. Fascinado pelo engenho e beleza dela, não foi necessário insistir muito para que voltasse a visitá-la, e ficava infeliz quando era impedido de fazê-lo. Cada conversa servia para inflamar ainda mais a paixão do jovem, dando-lhe ocasião de admirar a pessoa dela, bem como o seu entendimento, e de se rejubilar com a própria boa fortuna. Não era, contudo, sem ansiedade que considerava a desproporção de berço e fortuna que havia entre eles, e a insatisfação tampouco cedia quando lembrava a maneira incomum com que haviam se conhecido. Nossa heroína filosófica descobriu, neste ínterim, que as qualidades pessoais do amante não desmentiam sua fisionomia. Julgando então que não seria preciso exame mais acurado a respeito, ela espera a ocasião apropriada de comunicar-lhe suas intenções. As relações entre eles continuam por algum tempo, até que os desejos dela são coroados: torna-se mãe de um menino, o objeto de seus futuros cuidados e ocupações. Ela teria ficado contente de continuar sua amizade com o pai, não fosse ele um amante excessivamente passional para se manter dentro dos limites da amizade, o que a obriga a infligir violência a si mesma. Envia-lhe uma carta com uma pensão anual [544] de mil coroas, expressando ao mesmo tempo o desejo de jamais vê-lo novamente e pedindo que, se possível, esquecesse todos os favores e familiaridades passados. A mensagem tem um efeito devastador sobre ele. Após lançar mão de todas as artes capazes de dobrar a resolução de uma mulher, ele decide, por fim, atacar o ponto fraco dela. Abre contra ela, no Parlamento de *Paris*, um processo reclamando, conforme o que as máximas jurídicas estabelecem em casos como este, o direito de educar seu filho de acordo com sua vontade. Ela, por outro lado, invoca o acordo expresso estabelecido antes do comércio havido entre eles, no qual ele renuncia a toda descendência que pudesse se originar da união entre eles. Não se sabe ainda como o Parlamento resolverá esse caso extraordinário, que intriga tanto os advogados quanto os filósofos. Tão logo cheguem a uma decisão, informar-lhe-ei, subscrevendo-me, tal como agora,

Senhor,
Seu mais humilde criado.

DA CONDIÇÃO MEDIANA DE VIDA[254]

[545] Será fácil descobrir, sem minha explicação, a moral da fábula que segue. Um córrego encontrando outro ao qual tem estado unido por estreitos laços de amizade, dirige-lhe assim a palavra, com estrepitosa arrogância e desprezo: "Ora, irmão! Ainda na mesma condição, baixo e rastejante! Não sentes vergonha quando me vês? A mim, que ainda há pouco estava na mesma condição, mas que agora me tornei um rio grande e logo rivalizarei com o Danúbio ou com o Reno, se continuarem as chuvas amigas, que favorecem minhas margens e ignoram as tuas!". "É verdade", responde o córrego humilde, "tens agora um tamanho grande; mas parece-me que te [546] tornastes um tanto turbulento e enlameado. Estou contente com minha condição inferior e minha pureza".

Em vez de comentar essa fábula, aproveitarei o ensejo que me dá de comparar as diferentes condições de vida e de persuadir aqueles de meus leitores situados na posição média de que devem se congratular, pois é, de todas, a mais desejável. Eles formam a classe mais numerosa de homens que se pode supor receptíveis à filosofia, e, por isso, todo discurso sobre moralidade deve ser dirigido principalmente a eles. Os abastados estão imersos demais em prazer, e os pobres estão ocupados demais em suprir as necessidades da vida para poderem dar ouvidos à calma voz da razão. A condição mediana é a mais feliz em muitos aspectos, e particularmente neste, que um homem que nela se situa pode considerar, com todo o ócio, a sua própria felicidade e colher um novo prazer da comparação entre sua situação e a das pessoas acima ou abaixo dele.

---

[254] Publicado somente na 2. ed. de 1742, como ensaio de número 4. Cf. nota 1 dos tradutores a "Da arte de escrever ensaio". (NT)

É bem conhecida a oração de Agur:

Duas coisas eu te pedi;
não me negues antes de eu morrer:
afasta de mim a falsidade e a mentira;
não me dês nem riqueza e nem pobreza,
concede-me o meu pedaço de pão;
não seja eu saciado, e te renegue,
dizendo: "Quem é Iahweh?"
Não seja eu necessitado e roube
e blasfeme o nome de Deus.[255]

A posição média é aí justamente recomendada porque fornece a mais plena *garantia* para a virtude; e posso também acrescentar que ela dá oportunidade a seu mais amplo *exercício* e emprego a toda boa qualidade que eventualmente possuamos. Os que se encontram entre as classes mais baixas de homens não têm oportunidade de exercer outras virtudes além de paciência, resignação, indústria e integridade. Os que avançaram a posições mais altas podem empregar plenamente sua generosidade, humanidade, afabilidade e caridade. Quando um homem se encontra entre esses dois extremos, ele pode exercitar as primeiras virtudes com seus *superiores*, e as últimas com seus *inferiores*. Toda qualidade moral [547] de que a alma humana é suscetível tem a sua vez e é chamada à ação, e um homem pode, desta maneira, estar muito mais certo de seu progresso na virtude do que um outro cujas qualidades permanecem adormecidas e sem emprego.

Há, todavia, outra virtude que parece se encontrar principalmente entre *iguais* e, por essa razão, é calculada principalmente para a condição mediana de vida: essa virtude é a *amizade*. Acredito que todo homem de temperamento generoso tende a invejar os abastados, quando considera as enormes oportunidades que tais pessoas têm de fazer o bem a seus semelhantes e de conquistar a amizade e a estima de homens de mérito. Eles não fazem tentativas vãs de aproximação, nem são obrigados a se associar com aqueles por quem têm pouco afeto, ao contrário de pessoas de condição inferior, que podem ver

---

[255] Provérbios, 30: 7-9. In: *Bíblia de Jerusalém*, 9. ed., São Paulo, Paulinas, p. 1161. (NT)

suas propostas de amizade rejeitadas, mesmo quando estão o mais fortemente inclinadas a compartilhar o seu afeto. Os abastados têm mais facilidade de fazer amizades. Ao contrário, porém, daqueles de condição inferior, jamais podem ter certeza da sinceridade delas, pois os favores que prestam podem lhes render bajulação, em lugar de benevolência e sinceridade. Tem sido muito judiciosamente assinalado que os laços se constroem mais por serviços que prestamos do que pelos que recebemos, e que um homem se arrisca a perder os amigos se estes têm muita dívida de gratidão para com ele. Eu escolheria, portanto, ficar no meio termo e estabelecer um comércio com meus amigos que inclua obrigação e gratidão recíproca. Meu orgulho é muito grande para querer que toda a dívida de gratidão esteja do meu lado, e receio que se ela toda estivesse do lado dele, ele também teria muito orgulho para se sentir inteiramente à vontade ou para estar perfeitamente satisfeito em minha companhia.

Podemos notar ainda que a condição mediana de vida é a mais favorável tanto para adquirir *sabedoria* e *habilidade* quanto *virtude*. Um homem nessa situação tem melhores chances de obter conhecimento dos homens e das coisas que aqueles de uma condição mais alta. Ele compreende a vida humana com mais familiaridade; todas as coisas lhe aparecem em suas cores naturais; dispõe de mais ócio para formar observações; e tem, além do mais, a motivação da ambição [548] a impulsioná-lo em todos os seus empreendimentos, pois sabe que jamais alcançará distinção ou eminência no mundo sem sua própria indústria. E não posso deixar de mencionar aqui algo que pode parecer um tanto extraordinário, a saber, que é um sábio decreto da Providência que a condição mediana seja a mais favorável para o aprimoramento de nossas habilidades naturais, pois de fato se requer mais capacidade para cumprir os deveres dessa condição do que para agir nas esferas mais altas. É necessário mais elementos naturais e gênio mais forte para um bom advogado ou médico do que para um grande monarca. Considere-se uma estirpe ou linhagem qualquer de reis cujo direito à coroa seja dado unicamente pelo sangue, os reis ingleses, por exemplo, que não costumam ser considerados entre os mais brilhantes na história. Omitindo-se os que morreram sem atingir a maioridade, houve vinte e oito monarcas, desde a Conquista até a sucessão atual. Destes, oito são considerados príncipes de grande capacidade: o Conquistador[256], Henrique II, Eduardo I, Eduardo III, Henrique V, Henrique VII, Isabel e o falecido rei Guilherme.[257] Ora, creio que ninguém poderá negar que não se encontram, no curso natural do gênero humano, oito em vinte e oito homens naturalmente capazes de fazer boa figura na corte ou no tribunal. Desde Carlos VII, dez monarcas reinaram na França, sem contar Francisco II. Cinco deles foram considerados príncipes capazes: Luís XI, Luís XII e Luís XIV, Francisco I e Henrique IV. [549] Numa palavra, para bem governar os homens requer-se uma boa dose de virtude, justiça e humanidade, mas não capacidade excepcional. Um certo papa, cujo nome me esqueci, costumava dizer: *vamos nos divertir, amigos, pois o mundo se governa a si mesmo*. Há, sem dúvida, períodos críticos, como aquele no qual Henrique IV viveu, que exigem um vigor extremo, e alguém menos corajoso e capaz do que esse grande monarca não suportaria o peso da situação. Circunstâncias como aquelas, porém, são raras, e pelo menos metade do serviço fica por conta da sorte.

Visto que profissões comuns como direito e medicina exigem capacidade igual, senão superior, à das exercidas nas mais altas esferas da vida, é evidente que a alma deve ser de molde ainda mais fino para brilhar na filosofia, na poesia ou em qualquer outra das partes superiores das letras. Coragem e resolução são os requisitos principais de um comandante; justiça e humanidade, os de um estadista; mas de um literato se requer gênio e capacidade. Em todas as épocas e países do mundo encontramos grandes generais e políticos, e eles com frequência surgem de repente, mesmo em meio aos maiores bárbaros. A Suécia estava imersa na ignorância quando produziu Gustavo Ericsson e Gustavo Adolfo, a Rússia também, quando o Czar apareceu[258], e provavelmente Cartago, quando gerou Aníbal. A Inglaterra, porém, teve de passar por uma longa sucessão de Spensers, Jonsons, Wallers e Drydens antes de chegar a um Addison e a um Pope. O talento afortunado para as artes liberais e para as ciências é um prodígio entre os homens. A natureza precisa dotá-lo do gênio mais exuberante produzido por suas mãos; a educação e o exemplo precisam cultivá-lo desde a mais tenra infância; e a indústria precisa

---

[256] Guilherme I. (NT)
[257] Guilherme III. (NT)
[258] Pedro, o Grande. (NT)

fazer sua parte para levá-lo a algum grau de perfeição. Ninguém fica surpreso de ver um Kouli-Kan[259] [550] entre os persas, mas ver Homero entre os gregos de uma época tão primitiva é certamente matéria do mais alto espanto.

Um homem não pode mostrar seu gênio para a guerra se não tem a sorte de ser encarregado do comando, e dificilmente ocorre de muitos estarem ao mesmo tempo nessa situação num reino ou país. Quantos Marlboroughs havia no exército confederado que jamais chegaram sequer ao comando de um regimento? Estou persuadido, no entanto, de que não houve senão um único Milton na Inglaterra nos últimos cem anos. Porque todos os que possuem talento para poesia podem exercê-lo, e ninguém se encontrava em condições tão desvantajosas quanto esse poeta divino. Se a permissão de escrever versos só fosse concedida a pessoa anteriormente *laureada*, poderíamos esperar um poeta nos próximos mil anos?

Se fôssemos distinguir as posições dos homens por seu gênio e capacidade, mais do que por sua virtude e utilidade pública, os grandes filósofos certamente ocupariam a posição mais elevada, pois se encontram no topo do gênero humano. Esse caráter é tão raro, que provavelmente não houve até hoje mais do que dois que possam reclamá-lo com justiça; como quer que seja, Galileu e Newton parecem-me exceder tanto os demais, que não posso admitir nenhum outro na mesma classe.

Os grandes poetas podem disputar o segundo lugar, pois, embora rara, essa espécie de gênio é muito mais comum do que a anterior. Dos poetas gregos que nos restaram, apenas Homero parece merecer esse título; dos romanos, Vergílio, Horácio e Lucrécio; entre os ingleses, Milton e Pope; entre os franceses, Corneille, Racine, [551] Boileau e Voltaire; e entre os italianos, Tasso e Ariosto.

Grandes oradores e historiadores talvez sejam mais raros que grandes poetas. Como, porém, as oportunidades de exercer os talentos necessários à eloquência ou de adquirir o conhecimento necessário para escrever a história dependem, em alguma medida, da sorte, não podemos considerar essas produções de gênio como mais extraordinárias do que as primeiras.

---

[259] Imperador da Pérsia entre 1736 e 1747. Expulsou do país o exército afegão, usurpou o trono persa e conquistou a Índia. (NT)

Eis o momento de concluir esta digressão e mostrar que a condição mediana de vida é mais propícia à *felicidade*, assim como à *virtude* e à *sabedoria*; mas como os argumentos que o provam parecem-me mais ou menos óbvios, abdico aqui de insistir sobre eles.

DA IMPUDÊNCIA E DA MODÉSTIA[260]

[552] Em minha opinião, as queixas tão habituais contra a Providência são infundadas, e a causa da boa ou má fortuna dos homens está, mais do que geralmente se imagina, nas boas ou más qualidades deles. Há, sem dúvida, exemplos do contrário, e bastante numerosos, mas são poucos se comparados aos casos de que dispomos de justa distribuição de prosperidade e adversidade. Isso, com efeito, não poderia ser diferente, dado o curso comum dos assuntos humanos. [553] Disposição benevolente e amor aos outros quase infalivelmente produzem amor e estima, que são o principal recurso na vida, pois, além da satisfação imediata que deles resulta, facilitam qualquer tipo de empreendimento e realização. O mesmo se passa com praticamente todas as outras virtudes. A prosperidade está naturalmente, ainda que não necessariamente, ligada a virtude e mérito, assim como a adversidade, a vício e tolice.

Devo confessar, no entanto, que essa regra admite uma exceção, referente a uma qualidade moral, pois, da mesma forma que a *modéstia* tem uma tendência natural a ocultar os talentos de um homem, a *impudência* os ostenta ao máximo, e tem sido a única causa por que muitos ascenderam no mundo, apesar de todas as desvantagens do berço humilde e do pouco mérito. Na maioria dos homens, a indolência e incapacidade é tal, que eles se inclinam a aceitar qualquer um que esteja disposto a passar por o que quer que seja, e a admitir seus ares de superioridade como prova do mérito que ele arroga para si mesmo. Uma adequada confiança parece seguir-se naturalmente da virtude, e poucos homens conseguem distingui-la da impudência, assim como, por outro lado, a timidez, sendo resultado

---

[260] Publicado pela primeira vez na edição A e suprimido a partir da edição O. (NT)

natural de vício e tolice, é responsável pela desgraça da modéstia, que aparentemente lhes é tão semelhante[261].

Assim como a impudência tem sobre a sorte de um homem os mesmos efeitos que teria se fosse uma virtude, embora seja realmente um vício, assim também podemos observar que ela é tão difícil de obter quanto uma virtude, e neste aspecto se distingue dos demais vícios, que custam pouco esforço para ser adquiridos e aumentam sem cessar, porque se é transigente com eles. Muitos homens, sensíveis de que a modéstia lhes é extremamente prejudicial na busca da fortuna, decidem ser impudentes e fazer bela figura. Pode-se, todavia, notar que foram poucos os que tiveram sucesso no intento, e a maioria foi obrigada a retornar à primitiva modéstia. Nada conduz tão bem um homem pelo mundo quanto uma verdadeira impudência natural e genuína. A sua contrafação de nada adianta, nem jamais se sustenta. Em qualquer outro intento, se o homem cometer erros e estiver cônscio deles, tanto mais perto estará de seu objetivo. Mas se falha uma só vez na tentativa de ser impudente, [554] a lembrança do fracasso o enrubesce, e seu desconcerto é inevitável; depois disso, cada rubor é causa de novos rubores, até que se constate ser ele um notório impostor que em vão aspira à impudência.[262]

Se há coisa capaz de dar mais confiança a um homem modesto, esta são as vantagens de uma fortuna que ele por acaso ganhe. Riquezas naturalmente proporcionam ao homem uma recepção favorável no mundo, além de dar lustre redobrado ao mérito, se a pessoa já possuir algum, e de substitui-lo em grande parte, se não possuir nenhum. É surpreendente observar como os tolos e canalhas abastados se dão ares de superioridade sobre os homens do maior mérito, mas pobres. Homens de mérito não opõem nenhuma forte resistência a essa usurpação ou, antes, parecem favorecê-la pela modéstia de seu comportamento. O bom senso e a experiência nos

---

[261] As edições A e B acrescentam o seguinte parágrafo: "Recentemente lamentava com um amigo dado a comparações espirituosas que haja tão pouco juízo na aclamação popular, o que faz muitos falastrões serem respeitados no mundo; ao que ele respondeu não haver nada de estranho no caso. *A fama popular*, diz ele, *não passa de sopro ou ar; e o ar muito naturalmente leva a um vácuo*". (NT)

[262] Kant se aproveitou dessa explicação no § 78 da *Antropologia de um ponto de vista pragmático*, comentando que a observação valia para o próprio Hume "ele mesmo acometido dessa debilidade — o acanhamento para falar em público". (NT)

levam a desconfiar do próprio juízo e a examinar qualquer coisa com o maior cuidado; assim como, por outro lado, a delicadeza de seu sentimento os torna receosos de cometer faltas e de perder, na prática do mundo, aquela integridade de virtude, por assim dizer, de que são tão ciosos. Promover o acordo de sabedoria e confiança é tão difícil quanto conciliar vício e modéstia.

Eis as reflexões que me ocorreram a respeito da impudência e da modéstia, e espero não desagrade ao leitor vê-las apresentadas na seguinte alegoria.

No início Júpiter reuniu, de um lado, Virtude, Sabedoria e Confiança e, de outro, Vício, Tolice e Timidez, que, assim unidos, foram enviados ao mundo. Apesar de tê-los reunido com muito juízo e de ter dito que Confiança era companheira natural de Virtude, e que Vício merecia ser acompanhado de Timidez, não tardou para que a dissidência surgisse entre eles. Antes de se aventurar por um caminho, por mais batido que fosse, Sabedoria, que guiava um dos grupos, tinha o costume de examiná-lo cuidadosamente, investigando aonde levaria e que perigos, dificuldades [555] e obstáculos poderiam nele ocorrer. Ela usualmente gastava algum tempo nessas deliberações, demora que desagradava bastante Confiança, sempre inclinada a tomar, sem muita premeditação ou deliberação, o primeiro caminho que encontrasse. Sabedoria e Virtude eram inseparáveis, até que um dia Confiança, seguindo sua natureza impetuosa, deixou suas guias e acompanhantes para trás e, não sentindo necessidade alguma de sua companhia, jamais procurou por elas, nem voltou a encontrá-las. Da mesma maneira, a outra associação promovida por Júpiter se desagregou e separou. Como enxergava muito pouco o caminho que tinha pela frente, Tolice nada tinha a dizer sobre o estado das estradas, e era incapaz de dar preferência a uma em detrimento de outra, e essa falta de resolução era aumentada por Timidez, cujas dúvidas e escrúpulos sempre retardavam a viagem. Tudo isso para a grande irritação de Vício, que não gostava de ouvir falar de dificuldades e demoras, e jamais estava satisfeito a não ser quando galopava numa carreira desembestada para onde quer que suas próprias inclinações o levassem. Ele sabia que Tolice, embora obediente a Timidez, seria facilmente manipulável sozinha, e, assim, como um cavalo bravio que derruba o cavaleiro, ele rechaçou abertamente aquela que controlava todos os seus prazeres, seguindo viagem com Tolice, de quem é inseparável. Desta maneira, Confiança e Timidez perderam os laços com suas respectivas companhias, e vagaram por algum tempo até que o acaso as reunisse num mesmo vilarejo. Confiança foi direto à casa grande que pertencia a Riqueza, proprietária do lugar, e não esperou ser anunciada pelo porteiro, mas foi logo passando aos aposentos mais íntimos, onde Vício e Tolice estavam sendo recebidos. Uniu-se a eles; apressou-se em apresentar seus cumprimentos à anfitriã; e adquiriu tal familiaridade com Vício, que passou a fazer parte do grupo, junto com Tolice. Tornaram-se então convidados assíduos de Riqueza, de quem não mais se separaram. Enquanto isso, Timidez, sem ousar aproximar-se da casa grande, aceitou o convite de Pobreza, uma das arrendatárias do lugar; e, ao adentrar-lhe a cabana, encontrou Sabedoria e Virtude, que, rejeitadas pela proprietária, [556] ali haviam se alojado. Virtude dela se apiedou, e Sabedoria percebeu que, pelo seu temperamento, ela iria progredir com facilidade, sendo assim admitida na sociedade. Dito e feito: com a ajuda delas, em pouco tempo ela modificou algo de suas maneiras, tornando-se muito mais amável e atraente, sendo desde então conhecida pelo nome de Modéstia. Como as más companhias têm maior influência que as boas, Confiança, embora mais imune a conselho e exemplo, degenerou tanto pelo convívio com Vício e Tolice, que passou a ser conhecida pelo nome de Impudência. O gênero humano, que conhecia essas associações tais quais haviam sido primeiramente estabelecidas por Júpiter, e não tinha notícia do que se passara desde então, é por isso levado a cometer enganos estranhos: e, onde quer que vejam Impudência, os homens logo avaliam que estão diante de Virtude e Sabedoria; assim como, onde quer que observem Modéstia, chamam pelos seus companheiros, Vício e Tolice.

DE AMOR E CASAMENTO[263]

[557] Não sei de onde vem o pendor das mulheres para interpretar de maneira equivocada tudo o que se diz de depreciativo sobre o casamento, e que sempre considerem uma sátira do matrimônio como uma sátira de si mesmas.[264] Pensam assim que são as principais interessadas na questão e que seriam as maiores prejudicadas, se a relutância em assumir essa condição prevalecesse no mundo? Ou estariam cientes de que os infortúnios e fracassos do casamento se devem mais a elas do que a nós? Espero não tenham intenção de admitir [558] nenhuma dessas duas coisas, nem tampouco de dar a seus adversários, os homens, a vantagem de suspeitarem disso.

Houve muitas ocasiões em que meus pensamentos pareciam querer concordar com esse humor do belo sexo, e em que alimentei a ideia de redigir um panegírico sobre o casamento; tentando, porém, coletar materiais para ele, estes pareciam de natureza tão mista, que, ao concluir minhas reflexões, achei-me também com disposição de escrever uma sátira, que deveria ser colocada lado a lado com o panegírico. E como se considera que, na maior parte das vezes, a sátira contém mais verdades que o panegírico, receio que esse meu expediente teria sido mais prejudicial do que benéfico à causa do belo sexo. Sei que distorcer os fatos é algo que elas não exigiriam de mim. Devo, portanto, ser até mais amigo da verdade do que delas, onde os interesses da verdade e os delas sejam opostos.

---

[263] Publicado pela primeira vez na edição A, como ensaio de número 6, e suprimido a partir da edição O. (NT)

[264] Cf. o comentário de Kant: "Hume observa que as mulheres (inclusive as solteironas) se aborrecem mais com sátiras sobre o *casamento* que com alfinetadas a respeito de seu *sexo.*" (*Antropologia de um ponto de vista pragmático.* Característica antropológica. Edição Akademie, p. 204. Tradução de Clélia Martins. São Paulo: Iluminuras. Biblioteca Pólen). (NT)

Direi às mulheres qual é a principal queixa de nosso sexo no casamento, e, caso se disponham a concordar conosco nesse particular, todas as outras diferenças serão fáceis de arranjar. Se não estou enganado, o fundamento da discórdia é o amor que têm pela dominação, embora seja bem verossímil que pensem que um amor insensato por ela é o que nos faz insistir tanto nesse ponto. Seja como for, paixão alguma parece influenciar tanto a mente feminina quanto a paixão pelo poder. Há na história um exemplo notável de como essa paixão prevalece sobre a única capaz de a ela se contrapor. Conta-se que uma vez as mulheres da Cítia se uniram para conspirar contra os homens, e guardaram tão bem o segredo, que executaram seus desígnios antes que se suspeitasse delas. Elas surpreenderam os homens enquanto bebiam ou dormiam; prenderam a todos eles em correntes; convocaram um conselho solene de todo o seu sexo, no qual se debateu o expediente a ser usado para ampliar a presente vantagem e impedir que voltassem novamente à escravidão. Apesar das injúrias antes recebidas, matar a todos os homens não era do gosto de ninguém na assembleia, [559] brandura que posteriormente gostavam de destacar como o seu maior mérito. Acordou-se, por conseguinte, que todo indivíduo do sexo masculino tivesse os olhos arrancados, com o que renunciavam para sempre a fazer uso da vaidade de sua beleza com o intuito de garantir sua autoridade sobre eles. Já não precisaremos estar bem vestidas e nos exibir, disseram elas, mas estaremos livres da escravidão. Não mais ouviremos suspiros carinhosos, mas, em compensação, tampouco ordens imperiosas. O amor nos deixará para sempre, mas levará consigo a sujeição.

Alguns consideram um infortúnio que as mulheres, decididas a mutilar e privar os homens de um sentido a fim de torná-los humildes e dependentes, não tenham escolhido, para tal propósito, o sentido da audição, pois seria mais provável que as mulheres atacassem esse sentido, e não a visão. Penso haver entre os letrados concordância de que, no casamento, a perda da audição é uma inconveniência muito maior do que a da visão. Seja como for, anedotas modernas nos contam que algumas mulheres citas secretamente pouparam os olhos dos maridos, presumindo-se bem capazes, suponho, de governá-los com ou sem esse sentido. Esses homens, porém, eram tão incorrigíveis e intratáveis que, em poucos anos, com o declínio da beleza e da juventude, suas esposas foram obrigadas a imitar o exemplo de suas irmãs, o que não era difícil, dada a condição de superioridade alcançada pelas mulheres naquele Estado.

Não sei se nossas damas escocesas herdaram alguma coisa do humor de suas ancestrais citas, mas devo confessar que muitas vezes me surpreendi de ver mulheres bastante satisfeitas de contrair matrimônio com tolos, a quem poderão governar sem a menor restrição. E não posso deixar de pensar que, neste aspecto, os seus sentimentos são ainda mais bárbaros do que das mulheres citas, tanto quanto os olhos do entendimento são mais valiosos que os do corpo.

Para ser justo e distribuir mais igualitariamente as responsabilidades, receio, porém, que a falta recai sobre nosso sexo se as mulheres são tão ávidas de comando, e que, se não abusássemos de nossa autoridade, jamais pensariam que ela é digna de disputa. Sabemos que tiranos produzem rebeldes, e toda a história nos ensina que, quando estes prevalecem, tornam-se, por sua vez, tiranos. Seria desejável, por esse motivo, que nenhum dos lados pretendesse à autoridade, mas que tudo fosse conduzido com perfeita igualdade, como dois membros iguais de um mesmo corpo. Para induzir os partidos a abraçar esses sentimentos amigáveis, lembrarei o relato de Platão sobre a origem do amor e do casamento[265].

De acordo com esse filósofo fantasioso, o gênero humano não se dividia originalmente em masculino e feminino, como acontece hoje, mas cada indivíduo era um composto de ambos os sexos, sendo em si mesmo marido e mulher misturados numa única criatura viva. Essa união era, sem dúvida, completa e as partes muito bem ajustadas entre si, pois, embora fossem obrigados a ser companheiros inseparáveis, o resultado era uma harmonia perfeita entre macho e fêmea. Tão grande era a harmonia e felicidade dela resultante, que os Andróginos (pois assim são chamados por Platão), ou Homens--Mulher, tornaram-se insolentes em virtude de sua prosperidade e rebelaram-se contra os deuses. Como punição a tal temeridade, Júpiter não pôde conceber melhor expediente do que separar a parte masculina da feminina, fazendo, do composto antes perfeito,

---

[265] Trata-se do famoso discurso de Aristófanes no *Banquete*, 189c-193d. Desse diálogo há tradução para o português de José Cavalcante de Souza, in: *Os Pensadores*, v. *Platão* (1973). (NT)

dois seres imperfeitos. Eis a origem de homens e mulheres como criaturas distintas. Apesar dessa divisão, [561] tão viva é a lembrança da felicidade de que desfrutávamos em nossa condição primitiva que jamais nos contentamos com nossa situação, mas cada uma das metades busca incessantemente encontrar, ao longo da espécie inteira, a outra metade da qual foi separada: e, quando se encontram, unem-se com grande apego e simpatia. É frequente, todavia, que se enganem nessa matéria, que tomem para sua metade algo que de nenhuma maneira lhes corresponde, e que, como é comum nas fraturas, as partes não se unam ou encaixem. Neste caso, a união logo se desfaz, e cada parte está livre para partir de novo em busca de sua metade perdida, unindo-se, a título de experiência, a qualquer uma que encontre, e não tendo sossego até que a perfeita simpatia com um parceiro mostre que seus esforços finalmente tiveram êxito.

Se me dispusesse a continuar essa ficção de Platão, que de maneira tão agradável relata o amor recíproco entre os sexos, eu o faria por intermédio da seguinte alegoria.

Quando Júpiter separou masculino e feminino e puniu o orgulho e ambição deles com tão severa operação, não pôde evitar o arrependimento pela crueldade de sua vingança e de ter compaixão pelos mortais, que agora se viam privados de todo repouso e tranquilidade. Os desejos, as inquietações, as necessidades que surgiram foram tais, que fizeram o gênero humano amaldiçoar o fato de ter sido criado e pensar que a existência mesma seria uma punição. Inutilmente os seres humanos recorreram a outras ocupações e distrações, inutilmente buscaram prazeres dos sentidos e refinamentos da razão. Nada preenchia o vazio que sentiam em seus corações ou supria a perda do parceiro de que foram fatalmente separados. No intuito de remediar essa desordem e proporcionar afinal algum conforto à desoladora situação da raça humana, Júpiter lhes enviou Amor e Himeneu, que deviam recolher e colocar de novo juntas, da melhor maneira possível, as partes cindidas do gênero humano. Essas duas deidades encontraram tanta disposição dos homens para reunir-se novamente em seu estado primitivo, que durante algum tempo o trabalho delas obtém um resultado maravilhoso, até que por fim muitos acontecimentos infelizes semeiam discórdia entre o gênero humano. [562] O conselheiro favorito de Himeneu era Cautela, que não cessava de encher a cabeça do amo com perspectivas futuras, tais como ter uma situação, uma família, crianças, criados, de modo que pouca coisa mais entrava em consideração na união dos casais. Por seu turno, Amor escolheu Prazer como favorito, um conselheiro tão pernicioso quanto o outro, que o impedia de enxergar além da presente gratificação momentânea ou da satisfação da inclinação dominante. Em pouco tempo esses favoritos se tornaram inimigos irreconciliáveis, e a principal ocupação deles era minar todos os empreendimentos do outro. Assim que Amor se decidia por duas metades, que ele começava a cimentar e moldar numa união íntima, Cautela se insinuava, trazendo Himeneu ao seu lado, dissolvia a união produzida por Amor e reunia cada metade a duas outras que ele providenciava. Como vingança, Prazer se insinuava entre um casal já formado por Himeneu, e, pedindo ajuda a Amor, planejavam a união secreta das duas metades com outras inteiramente desconhecidas de Himeneu. Não tardou para que se percebessem as consequências perversas dessa disputa, e tantas foram as queixas apresentadas perante o trono de Júpiter, que este foi obrigado a chamar as partes acusadas a sua presença, a fim de prestarem conta de suas atividades. Depois ouvir ambos os lados, ordenou a reconciliação imediata entre Amor e Himeneu, como única maneira de trazer felicidade ao gênero humano, e, para certificar-se de que a reconciliação seria durável, proibiu-os estritamente de unir metades sem consultar os seus favoritos, Cautela e Prazer, e obter consentimento de ambos para o conúbio. Quando essa ordem é estritamente observada, o Andrógino é perfeitamente restaurado, e a raça humana pode desfrutar da mesma felicidade de sua primitiva condição. Mal se percebe a costura que une os dois seres, mas ambos se combinam para formar uma única criatura, perfeita e feliz.

DO ESTUDO DA HISTÓRIA[266]

[563] Não há nada que eu recomendaria com mais seriedade a minhas leitoras que o estudo da história, de todas as ocupações a que melhor convém a seu sexo e a sua educação, muito mais instrutiva do que os livros com que comumente se divertem, e muito mais capaz de entretê-las que as composições sérias que usualmente se encontram em seus aposentos. Entre as muitas importantes verdades que podem aprender com a história, há dois pontos cujo conhecimento pode contribuir em muito para sua tranquilidade e [564] repouso: primeiro, que o nosso sexo está, assim como o delas, muito longe da perfeição que imaginam e, segundo, que o amor não é a única paixão que governa o mundo masculino, mas muitas vezes é sobrepujado por avareza, ambição, vaidade e mil outras paixões. Não sei se as falsas representações que dão do gênero humano nesses dois aspectos são o que torna as novelas e os romances tão caros ao belo sexo, mas devo confessar que lamento que elas mostrem uma tal aversão por matéria de fato e um tal apetite pelo falso. Lembro-me de que certa vez uma bela jovem, por quem eu sentia certa paixão, pediu-me que lhe enviasse romances e novelas para sua distração no campo. Eu não era, porém, tão desprovido de generosidade para aproveitar a vantagem que tal curso de leituras poderia me proporcionar, decidindo-me a não usar o veneno de tais armas contra ela. Enviei-lhe, ao contrário, as *Vidas* de Plutarco, assegurando-lhe ao mesmo tempo que, do início ao fim, nenhuma palavra ali era verdadeira. Ela leu tudo com atenção, até chegar à vida de Alexandre e de César, cujos nomes por acaso conhecia: devolveu-me então o livro, junto com muitas censuras por tê-la enganado.

[266] Publicado pela primeira vez na edição A, como ensaio de n. 7, e suprimido a partir da edição O. (NT)

Alguém poderia dizer que o belo sexo não tem aversão à história, desde que se trate de história *secreta* e contenha lances memoráveis, próprios para excitar a sua curiosidade. Todavia, como observo que a verdade, base da história, não é absolutamente considerada em tais anedotas, não posso aceitar isso como prova de sua paixão por esse estudo. Seja como for, não vejo por que essa mesma curiosidade não possa receber um direcionamento mais apropriado, que as leve a desejar relatos sobre os que viveram em épocas passadas, assim como sobre nossos contemporâneos. Por que interessaria a Cleora saber se Fúlvia mantém ou não secreto comércio *amoroso* com Filandro? Não tem ela igual motivo de satisfação em saber (conforme o rumor conhecido entre alguns historiadores) que a irmã de Catão tinha um caso com César, e que enganou o marido, fazendo seu filho, Marco Bruto, passar por filho dele, quando na realidade era filho do amante? Os amores de Messalina ou de Júlia não seriam temas tão dignos de [565] discussão quanto uma intriga produzida em anos recentes nesta cidade?

Eu não sei dizer, entretanto, o que me leva a fazer esse tipo de zombaria com as damas. A não ser, talvez, que ele proceda da mesma causa que faz da pessoa mais querida de um grupo alvo frequente dos chistes e gracejos bem-humorados dele. É um prazer para nós dirigir, sem nenhuma formalidade, a palavra a alguém que nos agrada, e presumir, ao mesmo tempo, que não haverá mal-entendido algum da parte de uma pessoa que está segura da boa opinião e do afeto de todos os presentes. Tratarei agora de meu assunto com mais seriedade e apontarei as muitas vantagens que advêm do estudo da história, mostrando como é recomendável para qualquer um, mas particularmente para os que, pela brandura da compleição e pela fraqueza de educação, têm aversão a estudos mais severos. As vantagens da história são de três tipos: ela diverte a fantasia, aprimora o entendimento e fortalece a virtude.

Poderia haver, com efeito, entretenimento mais agradável para a mente do que ser transportada para épocas remotas do mundo e observar a sociedade humana em sua infância, realizando os primeiros frágeis ensaios na direção das artes e das ciências? Do que ver [566] o refinamento gradual da política dos governos e da civilidade do convívio social, e tudo que ornamenta a vida dos homens avançar rumo à perfeição? Do que notar a ascensão, o progresso, o declínio e a extinção final dos impérios mais prósperos, e as virtudes que contribuíram para sua grandeza e os vícios que os levaram à ruína? Numa palavra, haveria entretenimento mais agradável do que ver toda a raça humana, desde o início dos tempos, como que passada em revista diante de nossos olhos, mostrando-se em suas cores próprias e sem nenhum dos disfarces que confundiam, em vida, o juízo dos observadores? Seria possível imaginar espetáculo tão magnífico, variado e interessante? Que diversão dos sentidos ou da imaginação poderia se comparar a este? Seriam os passatempos fúteis, que tanto absorvem nosso tempo, preferíveis a ele, porque são mais satisfatórios e adequados para despertar nossa atenção? Quão pervertido não deve ser o gosto capaz de escolha tão errada dos seus prazeres?

Além de agradável diversão, a história é a parcela do conhecimento que mais se aprimora, e grande parte do que geralmente chamamos de *erudição*, e que temos em tão alta conta, não passa de conhecimento de fatos históricos. Uma vastidão de conhecimentos desse gênero é algo que compete ao homem de letras, mas considero ignorância imperdoável em pessoas de qualquer sexo ou condição desconhecer a história de seu próprio país, além da história da Grécia e da Roma antigas. A mulher pode ter boas maneiras, e até certa vivacidade no jeito de pensar, mas se sua mente está desabastecida, é impossível que sua conversa propicie entretenimento para homens de senso e reflexão.

Devo acrescentar que a história não é apenas parte valiosa do conhecimento, mas também abre as portas para muitas outras partes dele e fornece material para a maioria das ciências. Com efeito, se considerarmos a brevidade da vida humana e nosso conhecimento limitado, mesmo do que se passa em nosso próprio tempo, nós nos daremos conta de que permaneceríamos para sempre crianças no uso de nosso entendimento, não fosse essa invenção que estende nossa experiência a todas as épocas passadas e até as nações mais distantes, fazendo com que estas contribuam para o aprimoramento de nossa sabedoria tal como se [567] estivessem realmente presentes a nossa observação. Sob certos aspectos, pode-se dizer que o homem que conhece história vive desde o início do mundo e que, a cada século, faz contínuos acréscimos a seu estoque de conhecimento.

Há ainda uma vantagem na experiência adquirida pela história que a torna superior ao que aprendemos com a prática do mundo: a história nos familiariza com os assuntos humanos sem diminuir o mínimo que seja os mais delicados sentimentos de virtude. Para dizer a verdade, não conheço outro estudo ou ocupação que, diferentemente da história, não admita exceção nesse particular. Os poetas podem pintar a virtude nas cores mais encantadoras, mas como só se dirigem às paixões, muitas vezes se tornam advogados do vício. Mesmo os filósofos estão sujeitos a se perder na sutileza de suas especulações, e vimos alguns ir até o ponto de negar a realidade de todas as distinções morais. Penso, no entanto, ser esta uma observação digna da atenção dos pensadores especulativos: os historiadores têm sido, quase sem exceção, os verdadeiros amigos da virtude, representando-a sempre em suas cores próprias, por mais que errem no juízo que fazem sobre as pessoas particulares. Maquiavel mesmo revela autêntico sentimento de virtude em sua *História de Florença*. Quando fala como *político*, em seus raciocínios mais gerais, considera envenenamentos, assassinatos e perjúrios como legítimas artes do poder, mas quando fala como *historiador*, em suas narrativas particulares, mostra em muitas passagens indignação tão sincera com o vício e aprovação tão calorosa da virtude, que é inevitável aplicar a ele a observação de Horácio: *Não importa o quão indignamente rechaces a natureza, ela sempre retornará a ti*[267]. Também não é difícil explicar essa concordância dos historiadores em favor da virtude. Na vida e na ação, um homem de negócios tende a considerar os caracteres dos homens [568] mais em relação a seu próprio interesse do que como eles são em si mesmos, e seu juízo é, a cada ocasião, distorcido pela violência de sua paixão. Quando um filósofo contempla caracteres e maneiras em seu gabinete, a visão geral e abstrata dos objetos deixa-lhe a mente tão fria e impassível que não sobra espaço para a ação dos sentimentos de natureza, e ele mal sente a diferença entre vício e virtude. A história se mantém no justo meio entre esses extremos e põe os objetos no seu verdadeiro ponto de vista. Os que escrevem história têm, como seus leitores, interesse suficiente pelos caracteres e eventos para ter vivo sentimento de censura ou de elogio e, ao

---

[267] Horácio, *Cartas*, 1.10.24-25: "podes expulsar a natureza com um forcado, mas ela sempre voltará, e, quando menos esperares, triunfará sobre teu tolo desprezo". (NT)

mesmo tempo, não têm nenhum interesse ou preocupação particular para perverter o seu julgamento.

> *Verae voces tum demum pectore ab imo*
> *Eliciuntur.*
>
> Lucrécio[268]

---

[268] Lucrécio, *Da Natureza das Coisas*, III, 57-58: "só então são palavras da verdade extraídas do coração". A referência a Lucrécio foi acrescentada na edição K. (NT)

DA AVAREZA[269]

[569] É fácil observar que os escritores cômicos exageram todos os traços de caráter e desenham o janota ou o covarde em contornos mais fortes do que os que se encontram em qualquer parte da natureza. Esse gênero de pintura moral no palco tem sido com frequência comparado à pintura de cúpulas e tetos, onde as tintas são carregadas e cada parte do desenho é excessivamente grande, bem maior do que o tamanho natural. Observadas de perto, as figuras parecem monstruosas e desproporcionais, mas se tornam naturais e regulares [570] quando postas à distância e posicionadas no ponto de vista a partir do qual devem ser observadas. Por uma razão semelhante, quando caracteres são exibidos em representações teatrais, a falta de realidade desloca, de alguma maneira, os personagens e, tornando-os mais frios e desinteressantes, faz necessário que se compense, pela força do colorido, a sua falta de substância. Assim, observamos na vida comum que, se em suas narrações um homem se dá a permissão de se afastar uma só vez da verdade, ele jamais consegue se manter dentro dos limites do provável, mas é necessário acrescentar novos detalhes que tornem sua história mais maravilhosa e satisfaçam sua imaginação. O que de início eram dois homens em ternos de bocaxim são onze antes que *sir* John Falstaff termine de contar sua história[270].

Na vida só se pode encontrar um vício de traços tão fortes e colorido tão carregado quanto os que precisam ser empregados

---

[269] Publicado pela primeira vez na edição A, como ensaio de número 13, e suprimido a partir da ediça Q. (NT)

[270] Shakespeare, *Henrique IV*, 1ª Parte, ato 2, cena 9. Para um leitor inglês da época, a explicação de Hume é facilitada além de tudo porque a expressão *men in buckram* (homens em bocaxim) se tornou proverbial: depois de Shakespeare, ela passou a significar "pessoas que não existem". Sobre os mentirosos contumazes, cf. "Da tragédia", p. 217. (NT)

por um satirista ou poeta cômico: é a *avareza*. Deparamos todos os dias com homens de imensas fortunas e sem herdeiros, que à beira do túmulo se privam das coisas mais corriqueiras e indispensáveis à vida, e seguem acumulando posses e mais posses, mesmo sob todas as pressões reais da mais severa pobreza. Reza a história que um padre apresenta um crucifixo para a adoração de um velho usurário agonizando em seu leito de morte. Pouco antes de expirar, este abre os olhos, examina o crucifixo e grita: *Essas joias não são verdadeiras; não posso pagar mais de dez contos pela penhora.* Isso foi provavelmente invenção de autores de epigramas, e, no entanto, qualquer um poderá se lembrar de ter presenciado casos fortes de avaros pertinazes como este. É comum ouvirmos a história de um famoso avarento desta cidade que, vendo a morte próxima, chamou alguns magistrados e lhes apresentou uma letra bancária de cem libras, pagável após sua morte, quantia que ele desejava ver utilizada para fins de caridade. Mas nem bem os magistrados haviam acabado de se retirar, e ele os manda chamar de volta e lhes oferece dinheiro vivo, se descontassem cinco libras do valor total. Outro notório avarento do norte, tentando ludibriar os herdeiros e deixar sua fortuna para a construção de um hospital, protelou dia após dia a feitura do seu testamento, e acredita-se que, se os interessados não lhe tivessem pago por isso, ele teria morrido intestado. [571] Em suma, nenhum dos mais furiosos excessos do amor e da ambição se compara aos extremos da avareza.

A melhor desculpa que se pode encontrar para a avareza é a de que ela geralmente ocorre em homens idosos ou de temperamento frio, nos quais todas as outras afecções estão extintas; como a mente não consegue se manter sem uma paixão ou ocupação, ela por fim se apega a essa paixão monstruosa e absurda, que condiz com a frieza e inatividade desses temperamentos. Ao mesmo tempo, parece muito extraordinário que uma paixão tão fria e sem espírito possa nos levar além de todo o calor da juventude e do prazer. Se, no entanto, examinamos essa matéria mais de perto, percebemos que é essa circunstância mesma que permite explicar mais facilmente por que isso acontece. Quando o temperamento é quente e cheio de vigor, é natural que trilhe mais de um caminho e faça as paixões inferiores contrabalançarem, de alguma maneira, a inclinação predominante. É impossível que uma pessoa de tal temperamento, embora inclinada a uma ocupação qualquer, seja desprovida de todo senso de vergonha ou de todo respeito pelos sentimentos dos homens. Seus amigos devem ter alguma influência sobre ela, e outras considerações ganham o seu devido peso. Tudo isso serve para restringi-la a certos limites. Não é de admirar, entretanto, que os homens avaros, a quem a frieza do temperamento faz perder todo apreço por reputação, amizade ou prazer, possam ir tão longe e manifestar essa paixão em circunstâncias tão surpreendentes.

Se for assim, não haverá vício tão incorrigível quanto a avareza, e embora do início dos tempos aos dias de hoje quase nenhum moralista ou filósofo tenha deixado de lhe dar uma espetada, é difícil encontrar um só exemplo de pessoa que dele tenha se curado. Prefiro, por essa razão, aprovar aqueles que o atacam com espírito e humor aos que o tratam de maneira séria. Como as esperanças de curar os infectados por esse vício são muito pequenas, [572] gostaria ao menos que o restante dos homens se divertisse com nossa maneira de apresentá-lo, e, de fato, parece não haver outra diversão em que os homens gostem tanto de participar.

Entre as fábulas do senhor De la Motte há uma contra a avareza que me parece a mais natural e simples desse autor inventivo. Após morrer e ser dignamente enterrado, diz ele, um avaro chega às margens do Styx desejando fazer a travessia junto com outros espectros. Caronte pede seu bilhete e se surpreende ao ver o avaro se jogar no rio para não pagar a viagem, e nadar para o outro lado, apesar de toda a desaprovação e oposição que teve de enfrentar. O reino estígio entra em alvoroço, e cada um dos juízes pensa na punição adequada para um crime de tão graves consequências para os cofres infernais. Deveria ser acorrentado ao rochedo, junto com Prometeu? Ou atirado ao precipício, com as Danaides? Ou ajudar Sísifo a empurrar sua pedra? Nada disso, diz Minos; devemos inventar uma punição mais severa. Ele deve ser enviado de volta à terra para ver como seus herdeiros estão usando suas riquezas[271].

Espero não se interprete como desejo de me opor a esse célebre autor, se agora apresento uma fábula de minha lavra, cuja intenção

---

[271] De La Motte, *O Avaro e Minos*. (NT)

é expor o mesmo vício, a avareza. A inspiração para ela veio destas linhas do sr. Pope:

Condenados às minas, o mesmo destino cabe
ao escravo que as escava e àquele que as cobre[272].

Um dia nossa velha Mãe Terra apresentou acusação contra Avareza perante as cortes celestes, por causa de seus conselhos mal-intencionados e maliciosos, que tentam, induzem, persuadem e traiçoeiramente seduzem os filhos da Terra a [573] cometer o detestável crime de matricídio: furando-lhe o corpo, eles vão procurar tesouros escondidos em suas entranhas. A acusação foi bastante longa e verborrágica, e teremos de omitir grande parte das repetições e termos sinônimos para não cansar o leitor com nossa fábula. Chamada perante Júpiter para responder à acusação, Avareza não tinha muito que dizer em sua defesa. Ficou claramente provada a sua injustiça. O fato, com efeito, era notório, e a injúria fora diversas vezes repetida. Quando então a pleiteante clamou por justiça, Júpiter prontamente deu sentença a seu favor; e seu decreto a esse propósito foi o seguinte. Visto que a dama acusada Avareza cometera tão grave injúria à dama acusadora Terra, aquela estava por isso condenada a pegar o tesouro que traiçoeiramente roubara à mencionada acusadora furando-lhe o peito, e da mesma maneira que antes o abrira, deveria agora devolvê-lo, sem nada subtrair ou reter dele. Segue-se dessa sentença, disse Júpiter a todos os presentes, que para todo o sempre os adeptos de Avareza deverão enterrar e esconder suas riquezas, restituindo à terra o que dela tiraram.

---

[272] Pope, *Epístolas a diversas pessoas*. "Do Uso das Riquezas", 109-110. (NT)

UM PERFIL DE SIR ROBERT WALPOLE[273]

Nunca houve homem cujas ações e caráter tenham sido investigados de maneira tão severa e aberta quanto o atual ministro, que, tendo por tão longo tempo governado uma nação livre e instruída, em meio a forte oposição, pode reunir uma grande biblioteca com tudo o que se escreveu a favor dele e contra ele, pois é objeto de mais da metade do papel impresso nesta nação nos últimos vinte anos [575]. Desejo, para a honra do país, que cada perfil dele tenha sido traçado com *juízo* e *imparcialidade*, a fim de ter algum crédito na posteridade e mostrar que nossa liberdade foi ao menos uma vez aproveitada para um bom propósito. Receio apenas falhar no primeiro

---

[273] Ensaio publicado em janeiro de 1742 (edição C). Em fevereiro, sir Robert Walpole renuncia. O segundo volume dos *Ensaios*, onde este foi publicado, trazia uma nota de Hume: "'O Perfil de sir Robert Walpole' foi traçado há alguns meses, quando esse grande homem estava no zênite do seu poder. Confesso, porém, que atualmente, quando ele parece estar em declínio, tendo a uma visão mais favorável, e suspeito que a antipatia que todo verdadeiro britânico naturalmente sente por ministros de Estado tenha me inspirado certo preconceito contra ele. O leitor imparcial, se é que ele existe, ou então a posteridade, se é que esta irrelevância lhe dirá respeito, poderá corrigir meus equívocos neste particular". Em edições posteriores, o "Perfil" se tornou uma nota de rodapé ao ensaio "Que a política pode ser reduzida a uma ciência" (incluído nesta coletânea). Hume começa a nota da seguinte maneira: "Pode-se saber qual a opinião do autor a respeito desse ministro por aquele ensaio, impresso nas edições anteriores, que tinha por título 'Um perfil de sir Rober Walpole'. Seu teor era este...". Após transcrição do texto, a nota conclui: "O autor se sente satisfeito em constatar que, com o fim das animosidades e calúnias, a nação parece ter retomado sentimentos moderados com respeito a esse grande homem, se é que não se tornaram mais favoráveis, pela natural transição de um extremo ao outro. O autor não poderia se opor a sentimentos tão humanos em relação aos mortos, mas não pode deixar de observar que o não pagamento de uma parcela maior dos débitos públicos foi, como sugere este "Perfil", o grande, o único grande erro, daquela longa administração". O *perfil (character)* é uma espécie de ensaio que descreve em palavras um indivíduo importante ou significativo, do ponto de vista público, a partir de seus traços morais, que se mostram sobretudo em seus atos e feitos. Trata-se de um exercício ensaístico análogo, no plano da arte de escrever, ao do retrato na arte da pintura. (NT)

quesito, a qualidade do juízo. Mas, se for assim, será apenas mais uma página jogada fora, depois das centenas de milhares já amareladas e inúteis escritas sobre o assunto. Enquanto isso, adulo a mim com a agradável imaginação de que o perfil que segue será adotado pelos futuros historiadores.

Sir Robert Walpole, primeiro-ministro da Grã-Bretanha, é um homem hábil, mas não um gênio; de boa índole, mas não virtuoso; constante, mas não magnânimo; moderado, mas não equânime.[274] Em algumas ocasiões, suas virtudes não estão mescladas aos [576] vícios que usualmente as acompanham: é um amigo generoso, sem ser um inimigo amargo. Noutras ocasiões, seus vícios não são compensados pelas virtudes a que estão geralmente ligados: sua falta de iniciativa não é acompanhada de frugalidade. O seu caráter como homem privado é melhor que o seu caráter como homem público; tem mais virtudes do que vícios; sua fortuna é maior que sua fama. Muitas de suas boas qualidades incitaram o ódio público: com boas capacidades, não escapou ao ridículo. Teria sido estimado mais digno de sua alta posição se não a tivesse ocupado; é mais qualificado para o segundo que para o primeiro escalão em qualquer governo. Sua administração tem sido mais benéfica para sua família que para o público, melhor para sua época que para a posteridade, mais perniciosa pelos maus precedentes que por danos reais. Em sua época, o comércio floresceu, a liberdade declinou, as letras foram arruinadas. Como homem, gosto dele; como estudioso, detesto-o; como britânico, desejo calmamente sua queda. Se fosse membro de uma das duas casas, daria meu voto para tirá-lo de St. James's, e ficaria feliz vendo-o retirar-se para Houghton Hall e ali passar confortável e prazerosamente o resto de seus dias.

---

[274] *Moderado no exercício do poder, mas não equânime, quando se tratava de arrebatá-lo.* (NA)

DO SUICÍDIO[275]

[577] Um ganho considerável que se tem com a filosofia é o supremo antídoto que fornece contra a superstição e a falsa religião. Todos os outros remédios contra essa doença pestilenta são inócuos, ou, no mínimo, incertos. O simples [578] bom senso e a prática do mundo, que por si sós bastam para a maioria das necessidades da vida, são ineficazes aqui: a história e também a experiência cotidiana fornecem exemplos de homens dotados da maior capacidade para os negócios, públicos e privados, que passaram a vida inteira escravos da mais brutal superstição. Mesmo a alegria e a doçura, que infundem um bálsamo em todas as outras feridas, não proporcionam remédio para veneno tão virulento, [579] o que podemos observar particularmente em relação ao belo sexo, o qual, embora comumente dotado desses ricos presentes da natureza, sente esse intruso importuno empestar muitas de suas alegrias. Uma vez, porém, que a filosofia sadia tenha se apossado da mente, a superstição é efetivamente expulsa, e pode-se afirmar com segurança que seu triunfo sobre esse inimigo é mais completo do que sobre a maioria dos vícios e imperfeições que incidem sobre a natureza humana. Amor e raiva, ambição e avareza têm sua raiz no temperamento e nas afecções, e a razão mais sadia

---

[275] Juntamente com o ensaio seguinte, "Da Imortalidade da Alma", "Do Suicídio" seria incluído num volume intitulado *Cinco Dissertações*, ao lado de "Das Paixões", "História Natural da Religião" e "Da Tragédia". O volume chegou a ser impresso e distribuído entre os amigos de Hume. Ante a perspectiva de perseguição eclesiástica, e mesmo do governo, o autor foi, no entanto, dissuadido de imprimir mais cópias, devido ao conteúdo dos dois ensaios em questão. Eles foram substituídos por "Do Padrão do Gosto". Antes de sua morte, Hume instruiu seu editor William Strahan a publicar os *Diálogos da Religião Natural* (também redigidos na década de 50) com a possível inclusão dos dois ensaios, que finalmente apareceram em 1777, num volume intitulado *Dois Ensaios*, sem o nome do editor. (NT)

dificilmente consegue corrigi-los por inteiro. Mas a superstição, sendo fundada na falsa opinião, tem de esvaecer imediatamente tão logo a verdadeira filosofia tenha inspirado sentimentos mais justos acerca dos poderes superiores. Aqui a disputa entre doença e remédio é mais equilibrada, e nada pode impedir que este último prove sua eficácia, a não ser que seja falso e adulterado.

Será supérfluo exaltar aqui os méritos da filosofia, mostrando a tendência perniciosa daquele vício de que ela é a cura para a mente humana. O homem supersticioso, diz Cícero[276], é um miserável em cada cena, em cada incidente da vida. Mesmo o sono, que afasta todas as outras preocupações dos infelizes mortais, dá a ele novos motivos de terror, quando examina seus sonhos e vê nessas visões noturnas prognósticos de calamidades futuras. Acrescento que, embora só a morte possa pôr fim a sua miséria, ele não ousa correr para esse abrigo, mas insiste em prolongar uma existência miserável, pelo receio vão de ofender seu criador usando um poder que lhe foi concedido por aquele ser beneficente. Os presentes de Deus e da Natureza nos são arrebatados por esse cruel inimigo, e embora um único passo fosse bastante para nos tirar das regiões da tristeza e dor, as ameaças da superstição nos acorrentam a uma existência odiosa, que ela mesma é quem mais contribui para tornar miserável.

Os que foram levados pelas calamidades da vida à necessidade de recorrer a esse remédio fatal observam que, se o cuidado intempestivo dos seus amigos os impede [580] de ter aquela espécie de morte que propuseram para si mesmos, eles raramente se arriscam a tentá-lo de outra forma ou conseguem reunir, pela segunda vez, tanta resolução para realizar o seu intento. Tamanho é nosso horror à morte que, quando ela se apresenta sob forma diferente daquela com a qual o homem tenta reconciliar sua imaginação, ela adquire novos terrores para ele e sobrepuja sua débil coragem. Quando, todavia, as ameaças da superstição se aliam a essa timidez natural, não é de admirar que prive os homens de todo poder sobre suas vidas, pois esse tirano inumano tira de nós inclusive muitos prazeres e fruições aos quais somos levados por uma forte propensão. Tentemos aqui devolver aos homens

[276] *De Divinatione*, Lib. III. [Cícero, *Da Divinação*, 2.72 (150)]. (NA)

sua nativa liberdade, examinando todos os argumentos comuns contra o suicídio e mostrando que, de acordo com os sentimentos de todos os filósofos antigos, essa ação não pode levar a nenhuma imputação de culpa ou condenação.

Se o suicídio é crime, ele deve ser uma transgressão de nosso dever para com Deus, para com os que nos são próximos ou para com nós mesmos.

Para provar que o suicídio não é uma transgressão de nosso dever para com Deus, as considerações que seguem devem ser suficientes. Para governar o mundo material, o criador todo-poderoso estabeleceu leis gerais e imutáveis, que mantêm todos os corpos, do maior planeta à menor partícula da matéria, em sua própria esfera e função. Para governar o mundo animal, ele dotou todas as criaturas viventes de forças físicas e mentais, de sentidos, paixões, apetites, memória e juízo, que os impelem ou regulam no curso da vida para a qual foram destinados. Esses dois princípios distintos do mundo material e do mundo animal se sobrepõem continuamente um ao outro, e mutuamente retardam ou aceleram suas respectivas operações. Os poderes do homem e de todos os outros animais são restringidos e direcionados pela natureza e pelas qualidades dos corpos circundantes, e as modificações e ações desses corpos são incessantemente alteradas pela operação de todos os animais. A marcha do homem pela superfície terrestre é impedida por rios, e os rios, quando apropriadamente direcionados, emprestam sua força para o movimento de máquinas que servem ao uso [581] do homem. Embora as províncias dos poderes materiais e animais não sejam inteiramente separadas, disso não resulta, porém, nenhuma discórdia ou desordem na criação; ao contrário, da mistura, união e contraste entre os diversos poderes de corpos inanimados e criaturas viventes surge a surpreendente harmonia e proporção que fornecem o mais seguro argumento a favor de uma suprema sabedoria.

A providência da deidade não aparece imediatamente numa operação, mas governa todas as coisas por meio das leis gerais e imutáveis estabelecidas desde o começo dos tempos. Todos os eventos devem, num certo sentido, ser considerados como atos do todo-poderoso, todos procedem dos poderes de que ele dotou suas criaturas. Uma casa que cai pelo próprio peso não é menos levada à ruína pela providência, que outra que é destruída pelas mãos do homem, e as faculdades humanas não são menos obra dele que as leis do movimento e da gravidade. Se as paixões atuam, o juízo dita, os membros obedecem, tudo isso é operação de Deus, e foi tanto sobre esses princípios animados, quanto sobre os inanimados, que ele estabeleceu o governo do universo.

Todo evento é igualmente importante aos olhos desse ser infinito, que abarcam, de um só lance, as mais distantes regiões do espaço e os mais remotos períodos do tempo. Não há evento algum, qualquer que seja sua importância para nós, imune às leis gerais que governam o universo, ou que ele tenha especialmente reservado para sua própria ação e operação imediatas. As revoluções de Estados e impérios dependem do menor capricho ou paixão de homens individuais, e as vidas dos homens são abreviadas ou prolongadas pela menor mudança de clima ou de dieta, pelo sol ou por uma tempestade. A natureza continua sempre em sua progressão e operação, e se leis gerais são alguma vez violadas por volições particulares da deidade, é de uma maneira que escapa inteiramente à observação humana. Assim como, por um lado, os elementos e outras partes inanimadas da criação realizam suas ações sem considerar os interesses e a situação particular dos homens, os homens, por outro lado, devem confiar em seu próprio juízo e discrição no que concerne aos diversos choques da matéria, e podem empregar cada faculdade [582] de que são dotados para garantir o seu conforto, felicidade ou preservação.

Qual o significado, então, daquele princípio segundo o qual um homem, farto da vida e perseguido por dor e miséria, que supera com bravura todos os terrores naturais da morte e foge de uma cena tão cruel, qual o significado daquele princípio, digo, segundo o qual um tal homem provoca a indignação de seu criador por interferir nos assuntos da providência divina e perturbar a ordem do universo? Deveremos asseverar que o todo-poderoso, de uma maneira peculiar, se reservou o direito de dispor da vida dos homens, e não submeteu esse evento, a exemplo dos outros, às leis gerais que governam o universo? Isso é simplesmente falso. A vida dos homens depende das mesmas leis que as vidas de todos os outros animais, e estas estão sujeitas às leis gerais da matéria e do movimento. A queda de uma torre ou a infusão de um veneno destruirão igualmente um homem e a mais ínfima criatura; uma inundação leva consigo, sem fazer distinção, tudo que encontra ao alcance de sua fúria. Visto, portanto, que as vidas dos homens sempre dependem das leis gerais da matéria e do movimento, seria crime abrir mão da própria vida, porque sempre é crime interferir nessas leis ou perturbar sua operação? Isso, no entanto, parece absurdo. Todos os animais confiam sua conduta no mundo à própria prudência e habilidade, e dispõem de plena autoridade para alterar, até onde o seu poder alcance, todas as operações da natureza. Sem o exercício dessa autoridade não subsistiriam um momento sequer. Cada ação, cada movimento de um homem introduz algo novo na ordem de algumas partes da matéria, e diverge do curso ordinário das leis gerais do movimento. Juntando, pois, essas conclusões, observamos *que* a vida humana depende das leis gerais da matéria e do movimento, e *que* não é ingerência nos assuntos da providência perturbar ou alterar essas leis gerais. Cada qual não pode, por conseguinte, abdicar livremente da própria vida? E não tem ele legalmente o direito de empregar o poder que lhe foi concedido pela natureza?

Para destruir a evidência dessa conclusão devemos apresentar uma razão por que esse caso particular é uma exceção. Porque a vida humana é tão importante, seria [583] presunção da prudência humana abdicar dela? A vida de um homem, no entanto, não tem mais importância para o universo do que a de uma ostra. E, qualquer que possa ser a sua importância, o que ocorre na realidade é que a ordem da natureza a submeteu à prudência humana, levando-nos à necessidade de tomar, a cada incidente, uma decisão a respeito dela.

Se a renúncia à vida estivesse de tal forma reservada à jurisdição particular do todo-poderoso que, quando se abdicasse dela, seria o mesmo que uma violação de seu direito, então seria igualmente crime agir tanto pela preservação quanto pela destruição da vida. Se eu desviasse uma pedra que cai sobre minha cabeça, estaria atrapalhando o curso da natureza, e invado a jurisdição particular do todo-poderoso quando prolongo minha vida além do período que lhe foi concedido pelas leis gerais do movimento e da matéria.

Um fio de cabelo, uma mosca, um inseto pode destruir esse ser poderoso, cuja vida é tão importante. Seria absurdo supor que a prudência humana pode legitimamente abrir mão de algo que depende de causas tão insignificantes?

Não seria crime desviar o Nilo ou o Danúbio de seu curso, se eu fosse capaz de levá-lo a cabo. Onde reside então o crime de fazer umas poucas onças de sangue correr fora de seus vasos naturais?

Imaginas que me queixo da providência ou que amaldiçoo o fato de ter sido criado só porque deixo a vida e encerro uma existência que, se prolongada, me tornaria miserável? Longe de mim tais sentimentos. Apenas estou convencido de uma questão de fato, que tu mesmo reconheces ser possível: a de que a vida humana pode ser infeliz e de que minha existência, se fosse prolongada, se tornaria indesejável. Agradeço, contudo, à providência, tanto pelo bem de que já desfrutei, quanto pelo poder de que sou dotado para escapar dos males que se me avizinham[277]. Tu é que te queixas da providência, pois tolamente imaginas não dispor desse poder e [584] insistes em prolongar uma existência que detestas, repleta de dores e moléstias, de vergonha e pobreza.

Não é tu quem ensinas que devo me resignar à providência quando me atinge um mal qualquer, mesmo que causado pela malícia de meus inimigos; e que as ações dos homens, assim como as dos seres inanimados, são operações do todo-poderoso? Quando tombo sobre minha própria espada, recebo, por isso, a morte das mãos da deidade, tal como se tivesse provindo de um leão, de um precipício ou de uma febre.

A submissão à providência que exiges em qualquer calamidade que me atinja não exclui a habilidade e a indústria humanas, caso me seja possível, por meio delas, evitar a calamidade ou dela escapar. Por que não posso empregar tanto um remédio quanto outro?

Se a minha vida não fosse minha, seria tão criminoso colocá-la em perigo quanto abdicar dela, e um homem que enfrenta os maiores perigos pela glória ou pela amizade não merece o nome de *herói*, se um outro que põe fim à própria vida pelos mesmos motivos ou por semelhantes merece ser chamado de *desprezível* ou *incrédulo*.

---

[277] *Agamus Deo gratias, quod nemo in vita teneri potest.* Sêneca, Epístola XII. [*Epístolas*, n. 12, "Da Velhice", seção 12: "Agradeçamos a Deus que nenhum homem seja imortal"]. (NA)

Não há ser cuja posse de um poder ou faculdade não se deva ao seu criador, nem há ninguém que, por mais irregular que seja sua ação, possa interferir no plano da providência ou desordenar o universo. Suas operações são obra dele, assim como a cadeia de eventos que invade; e qualquer que seja o princípio prevalecente, podemos por isso mesmo concluir que é o mais favorecido por ele. Não importa se o ser é animado ou inanimado, racional ou irracional, todos estão no mesmo caso: o poder deriva sempre do criador supremo, estando, da mesma maneira, compreendido na ordem de sua providência. Se o horror à dor prevalece sobre o amor à vida, se uma ação voluntária antecipa os efeitos de causas cegas, é unicamente em consequência dos poderes e princípios que ele implantou em suas criaturas. A providência divina permanece inviolada e situada bem longe do alcance de injúrias humanas.

É ímpio, diz a antiga superstição romana[278], desviar [585] o curso de rios ou violar prerrogativas da natureza; é ímpio, afirma a superstição francesa, fazer inoculação contra a varíola ou usurpar as atribuições da providência, pela produção voluntária de doenças e enfermidades; é ímpio, afirma a moderna superstição europeia, pôr fim à própria vida rebelando-nos contra nosso criador: por que então não seria ímpio construir casas, cultivar o solo e navegar pelo oceano? Em todas essas ações, empregamos os poderes da mente e do corpo para produzir alguma inovação no curso da natureza, nada mais do que isso, e todas elas devem ser, portanto, ou igualmente inocentes, ou igualmente criminosas.

Mas a providência te deu um posto determinado para que ali ficasses de sentinela, e se dele desertas sem dele ser dispensado, és culpado de insubordinação para com teu soberano todo-poderoso e contrariaste a ele. Pergunto-te, por que concluis que a providência me colocou naquele posto? De minha parte, observo que devo meu nascimento a uma longa cadeia de causas, muitas das quais, e mesmo a principal, dependeram de ações voluntárias de homens. *Mas a providência guiou todas essas causas, e nada acontece no universo sem seu consentimento e cooperação.* Se é assim, então minha morte, mesmo voluntária, não ocorre sem seu consentimento, e quando dor e tristeza esgotarem minha paciência a ponto de me cansar da vida,

[278] Tácito, *Anais*, Lib. I [Livro 1.79]. (NA)

posso concluir que fui dispensado de meu posto nos termos mais claros e expressos.

É a providência que, certamente, me coloca agora neste quarto, mas não posso deixá-lo quando penso que devo, sem ser passível de uma imputação por ter desertado de meu posto ou posição? Quando eu estiver morto, os princípios de que sou composto ainda continuarão fazendo a sua parte no universo, e terão tanta utilidade na grande fábrica quanto antes, quando compunham esta criatura individual. A diferença para [586] o todo não será maior que a existente entre eu estar num quarto ou ao ar livre. Para mim, uma das mudanças é mais importante do que a outra; não, porém, para o universo.

Que blasfêmia imaginar que qualquer ser criado possa perturbar a ordem do mundo ou usurpar atribuições da providência! Isso supõe que esse ser possui poderes e faculdades que não recebeu de seu criador, e que não se submetem ao governo e autoridade dele. Um homem pode, sem dúvida, perturbar a sociedade, contrariando assim o todo-poderoso, mas o governo do mundo está muito além do seu alcance e de sua violência. E como podemos saber que as ações que perturbam a sociedade contrariam o todo-poderoso? Pelos princípios que implantou na natureza humana, que nos inspiram sentimento de remorso quando somos culpados de tais ações, e sentimento de culpa e reprovação quando as observamos em outros. Examinemos agora, de acordo com o método proposto, se o suicídio pertence a esse gênero de ação e é uma violação de nossos deveres para com *os que nos cercam* e para com a sociedade.

O homem que se retira da vida não causa dano à sociedade. Ele apenas deixa de promover o bem, o que, caso constitua uma injúria, é da espécie mais fraca.

Todas as nossas obrigações de fazer bem à sociedade parecem implicar uma certa reciprocidade. Recebo os benefícios da sociedade e, por isso, devo promover seus interesses. Quando, porém, me retiro inteiramente da sociedade, ainda perdura minha obrigação para com ela?

No entanto, mesmo supondo que nossas obrigações de promover o bem fossem perpétuas, elas teriam certos limites. Não sou obrigado a promover um bem menor para a sociedade às expensas de um grande dano para mim mesmo. Deveria eu então prolongar uma existência miserável por alguma frívola vantagem que o público possa eventualmente receber de mim? Se é justo que me desvincule de minhas ocupações em virtude da idade ou de enfermidades e empregue todo o meu tempo combatendo essas calamidades e aliviando, na medida do possível, as misérias de minha vida futura, por que não poderia abreviar de vez essas misérias, por meio de uma ação que já não é prejudicial para a sociedade? [587]

Suponhamos, porém, que já não está em meu poder promover o interesse do público; suponhamos que eu seja um fardo para ele; suponhamos ainda que minha vida impeça alguma pessoa de ser útil ao público. Nestes casos, minha renúncia à vida pode não somente ser inocente, mas louvável. A maioria das pessoas que se sentem tentadas a abandonar sua existência se encontra em situações como estas. Os que gozam de saúde, poder ou autoridade têm geralmente mais razões para estar de bem com o mundo.

Um homem se envolve numa conspiração pelo interesse público; é preso por ser suspeito; é submetido à tortura; e sabe, por sua própria fraqueza, que conseguirão lhe extorquir o segredo: em tal situação, há melhor maneira de alguém servir ao interesse público do que pondo fim a sua vida miserável? Este foi o caso do famoso e corajoso Strozzi de Florença.

Ou suponhamos ainda um malfeitor justamente condenado a uma morte ignominiosa: poderíamos imaginar qualquer razão para que não antecipe sua punição e se poupe da agonia de pensar nas coisas terríveis que estão por vir? Ele não usurpa mais as atribuições da [588] providência do que o magistrado que ordenou a sua execução, e sua morte voluntária é igualmente vantajosa para a sociedade, por desvencilhá-la de um membro pernicioso.

Ninguém poderá questionar que o suicídio pode muitas vezes ser consistente com o interesse e com nosso dever para com *nós mesmos*, se reconhecer que idade, doença ou infortúnio podem tornar a vida um fardo ainda pior do que a aniquilação. Não acredito que homem algum tenha jamais jogado fora a vida quando valia a pena conservá-la. Pois tal é nosso horror natural à morte, que motivos menores jamais nos levarão a uma reconciliação com ela, e mesmo que talvez a situação de saúde ou financeira de um homem não pareça requerer esse remédio, podemos ao menos estar certos de que se alguém a ele recorreu, sem razão aparente, é porque padecia de uma depravação incurável ou de um temperamento tão tristonho, que envenenou todo contentamento e o tornou tão miserável quanto se tivesse de suportar o mais grave infortúnio.

Se supusermos que o suicídio é crime, só a covardia poderá nos levar a ele. Se não é um crime, prudência e coragem são o que nos levam a nos desvencilhar de vez de uma existência que se tornou um fardo. Ele é o único meio de que dispomos para ser úteis à sociedade, dando um exemplo que, se imitado, preservaria, para cada um, uma chance de felicidade na vida, e livrá-lo-ia, efetivamente, de todo perigo da miséria[279].

---

[279] Seria fácil provar que o suicídio é tão legítimo sob o sistema *cristão* quanto o era para os pagãos. Não há sequer um texto da escritura que o proíba. Esse grande e infalível cânone da fé e da prática, que tem de controlar toda a filosofia e todos os raciocínios dos homens, deixou-nos, a esse respeito, em nossa liberdade natural. Nas Escrituras recomenda-se, é verdade, resignação à providência; mas isso implica apenas submissão a males inevitáveis, não aos que podem ser remediados por prudência ou coragem. *Não matarás* evidentemente exclui apenas o assassínio de outrem, sobre cuja vida não temos autoridade. Que esse preceito, como os demais preceitos das Escrituras, deve ser modificado pela razão e pelo senso comum, é algo evidenciado pela prática dos magistrados, que aplicam a pena capital a criminosos, a despeito da letra dessa lei. No entanto, mesmo que esse mandamento se referisse explicitamente ao suicídio, ele já não teria autoridade agora. Pois toda a legislação mosaica está abolida, com exceção da estabelecida pela lei da natureza, e por isso tentamos provar aqui que o suicídio não é proibido por essa lei. Em todos os aspectos, *cristãos* e *pagãos* se encontram exatamente na mesma situação, e se Catão e Bruto, Arria e Portia agiram heroicamente, os que agora imitarem o exemplo deles deverão, da mesma maneira, receber o louvor da posteridade. O poder de cometer suicídio é considerado por Plínio uma vantagem que os homens possuem até mesmo sobre a deidade. *Deus non sibi potest mortem conscicere, si velit, quod homini dedit optimum in tantis vitae poenis.* Lib. II. Cap. 7. [*História Natural*, 2.5.57: "Mesmo que quisesse, Deus não poderia cometer suicídio, dádiva suprema que concedeu ao homem em meio a todos os castigos da vida"]. (NA)

DA IMORTALIDADE DA ALMA[280]

[590] Parece difícil provar a imortalidade da alma pela mera luz da razão. Os argumentos a seu favor são comumente deduzidos de tópicos *metafísicos, morais* ou *físicos*. Na realidade, porém, é o Evangelho, e unicamente ele, que trouxe à baila a vida e a imortalidade da alma. [591]

I. Tópicos metafísicos supõem que a alma é imaterial, e que é impossível para o pensamento pertencer a uma substância material.

Metafísicos justos nos ensinam, porém, que a noção de substância é totalmente confusa e imperfeita, e que a ideia que temos de qualquer substância não pode ser outra que a de um agregado de qualidades particulares inerentes a algo desconhecido. Matéria e espírito são, portanto, no fundo, igualmente desconhecidos, e não podemos determinar que qualidades são inerentes a uma ou a outro.

Eles igualmente nos ensinam que, no que concerne a causas ou efeitos, nada pode ser decidido *a priori*, e que, por ser a experiência a única fonte de nossos juízos dessa natureza, não dispomos de nenhum outro princípio para saber se, por sua estrutura e arranjo, a matéria é a causa do pensamento. Raciocínios abstratos não podem solucionar nenhuma questão de fato ou de existência.

Admitindo-se, porém, que haja uma substância espiritual dispersa pelo universo, como o fogo etéreo dos *estoicos*, e que ela seja o único objeto inerente do pensamento, temos razão de concluir por *analogia* que o modo pelo qual a natureza a emprega é o mesmo pelo qual emprega a outra substância, a matéria. Ela a utiliza como uma espécie de pasta ou argila, a modifica numa variedade de formas e existências, dissolve, após certo tempo, cada modificação e, a partir de sua substância, erige uma nova forma. Assim como a mesma

[280] Ver nota ao ensaio anterior, "Do Suicídio". (NT)

substância material pode sucessivamente compor o corpo de todos os animais, assim também a mesma substância espiritual pode compor suas mentes: suas consciências ou o sistema de pensamento que formaram [592] no decorrer de suas vidas podem ser continuamente dissolvidas pela morte, sem que a nova modificação lhes diga respeito. Os mais resolutos defensores da mortalidade da alma jamais negaram a imortalidade de sua substância. E que uma substância imaterial, tanto quanto uma substância material, possa perder sua memória ou consciência, isso fica em parte claro por experiência, se a alma é imaterial.

Raciocinando a partir do curso comum da natureza, sem supor alguma *nova* interposição da causa suprema, que sempre deve ser excluída da filosofia, o que é incorruptível não pode ter sido gerado. Se a alma é, portanto, imortal, ela existia antes de nosso nascimento, e se aquela sua primeira existência de modo algum nos dizia respeito, tampouco o dirá esta última.

Os animais, não resta dúvida, sentem, pensam, amam, odeiam, desejam e mesmo raciocinam, embora de maneira mais imperfeita que o homem. Seriam também suas almas imateriais e imortais?

II. Consideremos agora os argumentos *morais*, principalmente os argumentos derivados da justiça de Deus, a quem se supõe estar interessado na futura punição dos viciosos e na recompensa dos virtuosos.

Esses argumentos estão, todavia, fundados na suposição de que Deus tem outros atributos além dos que manifestou neste universo, os únicos com que estamos familiarizados. De onde inferimos a existência desses atributos?

Podemos afirmar com bastante segurança que tudo aquilo que sabemos que a deidade realmente fez é o melhor, mas é muito perigoso afirmar que ela deve sempre fazer o que parece melhor para nós. Em quantos exemplos esse raciocínio falharia no que se refere ao mundo presente?

No entanto, mesmo que haja algum propósito claro na natureza, podemos afirmar que todo o escopo e intenção da criação do homem, tanto quanto podemos julgar pela razão natural, está inteiramente limitado à vida presente. Com tamanha despreocupação por parte da estrutura original e inerente da mente e das paixões humanas, será que o homem olha para mais além? Que comparação pode haver, em termos de estabilidade ou de eficácia, entre uma ideia tão fugaz como esta e a mais duvidosa persuasão sobre qualquer questão de fato na vida comum? [593]

Em algumas mentes, é verdade, surgem certos terrores indescritíveis em relação ao futuro, que logo esvaeceriam se não fossem artificialmente insuflados por preceito e educação. Quais são, porém, os motivos daqueles que os insuflam? Unicamente obter sustento e adquirir poder e riquezas neste mundo. Seu próprio zelo e indústria constituem, portanto, um argumento contra eles.

Que crueldade, que iniquidade, que injustiça da natureza confinar toda nossa preocupação e todo o nosso conhecimento à vida presente, se há outro cenário a nossa espera, de consequências infinitamente mais importantes! Deve embuste tão bárbaro ser atribuído a um ser tão beneficente e sábio?

Observai a exata proporção com que se ajustam por toda a natureza as tarefas a ser executadas e os poderes para executá-las. Se a razão do homem lhe dá grande superioridade sobre outros animais, suas necessidades se multiplicam na mesma proporção. Todo seu tempo, toda sua capacidade, atividade, coragem e paixão são empregados para combater as misérias de sua condição presente. E com frequência — mais ainda, quase sempre —, são muito exíguos para a tarefa que lhes foi atribuída.

Talvez nenhum par de sapatos jamais tenha sido feito segundo o grau de perfeição que pode ser alcançado por esse bem. E, no entanto, é necessário ou, ao menos, muito útil que existam alguns políticos e moralistas, e até alguns geômetras, historiadores, poetas e filósofos entre os homens.

Considerando-os nos limites desta vida, os poderes dos homens em relação a suas necessidades não são maiores que os das raposas e lebres em relação às *suas* e ao *seu* ciclo de existência. É óbvia, pois, a inferência de que há paridade entre eles.

Pela teoria da mortalidade da alma, a inferioridade na capacidade das mulheres é facilmente explicada: sua vida doméstica não requer faculdades, nem mentais, nem físicas, mais elevadas. Essa circunstância desaparece e se torna inteiramente insignificante pela teoria religiosa: as tarefas a serem executadas são as mesmas num sexo e noutro, seus poderes de raciocínio e resolução também devem, portanto, ser iguais, e ambos infinitamente maiores do que no presente. [594]

Assim como cada efeito implica uma causa, e esta, outra, até que se atinja a causa primeira de tudo, que é a *Deidade*, assim também tudo que acontece é por ela ordenado, e nada poderia ser objeto de sua punição ou vingança.

Por que regra são distribuídas as punições e recompensas? Qual é o padrão divino de mérito e demérito? Devemos supor que há lugar para sentimentos humanos na deidade? Por forte que seja tal hipótese, não podemos conceber outros sentimentos.

De acordo com os sentimentos humanos, são partes essenciais do mérito pessoal o senso, a coragem, as boas maneiras, a indústria, a prudência, o gênio etc. Devemos, pois, erguer um Eliseu para poetas e heróis, como aquele da mitologia antiga? Por que confinar todas as recompensas a uma única espécie de virtude?

Punir sem um fim ou propósito determinado é inconsistente com *nossas* ideias de bondade e justiça, e não serve a nenhum fim depois que as cortinas se fecharam sobre a cena.

A punição, de acordo com *nossas* concepções, deve ser em alguma medida proporcional à ofensa. Por que então uma punição eterna para as ofensas temporais de uma criatura tão frágil quanto o homem? Pode alguém aprovar a ira de Alexandre, que queria exterminar uma nação inteira por ter capturado Bucéfalo, seu cavalo favorito?[281]

Céu e inferno supõem duas espécies distintas de homens, os bons e os maus. A maior parte do gênero humano oscila, todavia, entre vício e virtude.

Se alguém saísse pelo mundo com a intenção de dar uma boa refeição aos justos e aplicar uma boa sova nos malvados, frequentemente se sentiria embaraçado na escolha [595] e descobriria que os méritos e deméritos da maioria dos homens e mulheres dificilmente equivalem ao valor de cada um.

Supor medidas de aprovação e censura diferentes das humanas confunde tudo. Como poderíamos aprender que há uma coisa tal como distinções morais, senão partindo de nossos próprios sentimentos?

---

[281] Quintus Curtius, Lib. IV, Cap. 5. [*História de Alexandre*]. (NA)

O homem que nunca tenha recebido ofensa pessoal (ou um homem de boa índole que a tenha recebido) seria capaz de aplicar aos crimes as punições mais comuns, legais, frívolas pelo mero senso de reprovação? E o que acera o peito de juízes e júris contra os sentimentos de humanidade senão a reflexão sobre a necessidade e interesse públicos?

Pelo direito romano, os culpados de parricídio que confessavam seu crime eram postos num saco com um símio, um cão e uma serpente, e eram lançados num rio: uma morte simples era reservada aos que negavam sua culpa, por amplamente comprovada que fosse. Um criminoso fora julgado perante Augusto e condenado após plena convicção de sua culpa: o humano imperador, no entanto, deu tal encaminhamento ao último interrogatório, que levou o delinquente a negar sua culpa. *Tu certamente*, disse o príncipe, *não mataste teu pai*[282]. Essa brandura condiz com nossas ideias do que é *justo* mesmo em relação ao maior dos criminosos, evitando tão incalculável sofrimento. Mais ainda, até o sacerdote mais intolerante a aprovaria naturalmente, sem refletir, desde que o crime não fosse heresia ou infidelidade, pois como esses crimes afetam seus interesses e vantagens *temporais*, provavelmente não seria tão indulgente para com eles.

A fonte principal de ideias morais é a reflexão sobre os interesses da sociedade humana. Devem interesses tão pequenos, tão frívolos, ser resguardados por punições eternas e infinitas? A danação de um homem é mal infinitamente maior no universo do que a subversão de um milhão de reinos.

A natureza tornou a infância do homem particularmente frágil e [596] mortal, como se seu propósito fosse refutar a noção de um estado de provação. Metade dos homens morre antes de se tornar criatura racional.

III. No que se refere à mortalidade da alma, os argumentos *físicos* a partir da analogia da natureza são fortes e realmente os únicos argumentos filosóficos admissíveis nesta questão ou, na verdade, em toda questão de fato.

Quando dois objetos estão tão intimamente conectados que todas as alterações que tenhamos alguma vez visto num deles sejam

---

[282] Suetônio, Cap. 5. (NA)

acompanhadas de alterações proporcionais no outro, devemos concluir, por todas as regras de analogia, que se alterações ainda maiores forem produzidas no primeiro a ponto de dissolvê-lo totalmente, seguir-se-á a total dissolução do segundo.

O sono, de efeito tão reduzido no corpo, é acompanhado de uma extinção temporária da alma ou, pelo menos, de grande confusão nela.

A fraqueza física e mental na infância respeita proporções exatas, assim como o vigor do corpo e da mente na idade adulta, a desordem simpatética deles na doença, o comum e gradual declínio deles na velhice. O passo seguinte parece inevitável: a sua extinção comum na morte.

Os últimos sintomas que a mente descobre são desordem, fraqueza, insensibilidade e estupidez, os presságios de sua aniquilação. O progresso ulterior das mesmas causas, reforçando os mesmos efeitos, extingue-a totalmente.

A julgar pela analogia usual da natureza, nenhuma forma pode persistir quando transferida para uma condição vital muito diferente daquela em que originalmente se encontrava. Árvores perecem na água, peixes, no ar, animais, na terra. Não raras vezes, até uma pequena diferença de clima é fatal. Há então razão de imaginar que uma alteração imensa, como a que a alma sofre pela dissolução de seu corpo e de todos os seus órgãos de pensamento e de sensação, poderia ser efetuada sem a dissolução do todo?

Tudo é comum entre alma e corpo. Todos os órgãos de um são órgãos do outro. A existência de um depende, portanto, da existência do outro. [597]

Concede-se que as almas dos animais são mortais, e são tão semelhantes às almas dos homens que a analogia entre umas e outras forma um argumento poderoso. Seus corpos são menos semelhantes, e, no entanto, ninguém rejeita os argumentos extraídos da anatomia comparada. A *metempsicose* é, portanto, o único sistema desse gênero a que a filosofia pode dar ouvidos.

Nada é perpétuo neste mundo. Cada ser, por mais firme que pareça, se encontra em fluxo e mudança contínuos. O próprio mundo dá sinais de fragilidade e extinção. Quão contrário à analogia não seria, portanto, imaginar que uma única forma, aparentemente a mais frágil de todas e sujeita aos maiores distúrbios provocados por causas insignificantes, seria imortal e indissolúvel? Que teoria não é essa! Quão leviana, para não dizer temerária!

Responder como será a ordenação do número infinito de existências póstumas também deve trazer embaraço à teoria religiosa. Somos livres para imaginar que cada planeta e cada sistema solar é povoado por seres inteligentes e mortais; ao menos, não podemos firmar nenhuma outra suposição. Para eles, então, um novo universo deve, a cada geração, ser criado, para além dos limites do presente universo, ou então um universo já deve ter sido criado de início com limites tão prodigiosamente vastos, que admite esse influxo contínuo de seres. Podem suposições tão fortes ser acolhidas pela filosofia, e meramente com base numa simples possibilidade?

Quando se pergunta se Agamenão, Térsites, Aníbal, Nero ou qualquer bufão estúpido que tenha algum dia existido na Itália, Cítia, Bactria ou Guiné, ainda vive, seria possível alguém pensar que um escrutínio da natureza forneceria argumentos suficientemente poderosos para responder afirmativamente a uma questão tão estranha como esta? A falta de argumentos mostra suficientemente que, sem revelação, a resposta é negativa. [598]

Quanto facilius, diz Plínio, *certiusque sibi quemque credere, ac specimen securitatis antigenitali sumere experimento*[283]. Nossa insensibilidade antes da composição do corpo parece prova, para a razão natural, de um estado semelhante após sua dissolução.

Se nosso horror à aniquilação fosse uma paixão original, não efeito de nosso apego à felicidade em geral, ele provaria antes a mortalidade da alma. Pois como a natureza não faz nada em vão, ela jamais nos daria horror a um evento impossível. Ela pode nos imbuir de horror diante de um evento inevitável, desde que nossos esforços sejam, como no presente caso, o de mantê-lo a certa distância. A morte é, por fim, inevitável; e no entanto a espécie humana não poderia ser preservada se a natureza não nos tivesse inspirado aversão a ela.

Deve-se suspeitar de todas as doutrinas favorecidas por nossas paixões. E as esperanças e temores que dão origem à presente doutrina são muito óbvios.

---

[283] Lib. VII Cap. 55. [Plínio, *História Natural*, 7.55: "...quão mais fácil e seguro não seria cada um confiar em si mesmo e derivar, de nossa experiência pré-natal, nossa ideia de uma tranquilidade vindoura!"]. (NA)

É uma vantagem infinita defender, em toda controvérsia, a posição negativa. Se a questão está fora do curso da natureza que comumente experimentamos, essa circunstância é quase, senão inteiramente, decisiva. Por quais argumentos ou analogias podemos provar algum estado de existência que ninguém jamais viu, e que de maneira alguma se assemelha a outro já visto? Quem depositaria tamanha confiança em qualquer pretensa filosofia, a ponto de admitir, por seu testemunho, a realidade de cena tão maravilhosa? Uma nova espécie de lógica seria requerida para esse propósito, e novas faculdades da mente que nos permitissem compreender essa lógica.

Nada pode iluminar tão plenamente as infinitas obrigações que os homens têm para com a revelação divina, e constatamos que nenhum outro meio poderia asseverar essa grande e importante verdade.

GLOSSÁRIO[284]

Affection: afecção, afeição, afeto.

Appetite: apetite.

Balance: balança.

A imagem da balança evoca a necessidade de um equilíbrio entre as forças antagônicas no interior do corpo político e entre Estados rivais. No decorrer dos *Ensaios* fala-se em "balança de poder" (*balance of power*), "balança de propriedade" (*balance of property*) e "balança de comércio" (*balance of commerce*).

Beauty: beleza.

Character: caráter. Como gênero literário, "perfil".

Commonwealth: república.

O termo *commonwealth* é a tradução inglesa do latim *res publica*. Hume também emprega *republic* como sinônimo.

Complacency: complacência (131)

Complaisance: condescendência (126, 133, 247, 537)

Conversation: conversa, conversação ou "convívio social".

Por oposição às letras e à erudição, mas buscando uma unificação com elas, a *conversation* em inglês não designa apenas a conversa em sentido estrito, mas também, em sentido mais amplo, o mundo das relações sociais. Hume tem por modelo a "arte da sociedade e do convívio social" dos franceses (*l'art de vivre*. Cf. "Da liberdade civil", p. 91). Ele utiliza também o adjetivo *conversable* (a edição Liberty Fund traz "conversible"), que, se a palavra não fosse tão

---

[284] O glossário não é exaustivo. Serve apenas para orientar o leitor a respeito de alguns conceitos e noções importantes para a compreensão do pensamento humiano. A indicação da página remete à edição da Liberty Fund.

inusual, poderia ser vertida por "conversável" (no dicionário Houaiss, conversável é indivíduo de "bom trato", de "conversa agradável"). Cf. "Da arte de escrever ensaio", p. 533. O tema da combinação entre erudição e convívio social é retomado na seção I da *Investigação sobre o entendimento humano*.

Delicacy: delicadeza.

Delicacy of feeling: p. 4; *delicacy of sentiment*, p. 6: delicadeza de sentimento.

Delicacy of imagination: delicadeza de imaginação. É expressão sinônima de "delicadeza de gosto" no ensaio sobre o "Padrão do gosto", p. 234.

Delicacy of passion: delicadeza de paixão.

Delicacy of taste: delicadeza de gosto.

Delicacy of temper: delicadeza de temperamento, p. 166.

Deformity: deformidade (do latim *deformitas*).

Desde Shaftesbury, a deformidade é o que se opõe ao belo (*Os moralistas, uma rapsódia filosófica*, seção III, parte 2). Como assinala Edmund Burke, essa oposição supõe conceber o belo como "proporção". Segundo ele, "o verdadeiro oposto da beleza não é a desproporção, nem a deformidade, mas a feiura [*ugliness*]..." *Uma investigação filosófica sobre a origem de nossas ideias do belo e do sublime.* Tradução, apresentação e notas de Enid Abreu Dobránsky. Campinas: Papirus – Editora da Unicamp, 1993, p. 111.

Disposition: disposição.

Emotion: emoção.

Enjoyment: contentamento (uma vez, "fruição", p. 4).

Fabric: textura (uma vez "fábrica", p. 585).

Feeling: sentimento (uma vez, no plural, "modos de sentir", p. 234. Cf. nota da tradução). Veja-se abaixo "sentiment".

Fine: fino, fina.

Frame: arranjo.

Freedom: liberdade "individual", distinta da liberdade "civil" (*liberty*).

Genius: gênio.

Grief: pesar.

Happiness: felicidade.

Jealousy: desconfiança, suspeita.

Joy: alegria.

Judgement: juízo. Cf. abaixo o comentário ao adjetivo *sound*.

Labour: trabalho.

    Labour significa para Hume primordialmente *lavoura*: é dessa forma especificamente concreta do trabalho que se depreende uma significação mais geral e abstrata, de *força de trabalho*, a mão de obra disponível numa nação, a partir do excedente do cultivo da terra, para a manufatura e para a guerra.

Learned: geralmente traduzido por "erudito", propõe-se aqui a tradução "letrado" ("Da arte de escrever ensaio", p. 533). *Learning*: designa em geral as "letras". Também geralmente traduzido por "erudição" ou "instrução" (p. 245).

    As palavras learned/learning remetem à erudição "livresca", ao saber científico (*"learned society"*), mas também principalmente à atividade literária: como explica o dicionário Oxford, *the learned* no plural (como ocorre aqui) equivale a *"men of learning"*, isto é, *"the literati"* (como confirmação, o ensaio sobre a "arte de escrever ensaio" falará ainda das "belles lettres" e dos "men of letters"). Opõe-se aos "indivíduos de convívio social". No ensaio "Do estudo da história" (p. 566) se explica a relação entre a erudição (*erudition*) e as letras:

    "Além de agradável diversão, a história é a parcela do conhecimento que mais se aprimora, e grande parte do que geralmente chamamos de *erudição*, e que temos em tão alta conta, não passa de conhecimento de fatos históricos. Uma vastidão de conhecimentos desse gênero é algo que compete ao homem de letras..."

    No ensaio sobre a "Arte de escrever ensaio", também aparece a expressão *"learned ladies"* (p. 536).

Leisure: ócio.

Liberty: liberdade "civil". Cf. acima *freedom*.

Luxury: luxo.

Mind: mente.

Misery: miséria.

Nicety: acuidade.

Pain: dor.

Please, to: agradar.

Pleasure: prazer.

Public: público, bem público.

Em inglês, *public*. Diz respeito à coletividade, à comunidade (*community*). Apesar de certo estranhamento, preferiu-se manter a tradução mais literal, lembrando que no português a palavra significa também "povo" ou "conjunto de pessoas de determinado lugar" (Houaiss). Hume utiliza a acepção francesa da palavra, corrente desde o século XVII: o *público* como sinônimo de *Estado*.

Reason: razão.

A razão tem dois sentidos, segundo Hume. No sentido estrito, é "julgamento da verdade e da falsidade". No sentido "popular", é uma "paixão geral e calma" (*Dissertação sobre as paixões*, seção V. Cf. *Tratado da natureza humana*, II, 3, 8).

Sinônima de bom senso, é importante para limitar a influência do preconceito e requisitada, como tal, para as operações do gosto (p. 240).

Relish: paladar (uma vez "gosto", p. 558).

O primeiro sentido de *relish* em inglês é gosto, sabor ou tempero peculiar de alguma coisa. Possui também as acepções de gosto, apetite ou paladar, o que o liga diretamente, para Hume, ao gosto (*taste*). Com a tradução, procurou-se manter o campo semântico do inglês, como aliás no português, no qual, além de designar a capacidade de distinguir sabores pela língua e o próprio sabor, paladar tem também o sentido figurado de "capacidade de apreciar as qualidades e os defeitos das produções artísticas" (Houaiss). Assim, da mesma forma que o *taste*, o *relish* pode dizer respeito tanto ao "gosto físico", quanto ao "gosto mental".

Satisfaction: satisfação.

Sensibility: sensibilidade.

Quando em excesso, tem também uma conotação pejorativa, estando associada à delicadeza de paixão. Cf. p. 6.

Sense: senso.

Common sense: senso comum.

Good sense: bom senso. A partir de Dubos, há junção do *bon sens* cartesiano ao *bom gosto*. Sinônimo de "razão" (p. 240). Importante para discernir as belezas do "propósito e do raciocínio" (p. 241).

Strong sense: senso forte.

Acompanhado do adjetivo *strong*, *sense* ganha o sentido de uma força ou robustez moral (*men of strong sense*), física e mental, enfatizando-se, neste caso, a ideia de que se trata das boas condições de um juízo "sadio" (veja-se abaixo o verbete *sound*) nas ciências e nas artes.

Sentiment: sentimento

Segundo Hume, foi Hutcheson quem mostrou, pelos "argumentos mais convincentes", que a moralidade não está na "natureza abstrata das coisas", mas é "inteiramente relativa ao sentimento ou gosto mental de cada ser particular". (*Philosophical essays concerning human understanding*. Hildesheim: Olms, 1986, p. 15). Hutcheson mostrou, portanto, que as distinções morais e estéticas dependem do *sentimento*, que é identificado aqui, assim como no ensaio sobre o Cético (p. 166), ao gosto. E mais exatamente ao gosto "mental", por oposição ao gosto "físico": enquanto este se atém ao belo natural (aptidão perceptível também nos animais), o sentimento ou gosto mental — a delicadeza de gosto ou de sentimento — é o responsável pelas distinções no âmbito da moral, da literatura e das artes. Ele "nos habilita a julgar o caráter dos homens, as composições do gênio e as produções das artes mais nobres" ("Da delicadeza de gosto e de paixão", p. 6)

A palavra *sentiment* está ligada, portanto, não só à *sensibilidade*, mas também ao *juízo*. Essa ambiguidade do termo, tanto em francês, quanto no inglês, é assinalada, entre outros, pelo estudioso Peter Jones, para quem a palavra é "traiçoeira", pois é empregada por Hume ora significando "emoção, paixão", ora "julgamento, opinião", isto é, ela recobre tanto "feeling" quanto "thought". "Hume's literary and aesthetic theory". In: *The Cambridge Companion to Hume*. Edição de David Fate Norton. Cambridge: Cambridge University Press, 1993, p. 280.

Sorrow: tristeza.

A tradução segue a sugestão do próprio Hume, que, ao traduzir Fontenelle, verte *tristesse* por *sorrow* (p. 218).

Sound: sadio. Entendimento e juízo sadios.

"Sound" tem o sentido fisiológico ou médico de "sadio", "saudável". Um entendimento sadio é o que dá o *good sense* (bom senso, "a coisa mais bem distribuída entre os homens", como diz Descartes). Cabe lembrar, a título de ilustração que o "sound understanding" será introduzido na filosofia alemã do século XVIII pela tradução literal "*gesunder* Menschenverstand", isto é, "entendimento humano *sadio*". Pela falta de termo mais adequado, mas também pelo íntimo parentesco, a expressão em alemão serve justamente para traduzir "bom senso".

Splenetic: esplenético. (81).

Em inglês "splenetic" (esplenético) é adjetivo referente ao baço (*spleen*), órgão considerado a causa da hipocondria ou da melancolia.

Understanding: entendimento.

Uneasiness: "insatisfação" ou "mal-estar" (uma vez "inquietação, p. 221)

No *Ensaio sobre o Entendimento Humano* (II, vii, 2 e passim), Locke explica que a *uneasiness* é "o mais importante, senão único aguilhão da indústria e ação humanas". Com a aprovação de Locke, Pierre Coste traduziu *uneasiness* pelo termo malebranchista "*inquiétude*", assinalando, porém, que o correspondente francês seria mais exatamente "mal-estar" ou "desconforto". Comentando as razões por que Coste e Locke preferem a palavra empregada por Malebranche, Jean Deprun afirma que "tudo se passa como se Locke e seu secretário-tradutor tivessem querido ao mesmo tempo captar uma herança e prevenir uma confusão, falando ao leitor malebranchista uma linguagem que ele podia compreender e advertindo-o ao mesmo tempo de uma mudança radical de perspectiva." (*La philosophie de l'inquiétude en France au XVIIIe siècle*, Paris: Vrin, 1979, p. 193). Num comentário detido da questão da *uneasiness* em Locke, Luiz Roberto Monzani mostra que esse conceito "tão central" em Locke é ao mesmo tempo bastante "espinhoso", porque se trata de "um dos conceitos mais difíceis de serem precisados no interior do léxico de Locke." Monzani argumenta que não é possível traduzir o termo por "inquietude" ou "inquietação" e sugere acertadamente "insatisfação" ou "mal--estar", dando uma explicação precisa do uso da palavra: "Assim, a 'uneasiness' pode, em certos casos, identificar-se com uma dor (*pain*) física que me faz, por exemplo, afastar o objeto. Em outros casos, pode ser um ligeiro mal-estar que, no entanto, é suficiente para que o sujeito procure um estado mais agradável. Colocar roupas mais leves devido ao aumento de temperatura, por exemplo. A 'uneasiness' destaca-se numa escala conforme a situação do sujeito. Exatamente por isso, em cada contexto, adquire um determinado matiz semântico que pode ir desde a identificação com a dor até, exatamente, o mal-estar ligeiro que, no entanto, incita à mudança. 'Uneasiness' é um operador conceitual que só adquire sentido num determinado contexto. E, no texto de Locke, assistimos à realização de todas as suas possibilidades". (*Desejo e prazer na idade moderna.* Campinas: Editora da Unicamp, 1995, p. 146)

Em Hume, o termo recobre os sentidos apontados, desde a inquietude malebranchista até a identificação com a dor, incluindo a ideia (embora ela não seja absolutamente central como em Locke) de que é uma incitação à ação. Se em Locke, há uma "laicização" do problema da inquietação, isso também vale para Hume. Em Locke, como explica Monzani, é preciso sair de um estado de mal-estar (*uneasy*) para um de bem-estar (*easy*), não por um desejo do sumo bem, mas por uma insatisfação que é "anterior" a qualquer desejo e o comanda. Mas, além disso, em Hume a operação é mecânica e não finalista, implantada pela natureza e não pela divindade.

A dificuldade de traduzir de maneira uniforme o termo também aumenta, se se quiser preservar a familiaridade com o adjetivo *uneasy*. Na impossibilidade de fazê-lo, optou-se por "mal-estar", também sugerido por Monzani.

Taste: gosto.

Dois aspectos são fundamentais para a compreensão do gosto em Hume. A *Investigação sobre os princípios da moral* distingue gosto e razão. Esta não é "motivo para a ação" e "apenas dirige o impulso recebido por apetite e inclinação, mostrando-nos os meios de alcançar a felicidade ou evitar a miséria", enquanto o gosto, por proporcionar prazer ou dor e, portanto, constituir felicidade ou miséria, "se torna um motivo para a ação e é a primeira mola ou impulso ao desejo e volição." (Edição Selby-Bigge, p. 246).

Além disso, para Hume, o gosto é exigido não apenas para julgar as belezas naturais, mas também as chamadas belezas artificiais (produzidas pelas artes, música e literatura) e morais (o caráter e os modos dos indivíduos) (idem, p. 216). O gosto é assim, junto com o sentimento, a "fundação tanto da moral quanto da crítica", como afirma Eugene E. Miller em sua edição dos *Ensaios* (Indianápolis: Liberty Fund, 2005, p. 226).

Temper: temperamento.

Posfácio
O ENSAIO E A ARTE DE CONVERSAR[1]

Márcio Suzuki

> *Assim, todo raciocínio provável nada mais é que uma espécie de sensação. Não é só em poesia e em música que temos de seguir nosso gosto e sentimento, mas igualmente em filosofia.*
>
> Hume, "Tratado da natureza humana", I, III, 8.

A FAMA LITERÁRIA

Na pequena autobiografia que redigiu ao final da vida, conhecida como *My own life*, David Hume afirma que o "amor à fama literária" foi a sua "paixão dominante".[2] Menos que uma penitência de última hora por suas ambições pessoais, a afirmação se explica pelos princípios da moral humiana. Como todas as outras paixões, o "amor à fama" não é uma paixão necessariamente ruim. Ao contrário, o afã de reputação costuma ser em geral uma paixão boa, pois se volta para a sociedade[3], e o testamento literário do filósofo indica também que a busca de renome nas letras também foi saudável para o autor, porque, embora lhe tenha causado "frequentes desapontamentos",

---

[1] Este trabalho só foi possível graças às indicações e ao subsídio "material" de Fernão Sales dos Santos Cruz, Luís Fernandes dos Santos Nascimento e, especialmente, Pedro Paulo Pimenta, a quem também se agradece pela leitura, críticas e sugestões.

[2] Como consta na autobiografia *My own life*, escrita em 18 de abril de 1776. In: *Essays Moral, Political and Literary*. Edição, prefácio e notas de Eugene F. Miller. Indianápolis: Liberty Fund, 1987, p. XLI.

[3] Hume, D. *Tratado da natureza humana*, II, I, 11: "Do amor à fama". Edição Selby-Bigge com revisão e notas de P.H. Nidditch. Oxford: Clarendon Press, 1978, pp. 316 e segs. Tradução de Déborah Danowski. São Paulo: Editora da Unesp – Imprensa Oficial, 2000, pp. 350 e segs. Algumas passagens citadas a partir das traduções para o português foram ligeiramente modificadas, em geral com o intuito de dar relevo a algum aspecto importante para a argumentação.

ela jamais "azedou o seu temperamento" ou o fez perder o "humor".[4] Ela foi muito menos uma paixão *violenta* do que uma paixão *calma*.

Na primeira seção da *Investigação sobre o entendimento humano* há uma passagem que ajuda a compreender como age o mecanismo desta paixão chamada "amor à fama literária". Por que se escolhe uma carreira de homem de letras, devotada, por exemplo, à filosofia? Diferentemente do que se imagina, insucessos anteriores na tentativa de constituição da filosofia não provocam desânimo. O efeito que se observa entre os candidatos ao título de "filósofo" é exatamente o inverso: a dificuldade mesma de se chegar ao firme estabelecimento da filosofia faz que "todo gênio aventureiro" (*adventurous genius*) se sinta estimulado a realizar o que não foi possível a seus antecessores, como se a "glória de tão dura façanha" coubesse exclusivamente a ele.[5] O autor explica de maneira semelhante por que, além da filosofia, também escolheu a história como objeto de estudo. Conforme relata em carta a um amigo, o que o teria levado a escrever a história da Inglaterra foi, entre outras coisas, a constatação de que não há "posto mais vacante no Parnaso inglês que o da história. Estilo, juízo, imparcialidade, cuidado — falta tudo a nossos historiadores..."[6]

O jovem pretendente à carreira de escritor teria sido levado a escolher a filosofia e a história por notar que o posto de filósofo e o de historiador não estavam devidamente preenchidos. Essas constatações biográficas, aparentemente irrelevantes, se fundam numa concepção peculiar de "emulação", diferente da noção tradicional segundo a qual o estímulo ao desenvolvimento do talento literário ou artístico é dado pelo convívio com autores consagrados, com modelos a serem imitados. O argumento da "vacância no Parnaso" insiste exatamente na direção oposta: a existência de muitos autores dignos de admiração, em vez de estímulo, pode ser um fator de inibição do gênio. No início, este não se conhece a si mesmo e se sente inseguro sobre o êxito de seus experimentos juvenis, quando

---

[4] Idem, ibidem.

[5] Hume, D. *Investigação sobre o entendimento humano.* Edição Selby-Bigge com revisão e notas de P. H. Nidditch. Oxford: Clarendon Press, 1992, 12. ed., p. 12. Tradução de José Oscar de Almeida Marques, São Paulo: Editora da Unesp, 2003, p. 27.

[6] Apud William B. Todd in: David Hume, *The History of England.* Indianápolis: Liberty Fund, 1983, v. 1, p. XII.

os compara às obras dos autores que não só ele mesmo, mas também todos os outros admiram. A emulação se extingue com a admiração e a modéstia, qualidades que se encontram com mais frequência no "verdadeiro grande gênio". Além disso, como, depois da emulação, o "maior encorajador das artes nobres são o louvor e a glória", se há autores de reputação já estabelecida, os aplausos geralmente irão para eles, o que desestimulará os iniciantes. Assim, sem pôr em questão o princípio de que "a nobre emulação é a fonte de toda excelência"[7], é preciso reconhecer que, dependendo das circunstâncias, ela pode ser menos estimulante que a ausência de modelos.

Que a Grã-Bretanha ainda não tenha, nem o seu filósofo, nem o seu historiador, e nem tampouco o seu orador (como mostra o ensaio "Da eloquência"), é justamente isso que pode aguçar o anseio de celebridade de um jovem. O argumento da vacância implica uma compreensão peculiar das literaturas e artes nacionais, muito próxima do que será uma das bandeiras do romantismo: se um país ainda não tem literatura, isso não é necessariamente um problema, mas talvez até uma maneira de mexer com os brios dos homens de talento da nação. Pode haver problema quando se importam obras de países vizinhos que já alcançaram "grande perfeição" em determinados campos das artes ou ciências. Foi o que aconteceu, por exemplo, quando se trouxeram "modelos de pintura italiana à Grã-Bretanha": "em vez de excitar nossos artistas, foram a causa de seu pequeno progresso nessa nobre arte." O exemplo mais forte é mesmo o da literatura francesa:

> A multidão de produções polidas em língua francesa, que se espalha pela Alemanha e pelo Norte, impede que essas nações cultivem sua própria língua e as mantém dependentes de seus vizinhos nesses entretenimentos elegantes.[8]

As letras francesas sufocam os germes de literatura na Alemanha e no norte da Europa. O tom geral da argumentação se assemelha muito ao de Lessing e dos pré-românticos alemães: o gênio não se conhece a si mesmo e a importação de modelos estrangeiros pode

---

[7] "Do surgimento e progresso das artes e ciências", pp. 136-137.
[8] Idem, p. 136.

sufocá-lo; o florescimento da literatura se deve mais à emulação entre os indivíduos imbuídos de um mesmo espírito coletivo. Mas a semelhança para por aí: se Hume parece preocupado com a formação literária de seu país, os seus modelos ainda são quase todos os do classicismo francês. Sua concepção segue uma ideia de surgimento e progresso das letras baseada em modelos de perfeição, o que implica a suposição de um ponto máximo a que se pode chegar nas artes liberais e nas ciências. Uma vez atingido esse ponto, só haverá repetição ou declínio: o jovem promissor percebe que o que de melhor se poderia esperar numa arte já foi feito e, por isso, não se sente estimulado a praticá-la; o crítico, por sua vez, é capaz de reconhecer a que grau de perfeição um povo ou um artista chegou. Todos dois, portanto, têm de possuir senso agudo do processo histórico, que é um contínuo movimento de florescimento e decadência.

A SITUAÇÃO DAS LETRAS NA GRÃ-BRETANHA

Como frequentador dos círculos literários de Edimburgo, Hume — então escritor já bastante conhecido — se vê lançado ao centro do embate literário que opõe escoceses e ingleses, por ter defendido, na dedicatória das *Quatro Dissertações* (1757), a peça *Douglas* de seu amigo John Home, que, segundo ele, possuiria o "verdadeiro gênio artístico de Shakespeare e Otway, depurado do barbarismo infeliz de um e da licenciosidade do outro". O elogio exagerado da peça e do autor, em detrimento de Shakespeare e Otway, logo repercute em Londres, lançando dúvidas sobre o apuro crítico do filósofo (tanto mais que nas *Quatro Dissertações* estavam incluídos os ensaios "Da tragédia" e "Do padrão do gosto"). Hume, Home e os seus amigos escoceses acabam satirizados na peça *A ópera do filósofo*, de John Maclaurin, em 1757. As razões que levaram Hume a defender uma obra antes recusada nos palcos londrinos devem ser buscadas nas convicções artísticas e estilísticas do autor.

Alguns anos antes, em 1754, no primeiro volume publicado da *História da Inglaterra*, Hume escreve linhas que são representativas de suas convicções estéticas, adquiridas desde cedo pelo contato com os autores clássicos. Trata-se do "breve perfil" (*short character*) de

William Shakespeare, o "escritor mais eminente" que se conheceu sob o reinado dos Stuarts. Consciente de que a breve caracterização do bardo deverá contar com preconceito ou indisposição (*national prepossessions*) por parte dos ingleses, o historiador escocês afirma que para fazer uma caracterização de Shakespeare (ou de qualquer escritor) é preciso ter a mesma isenção e liberdade que para discutir o papel que reis e ministros desempenharam na história. O breve perfil merece ser lido na íntegra:

Shakespeare deve ser visto como um prodígio, se é considerado como *homem* nascido numa época rude e educado da maneira mais pobre, sem nenhuma instrução, nem dos livros, nem do mundo; representado como *poeta*, como alguém capaz de proporcionar entretenimento apropriado a uma audiência refinada ou inteligente, temos de descontar muita coisa nesse elogio. Em suas composições, devemos lastimar que muitas irregularidades e até absurdos possam com tanta frequência desfigurar as cenas animadas e apaixonadas que nelas encontramos; e ao mesmo tempo talvez admiremos tanto mais essas belezas em virtude de estarem cercadas de tais deformidades. Ele frequentemente toca, como por inspiração, uma notável peculiaridade de sentimento, condizente com um caráter singular, mas não pode sustentar por muito tempo uma adequada sensatez de pensamento. É abundante tanto em expressões quanto em descrições nervosas e pitorescas, mas em vão buscamos nele uma dicção pura ou simples. Embora seja um defeito importante, sua total ignorância de toda arte e conduta teatrais, porque afeta mais o espectador que o leitor, pode ser mais facilmente desculpada que aquela falta de gosto que com frequência prevalece em suas obras, e que somente por intervalos abre caminho às irradiações do gênio. Ele certamente possuía um gênio grande e fértil, e um gênio igualmente exuberante na veia trágica e na veia cômica, mas deve ser citado como prova de quão perigoso é se apoiar unicamente nessas vantagens para obter alguma excelência nas artes mais finas. E pode até restar uma suspeita de que superestimamos, se isso é possível, a grandeza do seu gênio, da mesma maneira que com frequência os corpos aparecem mais gigantescos em virtude de serem desproporcionais ou malformados.[9]

Na época em que são escritas, essas linhas não têm nada de muito original e poderiam ter sido assinadas por Voltaire. Elas vão na contracorrente da reavaliação crítica que àquela altura se começava a fazer de Shakespeare, não só na França e na Alemanha, mas na própria Inglaterra, o que ajuda a explicar as diferenças de Hume, por exemplo, com Samuel Johnson. A principal deficiência do bardo inglês não é o seu total desconhecimento da arte teatral, mas sua falta de gosto.[10] O mesmo ocorre com seu rival, Ben Jonson. Este tem instrução e estudo, que faltam a Shakespeare, mas não possui o seu gênio. Ambos, porém, carecem igualmente de "gosto e elegância", "harmonia e correção".[11]

Longe de se pautarem por um preconceito (aliás, tão pouco humiano) contra os ingleses, esses juízos se devem às convicções classicizantes de Hume, que o levam a pensar que a ilha ainda não conseguiu se colocar literariamente no mesmo plano de outras nações e que, na Inglaterra de seu tempo, "bárbaros" continuam a habitar "as margens do Tâmisa".[12] Mais de um século depois da época em que viveu o seu poeta "mais eminente", o panorama das letras na Grã-Bretanha não parece ter se modificado de maneira substancial, podendo se aplicar ao estado das ciências e artes polidas na ilha as palavras de Horácio: "e por muitos anos sobreviveram, e ainda sobrevivem, vestígios do nosso passado rústico."[13]

[9] Hume, D. *The history of England*. Indianápolis: Liberty Fund, 1983, v. V, p. 151.

[10] Como diz Voltaire na 18ª Carta filosófica, Shakespeare tinha "um gênio cheio de força e fecundidade, de natural e de sublime, sem a menor centelha de bom gosto e sem o menor conhecimento das regras". Conforme indica Gustave Lanson na sua edição das *Cartas* (conhecidas igualmente como *Cartas inglesas*), Voltaire também se inspira em diversos críticos ingleses como Rymer, Dennis, Rowe, Pope e Addison. (*Lettres philosophiques*, Paris: Droz, 1937, pp. 90 e segs.). Como Hume, Voltaire também censura as licenciosidades de Otway na mesma carta (p. 80).

[11] Hume, D .*The history of England*, v. V, p. 151.

[12] Carta a Hugh Blair, 8 de abril de 1764, ed. Greig, v. I, p. 436. Apud: Olivier Brunet, *Philosophie et esthétique chez David Hume*. Paris: Nizet, 1965, p. 47.

[13] Horácio, *Epístolas*, II, 1, 160. Citado por Hume na mesma página do pequeno perfil de Shakespeare da *História da Inglaterra*. A passagem também é referida no ensaio sobre a liberdade civil.

Conforme se lê no ensaio "Da liberdade civil", a "elegância e a propriedade de estilo foram muito negligenciadas" na Grã-Bretanha. A língua inglesa ainda não tem nem um dicionário, nem uma gramática tolerável.[14] A melhor prosa em inglês só foi produzida muito recentemente, por um autor ainda vivo, Swift.[15] Autores como Sprat, Locke e Temple desconheciam as regras da arte de escrever e, por isso, não podem ser considerados "autores elegantes". A prosa de Bacon, Harrington e Milton é dura e pedante, "apesar de excelente pelo sentido". A explicação para isso se deve a um certo *pendor* do país pela discussão de ideias:

> Os homens neste país se ocuparam tanto das grandes disputas na *religião*, na *política* e na *filosofia*, que não tiveram paladar para as observações aparentemente pouco importantes da gramática e da crítica. E embora esse jeito de pensar tenha contribuído consideravelmente para aprimorar nosso senso e nosso talento para o raciocínio, é forçoso reconhecer que não temos, nem mesmo nas ciências mencionadas, um livro-mo--delo que possamos legar à posteridade. O máximo de que podemos nos gabar são uns poucos ensaios para uma filosofia mais precisa, bem promissores, é verdade, mas que ainda não atingiram nenhum grau de perfeição.[16]

A "aptidão" do país para questões teológicas, políticas e filosóficas torna seus pensadores pouco sensíveis à gramática e à crítica. Assim

---

[14] Hume não suprime essa observação nas edições revisadas dos *Ensaios*, embora Samuel Johnson tivesse publicado o seu *Dicionário da língua inglesa* em 1758. Em seu livro *Philosophie et esthétique chez David Hume*, Olivier Brunet expõe minuciosamente a rivalidade literária entre o Dr. Johnson e Hume, assim como entre ingleses e escoceses em geral (Paris: Nizet, 1965, pp. 75 e segs.).

[15] Cf. o elogio de Voltaire a Swift na 22ª Carta, "Sobre o sr. Pope e alguns outros poetas famosos": "Mr. Suift [sic] é um Rabelais de bom senso e que vive em boa companhia; ele não tem, é certo, a alegria deste, mas toda a fineza, razão, escolha e bom gosto que faltam a nosso cura de Meudon" (ed. cit., p. 135) Na poesia, Hume celebra também um poeta ainda vivo por ocasião da primeira edição dos *Ensaios*, dizendo que em Londres "nenhum poeta pode escrever versos com tanto espírito e elegância quanto o sr. Pope" ("Da eloquência", p. 99), juízo que também compartilha com Voltaire. É este quem escreve: Pope é "o poeta mais elegante, mais correto e, o que não é pouco, o mais harmonioso que jamais houve na Inglaterra" (ed. cit., p. 136).

[16] "Da liberdade civil", pp. 91-92.

como cada indivíduo, assim também cada nação tem uma "vocação" própria, o seu "jeito de pensar" (*turn of thinking*). Essa tendência, no entanto, não deve ser entendida como uma espécie de *stubborn nature* (inclinação teimosa e inflexível)[17] que impeça todo e qualquer aprimoramento ou outra possibilidade de desenvolvimento. Não se deve, sobretudo, acreditar que a compreensão dos problemas religiosos, políticos ou filosóficos *passe ao largo* das questões literárias e artísticas. Parece evidente, ao contrário, que uma coisa só se faz *pari passu* com a outra: a filosofia e as ciências não se aprimoram (ou pelo menos não se aprimoram como deveriam), enquanto não se avança na gramática e na crítica, e aqui, a despeito de todo o patriotismo na matéria, a Grã-Bretanha tem muito pouco do que se gabar. O máximo que ela conseguiu foram apenas "uns poucos ensaios" (*a few essays*), mas ainda longe da perfeição, para chegar a uma filosofia mais correta ou precisa.

Tal como ocorre em geral na história das nações e na história dos indivíduos, os primeiros passos são sempre um aprendizado por tentativa e erro, são "*frágeis ensaios* na direção das artes e das ciências".[18] O mesmo vale para a filosofia. É mediante ensaios que ela pode ir ganhando justeza em seus "raciocínios morais", para chegar cada vez mais próxima de uma "filosofia mais precisa" — *a more just philosophy*, onde o adjetivo *just* tem tanto o sentido de "exatidão" ou "precisão", quanto, como fica claro pelo contexto do parágrafo, de "correção" estilística. A filosofia se torna mais precisa e justa, quanto mais afia os seus instrumentos de apuro gramatical e crítico.

Mas de que maneira a Grã-Bretanha pode ir além desses primeiros ensaios tateantes em suas letras filosóficas? Segundo o autor, que uma sociedade produza artistas ou que um indivíduo possa dar vazão a todo o seu "gênio", isso depende de inumeráveis *circunstâncias*[19] jamais inteiramente previsíveis por uma ciência exata. Alguns princípios gerais da natureza humana explicam, por exemplo, por que as repúblicas são mais favoráveis que as monarquias ao surgimento das ciências e das artes. Ainda que bárbara, uma república terá

[17] "Do surgimento e progresso das artes e ciências", p. 112.
[18] A expressão é usada no ensaio "Do estudo da história", p. 566. O grifo é nosso.
[19] Sobre essa importante noção, para a qual em geral não se atenta, há um artigo elucidativo de Michel Malherbe intitulado "La notion de circonstance dans la philosophie de Hume" In: *Hume Studies*, v. IX, número 2, nov. 1983, pp. 130-149.

necessariamente de fazer surgir a lei, por "força de uma operação inevitável". Dessa lei advirá a segurança; com a segurança poderá haver "curiosidade", e a curiosidade é propícia ao conhecimento. Os primeiros passos dessa cadeia são "inteiramente necessários", mas os últimos são "mais acidentais".[20] Não há garantias de que um país passará, por exemplo da condição de sociedade "comercial" à de uma sociedade em que florescem as letras:

> ... é mais fácil dar conta do surgimento e progresso do comércio num reino qualquer que do surgimento e progresso das letras, e um Estado que se aplicasse em encorajar o comércio teria mais garantia de sucesso do que se tentasse cultivar as letras. Avareza, ou desejo de ganho, é uma paixão universal que opera em todas as épocas e em todos os lugares, sobre todas as pessoas. Mas curiosidade, ou amor ao conhecimento, tem uma influência muito restrita e requer juventude, ócio, educação, gênio e exemplo para governar uma pessoa. Não faltarão editores enquanto houver quem compre livros: mas pode com frequência haver leitores sem que haja autores. Multidões de pessoas, necessidade e liberdade, geraram comércio na Holanda: estudo e dedicação raramente produziram autores eminentes.[21]

Devido a paixões mais universais (avareza, cobiça etc.), é possível prever com boa dose de certeza que um país terá sucesso em seu comércio; já a paixão da curiosidade, mãe das ciências e das letras, implica previsibilidade bem menor. Isso não quer dizer que a relação entre sociedade e sua produção cultural seja absolutamente imponderável, mas apenas que os princípios de inferência são mais sutis, carecendo de um cálculo de probabilidades muito mais complexo para ser explicada. Até certo ponto, a conexão que há entre o artista e a sociedade é muito clara e impede o apelo a fatores irracionais para explicar o surgimento do "gênio". Se "causas secretas e desconhecidas devem ter grande influência no surgimento e no progresso de todas as artes refinadas", há entretanto razões para crer que ele não se deve

---

[20] "Do surgimento e progresso das artes e ciências", p. 118.
[21] Idem, p. 113.

inteiramente ao acaso. Mesmo que o número de cientistas e artistas importantes numa época seja extremamente pequeno,

> é impossível que uma porção do mesmo espírito e do mesmo gênio não tenha antes se difundido entre o povo no qual elas surgem, para produzir, formar e cultivar, desde a mais tenra infância, o gosto e o juízo desses autores eminentes.

Noutras palavras, para poder se concretizar num indivíduo, o gênio ou espírito tem antes de estar "solto", difuso entre um povo, e por isso ele é apenas um nome para o conjunto complexo de causalidade e simpatia existente entre os indivíduos de uma mesma sociedade. Os poetas costumam chamar isso de "inspiração". Esta não é uma "chama celeste" e nada tem de "sobrenatural":

> Ela corre pela terra, passa de um coração a outro e refulge mais radiante onde os materiais estão mais bem preparados e mais auspiciosamente dispostos. A questão acerca do surgimento e do progresso das artes e das ciências não é, pois, uma questão que diz respeito ao gosto, gênio e espírito de uns poucos, mas de todo o povo e pode, portanto, ser até certo ponto explicada por causas e princípios gerais.[22]

Por mais "casual" que seja, o gênio individual se explica pelos mesmos princípios que explicam o "gênio" de uma nação. Em virtude desse vínculo que estabelece entre as artes, as ciências, e a política e a sociedade (vínculo que, obviamente, também se encontra em Du Bos, Shaftesbury, Montesquieu e Voltaire), Hume é considerado um dos primeiros autores a conceber uma "sociologia da arte".[23] No entanto, como nele os princípios não atuam numa só direção, talvez seja interessante entender como a política e a sociedade também são pensadas à luz dos princípios da literatura e da arte.

[22] "Do surgimento e progresso das artes e ciências", op. cit., p. 114.
[23] Como assinala Renée Bouveresse na introdução à sua tradução dos ensaios para o francês, é sobretudo por sua "prudência metodológica" ao investigar a origem e desenvolvimento das artes e ciências que Hume pode fazer uma "trabalho de sociólogo". Hume, *Les essais esthétiques*. Paris: Vrin, 1973, p. 11.

A TÓPICA HORACIANA E O MODELO FRANCÊS

A França é um exemplo claro de que, para Hume, um único princípio nunca é suficiente para explicar como nascem as chamadas "artes liberais" e de que, portanto, "há certamente algo de acidental no surgimento e no progresso das artes numa nação"[24] Contrariamente ao que pretendem Longino, Addison e Shaftesbury quando afirmam que as artes só florescem em governos livres,[25] a França, embora não tenha gozado de "liberdade duradoura", "levou as artes e ciências tão próximas da perfeição quanto qualquer outra nação". Os ingleses talvez sejam "melhores filósofos", os italianos foram os que mais aprimoraram a pintura e a música, e os romanos foram os melhores oradores. Mas só a França pode se colocar de igual para igual com a Grécia:

> Mas, com exceção dos gregos, os franceses são os únicos a ser, ao mesmo tempo, filósofos, poetas, oradores, historiadores, pintores, arquitetos, escultores e músicos. O seu teatro chega a superar o dos gregos, que era muito superior ao inglês.[26]

Se a Grã-Bretanha tem o governo que mais favorece a liberdade de expressão entre seus cidadãos, é na França, contudo, que se encontra o modelo mais bem acabado da filosofia, da história e de todas as artes, com o seu teatro superando, inclusive, o grego. A razão por que isso ocorreu não se deve apenas a que os governos monárquicos foram os que mais se aprimoraram nos tempos modernos, chegando muito próximos das repúblicas[27], mas também a que as sociedades, assim como os homens, procedem a certas escolhas adequadas à sua natureza e "gênio". Existem sociedades ainda presas às artes mecânicas, que não vislumbraram totalmente as possibilidades das "artes agradáveis", isto é, elas tendem a sujeitar o *agradável* ao *útil*. Nesses países haverá uma agricultura e um exército fortes e, por vezes, um comércio e até ciência bem desenvolvidos. Existem, inversamente,

---

[24] "Da eloquência", p. 106.
[25] "Da liberdade civil", p. 90.
[26] Idem, pp. 90-91.
[27] Idem, p. 94.

sociedades que concebem o *útil* em função do *agradável*.[28] Nestas, ao contrário, onde a emulação não é uma competição pelo *lucro*, mas pela *glória*, haverá mais condições para o florescimento das artes. É o caso da França. Para "ter êxito" na primeira forma de pensar e agir, isto é, nas sociedades utilitárias, "é necessário que o homem seja útil por sua indústria, capacidade ou conhecimento", ao passo que para prosperar na segunda forma de sociedade, as sociedades do luxo, o requisito é que o homem "seja agradável por seu engenho, condescendência ou civilidade". Assim, "um gênio vigoroso se sai melhor nas repúblicas", enquanto "um gosto refinado, nas monarquias" e, por isso, é "mais natural" que as ciências se desenvolvam sob governos republicanos, e as artes polidas sob governos monárquicos.[29] Hume faz essa constatação comparando os modos de vida da França e da Inglaterra:

> Em países em que as pessoas passam a maior parte do tempo em conversas, visitas e reuniões, as qualidades *sociáveis*, por assim dizer, gozam de alta estima e formam a principal parte do mérito pessoal. Mas em países nos quais as pessoas levam uma vida mais doméstica e, ou ocupam-se dos seus negócios, ou divertem-se num círculo mais estreito de amigos, as qualidades mais constantes são as mais consideradas. Assim, observei muitas vezes que, entre os franceses, a primeira coisa que se quer saber sobre um estrangeiro é se ele é *polido* ou *espirituoso*. Em nosso país, o principal elogio que se pode fazer é o de que é um companheiro de *boa índole* e *sensato*.[30]

Como se vê por essa passagem, a tópica horaciana do *aut prodesse aut delectare* é o operador que permite fazer distinções fundamentais

---

[28] Cf. principalmente "Do surgimento e do progresso das artes e ciências", "Do comércio" e "Do refinamento nas artes". A passagem das sociedades mais assentadas na agricultura e nas forças bélicas para as sociedades em que florescem as artes liberais depende da discussão do papel do "luxo" ("Do luxo" era, aliás, até a 5ª edição o título do ensaio "Do refinamento nas artes"). Uma excelente exposição da "querela do luxo" e da posição de Hume diante do problema pode ser lida no primeiro capítulo do livro *Desejo e prazer na idade moderna*, de Luiz Roberto Monzani (Campinas: Editora da Unicamp, 1995).

[29] "Do surgimento e do progresso das artes e ciências", p. 126.

[30] *Investigação sobre os princípios da moral*, pp. 262-263; trad. cit., pp. 338-339.

para a compreensão política, social e antropológica de cada país.[31] Sem explorar ainda as diferenças entre o modo de vida francês e o inglês (que serão tipificados como o modo de vida *refinado* e o modo de vida *simples*), já se pode claramente perceber que o útil e o agradável diferenciam o *estilo* de vida de cada país.

Uma das diferenças cruciais que separa as sociedades pautadas pela *utilidade* das sociedades onde impera o *agradável* é que naquelas a boa educação ou civilidade pode ser cultivada individualmente, mas não é um valor absolutamente imprescindível para a vida em comum, pois, dada a maior *igualdade* entre os indivíduos, ninguém precisa agradar particularmente a ninguém. Ao contrário, numa "monarquia civilizada há um longo elo de dependência que vai do príncipe ao camponês", elo de dependência este que se traduz nos diferentes modos de tratamento conforme a posição hierárquica dos indivíduos. Esse sistema supõe que as pessoas de condição inferior demonstrem sua subordinação e respeito aos de condição superior, pois, diferentemente do sistema utilitário, ele engendra "uma

---

[31] "Os poetas ou querem ser úteis ou dar prazer ou, ao mesmo tempo, tratar de assunto belo e adaptado à vida". Horácio, *Arte poética*, 333-334. Introdução, tradução e comentário de R. M. Rosado Fernandes. Lisboa: Inquérito, 1984, p. 105. Deve-se assinalar que, embora sempre tão cioso da análise da validade dos princípios, Hume passa por alto o fato de que aplica à *política* um princípio que sai de versos conhecidos da *Arte poética* de Horácio. A explicação para essa omissão é uma só: a validade do *utile dulci* parece tão evidente, que não cabe discuti-la. A *Investigação sobre os princípios da moral* também evoca o princípio na seção V, intitulada justamente "Por que a utilidade agrada" (*Why utility pleases*). Mas ali a argumentação, que visa refutar os autores que fundam toda a moralidade na educação, não vai muito além do que já afirmavam Shaftesbury e Hutcheson: as virtudes sociais possuem uma "beleza e afabilidade naturais" e como a "utilidade pública" delas é a "principal circunstância" de onde provém o seu mérito, "segue-se que a finalidade que elas tendem a promover deve ser-nos de algum modo agradável". (p. 314; trad. cit., p. 280) Em suma, que a "utilidade" (*usefulness*) seja agradável e conquiste a aprovação de todos, é uma "matéria de fato" (*matter of fact*) inquestionável, "confirmada por observação diária" (p. 318; trad. cit., p. 284).Ora, a ligação do útil com o agradável, do honesto com o belo, vai na contramão da afirmação, no geral plausível, de que o belo ganha em Hume uma certa autonomia em relação ao interesse e à utilidade (assim como em Shaftesbury e em Hutcheson). Isso é verdade em relação ao interesse e à utilidade *privados* (Cf. *Tratado da natureza humana*, I, I, 3). Não é menos verdade, no entanto, que existe, para ele e para seus predecessores, um vínculo indissolúvel entre a moralidade e o belo: não há ação ou paixão honesta que não se manifeste imediatamente numa palavra, expressão ou gesto convenientes e é por isso mesmo que ela *agrada*. Daí a expressão humiana "beleza moral" e sua afirmação de que a "beleza pessoal nasce em grande medida de ideias de utilidade" (idem, p. 206; trad. cit., p. 272). Aqui ainda se está bem mais perto de Horácio que da autonomia do belo.

inclinação a agradar seus superiores" (*an inclination to please his superiors*).[32] Essa inclinação não deve, porém, ser confundida com submissão ou bajulação, o que talvez fique mais claro em inglês, onde *to please* significa "ser agradável" a alguém, mas também mostrar-lhe deferência, respeito e acatamento. O indivíduo que assim procede em relação a seu superior não lhe é submisso, mas combina em si as qualidades úteis às agradáveis ao prestar seus bons ofícios a ele.[33]

A MULHER E O GALANTEIO

A dupla qualidade inerente ao *ato de ser obsequioso — dar satisfação a alguém* fica mais patente quando é o indivíduo considerado mais forte que se comporta de maneira agradável e solícita em relação ao que se encontra inferiorizado. Os jovens bem-educados mostram o dobro de respeito pelos idosos enfermos; os nativos se mostram muito mais deferentes com os estrangeiros, que não podem se defender em terra alheia; o dono da casa se desdobra ao máximo para agradar (*to please*) seus convidados. O exemplo mais evidente, ou melhor, o princípio mesmo desse tratamento obsequioso e deferente está na relação do verdadeiro *gentleman* com as mulheres. Esse comportamento se chama "galanteio" (*gallantry*) e se aprende no convívio com mulheres virtuosas:

> Há melhor escola de maneiras que a companhia de mulheres virtuosas, onde o mútuo empenho em agradar [*mutual endeavour to please*] acaba insensivelmente polindo a mente, onde o exemplo da suavidade e da modéstia feminina se comunica a seus admiradores, onde a delicadeza própria àquele sexo faz

[32] "Do surgimento e do progresso das artes e ciências", p. 127.
[33] Contrariamente às convicções posteriores de Rousseau, para Hume a sociedade polida não é o lugar da submissão. Ao contrário, a escravidão e sujeição estão ligadas às "nações rudes e impolidas, onde as artes são negligenciadas" e "todo o trabalho está voltado para o cultivo do solo". Nessas nações, a sociedade se divide apenas em duas classes: a dos vassalos ou arrendatários das terras que se submetem a um "senhor absoluto", e a dos proprietários das terras, que acabam se tornando pequenos tiranos em seus territórios e provocando contínuas hostilidades e conflitos de uns contra os outros. Essa situação é pior do que a dos estados onde há governos despóticos ("Do refinamento nas artes", p. 277).

todo mundo ficar em alerta, temendo ofendê-las com alguma quebra de decoro?[34]

O contato com mulheres virtuosas pule insensivelmente os homens, e o espírito de galanteio contagia e modifica as relações sociais, a ponto de se poder dizer que é ele propriamente que introduz a noção mais justa e precisa do que seja a própria civilidade. No entanto, é a mulher quem desempenha o *leading role* nessa transformação. Ela, que à primeira vista parece ser apenas *objeto* do galanteio, é na verdade o seu princípio; ela, elemento aparentemente mais frágil, estando numa condição inferiorizada, se torna, por sua própria suavidade, modéstia e delicadeza, a causa do refinamento dos homens e da sociedade.

A defesa do galanteio por Hume foi e ainda hoje é objeto de discussão. Num estudo esclarecedor sobre a questão, Lívia Guimarães explica que, para evitar anacronismos, é preciso evitar discuti-la à luz dos estudos de gênero e procurar respeitar a "densidade e consequência conceitual" que lhe é própria.[35] Então será possível perceber que a mulher está em pé de igualdade com o homem no processo de refinamento social e de constituição da filosofia. A pertinência dessas observações da estudiosa brasileira pode ser corroborada pela leitura que Immanuel Kant fez dos ensaios e das investigações do filósofo escocês. Uma leitura que, por permitir explorar vários aspectos e desdobramentos da questão, merece uma discussão mais detida.

A tese fundamental de Hume é a de que, em virtude da sua delicadeza de sentimento, a mulher é a "soberana" no mundo das relações sociais.[36] Mas a soberania que exerce é branda e afável. Como dirá Kant ligando as ideias humianas à famosa distinção estabelecida por Edmund Burke, a mulher "possui tanto entendimento quanto o sexo masculino", a diferença é que o seu entendimento está mais naturalmente voltado para sentimentos delicados e ternos do que para especulações abstratas e profundas, isto é, a disposição natural do sexo frágil o dirige mais para o *belo* do que para o *sublime*, mais para o

---

[34] "Do refinamento nas artes", op. cit., pp. 132-134.
[35] Lívia Guimarães, "The Gallant and the Philosopher" In: *Hume Studies*, v. XXX, abril de 2004, p. 129.
[36] "Da arte de escrever ensaio", p. 535.

agradável do que para o nobre ou útil.[37] Em termos de moralidade, a diferença não deixa de ser grande: as mulheres costumam pautar suas ações pela benevolência, "agrado" ou "amabilidade" (*Gefälligkeit*)[38], virtude por "adoção" que não deve ser confundida com a verdadeira moralidade ou "virtude genuína" das ações justas.[39] Ocorre que as relações galantes não podem ser julgadas apenas do ponto de vista do rigor moral, pois é preciso levar em conta os benefícios que trazem à sociedade (pelo estreitamento dos laços afetivos e abrandamento das paixões negativas) e também o seu aspecto *antropológico*. Kant percebe muito bem que, para Hume, a mulher não é somente *objeto* da antropologia, mas também e principalmente *sujeito* e, aliás, sujeito imprescindível, insubstituível, dessa ciência. Nas palavras de Kant:

> O conteúdo da grande ciência feminina é, antes, o ser humano, e o homem entre os seres humanos, e sua filosofia não consiste em raciocinar, mas em sentir.[40]

Existe uma ciência (*Wissenschaft*) própria à mulher bem educada e polida (*Frauenzimmer*: termo genérico, empregado para moças, donzelas, damas ou senhoras). Essa ciência é uma filosofia ou, literalmente, uma "sabedoria do mundo" ou "sabedoria mundana", que tem por objeto o homem (*Mann*), enquanto parte do conjunto "ser humano" (*Mensch*). O ideário da filosofia galante consiste, portanto, em reivindicar para a mulher um papel fundamental na constituição de uma "antropologia" ou "ciência da natureza humana".

As coisas, porém, não são tão simples quanto parecem. De fato, que conhecimentos podem ser adequados e até permitidos às mulheres, para que não corrompam a sua índole naturalmente boa e afável? Elas certamente não precisam ter a cabeça entulhada de grego, como a Madame Dacier, nem saber mecânica, como a amiga de Voltaire, a marquesa de Châtelet.[41] A disciplina que condiz melhor

[37] Immanuel Kant, *Observações sobre o sentimento do belo e do sublime*. A 51-52. Tradução de Vinicius de Figueiredo. Campinas: Papirus, 2. ed., 2000, pp. 49-50.

[38] Como ficará claro, Kant oscila entre *Gefälligkeit* e *Annehmlichkeit* para traduzir o caráter da polidez agradável dada pelo "to please" em inglês.

[39] Idem, ibidem, A 22-25, trad. cit., pp. 32-33.

[40] Idem, ibidem, A 53, trad. cit., p. 50.

[41] *Observações sobre o sentimento do belo e do sublime*, A 51; trad. cit., p. 49.

com o temperamento feminino é a história, porque, escreve Hume, ela é "muito mais instrutiva do que os livros com que comumente se divertem, e muito mais capaz de entretê-las que as composições sérias que usualmente se encontram em seus aposentos."[42]

Embora seja considerado o principal ingrediente da erudição (*erudition*) necessária a um homem de letras (*men of letters*)[43], a história convém igualmente às mulheres, porque *instrui* mais que a mera diversão e, ao mesmo tempo, *deleita* mais que os livros sérios. A história se encontra, por isso mesmo, num meio termo perfeito, a igual distância dos defeitos da poesia e da filosofia: ela não é nem demasiadamente vívida, como a chama entusiástica que muitas vezes leva os poetas a enaltecer o vício, nem demasiadamente fria, como a insensibilidade do filósofo "no seu gabinete" (*in his closet*), que chega a "negar a realidade de todas as distinções morais".[44]

Dotado dos conhecimentos que lhe convêm, o sexo feminino tem pleno direito à participação na vida inteligente da sociedade, essa ciência "performativa" que se realiza e atualiza cotidianamente. A defesa do direito das "mulheres letradas" (*learned ladies*)[45], frente aos não poucos preconceitos da época, é incondicional. Do ponto de vista da concepção moral e antropológica de Hume, pode-se dizer que a educação e a sociedade corrigem uma desigualdade física *natural* entre homens e mulheres. Esse aspecto também foi observado por Kant: se, no estado ainda não civilizado, a superioridade está simplesmente do lado do homem, no estado civilizado homem e mulher desfrutam de superioridades parciais.[46] Mas para o filósofo alemão a questão ganha maior complexidade, quando tem de discutir o estatuto jurídico dos indivíduos, estatuto segundo o qual a mulher deve ser considerada "civilmente incapaz"[47] e como uma *propriedade* do marido. Deve-se a Michel Foucault uma indicação preciosa e esclarecedora sobre essa questão, que, mesmo sem mencioná-las, faz

---

[42] Hume, "Do estudo da história", p. 563. Os livros de diversão são os romances e novelas (idem, p. 564); os livros "sérios" são os livros de "galanteio" e de "devoção" ("Da arte de escrever ensaio", p. 537).

[43] Idem, ibidem, p. 566.

[44] Idem, ibidem, p. 567.

[45] "Da arte de escrever ensaio", p. 536.

[46] Kant, *Antropologia de um ponto de vista pragmático*, A 303. Tradução de Clélia Aparecida Martins. São Paulo, Iluminuras, 2006, p. 199.

[47] Idem, ibidem, A 208-209; trad. cit., p. 106.

ressaltar a importância das ideias humianas em Kant: ao discutir a importância que este último confere ao "galanteio" nas relações entre homem e mulher, Foucault assinala que "la galanterie" é a instância antropológica que estabelece um "ponto de equilíbrio" entre o plano jurídico, no qual a mulher é uma propriedade do marido, e o plano moral, no qual se reconhece sua liberdade moral, isto é, sua condição de "sujeito de liberdade".[48] O galanteio está no entrecruzamento entre o direito e a moral. É ele que permite às mulheres a passagem da condição de *menoridade civil* à de *maioridade intelectual*.

É certo, no entanto, que o convívio igual entre homens e mulheres "civilizados" não deixa de apresentar riscos, como o coquetismo, o desejo de dominar o outro sexo, as intrigas, a libertinagem, a infidelidade. Os problemas tendem a se agravar quando os indivíduos de uma sociedade passam a desejar unicamente as qualidades *agradáveis* em detrimento das *úteis*.[49] No momento em que isso ocorre, o galanteio deixa de ser uma forma de *politesse*, isto é, uma "nova espécie de beleza dos costumes"[50], e passa a ser uma forma de corrupção deles. Essa tópica não é exclusiva do autor do *Discurso sobre as ciências e as artes*. A partir da leitura de Rousseau, Kant certamente enfatizará o caráter negativo do convívio entre homens e mulheres. As *Notas às observações sobre o sentimento do belo e do sublime* dão conta do seu distanciamento em relação ao galanteio (cujo valor antropológico, no entanto, não deixará de ser considerável, como se viu há pouco), a ponto de ele chegar a pensar que o ideal e a felicidade da mulher alemã estariam na "vida doméstica" (*Häuslichkeit*).[51] Mas, sem minimizar a influência de Rousseau sobre Kant, é possível dizer que, mesmo na problematização do galanteio, ele também se apoia diretamente no Hume, por exemplo, da *Investigação sobre os princípios da moral*. A *Frauenzimmer* alemã não deve se espelhar numa *dame* da corte francesa, pois se aproxima mais de uma *lady*:

[48] Michel Foucault, *Introduction à Anthropologie de Kant*. Tese complementar de doutorado em letras recentemente editada em Kant, I. *Anthropologie du point de vue pragmatique*. Paris: Vrin, 2008.
[49] Hume, *Uma investigação sobre os princípios da moral*. Ed. cit., p. 339; trad. cit., p. 433.
[50] Kant, *Notas às observações sobre o sentimento do belo e do sublime*. Edição Akademie, v. XX, p. 133.
[51] *Notas às observações sobre o sentimento do belo e do sublime*, op. cit., p. 87 e p. 132.

Entre os antigos alemães, antes que os costumes franceses nos corrompessem, as mulheres tinham de ficar em aposentos separados, como na Inglaterra.[52]

Menos intransigente que Rousseau, Hume, também chama a atenção para os desvios da sociedade galante e, a fim de marcar sua posição, ele distingue duas acepções da palavra *gallantry*: existe um forma corrompida de galanteio, o galanteio de *amour*, de "ligação afetiva" (*attachment*), que, no entanto, não deve ser confundido com o galanteio da condescendência ou aquiescência (*complaisance*). Este último é o tratamento dispensado ao belo sexo "na Inglaterra tanto quanto em qualquer outro país".[53] A corrupção do galanteio aconteceu na França, porque ali os princípios utilitários foram sacrificados aos princípios agradáveis:

> Mas nossos vizinhos [os franceses], parece, decidiram sacrificar alguns dos prazeres domésticos [*domestic*] aos prazeres sociáveis [*sociable*], e preferir despreocupação, liberdade e convívio direto a uma estrita fidelidade e constância. Ambos os fins são bons e, em alguma medida, difíceis de conciliar, e não devemos nos surpreender se os costumes das nações se inclinam às vezes demasiadamente para um lado, às vezes para outro.[54]

Como fica claro por esse texto, o problema não é a inclinação para o agradável, mas a sua *intensidade*. Existe um ponto de equilíbrio que precisa ser respeitado para não cair no excesso e na degeneração. Isso não significa que a sociabilidade francesa seja, em si mesma, uma forma de corrupção. O galanteio só ganha essa pecha se for buscado de maneira exclusiva, em detrimento da utilidade. Assim como os homens, também as nações devem obedecer a um "tempero" na

---

[52] Idem, ibidem, pp. 73-74. Em outra anotação (p. 69), Kant diz que antigamente as mulheres ficavam em aposentos separados como ainda ocorre na Inglaterra, e explica que a expressão alemã *Frauenzimmer* indica acertadamente que o lugar da mulher são esses aposentos separados. O argumento "filológico" é consistente, visto que, por sua etimologia, a palavra composta significa literalmente "quarto das mulheres".

[53] Hume, *Investigação sobre os princípios da moral*, edição citada, p. 340; trad. cit., p. 434.

[54] *Investigação sobre os princípios da moral*, p. 335; trad. cit., p. 428.

distribuição de seus esforços e prazeres, de sua aplicação e de suas diversões. O tempero entre a atividade e o ócio é fundamental para preservar o homem do fanatismo filosófico, político ou religioso, assim como as nações podem ser preservadas das suas "obsessões". Num país exclusivamente agrícola ou bélico, os cidadãos terão menos chances de se manter livres. Esta seria a virtude terapêutica do refinamento. Num país que começa a se perder no luxo, a compensação para isso pode estar na simplicidade doméstica e nas ocupações ditas "úteis".

AS DIFERENÇAS NACIONAIS

Se refinamento não é sinônimo de amolecimento dos costumes, mas é entendido em seus aspectos positivos, então ele também serve para estabelecer um quadro comparativo entre as nações. Se é nas monarquias e nas cortes que encontramos a polidez, é natural pensar que nas repúblicas se dá o contrário:

> As repúblicas da Europa se notabilizam atualmente pela falta de polidez. As boas maneiras de um suíço educado na Holanda é expressão que designa rusticidade entre os franceses. Os ingleses, em certa medida, merecem a mesma censura, apesar de seu saber e de seu gênio.[55]

Da mesma maneira que, neste particular, a monarquia se sobrepõe à república, as formas da civilidade moderna também são superiores à da civilidade antiga, o que se pode constatar pelos exemplos de histrionice, vaidade, licenciosidade etc., encontrados mesmo nos autores mais refinados da Grécia e de Roma.[56] Tem-se assim uma escala que possibilita a medida de refinamento das nações, que será um dos elementos antropológicos mais importantes para entender o "caráter delas". Mas o padrão ideal de polidez tem de ser combinado às características de cada país. A antropologia kantiana aprendeu desde cedo a fazer uso do mesmo expediente, separando o caráter dos povos pela distinção entre o "belo" e o "sublime":

[55] "Do surgimento e progresso das artes e ciências", p. 127.
[56] "Do surgimento e progresso das artes e ciências", op. cit., pp. 127-128.

308

Na minha opinião, entre os povos de nosso continente, os *italianos* e os *franceses* são aqueles que se distinguem pelo sentimento do *belo*; já os *alemães*, os *ingleses* e os *espanhóis*, pelo sentimento do *sublime*.[57]

Partindo da distinção de Burke entre belo e sublime, Kant nota que a escala tem pelo menos dois polos, e que os países "sublimes" não podem ser reduzidos, em sua diferença, aos países onde impera a "beleza". Existe uma disposição natural dos seres humanos e das nações que os faz tender para um lado ou para outro, assim como, embora haja um padrão do gosto para todos os homens, os jovens geralmente preferem a tragédia, e os velhos, a comédia.[58] Como tantas outras essa ideia comum a Kant e Hume vem das *Reflexões críticas sobre a poesia e a pintura* do abade Du Bos.[59] A irredu-tibilidade de uma inclinação a um padrão geral é minuciosamente destacada por Hume:

> A uma pessoa agrada mais o sublime; a outra, a ternura; a uma terceira, a zombaria. Uma tem forte sensibilidade aos defeitos e é extremamente ciosa da correção; outra tem mais sentimento para belezas, e perdoa vinte absurdos e defeitos para cada toque elevado ou patético. O ouvido deste homem está inteiramente voltado para concisão e energia; aquele se deleita com uma expressão copiosa, rica e harmoniosa. Uns afetam simplicidade; outros, ornamento. Comédia, tragédia, sátira e ode têm, cada uma delas, os seus partidários, que preferem uma espécie de escrita a todas as outras. É claramente erro da

[57] Kant, *Observações sobre o sentimento do belo e do sublime*. A 81-82; trad. cit., p. 67.
[58] Kant, *Antropologia de um ponto de vista pragmático*, A 263; trad. cit., p. 161.
[59] I, 49, ed. cit., pp. 164-65. Para Du Bos, é ocioso levantar a questão sobre a primazia do desenho ou do colorido na pintura. O "sentimento" de cada indivíduo faz que uns prefiram Ticiano e outros, Le Brun. O homem que na infância preferia as *Fábulas* de La Fontaine às tragédias de Racine, aos trinta anos preferirá as tragédias deste e, aos sessenta, as comédias de Molière. Condicionada pela idade e por diversas outras causas *físicas*, essa preferência, no entanto, não é efeito das causas *morais*, isto é, apesar da predileção por Molière, jamais se deixará de apreciar o mérito de La Fontaine e de Racine. Essa diferença é fundamental para a distinção humiana entre gosto físico e gostp moral e ajuda a entender que possa haver, ao mesmo tempo e sem contradição, uma disparidade e um padrão regular do gosto. A mesma ideia é retomada por Kant no § 79 da *Antropologia de um ponto de vista pragmárico* (trad. cit., p. 161).

parte do crítico se ele restringe sua aprovação a uma espécie ou estilo de escrita, e condena todos os demais. É, todavia, quase impossível não sentir uma predileção pelo que se ajusta à nossa inclinação e disposição particulares. Essas preferências são inocentes e inevitáveis, e não seria razoável transformá-las em objeto de disputa, porque não há padrão pelo qual possam ser decididas.[60]

Existem certas *circunstâncias* atinentes à natureza de cada um que impedem uma universalização incondicional dos juízos de gosto, mas que são, por isso mesmo, fundamentais para a compreensão da diferenças *antropológicas* entre os indivíduos. Exatamente o mesmo se dá com o caráter das nações. Não se devem aplicar as mesmas regras de polidez a um suíço, a um inglês e a um francês:

> Um dado grau de luxo pode ser nocivo e pernicioso em um nativo da Suíça e, ao mesmo tempo, promover as artes e encorajar a diligência em um francês ou inglês. Não devemos, portanto, esperar encontrar em Berna os mesmos sentimentos ou as mesmas leis que vigoram em Londres ou Paris.[61]

É por isso que nem sempre a importação de modas ou modelos dá certo, como aconteceu com a arte grega em Roma e a arte italiana na Inglaterra. O que não significa que as artes e ciências, embora tendo geralmente como berço Estados livres, não possam ser transplantadas para qualquer governo, pois, como já foi mostrado, uma república "é mais favorável ao desenvolvimento das ciências", enquanto uma "monarquia civilizada favorece mais as artes polidas".[62] E a vizinhança também pode ser fonte de emulação:

---

[60] "Do padrão do gosto", p. 244.

[61] *Uma investigação sobre os princípios da moral*, p. 337; trad. cit., p. 431.

[62] "Do surgimento e progresso das artes e ciências", p. 124. É de notar que as formas de governo não são causa do surgimento ou desenvolvimento, mas apenas mais ou menos "favoráveis" (*favourable*) a eles. A expressão não deixa de evocar o *Gunst* de Kant, que segundo ele exprime a única maneira de conceber a relação de *favorecimento* da natureza com o gênio artístico ou poético.

... nada é mais favorável ao surgimento da polidez e das letras do que a vizinhança de numerosos estados independentes conectados pelo comércio e pela política. A emulação que naturalmente surge entre Estados vizinhos é uma fonte óbvia de aprimoramento.[63]

Os venezianos, por exemplo, constituem exceção à regra de que as repúblicas europeias atuais primam pela falta de polidez. A proximidade de Veneza com os outros estados italianos já é o bastante para "civilizar suas maneiras".[64] A emulação por proximidade é também o que dá polimento e correção ao teatro francês e ao teatro inglês:

> Os ingleses se aperceberam da escandalosa licenciosidade de seu teatro pelo exemplo da decência e moral francesa. Os franceses estão convencidos de que seu teatro se tornou efeminado pelo excesso de amor e galanteio, e começam a aprovar o gosto mais másculo de algumas nações vizinhas.[65]

Os franceses são os mestres da *biénseance*, do decoro, e é isso que dá aos ingleses a compreensão da licenciosidade de seu próprio teatro. Mas os franceses têm uma inclinação excessiva ao amor e galanteio, o que torna seu gosto efeminado. O diálogo entre as artes e as ciências de diferentes países é uma maneira eficaz de aprimorar os seus gostos e costumes.

Mesmo assim, não há dúvida de que aquilo que está mais próximo no tempo e no espaço, que é mais familiar, também é mais forte e agrada mais imediatamente. Causa estranheza, por exemplo, ao público moderno que uma princesa como Nausícaa tenha de buscar água numa fonte ou que um herói como Pátroclo seja obrigado a preparar o próprio alimento[66], e por essa mesma razão é mais difícil adaptar comédias ao público de outra época ou país. A *Andria* de

---

[63] Idem, p. 119. A vizinhança não é só estimulante, como também ajuda a refrear os abusos da autoridade: "Mas aquilo em que eu gostaria principalmente de insistir é que tais territórios limítrofes põem freio ao *poder* e à *autoridade.*"

[64] "Do surgimento e progresso das artes e ciências", p. 127.

[65] Idem, ibidem, p. 122.

[66] "Do padrão de gosto", p. 245.

Terêncio ou a *Clítia* de Maquiavel não agradam o público galante francês ou inglês, porque, embora sejam as heroínas das respectivas peças, elas não aparecem aos espectadores, estão sempre retraídas nos bastidores "de acordo com o humor mais reservado dos gregos antigos e dos italianos modernos."[67] Hume adota tanto a ideia de decoro "interno" (adequação das ações e falas das personagens a seu caráter e situação)[68], como a do decoro "externo", isto é, de que a encenação deve ser inteiramente adequada ao público a que se dirigia.[69] O decoro externo, no entanto, não é uma regra absoluta. Diferentemente do que ocorre com uma "audiência comum", o "homem de instrução e reflexão" é capaz de entender costumes peculiares, pois pode "se despir de suas ideias e sentimentos usuais" e apreciar retratos que não se assemelham àqueles com que está familiarizado.[70] A possibilidade do homem instruído de se colocar no lugar do outro e de se considerar um "homem em geral" (*man in general*), tão fundamental para a compreensão do "espectador" na moral humiana, também é decisiva na discussão sobre a eloquência e sobre o padrão do gosto: figuras antípodas do egoísta, o homem de gosto e o verdadeiro crítico são capazes de se esquecer de si mesmos e condescender (*comply*) com o que é diferente.[71]

Esse deslocamento que busca a posição ideal para contemplar uma obra (a posição do público a que foi originalmente destinada) não significa um relativismo ou ceticismo em matéria de gosto. Existem "princípios gerais de aprovação e censura" que, se as condições são adequadas e as circunstâncias favorecem, valem para todos os indivíduos, e esses princípios estão exemplarmente tipificados nas

---

[67] Idem, ibidem.

[68] "As personagens introduzidas na tragédia e na poesia épica devem ser representadas raciocinando, pensando, concluindo e agindo de acordo com seu caráter e situação..." (*Do padrão do gosto*, p. 240).

[69] Sobre a distinção "bienséance interne" e "externe" estabelecida por René Bray, há uma curta, mas excelente nota de Guy Riegert na introdução à *Arte poética* de Boileau (Paris: Larousse, 1972, pp. 13-14).

[70] "Do padrão de gosto", p. 245.

[71] Idem, p. 239. Para a compreensão dessas questões na moral humiana, há um trabalho elucidativo (ainda inédito) de Maria Isabel Limongi sobre "O ponto de vista do espectador em Hutcheson e Hume". In: Peres, D.T. (org.). *Justiça, Virtude e Democracia*. Salvador: Quarteto, 2006, pp. 211-226.

obras que sobrevivem às mudanças temporais ou locais. O teor ou grau de aprovação dessas obras é maior do que o da maioria das filosofias:

> Platão, Aristóteles, Epicuro e Descartes se sucederam uns aos outros; Terêncio e Vergílio mantêm, no entanto, um império universal e incontestável sobre a mente dos homens. A filosofia abstrata de Cícero perdeu seu crédito: a veemência de sua oratória ainda é objeto de nossa admiração.[72]

O ESTILO DOS ENSAIOS

Como parece ter ficado claro, embora as diferenças *antropológicas* e *políticas* devam ser respeitadas — cada indivíduo, cada país tem um gosto que condiz melhor com sua índole —, em momento algum isso significa renúncia aos princípios *estéticos* do gosto clássico e à crença na superioridade do classicismo francês. Saber contemplar as diferenças politico-antropológicas, a despeito da sua severidade estética, constitui, aliás, uma das proezas do autor. Os excessos que ele observa no teatro francês (causados pelo galanteio amoroso), de modo algum invalidam o seu apreço por ele. Que os franceses tenham brilhado na filosofia, na poesia, na oratória, na história, nas artes plásticas e no teatro[73], é, de resto, sintomático de um fenômeno talvez mais importante, o de que a nação toda foi como que perpassada por uma inspiração peculiar, que lhe deu um "gênio próprio". Esse gênio atende pelo nome de *sociabilidade*. Tanto ou mais que haver se destacado nas ciências e nas artes, o que diferencia o caráter nacional francês é ter sabido fazer da vida uma *arte*. Foram os franceses que "em grande medida aperfeiçoaram" aquela é "*a mais útil e agradável das artes*", a "arte de viver" (*l'art de vivre*).[74] Em que consistiria essa arte? Ela é uma arte da sociabilidade, do saber conviver e conversar, que agrada (*pleases*) pela "deferência

---

[72] "Do padrão de gosto", pp. 242-243.
[73] Idem, pp. 90-91.
[74] "Do padrão de gosto", p. 91 (grifo nosso).

ou civilidade", que leva os indivíduos a frearem suas presunções e egoísmos para mútuo benefício de si e dos amigos.[75]

A superioridade do modelo francês aparece, portanto, em dois momentos, no classicismo e nas "artes do convívio" ou "conversação" (*arts of conversation*).[76] A combinação desses dois momentos será determinante para a concepção de *estilo* presente nos *Ensaios* e nas *Investigações*. A *Investigação sobre o entendimento humano* se inicia com a ideia de que, para chegar a uma filosofia mais justa, é preciso combinar filosofia abstrata com filosofia simples e acessível, fundindo o útil e o agradável, a ciência e a arte, o *anatomista* e o *pintor*. O caráter mais perfeito (*the most perfect character*) do ser humano que as duas *Investigações* devem anatomizar e pintar não é o de um "filósofo puro", nem o de um homem ignorante, mas se situa entre os extremos desses dois: tal caráter perfeito deve exibir "aptidão e gosto tanto pelos livros quanto pela convivência social e pelos negócios, revelando, na conversação, o discernimento e a delicadeza que brotam da familiaridade com as belas-letras e, nos negócios, a integridade e exatidão que são o resultado natural de uma filosofia justa [*a just philosophy*]".[77] Assim, as *Investigações* são concebidas como um veículo de divulgação para a formação de indivíduos capazes de combinar em si as virtudes úteis às agradáveis, combinação em que se sabe dar o devido valor ao ócio filosófico,

[75] Idem, p. 126.

[76] Contrariamente à visão de Taine, a "unidade de estilo e de gosto" do classicismo francês não é uma imposição da monarquia e aristocracia francesas, mas fruto da camada cultivada da sociedade, constituída principalmente pela confluência da nobreza de robe e da burguesia, como mostra Erich Auerbach no seu ensaio "La cour et la ville". É da união da *cour* (cujas "diretrizes" estéticas são dadas pelos salões, a começar pelo de Madame Rambouillet) e da *ville* (principalmente os burgueses frequentadores da "plateia" — *parterre* — dos teatros) que teria se formado o "público" na acepção moderna da palavra. O ensaio de Auerbach mostra como teria surgido a "unidade de sentimento" existente em torno da tragédia clássica francesa — personagens altamente estilizadas, sublimes, sem nenhum ponto de contato com a vida comum, uma *biénseance* vazia: o ideal cultural e estético do classicismo tem sua origem numa nobreza que já não desempenha nenhum papel na sociedade, a não ser como *entourage* do rei, e numa burguesia que quer adotar o mesmo estilo de vida e repudia sua função inicial de "classe produtiva". (In: *Ensaios de Literatura Ocidental*, Samuel Titan Jr. e José Marcos Mariani de Macedo (trads.). São Paulo: Duas Cidades/Editora 34, 2007). É interessante assinalar como a "sociologia" humiana também descreve a sociedade francesa em termos de aversão ao ideal de produtividade e lucro.

[77] Hume, *Investigação sobre o entendimento humano*, ed. cit., p. 8; trad. cit., p. 22.

sem rejeitar as diversões e os negócios. E, por isso, elas têm de estar à altura desse caráter:

> Para difundir e cultivar um caráter assim excelente [*so accomplished a character*], nada pode ser mais adequado do que obras em gênero e estilo acessíveis [*ease style and manner*], que não se afastem demasiado da vida, que não exijam excessiva concentração ou retraimento para serem compreendidas e que devolvam o estudante ao convívio dos homens, cheio de sentimentos generosos e munido de sábios preceitos aplicáveis a todas as exigências da vida. Por meio dessas obras, a virtude se torna afável [*amiable*], a ciência, agradável [*agreeable*], a companhia, instrutiva, e a própria solidão, aprazível [*entertaining*].[78]

Os *Ensaios*, por sua vez, são descritos como uma forma de proporcionar experiência do mundo aos homens de letras, assim como levar entretenimento consistente e refinado ao público. Seu objetivo é estabelecer uma "liga do mundo letrado com o mundo do convívio social", para o mútuo benefício de ambos.[79] Desse ponto de vista, as diferenças entre ensaio e investigação não chegam a ser relevantes, lembrando que, na primeira edição, a *Investigação sobre o entendimento humano* tinha por título: *Ensaios filosóficos acerca do entendimento humanos*.[80] Aliás, uma das explicações para que alguns dos ensaios tenham sido suprimidos por Hume nas edições subsequentes da obra é que o tema de alguns deles ressurge nas duas *Investigações*. Assim, por exemplo, a relação entre o mundo das letras e o mundo da sociabilidade reaparece sob a forma da relação entre filosofia abstrata e filosofia simples na primeira Investigação, e tópicos como a condição da mulher, o matrimônio, o caráter nacional, o estudo da história, são reunidos na última seção da *Investigação sobre o princípio da moral*, intitulada "Diálogo". Comparando o tratamento

[78] *Investigação sobre o entendimento humano*, p. 22
[79] "Da arte de escrever ensaio", p. 535.
[80] Existe uma reprodução fotomecânica da edição de 1748, publicada pela editora Georg Olms (Hildesheim, 1986). Como se pode verificar consultando essa edição, cada seção da *Investigação* recebe o nome de "ensaio". A diferença mais significativa e importante é a da seção 3 "Da associação de ideias", que será comentada a seguir.

dado aos mesmos temas nos *Ensaios* e nas *Investigações*, o que se percebe é uma maior circunspeção por parte do autor (patente no maior cuidado com que trata a questão do galanteio), circunspeção esta que se faz notar também na maneira de escrever. A principal razão apontada por Hume para a supressão de vários ensaios é de ordem *estilística*. Conforme ele mesmo aponta, os ensaios haviam sido inicialmente concebidos como publicação de intervenção, imitando o estilo e o caráter dos periódicos *Spectator*, editados por Addison e Steele, e *Craftsman*, de Bolingbroke, e serviriam como uma espécie de "teste" (*trial*) da capacidade e do talento do autor, que apresentaria essas "bagatelas" (*trifles*) ao julgamento do leitor antes de se aventurar em "composições mais sérias". Há, porém, outra diferença a ser considerada. O ensaio é diferente da investigação, porque os ensaios não apresentam necessariamente uma "conexão" (*connexion*) entre si, "mas cada um deles tem de ser considerado obra à parte". E essa comodidade (*ease*) é igualmente propícia ao ensaísta e a seu leitor, porque os liberta "do esforço fatigante" de se concentrar e prestar atenção.[81]

Por outro lado, essa menor concentração é justamente o que possibilita uma das principais virtudes do gênero, a *variedade*. O ensaio reflete um fluxo discursivo mais cômodo e condizente com as faculdades humanas, cuja natureza repele o espírito monotemático, as lucubrações detidas e extenuantes sobre um assunto só. Como numa conversa entre amigos, o ensaio não obedece aos imperativos da razão, ou seja, se o entendimento não é capaz de dissipar as dúvidas que o assaltam quando se põe a refletir sobre determinada questão, a própria natureza tempera esse surto obsessivo e cura o homem da "melancolia e delírio filosófico" que o fazem buscar respostas para problemas especulativos (os quais muitas vezes podem inclusive não ter solução).[82] Na forma do ensaio, a filosofia se torna um exercício *divertido*, isto é (guardando também seu sentido etimológico), diverso, variado, diversificado.

---

[81] Nota de Hume à primeira edição dos *Ensaios morais e políticos* (1741). Apud Box, M. A. *The suasive Art of David Hume*. Princeton: Princeton University Press, 1990, p. 113.

[82] Hume, *Tratado da natureza humana*, I, 4, 7, p. 269; trad. cit., p. 301. A discussão sobre a importância da moderação especulativa imposta pela natureza, como forma de cura da "doença dos letrados" (*disease of the learned*) já aparece numa carta do jovem Hume ao dr. George Cheyne (março/abril de 1734), ed. Greig, pp. 12-18.

Variedade, porém, não significa completa dispersão. Uma obra sem unidade seria uma contradição e mais pareceria com a desvairada tagarelice (*ravings*) de um louco. Mas como entender a unidade do ensaio? Em conformidade com o gosto clássico de Hume, o terceiro ensaio filosófico sobre o entendimento humano (que trata da associação de ideias) recorre a ninguém menos que Aristóteles para mostrar o que seria a unidade de uma obra literária. Epopeia, tragédia e comédia (esta última num grau menor) têm de possuir aquilo que desde o Estagirita se chama "unidade de ação".[83] O texto faz, contudo, uma advertência, dizendo que os críticos propalaram em vão a regra da unidade de ação, pois não "guiaram seu gosto ou sentimento pela exatidão da filosofia". Contradizendo expressamente o oitavo capítulo da *Poética* de Aristóteles, o texto afirma que essa unidade pode ser dada, por exemplo, pelo herói.[84] A unidade não é dada pela *ação*, mas pela *vida*. A argumentação, porém, vai adiante: o que os críticos não perceberam, incluindo-se aí o próprio Aristóteles, é que a unidade pode ser mais sutil do que se imagina. E, aliás, toda a fineza do crítico e do leitor residirá simplesmente em poder captar a unidade nem sempre perceptível de uma obra literária. O problema da unidade orgânica da *Ilíada*, que deu tanta dor de cabeça aos críticos, talvez possa ser solucionado caso se admita que a cólera de Aquiles, causadora da morte de Heitor, *não é a mesma* que produz tantos males aos gregos, embora exista uma "forte conexão entre esses dois momentos" e uma "rápida transição entre um e outro". A sensibilidade do leitor e do crítico é, assim, desafiada a encontrar o fio ou o conjunto de fios associativos que ligam um momento a outro e constituem a trama da obra. Em suma, com frequência se descobre que a unidade também pode estar num assunto, tópico ou tema (*subject*), último lugar em que "esperaríamos encontrá-la".[85]

Embora aceite a visão aristotélica da obra de arte, Hume faz da unidade orgânica de Aristóteles um princípio mecânico, associativo. O escritor obedece a um "plano" geral que dá unidade a sua obra, e esse plano será tanto mais bem executado quanto menos forçada ou abrupta

---

[83] Hume, *Philosophical Essays concerning Human Understanding*. Ed. cit., p. 34; trad. cit., p. 45. A comédia inglesa jamais observa estritamente a unidade de ação, p. 41 (o parágrafo não consta da tradução).

[84] Idem, p. 36; trad. cit., p. 45.

[85] *Philosophical Essays concerning Human Understanding*, op.cit., p. 43; trad. cit., p. 50.

parecer a passagem entre seus diversos momentos, favorecendo a fácil transição entre as impressões, paixões e ideias. Ou seja, o contorno do desenho deve favorecer a imaginação do leitor, sem ao mesmo tempo "dar demais na vista". Além disso, o plano se torna mais ou menos nítido ou difuso, porque deve respeitar o *gênero literário* em questão. Se nos gêneros clássicos o desenho deve ser um pouco mais nítido, na ode ocorre o contrário. O poeta que compõe uma ode, é "arremessado" fora do seu plano "pela veemência do pensamento". O caso que merece mais atenção aqui é o do autor de epístolas ou de *ensaios*. Na epístola e no ensaio, o escritor também procede de uma maneira peculiar, pois deve somente "sugerir" o plano "de modo negligente" (*drop it carelesly*), agindo quase como se não houvesse um.[86] Ora, essa armação mais elástica, menos definida, do ensaio — e da correspondência epistolar — não é também fundamental para a própria compreensão hermenêutica dos ensaios (no plural)? Não será preciso imaginar que, embora cada um deles seja uma obra à parte, haverá um elo associativo entre eles, em conformidade com os princípios da ciência da natureza humana? Mas onde estaria esse laço de união do conjunto dos ensaios?

O princípio "unificador" dos *Ensaios morais, políticos e literários* poderia estar naquele papel que Hume pretende desempenhar como "embaixador das letras no mundo do convívio social".[87] O problema é que essa *persona* desaparece já na segunda edição, de 1742. Ainda restam, é certo, alguns vestígios dele no caráter "perfeito" do ser humano das *Investigações*: assim como era preciso evitar que o galanteio descambasse em libertinagem, assim também o *gentleman* filósofo pareceu *frívolo* demais ao autor e, por isso, era preciso enfatizar o lado *sério* de seu caráter. Hume, com efeito, parece ter se dado conta do risco de que o embaixador das letras pudesse passar por um indivíduo fútil, e, sem dúvida, suas suspeitas eram fundadas. Num fragmento póstumo, Edmund Burke fez uma caricatura magistral do "cavalheiro perfeito" (*perfect gentleman*):

> Ser libertino em suas práticas e opiniões é outro componente de seu caráter [*character*], mas ele não é um debochado; ele só

---

[86] Idem, p. 34; trad. cit., p. 43.
[87] "Da arte de escrever ensaio", p. 535.

o é tanto quanto necessário para fazer de si inteiramente um homem do mundo. Ser escrupuloso em matéria de galanteio, não é com ele. A maior liberdade quando age, e a maior decência quando discursa, é o que constitui o seu caráter nessa matéria. Bebida é um vício que abomina, mas luxo à mesa é algo de que não se envergonha. Pode ser acusado de jogar em excesso, mas a grande moderação que preserva sempre que perde é uma de suas notáveis qualidades.[88]

O receio de parecer fútil acabou levando à eliminação de alguns ensaios, descritos por ele como "más imitações das ninharias agradáveis de Addison". Eles foram suprimidos por razões morais, sempre indissociavelmente ligadas às razões estéticas em Hume: eles eram "frívolos" e "cínicos" e "não podiam proporcionar nem prazer, nem instrução".[89]

ENSAIO E CONVERSA

O juízo de Hume a respeito dos próprios ensaios se explica, assim, tanto pelo debate sobre o galanteio, quanto pelo seu gosto do apuro estilístico, que o leva a revisar incontáveis vezes os seus textos. É pena, no entanto, que sua severidade o tenha levado às vezes a cortar textos muito significativos, como ocorre com o longo trecho comentado anteriormente dos *Ensaios filosóficos sobre o entendimento humano*, que usa as leis de associação para explicar os princípios da crítica.

Desse longo desenvolvimento, a terceira seção da *Investigação sobre entendimento humano* só reteve os três parágrafos iniciais, que mesmo assim conservam uma preciosa indicação sobre o que o autor entende por "unidade" de uma composição. Ela diz o seguinte:

---

[88] Burke, E. "Perfil de um cavalheiro refinado" (*The character of a fine gentleman*). In: *A note-book of Edmund Burke*. Edição de H.V.F. Somerset. Cambridge: Cambridge University Press, 1957, p.106. Sem poder afirmar categoricamente se foi intencional ou não da parte de Burke, é possível perceber nesse perfil alguns traços do próprio Hume. (Registre-se aqui o agradecimento do autor a Daniel Lago Monteiro pela referência e também pela possibilidade de consultar esta obra.)

[89] Carta de 7 de fevereiro de 1771. Apud M. A Box, op. cit., p. 124.

Mesmo em nossos devaneios mais desenfreados e errantes — e não somente neles, mas até em nossos próprios sonhos —, descobriremos, se refletirmos, que a imaginação não correu inteiramente solta, mas houve uma ligação entre as diferentes ideias que se sucederam umas às outras. Se a mais solta e livre das conversas fosse transcrita, observar-se-ia imediatamente algo que a conectava em todas as suas transições. Ou, se isso não fosse possível, a pessoa que rompeu o fio da discussão poderia ainda nos informar que uma sucessão de pensamentos agitara secretamente sua mente, levando-a aos poucos a se afastar do tema da conversa.[90]

A imaginação não corre absolutamente solta nem mesmo em sonhos e devaneios, e a transcrição de uma conversa permite verificar a existência de um fio de continuidade no discurso. Sempre existe elo de ligação, mesmo quando há mudança de tema. Ora, deslocando um pouco o contexto da afirmação, pode-se pensar que essa observação também abre uma perspectiva interessante para a compreensão do modo pelo qual os ensaios se articulam, já que estes de certo modo nada mais são que uma *forma de escrever ou transcrever uma conversa*. Eles são o que se pode chamar de uma *conversa escrita ou transcrita*. E o aspecto fundamental é, de fato, este: o ensaio é um gênero que tem a conversa por modelo, não só porque busca uma forma de comunicação semelhante, mas também porque essa forma de comunicação permite que se vejam os elos naturais, já que é uma forma "objetivada" do fluxo associativo, na qual se dão a perceber conexões de ideias que permaneceriam ocultas para o filósofo solitário. É por isso que o ensaio deve tentar se valer de meios "estéticos" análogos, transcrevendo o transcurso natural do discurso. O seu desenvolvimento deve ser mais negligente e solto, ao mesmo tempo agradável e instrutivo, porque a coesão dada por seu princípio articulador deve ser fácil, ainda que não imediatamente perceptível.[91]

---

[90] *Investigação sobre o entendimento humano*, p. 23; trad. cit., p. 41.

[91] Sobre essa unidade menos perceptível dos gêneros filosóficos no século XVIII, é preciso remeter o leitor aos estudos de Franklin de Matos em seu livro *A cadeia secreta*. O autor lembra ali que essa metáfora ("cadeia secreta") "volta e meia aparece nos melhores escritores das Luzes" e "se aplica indistintamente à natureza, à linguagem,

Embora as utilize com outros fins, essas observações não escaparam mais uma vez ao olhar atento de Kant. Como em Hume, a conversa tem para o autor da *Antropologia de um ponto de vista pragmático* um cunho terapêutico, pois é uma *distração* que impede o esgotamento e renova as forças intelectuais. Mas ela só alcança esse efeito se é "abundante em temas diferentes", como um "jogo" (*Spiel*), em que, entretanto, não se pode ficar saltando de um assunto a outro "contra a afinidade natural das ideias", pois isso poria a perder totalmente a "unidade da conversa" (*Einheit der Unterredung*).[92]

O ensaio mostra, assim, alguma semelhança com o diálogo — gênero que Hume também manejou com mestria —, já que este também se apresenta como mimetização estilizada de uma conversa, mas dele se diferencia, pois a presença do interlocutor (ou interlocutores) é *latente*. No ensaio, a figura do interlocutor se apresenta de duas maneiras: ele é, ora o autor ou os autores que não comparecem "pessoalmente" no texto, mas cujas ideias, máximas ou princípios o ensaísta mobiliza, apresenta e discute; ora o leitor a quem ele se endereça. O ensaísta é o elo entre o mundo da erudição e o público. O interlocutor-leitor entra efetivamente em cena quando o autor se dirige a ele (o que ocorre com alguma frequência nos ensaios), embora não tenha voz ativa no texto. Independentemente disso, o ensaio se quer uma conversa escrita, onde o leitor e o autor estão numa relação de "intimidade".[93] "Travar contato" ou "amizade" com o "caráter do autor" (*We enter into acquaintance with the character of the author*) é o aspecto fundamental que a *História da Inglaterra* destaca na obra de William Temple, autor cujo estilo Hume achava "agradável e interessante". Ao ler Temple, "imaginamos que estamos empenhados, não em ler atentamente um livro, mas em conversar com um companheiro".[94] O mesmo ideal de intimidade é expresso de maneira lapidar por Madame du Deffand: "Não gosto de imaginar

---

à literatura e até mesmo à arte da conversação" (São Paulo: Cosac & Naify, 2003, p. 13). Embora o objeto dos estudos sejam os escritores franceses, Hume obviamente não é omitido (cf., p. 46).

[92] Kant, *Antropologia*, A 207; trad. cit., p. 105.

[93] "Sense of intimacy", diz M.A. Box (op. cit., p. 94).

[94] *História da Inglaterra*, ed. cit., v. VI, p. 544. Sobre os ensaios de Temple e o ensaísmo na Grã-Bretanha, cf. Luciano Anceschi, "Addison e il saggismo inglese dei secoli XVII e XVIII". In: *Da Bacone a Kant*. Bolonha: Il Mulino, 1972.

que um autor esteja escrevendo um livro. Gosto de imaginar que esteja falando comigo..."[95]

É certo que essa intimidade não se conquista de maneira espontânea, mas depende do trabalho e da habilidade do escritor, que precisa saber evitar se colocar em posição de superioridade em relação ao leitor. O ensaísta não pode ser um escritor *didático*, nem um *orador*, que lança mão do patético e do sublime para *comover* e *arrastar* os ouvintes, nem tampouco alguém que é ou quer se mostrar *espirituoso*, dado a tiradas sarcásticas, jogos de palavras ou epigramas. Sua escrita deve ser a mais simples e direta, desprovida de figuras de linguagem ou de ambiguidades. No caso dos autores escoceses, esse ideal de "perspicuidade" da linguagem (segundo o termo técnico dos tratados de retórica)[96] era alcançado a duras penas, uma vez que tinham de desbastar os seus escritos das "impurezas" e "torções" do dialeto falado na Escócia. Isso explica porque Hume não se cansava de polir e lustrar as suas obras: ele não se dirigia apenas à gente que conhecia o seu dialeto natal, mas ao público cultivado — aos *gentlemen* e *ladies* — da Grã-Bretanha e, indiretamente, da Europa.

O "demorado trabalho da lima dos poetas" — o *limae labor* horaciano[97] — serve para aplainar as rebarbas garantindo *uniformidade à dicção*. Este é, sem dúvida, o aspecto estilístico mais notável dos ensaios, que tenta fazer jus à polidez característica da gente cultivada da Grã-Bretanha. Diferentemente dos franceses (que, entre outras coisas, têm um fraco pelas estocadas, trocadilhos e tiradas de espírito), os *gentlemen* têm uma maneira constante de agir e não se destacam por nenhum gesto de civilidade em particular:

> Um fino cavalheiro inglês se distingue do resto do mundo
> mais pelo modo geral de lidar com os outros, do que por
> alguma parte dele; de maneira que, embora você perceba que

[95] Apud Adam Potkay, *The fate of eloquence in age of Hume*. Ithaca/Londres: Cornell University Press, 1994, p. 103.

[96] É com a "perspicuity of stile" que Adam Smith, por exemplo, abre suas *Lectures on Rhetoric and Belles Lettres* (Indianápolis: Liberty Fund, 1985, p. 3. Sobre a *perspicuitas* em Quintiliano (VIII, ii, 22) e a *saphès lexis* em Aristóteles (*Retórica* III, ii, i), cf. as observações do editor J.C. Bryce, pp. 14-15.

[97] *Arte poética*, v. 291. Trad. cit., p. 96.

ele sobressai, não sabe dizer em quê, e não és capaz de destacar gestos notáveis de civilidade ou de respeito como prova de sua polidez. Ele suaviza de tal modo esses gestos, que eles passam por ações comuns da vida e você nunca se vê em apuros para exprimir sua gratidão por eles. A polidez inglesa é sempre maior, onde menos aparece.[98]

Os gestos de civilidade devem ser suavizados a fim de passar por ações comuns: o máximo da polidez é fazer desaparecer os sinais exteriores pelos quais ela se mostra, de modo que quem a receba sinta somente o prazer de recebê-la sem se sentir obrigado a retribui-la. O *gentleman* prima mais pela discrição geral de seu comportamento do que por algum traço de civilidade particularmente notável.[99] Ele mantém um temperamento constante, jamais perde o humor.

O espírito geral da *conversation* britânica dá a chave de explicação da *unidade* dos ensaios, de que se falava há pouco. Como no convívio com um *gentleman* ou com uma *lady*, o leitor deve sentir a elegância e delicadeza da conversa escrita, sem que saiba dizer exatamente em que reside a sua excelência. Porque, na verdade, ela deve estar menos em qualidades particulares do que no *teor* ou *tom* geral da obra. Desloca-se, com isso, a própria ideia de unidade da composição literária: a unidade não é dada pela "ação completa" de Aristóteles, mas é uma unidade difusa, imperceptível à primeira vista,[100] uma *unidade de estilo* que deve espelhar a *polidez* de um *gentleman* ou

---

[98] O texto merece ser citado no original: "An English fine Gentleman distinguishes himself from the rest of the World, by the whole Tenour of his Conversation, more than by any particular part of it; so that tho' you are sensible he excells, you are at loss to tell in what, & have no remarkable Civilities & Complements to pitch on as a proof of his Politeness. These he so smooths over that they pass for the common Actions of Life, & never put you to trouble of returning thanks for them. The English Politeness is alwise greatest, where it appers least". Hume, Carta I: 20. Apud Box, op. cit., p. 143.

[99] Isso não contradiz a famosa observação humiana de que "a grande liberdade e independência de que todos gozam" na Grã-Bretanha permite a cada um "exibir os modos que lhe são peculiares. Daí serem os ingleses, de todos os povos no universo, os que menos têm um caráter nacional; a menos que essa própria singularidade possa passar por tal." (*Dos caracteres nacionais*, p. 207) Ao contrário do comum dos ingleses, o *gentleman* não quer primar por sua excentricidade e singularidade. Comentando essas linhas na *Antropologia*, Kant discorda da opinião aqui expressa, dizendo que a busca de singularidade dos ingleses não passa de "orgulhosa *grosseria*" (A 311; trad. cit., p. 206).

[100] Se as obras não são peças dramáticas, isto é, se não cpmtêm uma ação, advertia Du Bos, "é preciso que haja uma ordem, ou sensível ou oculta [*sensible* ou *caché*], e que

de uma *lady*. A unidade estilística ajudará talvez a compreender também o estilo humiano de fazer filosofia.

EM BUSCA DA SIMPLICIDADE

Encontrar a "impostação natural" da conversa requer trabalho árduo de polimento do estilo e a eliminação das aparas que discrepam da tonalidade geral do discurso. É assim que devem ficar totalmente de fora o patético e o sublime, traços já quase extemporâneos no linguajar dos homens modernos, estando reservados apenas à oratória política. Ou já quase nem a esta. Quando Hume afirma, descrevendo a fria eloquência "ática" dos modernos, que a arte oratória destes é "bom senso enunciado em expressão apropriada"[101], essa condenação é também a constatação um pouco nostálgica de que já não dá para ser de outra forma, uma vez que a eloquência vigorosa, asiática, seria imprópria a um público e a uma crítica que fazem questão de alardear a sua sensatez.[102]

E não poderia ser de outra forma. É sabido que, desde muito cedo, o bom senso cartesiano acaba por se associar ao bom gosto.[103] Na *Arte poética*, Boileau já afirmava que o "ardor insensato" deve ser controlado pelo "senso correto" (*droit sens*), que ele identifica ao bom senso (*bon sens*) e à razão (*raison*).[104] Uma anedota relatada por Du Bos pôde ser entendida no sentido de que o bom gosto, assim como o bom senso, era a coisa mais bem repartida do mundo. Segundo essa anedota, Malherbe e Molière punham as ajudantes de cozinha entre

as ideias sejam dispostas de maneira que as concebamos sem esforço e que possamos até reter a substância da obra e o progresso do raciocínio" (ed. cit., p. 90).

[101] "Da eloquência", p. 104.

[102] Adam Potkay (op. cit.) mostra que o ensaio de Hume sobre a eloquência pode ser lido como uma disputa entre a adoção da polidez moderna e a reivindicação dos direitos da eloquência antiga, isto é, um "debate em que a polidez vai ganhando a supremacia, embora jamais de maneira conclusiva" (p. 5). Segundo o autor, o ensaio teria conseguido captar de maneira tão crucial os ecos desse debate, que ele não hesita em chamar seu livro de "O destino da eloquência na época de Hume".

[103] Como diz, por exemplo, La Bruyère, "entre o bom senso e o bom gosto, a diferença é da causa a seu efeito". Sobre a relação entre bom senso e bom gosto, cf. Peter Jones, *Hume's sentiments. Their Ciceronian and French context*. Edimburgo: Edinburgh University Press, 1982, pp. 101 e 204.

[104] Boileau, *Arte poética*, v. 39-49. Edição de Guy Riegert. Paris: Larousse, s/d., p. 43.

as pessoas às quais liam seus versos para sentirem se "esses versos pegavam" (*si ces vers prenoient*). Mesmo que não possam contribuir para a perfeição de uma obra, nem fundar "metodicamente" seus sentimentos, os leigos, que não conhecem as regras da arte, possuem ainda assim um juízo que é "justo e seguro".[105]

As pessoas mais simples guardam ainda o sentimento natural, uma justa medida do gosto — um "bom senso estético" —, porque não foram corrompidas pelo excesso de refinamento das sociedades do luxo. Elas funcionam como uma espécie de contraprova do bom gosto. Addison também pensa dessa maneira, mas empresta uma modulação diferente à ideia. Existem escritores que buscam a "perfeição da simplicidade do pensamento" e aqueles que escrevem à "maneira gótica". Os primeiros "agradam a todas as espécies de palato", enquanto os segundos só conseguem agradar aos que foram formados no "gosto equivocado e artificial" de autores de epigramas. Homero, Vergílio ou Milton são uma leitura que dá prazer a "um leitor de simples senso comum [*plain common sense*]", incapaz de "saborear ou compreender um epigrama de Marcial ou um poema de Cowley". A oposição é inequívoca e, até esse ponto, Addison nada acrescenta: o gosto simples, capaz de agradar ao bom senso, é o gosto que se opõe ao gosto artificial dos epigramáticos. A novidade é que ele identifica a "perfeição da simplicidade" também em formas populares, como a velha canção de *Chevey Chase*, a "balada favorita da gente comum da Inglaterra", que era capaz de causar admiração num Ben Jonson e num Philip Sidney: "os mesmos quadros da natureza que a recomendam ao leitor mais ordinário também aparecerão belos ao leitor mais refinado".[106]

Hume guardará distância desse movimento de identificação do "simples" com o *common people*. Como bom discípulo da estética francesa, é certo que, para ele, o bom senso (*good sense*) implica também o entendimento, o juízo sadio (*sound understanding, sound judgment*) e o bom gosto. O senso correto e justo do belo, ao mesmo tempo saudável e refinado, não se confunde, porém, com o sentimento do homem natural ou do vulgo.[107] Se as baladas populares

[105] Du Bos, *Reflexões críticas sobre a poesia e a pintura*, Parte II, seção 22.
[106] *Spectator*, n. 70. Segunda-feira, 21 de maio de 1711.
[107] Para utilizar as análises de Auerbach sobre o gosto no classicismo francês, pode-se dizer que o "juízo sadio e natural" não é para o "peuple". Hume pensa como Molière: "o *bon sens*, o *naturel* e o *bon goût* são características do *parterre* e da corte", isto

podem não ser destituídas de harmonia ou de naturalidade[108], as canções escocesas, no entanto, não podem ser comparadas à música italiana.[109] Embora seja um dos primeiros a defender a compreensão das diferenças antropológicas, étnicas etc., o filósofo escocês não abre mão de seu classicismo: do argumento addisoniano, ele conserva apenas o encarecimento do gosto simples e a censura à predileção pelas tiradas e epigramas.[110] Pode-se observar, diz ele, que as obras que se leem com mais frequência, e que os homens de gosto sabem de cor, são obras que se recomendam pela simplicidade e não as que surpreendem pela agudeza do engenho. Elas se opõem às obras no estilo epigramático:

> Se o mérito da composição reside numa tirada de engenho, ela pode impressionar na primeira vez, mas, numa segunda leitura, a mente antecipa o pensamento e já não é afetada por ela. Quando leio um epigrama de Marcial, a primeira linha recorda o todo, e não tenho prazer em repetir para mim mesmo o que já sei. Mas cada linha, cada palavra em Catulo tem seu mérito, e sua leitura não me cansa nunca. É suficiente correr os olhos uma vez por Cowley, mas Parnel, após a décima quinta leitura, permanece tão fresco quanto na primeira.[111]

O texto paga seu tributo ao célebre argumento horaciano do *Ut pictura poesis*. A poesia é como a pintura: numa como noutra há obras que agradam de perto, e outras, somente vistas à distância. Estas querem ser vistas na obscuridade, e só agradam uma vez; aquelas não receiam o "olhar penetrante" do crítico e, vistas dez vezes, dez vezes agradarão.[112] As composições de gosto se comportam como verdadeiras *ladies*, que não fogem para a escuridão, que não temem a luz, pois são mulheres de comportamento decente e discreto.

é, da nobreza e burguesia cultivadas, mas é claro que está última é mais espontânea e menos refinada.

[108] "Do padrão de gosto", p. 239.

[109] "O cético", p. 163.

[110] Também já condenado como gosto do vulgo por Boileau. *L'art poétique*, versos 103-109. Edição citada, p. 56.

[111] "Da simplicidade e do refinamento na arte de escrever", p. 195.

[112] Horácio, *Arte poética*, 361-365. Tradução citada, pp. 109-111.

Elas conquistam o leitor pela modéstia e recato, não pela afetação e exibicionismo, que joga com a insinuação de algo que está além do que se vê. As obras de gosto não escondem nada, elas não têm nenhum atrativo, caso sejam "*despidas* da elegância de expressão e da harmonia dos versos que as *vestem*".[113] Como diz ainda o ensaio:

> Com livros se passa, além disso, o mesmo que com mulheres, nas quais uma certa sobriedade nos modos e nos trajes é mais atraente que todo aquele esplendor de cosméticos, ares afetados e vestidos, que pode deslumbrar o olhar, mas não conquista o afeto.[114]

Como traço de estilo, a modéstia feminina difere do coquetismo, justamente por permitir uma intimidade sem risco de quebra do decoro. Ela não se impõe pelo brilho fugaz, mas pela possibilidade de um aprimoramento constante: não é como um livro que nos fascina de imediato, mas como um livro que podemos ler muitas vezes com satisfação. A fonte de deleite e instrução não é a tirada surpreendente, a novidade fugaz de um trocadilho a qualquer custo, mas um *hábito*, um contato habitual, repetido, com a simplicidade. Em seu sentido eticomoral, o simples é a promessa de um prazer reiterado e seguro, a possibilidade de substituição das paixões violentas por "paixões calmas", mais propícias ao desempenho de ações acertadas. Entretanto, o fortalecimento do sentimento moral não constitui a única virtude da simplicidade, que também ajuda a melhorar a performance das faculdades de *conhecimento*. A explicação para a otimização das forças intelectuais proporcionada pelo estilo simples também irá de alguma forma ecoar na *Crítica do Juízo* de Kant: o fato de não haver um traço peculiar se destacando do todo — a obra não deve primar nem pela espirituosidade, nem pelo fantasioso, nem pelo patos etc. — evita o refinamento excessivo de um poder mental em detrimento dos outros, favorecendo um desenvolvimento proporcional de todos. A vantagem do estilo simples está em proporcionar que *todas as faculdades sem exceção operem em conjunto*.[115]

---

[113] "Da simplicidade e do refinamento na arte de escrever", p. 195 (grifo nosso).
[114] Idem, ibidem.
[115] "Da simplicidade e do refinamento na arte de escrever", p. 195.

Assim, a poesia simples não só ajuda a substituir a delicadeza de paixão pela delicadeza do gosto, favorecendo as paixões "calmas" indispensáveis para que se tomem decisões corretas na vida comum, mas também coopera para o livre e pleno exercício da reflexão filosófica. O paralelismo que Hume estabelece entre literatura e filosofia é patente: assim como o excesso de refinamento provoca um enfraquecimento da força poética, assim também "reflexões refinadas demais" (*very fine reflections*) não têm nenhum poder filosófico de convencimento.[116] A obra poética não terá poder de cativar a imaginação, nem os argumentos filosóficos poderão conquistar adesão e crença. A causa que explica o problema, num caso e noutro, é a mesma: o refinamento filosófico excessivo é sentido como uma *uneasiness*, pois leva a um imenso esforço de pensamento (*effort of thought*) que "perturba a operação de nossos sentimentos (*disturbs the operation of our sentiments*)"; da mesma maneira, na literatura, a "fadiga da imaginação [*straining of imagination*] impede o fluxo regular das paixões e sentimentos".[117] A continuação dessa passagem, do Livro I do *Tratado da Natureza Humana*, traz uma exemplificação desse parentesco da filosofia com a poesia:

> Um poeta trágico que representasse seus heróis como muito engenhosos e espirituosos [*very ingenious and witty*] em meio a seus infortúnios jamais conseguiria tocar as paixões. Assim como as emoções da alma impedem qualquer raciocínio e reflexão sutil, estas últimas ações da mente são igualmente prejudiciais às primeiras.[118]

Os filósofos, assim como os heróis trágicos, não devem ter raciocínios muito engenhosos e sutis, se querem agir sobre aquilo que unicamente importa: a crença ou força de convencimento. Tanto num caso como noutro, é preciso não sobrecarregar, nem constranger a mente, porque isso impede a ação das paixões ou a operação dos sentimentos. Kant dirá que as faculdades da mente devem estar num "jogo livre". Para Hume, o conforto e a facilidade (*easiness and*

[116] *Tratado da natureza humana*, I, VII, 1. p. 268; trad. cit., p. 300.
[117] Idem, I, IV, I, p. 185; trad. cit., pp. 218-219.
[118] Idem, ibidem.

facility) com que a mente opera é, no caso da literatura, a maneira adequada de sentir o valor estético do objeto e, no caso da filosofia, a única maneira possível para o filósofo de obter suas evidências e fazer suas *descobertas*.

ESTILO E INVENÇÃO

Da mesma maneira que a tirada de espírito não introduz nada de poeticamente consistente e duradouro, a sutileza dos raciocínios não é capaz de introduzir uma ideia filosoficamente nova e importante. Mas, se não é pela argúcia ou engenhosidade de raciocínio, como é que ocorrem as descobertas na filosofia? No *Resumo do Tratado*, falando de si na terceira pessoa, Hume assinala que o autor mostra no livro "grandes pretensões" de ter feito "novas descobertas em filosofia", mas se há alguma que possa lhe dar o direito ao "tão glorioso nome" de inventor, esta é o "uso que faz do princípio de associação de ideias". Esse princípio "está presente em quase toda a sua filosofia". E não é para menos: "existe um laço ou união secreta entre certas ideias particulares", que leva a mente a reuni-las com mais frequência, já que o aparecimento de uma delas introduz uma ou várias outras. Isso pode ser notado nas mais diversas situações. Os exemplos de Hume já são conhecidos:

> É daí que surge aquilo que denominamos *apropos* num discurso; daí também o nexo num escrito, bem como o fio ou sequência do pensamento que os homens sempre observam, mesmo no mais solto *devaneio*.[119]

A associação de ideias está em toda parte, no devaneio, na conversa, na textura dos textos, mas ninguém descobriu o princípio de explicação da sua liga "secreta". Ora, tal é a maneira peculiar de operação da heurística humiana: a invenção não deve buscar introduzir nada de extraordinário, pois isso só será fatigante e contraproducente, mas apenas tentar encontrar os princípios que explicam a lógica dos fatos

---

[119] *Resumo de um livro recentemente publicado com o título de Tratado da natureza humana*, ed. cit., p. 661-662; trad. cit., p. 699.

costumeiros. Quando operam na busca de ideias novas, os filósofos só interrompem o curso habitual das operações da mente, pondo a perder justamente o estado de espírito ou de sentimento apropriado para que se perceba a sua articulação. O procedimento correto, na verdade, é o inverso: é preciso saber deixar as ideias, paixões e sentimentos correrem "soltos" no seu fluxo habitual, observando as mudanças de "tema" (como se o filósofo estivesse reescrevendo a conversa que eles entabulam entre si), examinando-os sem a coação de um princípio já estipulado, para que se descubra a regra de conexão entre eles. O método demanda um passar-e-repassar das mesmas ideias, uma atenção constante à repetição e reiteração da experiência. Como assinalou agudamente Kames a respeito da crença[120], a curiosidade de Hume se volta para aquilo que, embora inteiramente familiar, passa despercebido ao olhar comum dos homens e dos filósofos. Ele não procura a novidade, pois o que lhe interessa é a capacidade de fazer "distinções morais". E essa capacidade, quer se chame discernimento nas relações de ideias e matérias de fato, quer delicadeza de gosto ou de imaginação, se funda num mesmo tipo de "evidência", que não pode ser alcançada por raciocínio algum, mas apenas pela crença ou sentimento. Se é verdade que o discernimento filosófico é importante nas operações que envolvem o gosto e a imaginação[121], da mesma forma só pode haver discernimento das operações mentais num indivíduo que é capaz de *sentir* as sutis diferenças entre elas.

Na calma de suas paixões, o filósofo deve ser capaz de ver ou sentir as coisas habituais de outra maneira. Curiosamente, Hume pôde encontrar numa descrição da fineza de estilo dada por Addison uma confirmação (ou a sugestão?) desse seu modo de encarar os problemas filosóficos. É o que se pode ver no ensaio sobre a simplicidade e o refinamento na arte de escrever:

> A arte de escrever com finura consiste, de acordo com o sr. Addison, em sentimentos que são naturais sem serem óbvios. Não pode haver definição mais justa e mais concisa dessa arte[122].

---

[120] *Essays on the Principles of Morality and Natural Religion.* Reprodução fac-similar da edição de 1751. Nova Iorque: Garland, 1976, p. 221.

[121] "Do padrão do gosto", p. 240.

[122] "Da simplicidade e do refinamento na arte de escrever", p. 191.

Caso se disponha a cotejar essa citação com o próprio texto de Addison no *Spectator* (n. 345, 5 de abril de 1712), o leitor não encontrará grandes diferenças: o ensaio se limita a substituir "belezas" e "graças" atribuídas ao *Paraíso Perdido* de Milton por "sentimentos". A distinção fundamental é preservada: escrever com fineza é exprimir belezas, graças ou sentimentos *naturais* que não são *óbvios*. Existe, portanto, uma *naturalidade* que implica uma evidência menos imediata que aquela a que os homens estão acostumados, e a que o próprio Hume não se cansa de remeter em seus textos. Por exemplo, a "feliz descoberta" de que as ideias sempre são precedidas por impressões, descoberta que põe fim a todas as controvérsias a respeito da origem das ideias[123], é uma distinção que, embora filosófica, não encontrará dificuldade em ser aceita por ninguém. Ela é fácil e óbvia de ser constatada, não sendo preciso ter nem "discernimento apurado" (*nice discernment*), nem uma "cabeça metafísica" (*metaphysical head*)[124] para observá-la. Mas nem todas as distinções morais são dessa natureza. Os raciocínios sobre a probabilidade, por exemplo, parecerão "abstrusos" à maioria dos leitores não acostumados a reflexões profundas sobre as faculdades intelectuais da mente, que rejeitarão como "quimérico tudo que destoe das noções comumente aceitas e dos princípios mais fáceis e óbvios da filosofia".[125]

A ideia de uma "naturalidade não trivial" permite que se delineie melhor quais seriam os limites não só entre o senso comum e a filosofia, mas também, dentro da própria filosofia, a distinção entre "filosofia fácil e óbvia" (*easy and obvious philosophy*) e "filosofia exata e abstrusa" (*accurate and abstruse philosophy*)[126]. Essa questão não parece sem relevância para uma filosofia que se quer uma "ciência da natureza humana". Noutras palavras: qual é a extensão do passo que se pode dar para sair do óbvio e alcançar o "natural" nos raciocínios e distinções morais? E que medida pode ser usada com segurança para evitar que esse passo não seja largo demais, extrapolando os limites do que é natural?

[123] *Tratado da natureza humana* I, II, 3, p. 33; trad. cit., p, 59.
[124] *Investigação sobre o entendimento humano*, p. 18; trad. cit., p. 34.
[125] *"the easiest and most obvious principles of philosophy"*. *Tratado da natureza humana*, I, III, 12, pp. 138-139; trad. cit., p. 172.
[126] *Investigação sobre o entendimento humano*, pp. 6-7; trad. cit., p. 21.

Quando Hume comenta a definição do "bem escrever" fornecida pelo *Spectator*, ele comete uma pequena infidelidade com o espírito addisoniano, que ao mesmo tempo é reveladora do que entende por "natureza". Por que a definição de Addison é a mais justa e concisa que se possa encontrar da arte de escrever? Ora, quando se lê com atenção a explicação humiana, percebe-se que a glosa introduz um pequeno deslizamento no texto. Ela diz:

> Sentimentos que são meramente naturais não afetam a mente com nenhum prazer, nem parecem dignos de nossa atenção.[127]

O deslizamento é quase imperceptível, mas significativo. A oposição sentimentos naturais x sentimentos óbvios passa agora a ser uma posição sentimentos naturais x sentimentos *que são meramente naturais* (*which are merely natural*). O óbvio, o trivial passa a ser identificado ao "mero natural", e essa identificação responde claramente às preferências estéticas clássicas de Hume, que despreza o *naturalismo* ao mesmo tempo que aceita a simplicidade e o despojamento como o ideal da arte e da literatura.

A posição ambivalente do gosto clássico frente ao "natural", se não soluciona, talvez ajude a esclarecer dois problemas intrincados em Hume, o problema da relação entre natureza e artifício, e o da relação entre senso comum e filosofia. Como é que uma filosofia "artificial" (distante do que é meramente trivial, "naturalmente aceito") pode explicar melhor o que é o "natural"? Mas, por outro lado, será que esse "natural" já não é um pouco diferente do que o que se entende como tal pelo comum dos mortais?

Os sentimentos que não são óbvios têm o dom de afetar a mente com prazer e despertar a atenção. Os pressupostos estéticos do autor ajudam a entender isso por um caminho mais curto. Aristóteles tem razão: "a imitação é sempre agradável por si mesma".[128] Mas é preciso fazer uma ressalva: o artista não deve retratar a natureza "em todas as suas graças e ornamentos", ou seja, ele não deve imitar a *mera* natureza, mas a *bela* natureza — "*la belle nature*". Se ele se desvia da "bela natureza" e copia a "vida chã", a arte tem de transformar

---

[127] "Da simplicidade e do refinamento na arte de escrever", p. 191.
[128] "Da tragédia", p. 220.

a realidade "pobre" numa imagem viva, rica e forte, como é o Sancho Pança de Cervantes.[129] Existe, assim, paradoxalmente todo um esforço de estilização para se chegar mais próximo do natural; da mesma maneira, na filosofia, a lapidação das distinções morais é a tentativa de trazer à luz raciocínios e sentimentos menos refém dos truísmos, que expliquem, no entanto, os modos "naturais" de proceder dos homens.

Não deixa de ser curioso que um empirista com tintas céticas como Hume tenha abraçado uma concepção artística — o classicismo — que parece mais afeita a filosofias idealistas. Mas essa adoção não é de todo impertinente, se se considera que o problema estilístico em Hume é inteiramente análogo à questão que o empirismo teve de enfrentar para dar conta da relação entre filosofia e senso comum: a filosofia não precisa se afastar do senso comum para entendê-lo melhor?

Se os ensaios são uma forma de conversa escrita — um esforço para trazer de volta ao mundo as *commodities* produzidas no mundo letrado —, eles não são uma mera cópia naturalista da conversa, mas uma forma altamente estilizada, alcançada com muito *limae labor*. O natural é um efeito da cultura e do artifício, pois a simplicidade só se alcança com muita arte.[130] É evidente, no entanto, que o tom dos ensaios jamais sobe à altura de uma tragédia raciniana. Parodiando Hume e Edgar Wind, poder-se-ia dizer que seu classicismo é um "classicismo mitigado". Certamente, seus ensaios estão mais para o gênero da *conversation piece* do que para o retrato heroico.[131]

---

[129] "Da simplicidade e do refinamento na arte de escrever", p. 191.

[130] Boileau, *De l'art poétique*, I, v. 101, p. 45.

[131] Wind usa a expressão "realismo mitigado" no ensaio "The Revolution of History Painting", no qual discute o papel das *conversation pieces*, ao lado das pinturas de *mirabilia*, na constituição na nova pintura histórica na Inglaterra. Cf. Edgar Wind, *Hume and the heroic portrait. Studies in Eighteenth-Century Imagery*. Oxford: Clarendon Press, 1986. Nesse seu belíssimo livro, Wind mostra que a filosofia de Hume teria sido o divisor de águas da pintura inglesa, porque o tipo de ser humano propagado por ela, ilustrado nos quadros de Gainsborough, teria sido combatido pela figura idealizada do ser humano no retrato heroico de Reynolds e seus seguidores. A interpretação de Wind é incontestável. O ensaio que se leu tentou mostrar, porém, que Hume tinha um gosto marcado pelos mesmos modelos classicizantes que seus adversários nas artes plásticas, cujo "patrono" filosófico era seu arqui-inimigo James Beattie.

Este livro foi composto em *Times New Roman* e terminou de ser impresso nas oficinas da *Meta Brasil Gráfica*, em Cotia, SP, sobre papel off-white 80g.

Para receber informações sobre nossos lançamentos e promoções envie e-mail para:
cadastro@iluminuras.com.br